谜托邦

MYSTOPIA

华文推理新大陆

推理迷的乌托邦

基因的复仇

THE REVENGE OF GENES

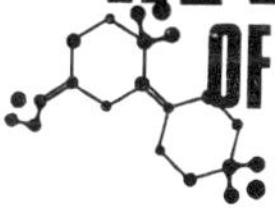

景旭枫 著

北京联合出版公司
Beijing United Publishing Co.,Ltd.

图书在版编目（CIP）数据

基因的复仇 / 景旭枫著. -- 北京 : 北京联合出版公司，2022.9
ISBN 978-7-5596-6308-5

Ⅰ. ①基… Ⅱ. ①景… Ⅲ. ①长篇小说－中国－当代 Ⅳ. ① I247.5

中国版本图书馆 CIP 数据核字（2022）第 114378 号

基因的复仇

作　　者：景旭枫
出 品 人：赵红仕
策　　划：牧神文化
责任编辑：张　萌
特约编辑：华斯比
营销支持：蔡丽娟
美术编辑：陈雪莲
封面绘图：丫　丫
排版设计：江心语　蔡丽娟

北京联合出版公司出版
（北京市西城区德外大街 83 号楼 9 层　100088）
北京联合天畅文化传播公司发行
上海盛通时代印刷有限公司印刷　新华书店经销
字数 316 千字　889 毫米 ×1194 毫米　1/32　10.75 印张
2022 年 9 月第 1 版　2022 年 9 月第 1 次印刷
ISBN 978-7-5596-6308-5
定价：59.00 元

目 录

CONTENTS

第一章　突发的地震

二〇一九年九月一日，星期日，上午十一点，准确地说是十点五十九分，极速部落网络会所豪华包间内。

地震发生的一刻，所有人都没来得及反应，就被捂在下面了。

邵子安醒过来的时候，只觉得呛，鼻子里、嘴里全是灰尘，眼睛睁不开，身上好像压着千斤重担。疼，很疼，疼得连手指头都动不了。

只是模模糊糊记得，地震发生的时候，自己正和小胖、路凡等几个同学在网吧组队打 LOL（《英雄联盟》）。猛然间一阵晃动，路凡大喊了一声“不好，地震了”，就什么也不知道了。

他用尽全力睁开眼睛，四周全是灰尘，什么都看不清，只能感觉到前方有东西在闪，发出一片蓝光。他使劲闭了闭眼睛，再次睁开的时候，才终于看清，是路凡刚买的那部超炫的手机。

路凡拿着手机躺在不远处，身体被一块巨大的水泥板压着。

“路凡！”邵子安竭尽全力喊了一声，牵动全身的伤口，撕裂一般地疼。

没有人回答。

“小胖！丁峥！梁靖！你们在哪儿？”邵子安再次喊道。

依旧没有任何回应，只有路凡手机的指示灯在规律地闪着，发出一片幽蓝的光。

邵子安使劲喘了几口气，刚刚那两声叫喊耗尽了最后的体力，前方手机的闪光越来越暗。

邵子安的意识开始模糊，他感到一股前所未有的恐惧。朦朦胧胧中，只觉得身体越来越轻，像一片羽毛，慢慢飞起来，飘向空中。

从上方可以看到，网络会所的整座建筑都已倒塌。人们从废墟中爬起来，慌张地跑动着，有人在绝望地呼喊，有人在哭泣，还有人在拼命地扒着废墟里的伤者……

他只觉得眼皮越来越重，慢慢闭上眼睛，缓缓向上飘去。

不知道飘了多久，猛听得一阵刺耳的火车轰鸣声。睁开眼睛，邵子安愕然发现自己站在一条狭长的隧道中，耳边是火车的呼啸声，震耳欲聋。

这是怎么回事？

身后突然传来一声大喊："这是什么地方？"

回头看去，是路凡。

只见路凡身边站着小胖、丁峥、梁靖七八个人，全是刚刚在网吧和自己一起打游戏的同学，每个人都张大了嘴巴，愣愣地站在那里，一脸惊愕的表情。

邵子安问道："咱们……这是在哪儿？"

众人张口结舌，谁也不知道该怎么回答。只觉得火车的轰鸣声越来越响，连地面都跟着在颤动。

小胖喊道："火车开过来了！"

正前方，一列火车呼啸着向几人冲了过来。路凡大喊一声"快跑！"，他拉上几人，转身就跑。

隧道尽头，模模糊糊似乎有亮光。

路凡喊道："前面好像能出去，快跑啊！"身后的列车越来越近，就在每个人都几乎快到极限的时候，终于冲出了隧道。

隧道外面是一片白光，刺得人睁不开眼。小胖叫道："怎么这么亮？"

大伙儿用力闭上眼睛，只觉得四周越来越亮，最后亮到必须用手使劲捂住双眼，才能勉强挡住强光。耳畔伴随着一列又一列火车震耳欲聋的轰鸣声，隆隆不绝。

感觉就像过了几个小时那么久，突然，身边安静下来，散布在周围的强光也在这一瞬间消失，取而代之的是一阵刺骨的寒意，骤然袭来。

邵子安第一个睁开眼睛，发现自己站在一座显然荒弃已久的城市的街道上。四周是倒塌的桥梁、残破的建筑，笼罩在灰蒙蒙的雾气中。天色也是雾蒙蒙的，看不清究竟是白天还是黑夜，空中有零星的东西飘落下来，伸手接住，是雪花，黑灰色的雪花。

眼前这座废墟一般的城市看起来非常眼熟。那些倒塌的建筑、破败的房舍，好像都在哪里见过，但又怎么都想不起来。

“这什么情况？咱们……怎么会突然到这儿来了？”小胖看着几人，一脸茫然，说道，“咱们……咱们是在做梦吗？”

邵子安的脑子里也是一阵发蒙，一个个画面从他脑中闪过：地震、尘土、闪烁的蓝光……到底发生了什么？

路凡突然说道：“什么声音？”

邵子安回过头来，问道：“怎么了？”

路凡将手指放在嘴边，示意大家噤声，说道：“仔细听。”

果然，在不远处隐约可以听到一阵“嗷嗷”的怪叫声。这声音低沉而有节奏，就像成千上万的死囚被关在囚室里发出的临死前的号叫。

大家抬头四下张望，没有任何异常，也辨别不出声音传来的方向，但能感觉到，声音似乎离大家越来越近。

小胖说道：“这声音，怎么听着那么……”

他突然瞪大眼睛，手指前方喊道：“你们看那儿！”声音尖锐，已经完全走了音。

几人转头望去，几乎同时愣住。

身后不远处的一条巷子内，此时突然冲出成百上千个样貌极为奇怪的人。

说这些人奇怪，是因为他们的身形极为健硕，可以说到了变态的程度，连世界顶级的健美先生的身材都无法和他们比拟。

很多人的衣服似乎是被虬结鼓胀的肌肉撑破了，撕成一条一缕的，一片片地挂在身上，还有很多人直接赤裸着上身。所有人，无论男女老幼，无一例外，全都是肌肉发达到令人瞠目的程度，比健美先生还健美先生。

只见这些“壮汉”梗着脖子，如疯了一般，号叫着向邵子安几人猛扑过来，就像要把他们吃了一样。

小胖呼道：“健美大奖赛啊？”

路凡吼道：“还愣着干什么，快跑啊！”他拉起身边几人，转身就跑。

只有小胖没动，他瞪大眼睛望着眼前冲过来的“壮汉”们，已经呆了。

邵子安大声喊道：“小胖！”话音未落，跑在最前面的一名“壮汉”已经冲到小胖身前，瞬间将他扑倒在地。十几个“壮汉”压上去，只听小胖长声惨呼，后面的“壮汉”们没有丝毫停滞，绕过小胖，向他们直扑过来。

路凡回身一把拽起邵子安，喊道：“快走！”

几个人互相搀扶着，拼命地向前跑去。

越来越多的“壮汉”从两旁的街道冲出来。跑出几条街区后，大伙儿惊恐地发现，他们已经被四面八方冲出来的“壮汉”围死了。

邵子安急道：“怎么办？”

斜前方不远处是一栋楼房，路凡喊道：“先进楼房！”

那是一栋老式的四层砖楼，看样子原先应该是一座政府机关的办公楼。路凡带着众人冲进大楼，后面的“壮汉”们紧跟着追了进来。

大伙儿一口气冲到大楼的顶层。通往天台的铁栅栏门上拴了一条巨大的铁链，上面挂着一把铁锁。

楼梯下面，大量“壮汉”已经冲进了楼道，虽然因为挤在一起影响了速度，但最多只要一两分钟就能冲上来。

梁靖喊道：“得找东西把门砸开！”

整个顶层的楼道空荡荡的，几人跑过拐角，只见远处的墙壁上有一个消火栓。路凡上前将玻璃打碎，拎起消防斧跑了回来。

丁峥拉着大伙儿闪到一旁。

路凡抡起斧子向铁链砍去，“当”的一声巨响，铁链纹丝不动，又砍了几下，铁链非常结实，并没有被砍断。

邵子安向楼梯下望去，“壮汉”们拥挤在一起，眼看着就要冲上来了，他大声喊道：“他们要上来了！”

路凡深吸一口气，一声大喝，只听“咔嚓”一声巨响，铁链终于被砍断。路凡拉开铁栅栏门，向几人喊道：“快！”

冲出铁门，邵子安猛一回头，最前面的一名“壮汉”已经冲到了路凡身后，他大声喊道：“小心！”

路凡回身，那名“壮汉”已经扑到他的面前。路凡抡起手里的消防斧，拼尽全力抡在那“壮汉”的身上。“壮汉”瞬间滚下楼道，压倒后面众人，引起了一连串反应。路凡趁着这个空当闪身蹿出铁栅栏门，反手用铁链将门锁住。

只是片刻，“壮汉”们再次冲到门前。更多的“壮汉”从后面拥上来，挤在一起，开始疯狂地撞击铁栅栏门。

梁靖突然喊道：“你们看，那是什么？！”

他手指着前方，喊道：“那……那不是小胖吗？”

众人定睛望去，只见站在门内最前面的一个“壮汉”，赫然就是他们的同学——小胖。

第二章　十一年以后生产的罐头

此时的小胖，已经完全不是原来的样子了。

只见他面容僵硬，神情呆滞，身上肌肉暴起，衣服已经被完全鼓胀的肌肉撑破，双手抓着铁门，拼命地晃动着，嘴里发出一阵阵瘆人的号叫。

“小胖！”邵子安一声惊呼。

路凡一把拉住他，喊道：“别过去！”

邵子安伸手指着小胖，结结巴巴地说道：“小胖……怎么变成这样了？”

路凡也是满脸疑惑，向梁靖几人喊道：“快去找找，有没有可以下去的地方。”

梁靖、丁峥几人愣愣地瞪着面前的小胖，谁也没有动。

路凡再次喊道：“快去啊！”

几人这才反应过来，迅速散开。不大会儿工夫，丁峥跑回来，满脸是汗，摇头说道：“没有！没有任何地方可以下去！”

路凡放开邵子安，向楼边跑去。丁峥说得没错，大伙儿所处的位置是四楼楼顶，没有任何可以攀爬下去的地方。

邵子安回头，只见后面的铁栅栏门已经被撞开了一条大缝，那些“壮汉”眼看就要冲出来了，他绝望地喊道：“我们怎么办？”

梁靖喊道：“不行就跳下去！不就是四层楼吗？就算摔死，也比被他们抓住强！”

路凡看了看身后的铁栅栏门，咬了咬牙，说道：“没办法了，梁靖说得对，就算是摔死，也比被他们抓住强，我们跳下去！”

众人齐齐点头。路凡对邵子安道：“子安，你呢？”

邵子安咽了咽口水，结结巴巴地说道：“你们……你们跳，我就跳。”

路凡说道：“好，那就来吧！下面有个土堆，跳到那儿兴许没事儿！”他深吸一口气，抬腿迈上楼边的墙垛，几人跟着迈了上去。最后一个是邵子安，也颤巍巍迈上了墙跺，所有人齐刷刷在墙垛上站成了一排。

路凡喊道：“准备好了吗？”众人咬紧牙关，一齐点头。

路凡咬了咬牙，喊道：“好，大伙儿听我口令……”

此时，邵子安心中的恐惧已经到了极点。只听路凡顿了顿，喊道：“一、二……”就在路凡要喊到“三”时，猛听得有人喊道：“不要跳！”

几人猛然转头，只见左侧相邻那栋楼的楼顶正有人向他们挥手喊着：“快到这边来，这边能下去！”声音清澈，似乎是个女孩儿。

邵子安满脸欣喜，喊道：“有……有人来救我们！”

大伙儿跳下墙垛，快步跑到另一侧的楼边。

对面楼上站着一个身材修长的女孩儿，对几人喊道：“你们等一下，我去找架梯子。”

对面的建筑也是一栋四层砖楼，两楼之间距离不到十米。片刻工夫，那女孩儿拖了一架巨大的梯子回来，对几人喊道：“我把梯子放下来，你们从上面过来！”

路凡拉着众人闪在两侧，女孩儿将梯子举到最高。梯子落下来，正架在两楼之间，溅起一片尘土。

几人看了看颤巍巍的梯子，梁靖咬了咬牙，说道：“我先上。”

路凡一把拉住梁靖，叮嘱道：“小心点！”

梁靖说道：“放心吧，看我的。”他深吸一口气，迈上了墙垛。

架在两楼之间的梯子看起来并不十分结实。梁靖沿着颤抖的梯子摇摇晃晃向对面走去，他的身体不停摇摆着，随时都有可能掉下去。时间在这一刻仿佛停止了，只见他一步步慢慢往前挪动着，一分钟后，终于跳上了对面的楼顶。

梁靖抹抹额头的汗水，向这边喊道：“没问题，快过来！”

路凡一挥手，喊道：“大伙儿快！”

丁峥几人有惊无险地先后到达了对面楼顶，最后只剩下邵子安和路凡两人。

“你怎么样？”路凡问道。

邵子安看了看面前悬在半空的梯子，颤巍巍说道：“我……我腿有点抖。”

路凡扶住邵子安，鼓励道：“你没问题的，来，我扶你。”

路凡扶着邵子安晃晃悠悠迈上墙垛，叮嘱道：“把手伸平，慢慢走，千万别往下看。”

邵子安鼓足勇气，迈步向前走去。

在大伙儿的注视下，邵子安沿着梯子一步步缓缓往前挪动，所有人都不由自主屏住了呼吸，一分钟后，他终于站到了对面的楼顶上。

路凡喊道：“好样的！”另外几人也是一阵欢呼。

就在这时，猛听得一声巨响。路凡回头，只见身后那扇铁栅栏门轰然倒塌，大量“壮汉”蜂拥着冲出铁门，向他扑了过来。

邵子安喊道：“路凡，快过来！”

“壮汉”们的速度飞快，瞬间已经扑到路凡的面前。路凡抡起手里的消防斧，扔向最前面的一人，返身跨上了墙垛。

“壮汉”们略微一滞，又迅速扑到楼边。一部分“壮汉”来不及收脚，直接摔下了楼，但也有一部分跃上了墙垛，沿着梯子晃晃悠悠向路凡追来。

所有人的心在这一刻提到了嗓子眼儿。路凡沿着梯子快步向前跑去，身后不断有“壮汉”从梯子上踩空掉下去，更多的“壮汉”拥上了梯子，梯子不堪重负，发出吱吱呀呀的响声。

梁靖喊道：“梯子快断了，路凡，快——”话还没有说完，只听“咔嚓”一声巨响，梯子折断了。路凡此时距楼边仅剩几步，只见他奋力跃起，刚好抓住丁峥伸出的手，折断的梯子带着几十个“壮汉”摔到楼下。

邵子安和梁靖几人上前帮忙，用力将路凡拉上了楼顶。

抬头望去，此时对面的楼顶已经汇集了几百名“壮汉”。只见他们拥挤着，不断有人被挤落楼下，但更多的“壮汉”拥上来，对着这边吼叫着，面目狰狞，极为恐怖。

路凡喘了几口气，回身对救他们的那个女孩儿说道：“多谢你了。”

女孩儿说道：“不用客气。”

那女孩儿用好奇的目光打量几人，看到邵子安的那一刻，她一下子愣住了。只见她怔怔地凝视着邵子安，似乎整个身子都僵住了。

几人注意到了女孩儿的异样，路凡问道：“你没事吧？”

女孩儿没有回答，只是愣愣地看着邵子安。

路凡再次问道：“姑娘，你怎么了？”

女孩儿回过神来，似乎也意识到了自己的失态，说道：“哦，没什么，很高兴认识你们，叫我岳澜就好了。”

女孩儿的反应让大伙儿有些诧异。

邵子安打量了一下面前这个叫岳澜的女孩儿。这是一个身材修长、肤白如雪的女孩儿，长得十分漂亮，一头过肩的长发，双眸如水，正静静地看着他们。

岳澜说道：“我们要赶紧走，这里不安全，他们很快就会追过来的。”

向楼下望去，四面八方的“壮汉”正源源不断地向这边聚拢，刚刚从梯子上掉落的几名“壮汉”虽摔得骨断筋折，依旧顽强地向这座楼爬过来。邵子安几人互相看了看，想起刚刚的事情，都不由得心有余悸。

大伙儿随岳澜快步下到小楼的地下室，岳澜打开地上的一个井盖，对几人说道：“从这里下去。”

路凡问道：“这是什么地方？”

岳澜答道：“这是城市的地下管线入口，从这里走，就可以甩掉他们。”众人上前帮忙，将井盖搬到一旁，邵子安注意到井盖上刻着一行小字：

玖宇 2018-1009

这应该是热力管线的入口标识。大伙儿先后跳入井中，井下的空间并不大，只能弯腰前行。借着岳澜打出的手电的微光，可以看清这是一条废弃已久的热力管线，四周墙壁斑驳，管道上包裹的阻热材料早已破败不堪，露出锈迹斑斑的水管。

看得出，岳澜对这里非常熟悉，带着大家七拐八绕，沿着低矮的管道蜿蜒前行。走了大约半个小时后，她停了下来，说道：“到了。”

这里已经是管道的尽头，前面是一堵很薄的墙壁，被打通了一个豁口，豁口处挡着一块木板。

几分钟后，岳澜带着大伙儿来到了一处巨大无比的空间。众人面前是一座上千平方米的仓库，两边排列着整齐的货架，堆满了各种货品。这仓库看起来有年头了，货架上满是尘土。

岳澜说道：“你们都饿了吧，我给你们拿点吃的东西。”她从货架上取出罐头和矿泉水，分给大家。

路凡接过岳澜递过来的一瓶矿泉水，问道：“这……是什么地方？”

岳澜答道：“这里是沃尔玛，以前是一个超市，现在是我住的地方。你们休息一下，我去清理一下咱们来的路。”

路凡问道：“清理？”

岳澜答道：“他们的鼻子很灵，会闻着我们的气味追过来的。”

她向几人笑了笑，转身离开。

仓库内只剩下路凡、邵子安几人。一阵沉默之后，梁靖抬起头来，咽了咽口水，对几人说道："咱们……现在是在什么地方？"

丁峥说道："那女孩儿不是说，这是一个叫沃尔玛的超市吗？"

梁靖摇头说道："不是这个，我是说……到底发生了什么事？咱们……怎么会突然出现在这个地方？"

刚刚在九死一生的逃命过程中，谁都没来得及去想这个问题，现在突然想起来，每个人的心里都不由得"咯噔"一下。

没错，到底发生了什么？大伙儿怎么会突然出现在这个地方？还有，刚刚那些身材健硕的"壮汉"，到底是什么人？

回想起刚刚的经历，那些都是现实中绝不可能发生的事，甚至可以说，是只有电影中才可能发生的情节。

邵子安使劲咬了咬自己的手指，只觉得一阵钻心的疼痛。难道……难道这一切都是真的？他抬头望了望四下的环境，周围的一切是如此真实，这里……到底是什么地方？

他拿起手里的罐头，下意识地看了看。岳澜给他们的罐头看起来有年头了，上面的纸质标签早已腐蚀了大半，不过从斑驳的图案上依稀可以看出，这应该是上海梅林食品厂生产的一种午餐肉。

罐头的底部打着一个显眼的钢印标识，是罐头的生产日期。邵子安伸手擦掉钢印上的灰尘，只见上面写着：

上海梅林食品厂
午餐肉
生产日期：二〇三〇年十二月

什么，二〇三〇年？

邵子安使劲揉了揉眼睛，再次望向那罐头。没错，二〇三〇年。

他现在手里拿着的，是一个十一年以后生产的罐头。

第三章　濒死体验，还是平行空间

邵子安愣愣地站在那里。丁峥问道："子安，你没事吧？"

丁峥的问话，邵子安完全没有听到。丁峥和路凡等人交换了一个眼神，再次问道："你怎么了？"

邵子安回过神来，说道："你们……你们看看这罐头的生产日期！"大伙儿不明所以，纷纷翻转手里的罐头。

梁靖大叫一声，喊道："怎么……怎么会是十一年以后的罐头？"

所有人看到罐头上的标识，瞬间都目瞪口呆。

此时，邵子安的脑中一片混乱。这究竟是怎么回事，到底发生了什么？突然，一个个画面从他脑中闪现出来：网络会所、地震、废墟、隧道、白光……

邵子安喊道："我……我知道是怎么回事了！"

所有人抬起头来，望向邵子安。

邵子安哆哆嗦嗦地说道："你们……你们听说过濒死体验吗？"

梁靖问道："什么濒死体验？"

邵子安咽了咽口水，解释道："濒死体验，濒死体验就是……就是人在临死的状态下，看到的各种幻觉……"

梁靖愣道："你……什么意思？"

邵子安说道："你们还记不记得，咱们来到这个地方之前，在做什么？"

梁靖看了看身旁几人，摇了摇头，说道："不记得了。"

他突然想起了什么，又说道："对了，我们……好像在网吧打游戏？"

邵子安说道："对，后来呢？"

梁靖回忆了片刻，说道："后来？后来好像是地震了吧，再之后，我记得就到那条隧道里了。"

丁峥几人互相看了看，说道："我们也差不多。"

邵子安说道："看来……看来你们全都不知道从地震发生以后，到我们进入那条隧道之间发生过什么事。"

梁靖问道："发生过什么？"

邵子安说道："地震以后，我在废墟里醒过来一次，我在那里看到了，看到了……"邵子安说到这里，停住了。

梁靖问道："你看到了什么？"

邵子安咽了咽口水，说道："我看到了……你们的尸体！"

梁靖一声惊呼，喊道："你说什么，我们……我们的尸体？"

邵子安点了点头。

几人面面相觑。路凡问道："子安，你……你不会是说，我们几个，都……都死了吧？"

邵子安说道："是。"

路凡疑惑道："这……这不可能吧？"

邵子安说道："我醒过来的时候，你就躺在我不远的地方，手里拿着那部新买的手机，你的脑袋下面，下面是……"

说到这里，邵子安顿了顿，才说道："是浴缸那么大的一摊血。"

路凡张大了嘴巴。谁都知道，一个人流出这么多血，绝不可能再活命。

梁靖颤巍巍地问道："你……你说的都是真的？"

邵子安说道："不仅仅是路凡，还有你、丁峥、小胖……每一个人，我都看到了。"

如果邵子安说的是真的，那么这里的每一个人——路凡、梁靖、丁峥，甚至包括邵子安自己，都已经死了！

梁靖指着邵子安，喊道："你……你胡说，不可能，这绝对不可能！"

丁峥扶住梁靖，说道："梁靖，你冷静点！"

梁靖一把甩脱丁峥，几近疯狂地喊道："发生了这样的事，你让我怎么冷静？"

丁峥一下子被噎住，整座仓库瞬时陷入了死一般的沉寂。

丁峥看了看众人，说道："那咱们……咱们现在该怎么办？"

梁靖绝望地说道："怎么办，还能怎么办？"

路凡说道："大伙儿都冷静点。"众人望向路凡。

路凡虽然和大家同龄，但一向稳重，一直是大伙儿的主心骨。

路凡沉默良久，说道："我觉得子安说得有道理，不过大伙儿也不用这么绝望。"

他抬头望向大家，神态坚定，说道："我想，既然咱们能来到这里，就一定能找到办法回去，也一定能查清这一切究竟是怎么回事，所以大家都不要慌。"

丁峥说道："路凡说得对，我们至少得先弄清楚是怎么回事。天无绝人之路，咱们自己先别乱了，我们不都还在这儿好好的吗？"

邵子安突然想起了什么，说道："对了，那个叫岳澜的女孩儿不就是这里的吗？一会儿我们找她问问，不就知道了吗？"

丁峥说道："对对，我们可以找那个女孩儿问问……"

说到这里，他突然停住，然后继续说道："对了，你们注意到了吗？刚刚那个女孩看到邵子安的时候，表情好像很不对劲，这个人……不会有什么问题吧？"

丁峥说的事，大家都注意到了。不过刚刚忙于逃命，谁也没来得及多想。

"你说的事，我也看到了，"路凡顿了顿，说道，"其实，奇怪的事远不只这几点。大伙儿先别想这么多了，吃点东西休息一下吧，等一会儿那个叫岳澜的女孩儿回来，我们找她好好聊聊。"

大伙儿都不再说什么，纷纷拿起手里的罐头、清水，但一时间心事重重，谁都没胃口。

不大会儿工夫，那个叫岳澜的女孩儿回到仓库，见几人依旧愣愣地站在那里，于是问道："怎么了，罐头不好吃吗？"

路凡抬起头来，说道："哦，没有，我们几个……还都不太饿。"

岳澜说道："外面已经处理好了，他们不会再追过来了。"

路凡放下手里的罐头，说道："岳澜，多谢你救了我们。"

岳澜笑了笑，说道："不用客气。"

她看了看几人，问道："你们是怎么到这里的？"

路凡和邵子安几人交换了一个眼神。岳澜的问题，其实也是他们心里的问题。

路凡沉吟了片刻，说道："我们能和你聊聊吗？"

岳澜点了点头。

路凡问道："刚刚在楼顶上追我们的那些……那些'壮汉'，到底是什么人？"

路凡的问题显然让岳澜十分诧异，她困惑地望了望面前几人，说道："那些……那些都是重肌人啊。"

路凡和邵子安几人交换了一个眼神，一时间谁也没有明白岳澜的意思。

路凡问道："重肌人是什么？"

岳澜说道："这个……我不知道怎么向你们解释。"

路凡又问道："那你能不能先告诉我们，这里是什么地方？"

岳澜说道："这里是玖川市啊。"

所有人的心里都是一震。玖川市，难怪这个地方看起来如此眼熟。玖川市是他们从小到大生活了十几年的城市，可是玖川市……怎么变成这个样子了？

见所有人一下子变得目瞪口呆，岳澜问道："你们怎么了？"

路凡说道："这里到底发生过什么，怎么会变成这样？"

岳澜疑惑地看着众人，说道："你们……怎么好像什么都不知道？"

路凡说道："我们……确实什么都不知道，你能给我们讲讲吗？"

岳澜点了点头，说道："这里在很多年以前，爆发了很严重的灾难，之后，就变成这样了……"

按照岳澜的讲述，整个事件的起因，源于一种名叫"埃博拉"的病毒。至于这种病毒是从什么时候开始爆发的，是从哪里开始爆发的，她已经无法确切记得了。听她的母亲讲，病毒最开始是几年爆发一次，后来发展到几个月爆发一次，逐渐变得无法控制，全球很快陷入了恐慌。

随着爆发的频率越来越高，病毒开始发生变异，并很快在蒙古国与俄罗斯边境的一座小镇出现了第一个变异病毒感染病例。感染后的患者在几分钟内进入脑死亡状态，虽然还能行动，但完全丧失了意识，智力变得极为低下，基因结构也发生突变，成了一种极具攻击性、肌肉异常发达的新型人类，被称为“重肌人”。

变异后的病毒，被命名为“TN-418”——“重肌人”病毒。

TN-418病毒的传播方式为体液传播。也就是说，正常人被重肌人抓伤或咬伤后，会迅速感染，基因发生变异，成为新的重肌人。

由于重肌人极具攻击性，再加上这种特有的传播方式，TN-418病毒迅速在全球蔓延，感染者数量呈几何级数上升。

短短几个月，全世界超过一亿人被感染，基因突变成为重肌人。

很多城市被重肌人攻陷，各国政府的军队开始介入，试图控制局面，最终都以失败告终。

前后不到一年时间，全球所有城市全部沦陷，整个世界陷入无政府状态。重肌人几乎控制了全世界所有的地方，只有极少数幸存者残存在各个城市中，苟且偷生。

岳澜就是玖川市极少数幸存者之一。最开始的时候，玖川市一共有一百多个幸存者。随着时间的推移，不断有人生病，或被重肌人攻击。到岳澜十岁那年，她的母亲去世，整座城市只剩下她一个人了。

邵子安几人听了岳澜的叙述，心中震撼至极。

这是怎么回事？自己生活的那座城市，也就是二〇一九年的玖川市，风和日丽，一片和平，除了偶尔有点雾霾，没有任何异常。可是这里的玖川市怎么会是这个样子？病毒、重肌人，已经完全是世界末日的感觉了！

邵子安猛然想到：“莫非我们几个人是在一种濒死的幻觉状态下，误打误撞来到了一个和原来那个地方完全‘平行’的世界，也就是传说中的‘平行空间’？”

邵子安强压住心中的震撼，问岳澜道：“那你……你还记不记得，病毒爆发的时间是哪一年？”

岳澜摇了摇头，说道：“不记得了。不过我妈妈留给我一段视频，里面应该有病毒爆发的整个时间表。”

邵子安说道：“时间表？”

岳澜点头说道：“对，时间表。”

她从随身的包里取出一个视频播放器，打开一个文件，说道：“就是这段视频。”

岳澜的播放器里是 CNN 制作的一段纪录片，记录的是“重肌人”爆发的整个详细过程：

病毒的爆发，始于一九七六年。

一九七六年，一种致死率极高的病毒在非洲刚果地区爆发，疯狂肆虐于埃博拉河沿岸的五十五个村庄，致使数千生灵涂炭，“埃博拉病毒”因此而得名。

三年后的一九七九年，埃博拉病毒疫情第二次爆发于苏丹。经过两次爆发后，埃博拉病毒神秘地销声匿迹了十五年，直到一九九四年再次爆发。从这时开始，疫情以两三年一次的频率持续爆发，致死率越来越高。

到二〇一四年，全世界终于全面爆发了最大规模的埃博拉病毒疫情，感染者超过两万人，其中超过半数感染者死亡。

再次沉寂了十二年之后，二〇二六年，埃博拉病毒疫情第五次爆发，感染人数超过五十万人，死亡人数超过三十万人，引起全球性恐慌。

从二〇二六年开始，埃博拉病毒疫情开始在全球各地不间断地频繁爆发。直到二〇三一年夏天，在位于蒙古国和俄罗斯边境的一个小镇，第一次发现了变异后的埃博拉病毒，被命名为“TN-418”——“重肌人”病毒。

被 TN-418 病毒感染的人类，会迅速产生基因突变，变异为一种智力严重退化、肌肉及体能大幅增强、极其狂躁，并具有极强攻击力的感染体。之所以会产生这样的变异，是因为感染者基因中的第八生长分化因子——GDF-8 发生了突变，致使感染者的肌肉变得极其发达，力量大幅超越普通人类，成了“重肌人”。

看到这里，岳澜按下了暂停键。邵子安留意了一下纪录片的录制时间，二〇三一年七月。

路凡喃喃地说道：“难怪……罐头上的生产日期是二〇三〇年，原来，第二年就是世界末日了。”

路凡沉默了片刻，说道：“看来子安说对了，这是濒死体验，而且我们很可能是在濒死状态下，误打误撞进入了一个‘平行空间’。”

岳澜问道：“你们在说什么，什么濒死体验？平行空间？”

路凡刚要回答，猛听得一阵剧烈的爆炸声从超市外传来，他愣道：“什么声音？”

岳澜神色一变，说道：“不好，他们……攻进来了！”

第四章　重肌人

众人随岳澜迅速爬上天台。

放眼望去，只见超市围墙外此时火光冲天，爆炸声此起彼伏，大量重肌人从四面八方扑来。他们不断地踩中地上的爆炸装置，巨大的爆炸声惊天动地、震耳欲聋。前面不断有重肌人被炸飞，后面的重肌人毫不畏惧，继续向前冲来。

眼前的场面已经远远不是刚刚在街道上见到的情景，那时只有几十上百个重肌人追逐他们，而现在是成千上万，甚至数以十万计的重肌人，密密麻麻，铺天盖地，如潮水一般向超市扑来。

邵子安惊呼道：“这……这是怎么回事？”

岳澜同样一脸困惑，说道：“他们怎么会追到这里？我刚刚明明做了所有处理，他们没道理跟过来的。”

路凡说道：“会不会是我们几个的原因？”

岳澜说道：“有可能，这些重肌人已经很久没有闻过生人的味道了。”

邵子安问道：“那，这……这些雷区，能挡住他们吗？”

岳澜说道：“恐怕不行，这片雷区是用当年军队撤离时留下的炸药做成的，只有五百米宽，按照他们这个冲法，恐怕支撑不了多长时间。”她快步走到天台另一侧，果然，那个方向也有大量重肌人正在接近雷区。

岳澜说道：“快走，我们得马上离开这儿。”

几人随岳澜快步跑下天台。岳澜打开一间储藏室，里面堆放着大量武器和装备。岳澜拿起一个背包，对几人说道：“这些都是为了应付突发情况准备的，背包里有干粮、清水和各种生活必需品，每人一个背包，带上武器，我们马上走。”

邵子安拿起一支步枪，说道：“这个……我们都不会用啊。”

岳澜说道：“很简单，我教你们。”

岳澜简单教会了大家各种武器、手雷的使用方法，然后说道：“现在肯定已经无法从地面逃走了，我们来时的那条热力管线恐怕也不安全。仓库那边有一条下水道，应该还没有问题。”

几人背起背包，随岳澜迅速离开储藏室，向超市的后方跑去。

超市外的爆炸声越发剧烈，已经有重肌人攻到围墙的大门处。撞门声此起彼伏，夹杂着重肌人的号叫声，令人毛骨悚然。

几人随着岳澜快步向前跑去。刚刚跑过超市的售货区，猛听得一声巨响，旁边的大门轰然倒下，大量重肌人扑进了超市。队伍瞬间被冲散，梁靖、丁峥几人一下子被重肌人围在了中间。

邵子安大喊一声：“梁靖！”话音未落，丁峥、梁靖几人就被一群强壮的重肌人扑倒。

路凡、岳澜端枪冲了过去，两人同时开枪，子弹打在那些重肌人身上，根本没有丝毫作用。更多的重肌人绕过丁峥、梁靖几人，向路凡、邵子安他们猛扑过来。

路凡喊道："梁靖，你们坚持住，我来救你们！"他和岳澜一起开着枪，迎着重肌人冲过去。

猛听得丁峥一声大喊："路凡，你们快走！梁靖，拉手雷！我不想变成小胖那样！"

路凡一下子明白了他们要做什么，大声喊道："不要！"

只听梁靖喊道："路凡、子安，你们多保重，一定要活着出去！"一声巨响，面前的重肌人被炸得血肉横飞。

路凡悲愤交加，大声骂道："我和你们拼了！"他开着枪疯狂地向前冲去，岳澜一把拉住他，喊道："快走！"

岳澜拖着路凡回来。

此时邵子安已经完全吓呆了，双腿抖得几乎无法挪动。一个身材健硕的重肌人向邵子安猛扑过来，他本能地想要躲闪，但双腿已经完全不听使唤。岳澜冲上前，用枪托将那重肌人打倒，与此同时，另一个身材略矮小的重肌人扑向岳澜。

岳澜举起枪，但已经来不及了。路凡上前一个抱摔，将那重肌人摔倒在地。重肌人落地的一刹那，张嘴向他的小腿咬去，路凡抬腿将那重肌人踹到了一旁。

路凡拉起岳澜和邵子安，喊道："快走！"

三人冲进超市最后面的仓库，重肌人尾随而至。岳澜打开一个下水道井盖，喊道："快下去！"几人迅速跳入井中。岳澜取出一颗手雷扔出井口，一声剧烈的爆炸，洞口处被炸塌。

三人沿着下水道快速穿行了十几分钟后，终于从超市外的出口攀上地面。回头望去，身后的几百米处，数以百万计的重肌人正从四面八方拥来，扑进那座巨大的超市。

岳澜看了看邵子安和路凡两人，说道："看来所有重肌人都过来了，我们赶快离开这儿。"

三人拎起枪，快步向远方跑去。

一小时后，邵子安三人终于冲出了市区，来到位于郊外的一处别墅群。

岳澜带两人走进一栋别墅，说道："这是以前设置的临时避难所，很安全。我们今晚就在这儿休息，明天再想办法去别的地方。”

邵子安惊魂未定，点了点头。路凡突然一个踉跄，险些摔倒。邵子安一把扶住他，问道：“你……你怎么了？”

路凡苦笑了一下，说道：“真倒霉，我被……我被他们咬了。”

邵子安一惊，低头望去，只见路凡的小腿上早已鲜血淋漓，一个瘆人的咬痕位于他的小腿外侧，伤口处已成黑色。

邵子安颤巍巍撕开路凡的裤子，只见一条黑线从伤口处沿小腿向上延伸，他向岳澜喊道：“快……快给我刀子！”

路凡摇了摇头，说道：“来不及了，刚刚跑了太长的路，病毒应该已经扩散了。”

邵子安急道：“我一定要把你救活，你忍着点。”他哆哆嗦嗦撕下衣服，将路凡的小腿绑住，取过岳澜递过来的刀子，在伤口上划了一个深深的十字，用力将里面的血挤出。

路凡苦笑道：“没用的。你听我说，你要赶快把我处理掉！”

邵子安喊道：“你……你别胡说！”

路凡喘了几口气，说道：“你也看了刚刚那段视频，只要被那些重肌人咬伤，就不可能再救回来了！”

邵子安喊道：“不……不可能！有办法，肯定有办法的！”

路凡望向岳澜，说道：“告诉我，我还能撑多长时间？”

岳澜神色黯然，没有回答。

路凡大声说道：“告诉我！”

岳澜咬了咬嘴唇，说道：“黑线走到心脏的位置，就不行了，最多……还有半个小时。”

路凡默然，缓缓拉开上衣，只见一条黑线从腰部向上，已经走到了肋骨的位置。

“半个小时……”路凡抬起头来，对邵子安说道，“听到了吗？半个小时，快！”

邵子安摇头喊道：“不！”

路凡一把抓住邵子安，说道：“你理智点！”

邵子安绝望地喊道：“不！不！我……我下不去手！”

大滴的汗珠从路凡的额头落下，病毒入侵的速度显然非常迅猛。

路凡极力抑制住来自身体内部的痛楚，声音颤抖地说道："子安，你……你听我说，你哪儿都好，就是不够勇敢。你是一个男人，作为一个男人，你可以死，但不可以㞞！你不能再懦弱了，我走以后，你要照顾好自己，不能让一个女孩儿来保护你，你明白吗？"

邵子安含泪答道："我……我明白……"

路凡点了点头，说道："你是我最好的朋友，这是你能为我做的最后的事，动手吧。"

邵子安抬起头来，绝望地望向岳澜。岳澜神色凄然，摘下了腰间的手枪。邵子安颤抖地接过手枪，路凡笑了，一把抓住邵子安的手，将枪口顶在自己的额头，说道："子安、岳澜，你们多保重。"

他闭上双眼，咬牙说道："来吧！"

邵子安最后看了路凡一眼，转过头去，大滴的泪珠从邵子安的眼眶落下。他猛一咬牙，扣动了扳机。

巨大的枪声在房间里回荡，邵子安扔下手枪，大声喊道："路凡！"

第五章　最后一个幸存者

在别墅外一处山清水秀的地方，邵子安和岳澜将路凡埋葬了。

天空依旧阴霾，再次下起了雪，黑灰色的雪花从天空飘下。两人静静地站在路凡的坟前，任由雪花飘在自己的头上、肩上。

回到别墅，邵子安一个人静静地坐在壁炉前，心情无比沉重。短短几个小时内，他经历了有生以来从没经历过的事，失去了他最好的朋友，路凡、梁靖、丁峥、小胖……

邵子安就这么静静地坐着，也不知过了多久，一阵刺骨的寒意袭来，他不由得打了个冷战。忽觉一只手放在自己的肩头，回过头来，是岳澜。

岳澜轻声说道："对不起。"

邵子安抬起头来。

岳澜说道："对不起，我……没有保护好你的朋友，我很抱歉。"

邵子安说道："这……不怪你。"

岳澜说道："我没想到他们会这么快就追过来，我以为做好了处理，他们就不会追过来了，都是我不好……"

邵子安打断岳澜的话，说道："其实……应该说对不起的是我。如果没有我们的出现，就不会给你带来这么大的麻烦，更不会让你离开那个生活了十几年的地方……"

岳澜叹了口气，说道："谢谢你。"

她沉默了片刻，说道："我做了晚饭，吃点东西吧。"

邵子安抬起头来，这才发现，天色不知什么时候暗了下来。

窗外，已是暮色四合。

走进饭厅，没想到这么短的时间，岳澜竟然已经准备好了一桌丰盛的晚餐。虽然都是罐头食品，但烹饪极为精良，花样翻新，主食居然有米饭、面条、花卷好几种。

岳澜为邵子安盛饭，说道："都是我妈妈教给我的，你尝一尝，不知道合不合胃口。"

邵子安勉强笑了笑，拿起筷子，虽然没有胃口，但他知道这是岳澜的心意。他夹起菜送进口中，没想到，简单的罐头食品竟被岳澜烹饪得极为可口。岳澜为他殷勤地布菜，邵子安吃着，心里很是感动。

两人所在的别墅，是多年前岳澜的父母安排的临时避难点，为的就是防备突发情况，供紧急避难所用。别墅地处玖川市郊外，位置偏远，别墅内存有大量的清水、食物以及各种武器弹药，以备不时之需。

吃过晚饭，天已经全黑下来。岳澜将所有门窗锁死，又在壁炉内生了一堆火，屋内的寒气一下子被驱散开来。

两人分析之后，都感觉以目前的情况，即便是这栋别墅也不安全，他们必须选择更远的地方藏身。

邵子安感到了一种深深的恐惧，眼前这个世界，早已不是人类的世界，而是那些怪物——重肌人的世界。

岳澜再次检查了所有门窗和出口，在壁炉里加了柴。为安全起见，当晚两人没有分开，在客厅地板上打了两个地铺，将背包和武器放在枕边，以防突发情况。

收拾完毕，岳澜突然问邵子安道："对了，你还没有告诉我，你们几个……究竟是怎么来到这里的？"

邵子安一怔，说道："这个问题，其实……我也不知道该怎么回答你。"

岳澜问道："怎么？"

邵子安说道："实际上，就连我们自己也不知道是怎么来到这里的。"

岳澜说道："没关系，如果你愿意，可以讲给我听。"

邵子安点了点头，组织了一下语言，将发生的事情从头到尾讲给了岳澜。

岳澜听后，沉默良久，喃喃说道："难怪，我会遇见你……"

邵子安说道："你说什么？"

岳澜脸上一红，说道："没什么。"

她抬起头来，说道："我相信你说的话。"

邵子安有些困惑。如此离奇的事情，按理说一般人很难接受，但岳澜似乎真的对他的话深信不疑。

只听岳澜说道："据我所知，玖川市，包括周围的所有城市，除了我，已经没有任何活着的人了。"

邵子安问道："你怎么知道？"

岳澜答道："我们有一个无线频段，是全世界所有幸存者的公用电台，大家用这个频段通报自己所在城市的情况，互相鼓励，但是……这个频段已经很多年没有任何信号了。"

邵子安一惊，说道："你……你是说，我们两个，很可能是这个世界上最后的幸存者了？"

岳澜摇了摇头，说道："我不知道，但至少……已经不会有太多了。"

她抬头望向邵子安，说道："所以，我相信你说的话。"

邵子安突然想起了什么，问岳澜道："对了，其实有件事，我也一直想问你……"

岳澜点头。

邵子安问道："我们刚刚见面的时候，就是在那个楼顶，你看到我时的表情显得挺奇怪的，是怎么回事？"

岳澜听邵子安问起这个，显然一怔，低下头来，说道："没……没什么……"

邵子安疑惑地看着岳澜。岳澜在他的注视下，神色突然显得很羞涩，说道："真的，真的没什么……对了，时间也不早了，你……你也累了吧？我帮你铺床。"岳澜迅速起身，帮邵子安收拾地铺。

望着岳澜忙碌的身影，邵子安十分困惑，但没有再问什么。

当晚，邵子安躺在地铺上，久久无法入睡。

回忆着这一天发生的事，他心中思潮起伏。对邵子安来讲，这段离奇经历的最后答案究竟是濒死体验，还是平行空间，现在都已经不重要了。无论是哪种答案，所有事情全都如此真实地在他身边发生了，一件一件，鲜血淋漓，历历在目。

如果这是一场梦，他真的希望能早点醒来。

邵子安的心情无比沉重，同时，又充满着恐惧。从地震发生的那一刻开始，这短短的一天时间，他经历了之前的十八年从没经历过的事。突发的地震，废墟中看到的伙伴们的尸体，之后的隧道、火车、刺眼的白光，最后，他们来到了这个充满重肌人的末世。现在，所有的伙伴，他最好的朋友先后离去，只剩下他自己一个人……

恐惧，邵子安心中充斥着一种前所未有、无法名状的恐惧。他从来就不是一个坚强而勇敢的人，面对如此恐怖的现实，他的感觉可以用生不如死来形容。

幸好还有岳澜陪着他，这个在末世中独立生活的温柔而又坚强的女孩儿，否则，邵子安都不知道自己该如何撑下去。

想起岳澜，邵子安心中有一种不一样的感觉。这种不一样，来自岳澜给他留下的印象。从见面那一刻起，他就知道这是一个与自己之前遇到的所有女孩儿都不同的人。

岳澜不同于自己那个世界里的任何女孩儿，可能是因为独自一人在这个末世长大，她既温柔，又极度坚强而勇敢，更可贵的是，她单纯得像一张白纸，丝毫没有被世俗污染。

邵子安无法想象，岳澜作为一个女孩儿，是如何在这样一个荒凉、孤独且极度恐怖的末世里生活下来的。

邵子安的脑中思绪万千，不知过了多久才蒙蒙眬眬睡去。迷迷糊糊中，忽觉有人来到他身边。他睁开眼睛，是岳澜。

借着壁炉的微光，只见岳澜将手指放在嘴边，做了一个“嘘”的手势，轻轻说道：“你……能抱抱我吗？”

邵子安一怔，不知为什么，他没有拒绝，伸出手轻轻抱住了她。

岳澜将头埋在邵子安胸前，低声说道：“谢谢你。”可以感觉到，岳澜的身子在微微地发抖。

良久，岳澜突然说道：“你知道吗？其实……我认识你。”

邵子安一愣，说道：“你说什么？”

岳澜抬起头来，说道：“我很小的时候就认识你了。”

邵子安坐起身来，迷惑地看着岳澜，说道：“这……怎么可能？”

岳澜点了点头，说道：“我十岁那年，在一段视频里见过你，只是……我没有想到，有一天我会真的遇到你。”

邵子安说道：“你……你在一段视频里，见过我？”

岳澜点头。

邵子安望着她，一时间完全无法明白岳澜的意思。虽然没有问过年龄，但可以看出来，岳澜应该与自己年龄相仿。岳澜十岁那年，至少是七八年以前的事了，那时的邵子安才不到十岁，即便她见过那时的自己，怎么可能现在一眼就认出来？

邵子安问道：“你说的……什么视频，能给我看看吗？”

岳澜从包中取出那个视频播放器，打开一个文件，正是刚刚给他们几人看过的那段纪录片。

邵子安不知道岳澜为什么再次给自己看这段视频。岳澜说道："你继续往下看，就知道了。"

邵子安这才发现，刚刚他们几人看过的是纪录片的前半部分，而后半部分是一段新闻采访视频。

从开篇的记者描述看，这个采访应该就是关于发生在二〇三一年夏天的那次在蒙古国与俄罗斯边境发生的首次"重肌人"病毒爆发事件的，采访对象是进入当地搜索的特战队员。

画面上，一名看起来酷酷的特战队员正在接受采访。采访完那名特战队员后，记者又开始采访此次行动的特战队队长。

当镜头转向那个人的一刻，邵子安不由得浑身一震。

画面中那位接受采访的特战队队长，不是别人，赫然就是邵子安自己！

第六章　十二年以后的自己

邵子安愣愣地看着视频中的那个人，已经完全听不到新闻的内容了。画面中的人，可以确定就是邵子安自己，因为这个世界上，除了双胞胎，绝不可能再有如此相像的两个人。

但这显然不是现在的邵子安，而是三十岁以后的邵子安。视频中的邵子安，黝黑、强健、极其沉稳，穿着一身黑色的特战服，端着枪，眼神坚定，英姿飒爽。

这是怎么回事？

邵子安突然想到，难道……这就是平行空间中的另一个自己？

他抬头望向岳澜。岳澜说道：“我十岁那年，整理妈妈遗物的时候发现了这段视频，那是我第一次看到你。从那时起，这么多年，这段视频我一直带在身边。昨天我在楼顶天台看到你的那一刻，我就知道，再发生任何离奇的事情都是有可能的。所以我会说，我相信你说的话。”

难怪如此离奇的经历，岳澜听后竟会深信不疑。看来自己的判断是对的，自己与路凡、梁靖、丁峥、小胖几人一定是在濒死的状态下，误打误撞进入了一个平行空间之中。而视频中那个三十岁的邵子安，就是平行空间中的另一个自己。

邵子安努力平复了一下心情，问岳澜道：“那你觉得，这一切，到底……到底该怎么解释？”

岳澜摇了摇头，说道：“我也不知道该怎么解释。但我相信，发生的一切，冥冥之中自有天意。”

邵子安喃喃说道：“天意……”

他问岳澜道：“你刚刚说这段视频，这么多年，你一直带在身边？”

岳澜点头说道：“嗯。”

邵子安问道：“为什么？”

岳澜一下子红了脸，说道：“反正……反正从那时起，这段视频我就一直带在身边了。这么多年来，就是这段视频支持着我一个人在这里生活了十年。”

邵子安看着岳澜的样子，隐约明白了她的意思，不由得心头一动。

岳澜抬起头来，说道：“好了，我们不说这个了。我讲个故事给你听，好不好？”

邵子安点了点头。

岳澜说道：“从前，有一只大兔子和一只小兔子，他们生活在一起。大兔子和小兔子一起吃饭，小兔子捧着饭碗对大兔子说：‘想你。’大兔子说：‘我不就在你身边吗？’小兔子说：‘可我还是想你。’小兔子咂吧咂吧嘴巴，说：‘我每吃一口饭都要想你一遍，所以，我的饭又香又甜，哪怕是我最不喜欢的卷心菜。’大兔子不说话，只是低着头继续吃饭。

“大兔子和小兔子该睡觉了。小兔子盖好被子，对大兔子说：‘想你。’大兔子说：‘我不就在你身边吗？’小兔子说：‘可我还是想你。’小兔子闭上眼睛，说：‘我每做一个梦都要想你一遍，所以，每个梦都是那么温暖，哪怕梦里出现妖怪我都不会害怕。’大兔子不说话，躺到床上。小兔子睡着了，大兔子轻轻吻了吻小兔子的额头，对她说：‘每天每时，每分每秒，我都在想你，悄悄地想你。’”

听岳澜讲着这些幼稚而可爱的小故事，邵子安不由得笑了。抱着这个外表很坚强、心里却十分柔弱的女孩儿，他的心里第一次产生了想保护一个人的冲动。

第二天早上，邵子安醒过来的时候，恍惚中，竟然不知道自己身在何处。坐起身来，只见窗外天光大亮，房间被收拾得整整齐齐、一尘不染。岳澜笑吟吟地跑过来，说道：“你醒啦？我去给你打洗脸水。”

洗漱完毕，两人坐到餐桌前。经过昨晚的事，一时间谁都不知道该说什么。

静静地吃过早餐，岳澜说道：“一会儿，我们就要离开这儿了。”

邵子安问道：“你有什么打算？”

岳澜说道：“我有个想法，就是不知道……你同意不同意……”

邵子安点头。

岳澜说道：“我们去青藏高原，好不好？”

邵子安问道：“青藏高原？”

岳澜说道：“对啊，所有重肌人都是人变的。青藏高原海拔很高，人烟稀少，也就不会有太多重肌人。我们在那里躲一躲，然后一起帮你想办法，回到你的那个世界。”

邵子安说道：“好。”

他又问道：“对了，那……如果我回去了，你怎么办，你和我一起走吗？”

岳澜脸上一红，说道：“从现在开始……你去哪里，我就跟你去哪里。”

邵子安心头一荡。和岳澜相识，虽然只有短短不到一天时间，但是经历了很多。她对众人殷勤照顾，然后带着大家杀出重围，和邵子安共同埋葬了路凡，又经过昨晚的一夜长谈，邵子安处处能感觉到她的温柔亲切、善解人意。

邵子安知道，自己从来就不是一个有魅力的男孩儿。由于性格过于懦弱，他长到这么大，从来没有哪个女孩儿主动喜欢过自己。没想到来到这个末世，竟然有一个如此温柔美丽的女孩儿对自己一见倾心，此刻更是听到她对自己吐露真情。邵子安不由得十分感动，鼓足了勇气，握住岳澜的手，说道："那我们就这么决定了，一起去青藏高原，找个没有人的地方。我答应你，我一定带你离开这里。以后，我……我一定会保护你的。"

岳澜说道："好，我都听你的。"神色之间，甚是开心。

邵子安的心里一时间充满了力量。

两人起身，岳澜蹦蹦跳跳地开始收拾行李。刚刚整理好背包，猛听得"轰"的一声巨响，别墅的房门和四面的窗子同时被撞破了。

邵子安还没来得及做出任何反应，就已经被一个身材健硕的重肌人扑倒，更多的重肌人冲进了房间。

邵子安完全吓呆了，他瞪大眼睛，瞅着眼前的重肌人张开血盆大口，向自己的脖颈处咬来。

千钧一发之际，岳澜扑上前，挡在了邵子安与那重肌人之间，那个重肌人狠狠一口咬在了岳澜的肩头。

时间在这一刻仿佛停止了。邵子安大喊了一声："不！"他用尽全身力量，推开身边的那个重肌人。

邵子安抄起一旁的棒球棍，将那重肌人打得脑浆迸裂。他拉起岳澜，喊道："你……你怎么样？"

岳澜用手捂着肩头，脸色惨白，已经疼得说不出话来。

房间内已经到处都是重肌人，更多的重肌人不断地冲进来。

邵子安抡起棒球棍，疯了一般地左突右杀，终于杀开一条血路，拉着岳澜冲出了别墅。

四面的公路上，数以十万计的重肌人如潮水般向别墅涌来。邵子安拉起岳澜，向别墅一旁的山顶跑去。

翻上山顶，举目望去，只见四面群山耸立，山坡下正前方是一条湍急的大江，上面架着一座桥。邵子安喊道：“我们到桥那边去！”他拉着岳澜向山下跑去。

两人跑上大桥，身后，潮水一般的重肌人蜂拥而上。

刚刚跑到大桥一半的位置，邵子安停住了，只见对面，数不清的重肌人正从四面攀上桥头，沿大桥向他们奔来。回头望去，身后的重肌人越来越近。他们已经被彻底堵死了。

邵子安拉着岳澜奔到桥边，桥下是湍急的江水，他对岳澜喊道：“我们跳下去！”

岳澜没有回答。

邵子安喊道：“没事的，我们从这儿跳下去！”

岳澜静静地看着邵子安，缓缓摇了摇头。

邵子安愣道：“怎么了？”

岳澜说道：“对不起，我……不能和你一起走了。”

邵子安急切地喊道：“没事的，我可以把你救活，我一定可以把你救活，我们一起走！”

岳澜摇头道：“我留在这儿，还能拖住他们一会儿。”

邵子安喊道：“不，要走我们一起走！”

岳澜说道：“你快走，他们马上就要过来了。”

邵子安抬起头，两边的重肌人正在迅速接近，他抓住岳澜喊道：“我不能抛下你，我们必须一起走！”

岳澜一把握住邵子安的手，说道：“你听我说，从十岁那年，我在那段视频上看到你，我就爱上了你。从那天起，我就坚信有一天，我一定会遇见你，就是这种念头支撑着我在这里生活了整整十年，能够遇到你，我已经很开心了。”

邵子安喊道：“岳澜，其实……其实我不是你想的那个人。我……我很懦弱，我一点也不勇敢，我不是那个人。你只有活下去才会遇到那个人，你跟我一起走，我能救活你的，我一定能救活你的！”

岳澜平静地看着邵子安，神色坚定，说道：“你是的，只是……你现在还不知道。”

岳澜目光温柔，踮起脚，在邵子安的嘴唇上深深地一吻，说道：“遇到你，是我这辈子最开心的事，答应我，好好活下去。”说完，岳澜用尽全身力气，将邵子安推下桥去。

邵子安从空中坠下。

岳澜取下身上的手雷，平静地看着他，嘴角泛起一个微笑，大声对他说了什么，但湍急的江水声阻断了岳澜的声音。邵子安竭尽全力喊道：“岳澜！”

只见岳澜拉开手雷的保险，两旁的重肌人蜂拥着扑上去，随后是剧烈的爆炸，冲天的火光。

“扑通”一声巨响，邵子安掉落水中……

第七章　苏醒

剧烈的冲击使邵子安骤然清醒过来。他抬头望去，眼前是雪白的墙壁、考究的家具。邵子安心中一片迷茫，这是什么地方？

猛听得有人喊道：“子安，你……你醒啦？”声音中充满激动。邵子安转头望去，是自己的发小儿欧阳，正站在床边，嘴巴张成了“O”形，激动之情溢于言表。

邵子安问道：“我……我这是在什么地方？”

欧阳说道：“你自己家里啊。你……你真的醒啦？我……我去叫你爸。”欧阳的声音有些颤抖，转身要走，邵子安说道：“你等等。”

欧阳停住，邵子安看了看他，又看了看周围的环境，确实是在自己家里。他脑中一片迷惑，问道：“发生什么事了？”

欧阳问道：“你不记得啦？”

邵子安皱眉回忆，脑海中闪现出一个个画面，网络会所、地震、白光、重肌人，还有……岳澜！

邵子安心头猛然一震，瞬间回忆起所有事情，最后一个画面在脑海中清晰地浮起：大量重肌人从桥头两侧逼近，岳澜将自己推落，拉响了手雷，剧烈的爆炸，冲天的火光，自己落入水中。

邵子安呆了良久，问道："我……我怎么会在这儿？"

欧阳说道："那天你和路凡、小胖几个在网吧打游戏，后来突然地震了，你们都被埋在下面了，救援人员好不容易才把你救了出来。"

邵子安问道："路凡他们呢？"

欧阳没有回答。

邵子安问道："怎么了？"

欧阳沉默了片刻，说道："他们几个，都……都不在了……"

邵子安愣了半晌，问道："你说什么？"

欧阳说道："他们几个被挖出来的时候，就已经不行了。只有你还有一口气，你爸爸花了很多钱，又专程从美国把你龙叔叔请了过来，这才把你抢救过来……"

欧阳后面的话，邵子安已经完全听不到了。原来，那次地震竟只有自己一个人活了下来，而自己最好的几个朋友——路凡、小胖、梁靖、丁峥，都已经不在人世了。邵子安心中一阵悲痛，喃喃说道："怎么……怎么会这样？"

欧阳安慰道："你也别太难过了，其实最开始的时候，大伙儿和你一样难过，但是这几年下来，我们都……"

邵子安打断欧阳的话，说道："你说什么？什么这几年？"

"对了，你还不知道呢，从你被抢救过来到现在，已经过去整整三年了。你们出事的时候，是二〇一九年，而现在……"欧阳顿了顿，说道，"已经是二〇二二年了。"

邵子安看着欧阳，一时间完全呆住了。

第八章　四年以后……

四年后。

玖川市的九月，秋雨连绵。万山公墓的陵园内，邵子安静静地站在小胖、路凡、梁靖、丁峥几人的墓前，手里捧着一束鲜花，任由雨水打湿头发、衣衫，却浑然不觉。

距离那件事情的发生，过去了整整四年。自从苏醒过来，每年的这一天，邵子安都会到这里看望他们。这里埋葬着路凡、小胖、梁靖、丁峥……他曾经最好的朋友。

这四年间发生了很多事。经历过那场灾难，邵子安的性格改变了很多。那段濒死体验中的经历，他从没对任何人提起过。这主要是因为，他也不知道究竟该如何提起。

四年前，当他从植物人状态下苏醒过来，有很长一段时间陷入一种极大的迷茫、困惑、伤感甚至恐惧的情绪中。那一段离奇的经历，至今也无法找到确凿的科学依据来解释。

那段故事究竟是自己成为植物人期间脑中所产生的幻觉，还是进入平行空间后真实发生的，他找不到任何答案。但那段经历里的每一个细节，始终萦绕在他心头，历历在目。

邵子安曾经花了很长时间查询有关埃博拉病毒的情况。

这种致死率极高的病毒，第一次爆发确实发生在一九七六年的非洲刚果，三年后的一九七九年在苏丹第二次爆发，沉寂了十五年之后，从一九九四年开始，病毒以每两三年一次的频率持续爆发，直到二〇一四年。

他很清楚地记得，二〇一四年那次埃博拉病毒的全球性爆发，那是他和路凡、梁靖几人出事的前几年发生的事。病毒大面积扩散后，引起全球性恐慌，中方也派出了大量医疗援助队前往支援。当时网络上谣言四起，甚至有人造谣说世界即将进入末日云云，一时间闹得人心惶惶，人人自危……

查到的这些资料和岳澜那段视频中的记录完全吻合，但这并不能说明任何问题。

邵子安也查询了他在那段经历中遇到的重肌人的情况。在浩如烟海的网页中，竟然没有发现哪怕一个由这三个汉字组成的词语。

他确实找到了岳澜那段视频中提到的GDF-8基因突变的概念。然而这种基因突变只发生在动物身上，至今没有人发生突变的病例。并且，动物身上发生的肌肉变得异常发达的突变，全部源于动物自身的遗传因素，没有一例是来自病毒感染。

除此以外，邵子安还花费了很长时间查询了大量有关濒死体验和平行空间的信息，同样也没有任何确定性的结论。

所有这些，对于解释他曾经的那段离奇经历，并没有任何帮助。犹豫了很久之后，他给当年抢救他的龙叔叔打了一个电话。

龙叔叔全名龙启轩，是邵子安父亲最好的朋友，也是当年抢救邵子安的医生。七年前那场突发的地震使很多人丧生，邵子安从废墟中被挖出来的时候，已经几乎没有任何生命体征。国内的医生束手无策，邵子安的父亲专程从美国将龙启轩请来，这才将他救活。

邵子安在电话中向龙叔叔详细询问了自己在抢救和治疗期间的情况，并提出了他的疑问。当然，他并没有讲述自己在植物人期间的那段离奇经历。

龙叔叔听过邵子安的问题后，给了他一个比较确定的答案：

由于邵子安当时心脏停搏时间过长，加上此后高强度的抢救以及长期植物人的状态，他的大脑必然会受到一定的影响。在恢复期间，无论是身体上还是精神上都会产生诸多不适。因而无论出现什么情况，均属正常。随着慢慢康复，这一切都会过去。

放下电话，邵子安感到十分伤感。

这是到目前为止，他得到的有关那件事情最为肯定的答案。他明白了，或许发生过的一切，真的只是自己在濒死状态下产生的幻觉而已，虽然一切都显得如此真实，但仅仅是一场幻觉罢了。

于是他开始尝试放下这件事情，然而让他始终无法忘怀的，是岳澜。每到深夜，一次又一次，他在梦中又回到那个末世，岳澜的音容笑貌也一次又一次清晰地浮现在他眼前。

他不止一次在梦中回到那段情节的最后场景：

岳澜站在高高的桥顶，他从桥上坠落。岳澜微笑地看着他，最后向他说了什么，然后拉响了手雷。

邵子安一次又一次试图听清岳澜最后对他讲的话是什么，却始终得不到答案。

每一次大汗淋漓地从梦中醒来，望着面前空荡荡的房间，回想起那个在末世中整整等待了他十年的柔情似水的女孩儿，那个他有生以来第一次铭心刻骨爱上的女孩儿，邵子安的心中都无比伤感。

他知道，他无法忘记那个女孩儿。

然而，生活还是要继续。

在病床上休养了整整半年之后，邵子安终于康复了。次年六月，他重新参加了高考。

遵从父亲的意愿，他考入了全国最顶尖的商学院——位于玖川市的仁华大学商学院，学习工商管理。

等待开学的那个暑假，他哪里都没有去，每天除了准备大学即将开始的课程、强化英语，就是锻炼身体。

他强迫自己接受了龙叔叔给他的那个答案：

发生的一切，无论多么离奇，多么真实，也无论多么美好，多么难以忘怀，都只是他在无意识中的一场幻觉而已。

一切，都过去了！

随着时间的推移，他逐渐从那段经历里走了出来。生活再次回到正轨，邵子安的心情也完全恢复了平静，一切似乎真的已经过去了。

直到那年九月，在仁华大学二〇二三级的开学典礼上，他遇到了一个人。这个人，再一次将邵子安推入无尽的迷雾中……

大学新生入学的第一天，他在开学典礼的现场看到一个秀美绝伦的身影。

那是一个长发垂肩、身材修长的女孩儿。邵子安此前从没有过和女孩儿搭讪的经历，然而，那天不知道为什么，他被一种奇怪的直觉驱使着追了上去，对那个女孩儿说了一句："你好。"

女孩儿转过身的一刹那，邵子安完全惊呆了。那一瞬间，他如坠梦中，分不清是真是幻。

只见对面的女孩儿长发飘飘、肤白如雪，正是他苏醒以来，每日魂牵梦萦、念念不忘的那个女孩儿——岳澜。

女孩儿看到邵子安，略有些惊讶，问道："你好，有什么事吗？"

女孩儿显然并不认识邵子安。邵子安瞠目结舌，呆了良久，这才前言不搭后语地说道："啊，你好，你……你也是新生吧？"

女孩儿点了点头。

邵子安使劲咽了咽口水，勉强让自己平静了一些，说道："我是商学院的新生，我叫邵子安，你……怎么称呼？"问出这句话的同时，邵子安的心已经提到了嗓子眼。

只听那女孩儿平静地答道："你好，我是医学院的新生，我叫岳澜。"

站在他面前的，是一个无论是长相、身材，还是谈吐气质，甚至连名字都与岳澜一模一样的女孩儿。

第九章　岳澜，岳澜

邵子安至今都想不起那天是怎样结束和那个女孩儿的谈话的。回到家中，他心中的震撼，甚至可以说是惊惧，简直无法用言语来形容。

世界上怎么会有如此巧合的事？世界上怎么会有长相如此相同的两个人？他甚至开始怀疑自己是不是还在那场幻觉中。他用力咬了咬自己的手指，钻心的疼痛让他明白，这一切，都是真的。

然而发生的这一切究竟该怎么解释？仅仅是巧合吗？

巧合到相貌、身材、声音、语气，甚至名字都一模一样？

邵子安知道，这样的解释实在太过牵强。然而，如果不是巧合，这一切又该怎么解释？

这一夜，邵子安辗转反侧，难以入眠。

黎明时分，他恍然入梦，又一次清晰地回到和岳澜分别的那段情景。他从桥上落下，岳澜站在高高的桥上，微笑着对他说出最后一句话。邵子安竭尽全力，依旧不能听清岳澜讲的是什么。

邵子安再一次大汗淋漓地从梦中惊醒。

自从四年前，他从植物人的状态苏醒过来，就不止一次地在梦中回到那个场景，一次又一次梦到岳澜在最后时刻对他讲的那句话。他一直想听清岳澜对他说的是什么，却始终没有答案。

岳澜最后对他讲的，究竟是什么呢？

望着窗外微明的天空，邵子安突然意识到，岳澜最后对他讲的这句话，一定非常重要。

尤其在这个特殊的日子，他再一次梦到这个场景，再一次梦到岳澜的这句话，是在预示着什么？

难道这个和岳澜一模一样的女孩儿突然出现，与岳澜最后对他讲的这句话有关？这个突然出现的女孩儿会不会就是他的岳澜？这两个一模一样的女孩儿会不会根本就是同一个人？

前生今世，生死轮回，他的岳澜，真的……真的回来了吗？

邵子安的心脏狂跳不已，他不敢相信这个想法，事实却又摆在这里。怎么办，去找岳澜，向她问清楚，告诉她所有事情，揭开这个谜底吗？

不行，他还没有这个勇气。更重要的是，如果岳澜不相信自己怎么办？如果岳澜认为自己在骗她怎么办？这么贸然地去找她，万一弄巧成拙怎么办？

整整一夜，邵子安思前想后，辗转反侧，不能自已。

开学之后，邵子安的心中虽然波澜万千，但还是尽最大努力克制着自己，与岳澜保持着一定的距离。

岳澜来自南方的一个大城市，有着良好的家教。由于外形气质出众，她的追求者甚众，但岳澜从不与男生过多接触，每天除上课、自习外，就是到图书馆看书。

邵子安仔细观察过这个女孩儿，她除了外形和名字与那个岳澜一样，连说话的语气、举手投足，乃至身上的每一个细节，都与自己的那个岳澜不差分毫。

邵子安越观察就越觉得，眼前的这个岳澜，一定与他的那个岳澜有什么关系。他甚至开始相信，她们两个很可能就是同一个人，只是在这个世界，她暂时忘记了平行空间中发生过的一切。自己需要一段时间，需要一个机会，去唤醒她的记忆。

当然，冷静下来的时候，邵子安也知道这样的想法实在荒诞，然而他始终无法抑制住心中的这个念头。

天色逐渐暗了下来，邵子安将手里的鲜花放在墓碑前，最后看了一眼好朋友的长眠之地，转身离开了墓园。

一小时后，他回到邵家位于玖川市西北半山的豪宅中，洗了个热水澡，又吃了点东西，来到地下室的健身房开始锻炼身体。

邵子安生长在一个殷实富足、衣食无忧的家庭，他的父亲邵家祥是东南亚地区最大的商业集团——邵氏财团的总裁。邵家祥的性格十分强悍，对儿子从来都是说一不二。邵子安自幼逆来顺受，养成了懦弱的性格。

然而，经历过七年前的那次事件，邵子安第一次开始渴望改变自己，希望自己能够变得强大起来。自从苏醒过来，他开始努力锻炼身体，并且有意识地磨炼自己的意志。

在跑步机上跑了半个小时，又做了一百个俯卧撑后，邵子安已经大汗淋漓，手机突然响了，是欧阳的电话。

欧阳和小胖、路凡、丁峥、梁靖几人都是邵子安中学时代最要好的朋友。那时候大伙儿都喜欢打 LOL，经常在下午放学后凑在一起，组队去网吧打游戏。

欧阳的父母在二〇一八年的一场车祸中双双亡故，他早早退学到外地打工。也正因为如此，他在那场地震中逃过一劫。邵子安中学时代最要好的朋友，现在只剩下欧阳一个人了。

接起电话，只听欧阳火急火燎地说道："你看新闻了没有，出事了，出事了……"欧阳的性子一向咋咋呼呼。邵子安一边擦汗一边问道："什么情况？"

欧阳说道："你快开电视。"

邵子安打开电视。果然，屏幕上并不是这个时段本该播出的电视剧，而是一片混乱的场面。

这显然是一段临时插播的实时新闻。十几秒钟后，现场记者的声音响起："玖川市电视台、玖川市电视台，临时插播新闻，临时插播新闻。我现在所在位置是玖川市文征区新开业的沃尔玛超市，刚刚得到消息，二十分钟前，一伙不明身份的武装分子突然闯入沃尔玛，劫持了大量人质，具体目的不详。目前警方已经包围了超市，正试图与歹徒沟通……"

邵子安想起来，不久前玖川市公安局刚刚破获了一起大型跨国贩毒案，抓获了一名叫作古曼斯的国际大毒枭。莫非这次突发的劫持人质事件与那件事有关？

欧阳问道："你看到了没有？"

邵子安说道："我正在看……"

欧阳打断邵子安的话，说道："你听我说，那个沃尔玛今天刚刚开业，里面有上千名顾客，最重要的是，咱们好多同学都在里面……"

邵子安说道："你说什么？"

欧阳说道："今天是晓芸的生日，她的几个同学晚上要来我家聚会，所以下午就一起去了超市……"晓芸是欧阳的妹妹，自从父母去世，家里就剩下他们兄妹两人。欧阳为了供妹妹读书，才退学到外地打工。

邵子安说道："什么，晓芸也在里面？"

欧阳说道："对，除了晓芸，还有很多咱们认识的同学，赵晓、徐凯、叶童，还有，还有……"欧阳说到这里，停住了话。

邵子安陡然升起一种不祥的感觉，问道："还有谁？"

欧阳说道："还有……岳澜。"

邵子安心里一沉。

他应该想到的。岳澜和晓芸是同一个学院的，两人住在一个寝室，关系非常好。也正因为这样，自己对岳澜的那种特殊感情，虽然从没提起过，但晓芸和欧阳都能感觉得到。

欧阳急切地说道："子安，你快想想办法，帮个忙把她们救出来。父母去世前我答应过他们，要好好照顾晓芸……"

邵子安愣道："我……我怎么救？"

欧阳说道："你听我说，你快去找你爸爸，他不是一直和政府、军方的关系不错吗？让他去说一下，别管那帮歹徒有什么要求，先答应下来，把人质救出来再说……"

邵子安没有想到欧阳会提出这样的要求。对于邵子安的父亲邵家祥，欧阳也有所了解，属于典型的商人，遇事没有利益绝对不会出手。而且面对这样的事，作为一个商人，即便与政府和军方的关系再好，也不可能起到什么作用。欧阳的性子虽然大大咧咧，但一向粗中有细，心里什么都清楚，能说出这样的话，说明他是真的急了。

邵子安叹了口气，说道："没用的，我爸爸那人你知道，他不会管的，而且这种事情就算他管，也不会有什么用。"

欧阳呆了半晌，说道："你说得对。刚刚在朋友圈看到最新消息，里面有人传出了照片，人质已经被他们杀了几十个，现在超市里血流成河，警方束手无策。子安，我们得做点儿什么，不能眼看着晓芸她们就这么死掉。"

邵子安完全理解欧阳此时的心情。晓芸是欧阳的妹妹，同时也是自己最好的朋友，除此以外，陷入危机的，还有岳澜。

其实这四年以来，虽然邵子安一直知道，有关岳澜的那段传奇经历，很可能只是他在濒死状态下的一场幻觉而已，但他内心深处始终认为，那是曾经真实发生过的事。

这四年来，他一直生活在一种极度的悔恨中，忘不了自己与岳澜分开的最后情景。岳澜将他推下桥去，拉响手雷与重肌人同归于尽。邵子安始终固执地认为，岳澜是为自己而死的，如果没有岳澜，他不可能回到这个世界。他一直在想，如果自己当初能够强大一点，能够勇敢一点，或许……岳澜就不会死。

现在，岳澜再次陷入危机，自己怎么能袖手旁观？邵子安心里陡然升起一种前所未有的冲动，说道："欧阳，你怕死吗？"

欧阳说道："你说什么？"

邵子安说道："我们两个，去把她们救出来。"

欧阳愣道："子安，你……你疯啦？"

邵子安说道："我没有疯，你去不去？"

欧阳沉默了片刻，说道："好，反正我妹妹要是出了什么事，我活着也没什么意思了。不过你不要去，我一个人去救她们……"

邵子安说道："我们是最好的朋友，要去也一起去。你现在在什么地方？"

欧阳说道："你听我说——"

邵子安打断欧阳的话，说道："你别说了，告诉我，你在什么地方？"

欧阳说道："我在回玖川市的火车上，马上就进站。"

邵子安说道："好，那咱们就一小时后，超市北面的星巴克见，记得带上那座超市的全部建筑图纸。”欧阳退学以后，一直做建筑方面的工作，那座沃尔玛超市的建筑施工，他曾经全程参与过。

欧阳说道：“好，我会准时到。”

邵子安做出这个决定，完全是凭着一时的勇气，甚至是冲动。

挂掉电话，他感到自己浑身都在颤抖，这是二十多年以来，他第一次做出如此勇敢的决定。

邵子安努力让自己平静下来。他知道，以家里的情况，父亲要是知道自己做出了这样的决定，会爆发多大的怒火。不过他管不了这么多了，为了自己最好的朋友，更为了岳澜，他必须勇敢一次。

几分钟后，邵子安换上了一身紧身运动服，带上必要的东西，离开了他家那座位于玖川市西北半山的豪宅。

邵子安虽然没有继承父亲那种强悍的性格，但他遗传了父亲极高的智商。在路上，他仔细思索了行动方案。

从目前的情况看，仅凭他和欧阳两个人，要想从一群武装到牙齿的悍匪手中把岳澜、晓芸几个解救出来，几乎可以说是天方夜谭。不过也并不能说毫无机会，从刚刚的新闻中得到的数字来看，超市中被劫持的人质超过一千人，而歹徒只有几十个，这就是他们唯一的机会。

歹徒不可能顾得上这么多人质，只要利用对地形的熟悉，想办法摸进超市，并事先看好撤退线路，就有很大的机会可以将岳澜、晓芸几个趁乱带出来。

当然，这一切的前提，就是绝不能引起歹徒的注意。

一小时后，邵子安准时赶到了约定地点。

欧阳上了车，说道：“情况已经清楚了，歹徒有二十几个，他们的目的是营救前段时间被抓的那个大毒枭。被劫持的人质数量在一千名左右，已经被歹徒打死了将近一百人，也就是说，幸存的人质应该在九百名左右。”

看来情况比预想的还要紧迫。邵子安问道：“人质关在什么地方？”

“超市后面的一个仓库。警方已经包围了那里，不过现在暂时还没办法采取行动。”欧阳取出一个平板电脑递给邵子安，说道，“这里面是超市的所有图纸。”

邵子安在大学期间选修过建筑学院的课程，可以看懂建筑图纸。当他打开欧阳递过来的平板电脑，看到那座关押人质的沃尔玛超市的建筑详图时，不由得浑身一颤。

图纸上的这座超市，竟与他在濒死体验的那段经历中去过的那座沃尔玛超市一模一样！

邵子安使劲揉了揉眼睛。没错，眼前这座建筑，无论是仓库、房间的设计，热力管线入口，还是管线在地下的布局结构，都与他去过的那座超市完全相同。

邵子安这一惊，简直是非同小可。

这是绝不可能发生的事，这是根本没有逻辑也没有任何道理的事。在那段濒死体验的经历中，岳澜居住的那座超市，只存在于邵子安的记忆中，他没有告诉过任何人。可眼前这座超市刚刚建成，怎么可能与岳澜的那座超市一模一样，甚至没有丝毫差别？

邵子安望着手中的图纸，一时间惊呆了。

第十章　一次又一次离奇的巧合

这已经是第二次了。他在那段濒死体验中经历过的事，第二次在他的生活中，真实地应验了。

第一次，是岳澜。

而这一次，是图纸上这座一模一样的超市。

他再次看了看手中的图纸。没错，超市位于文征区的飞霞路与奎文路交界处，连位置都与他在那段濒死体验经历中的记忆一模一样。超市的布局和结构，更是与岳澜带他们去过的那座超市分毫不差。

这是怎么回事？这已经完全超出了他的认知范围。

难道这世界上真的存在一个未知的世界吗？如果真的是这样，前生今世，生死轮回，自己真的有机会再一次见到他的岳澜吗？

邵子安想到这里，不由得手心发烫，心脏狂跳不已，整个人一时间完全蒙住了。欧阳伸手拽了拽他，问道："子安，你没事吧？"

邵子安回过神来，说道："哦，没事，没什么……"

欧阳面露疑惑，问道："你想好了吗，咱们怎么救人？"

邵子安努力平复了一下情绪，再次检查手里的图纸。

欧阳所说的关押人质的地点，是位于超市北面的一座仓库，也就是岳澜曾经带他们去过的那座仓库。思索了片刻，他将路上考虑过的方案讲给了欧阳。

欧阳听后，说道："我觉得你这个主意可行。修建超市的时候曾经预埋了很多地下管线。我们可以从那里进入超市，然后神不知鬼不觉地把她们带出来。"

他想了想，又道："不过，从什么位置进入超市，这是个难题。"

邵子安说道："你说得对。我们能想到的线路，歹徒应该也能想到。所以现在所有能够进入超市的入口，歹徒们应该都有防备。为了阻挡警察攻进去，他们很可能在那些地方埋了炸药。"

欧阳说道："那怎么办？"

邵子安沉吟了片刻，说道："我知道一个地方，应该可以进入超市。"

邵子安所说的地方，就是那段濒死体验经历中，岳澜带领他与路凡、梁靖几人进入那座沃尔玛超市的位置。从图纸上看，那里应该是超市的一条热力管线。

眼前这座刚刚建好的沃尔玛超市，采用的是一套全新的供热系统。这样的方式不仅美观、不占空间，而且供热效率极高，唯一的要求就是管道必须很粗，需要预埋热力管线和检修井。

他们现在遇到的难题是，从这条热力管线并不能直接进入超市。图纸上显示，热力管线并没有在超市预留检修口，而是直接穿墙进入超市。这与邵子安的记忆相符，他清楚地记得，岳澜就是打通了管线与超市之间的墙壁，才可以从那里进出超市的。在邵子安的记忆中，热力管线与超市之间的那堵墙壁并不算厚，应该不难打通。

邵子安将自己的想法讲给了欧阳。

欧阳检查了一下图纸，面露疑惑，说道："这不大可能吧，按照图纸上的标注，这堵墙壁是三七墙，厚度接近四十厘米，没有大型工具，我们是不太可能在很短的时间内打穿的。"

邵子安说道："过去看看吧，如果真的不行，我们再想办法。"

"好，就这样。现在还有一个麻烦事，我们从哪里进入这段热力管线？"欧阳看了看邵子安手中的图纸，说道，"如果从热力厂的入口下去，距离很远，会花很长时间。"

邵子安沉吟了片刻，说道："我知道超市附近有个地方，从那里应该可以进入热力管线。"

欧阳问道："你确定吗？"

邵子安收起图纸，说道："应该没问题。"

欧阳疑惑地看了看邵子安，但没有再问什么。

邵子安所说的热力管线的入口，就是在那段濒死体验的经历中，岳澜带他们走过的地方。其实，那个地方在他们这个真实的世界中是否存在，邵子安并没有十足的把握。

凭借记忆，邵子安带着欧阳很快找到了当时他与路凡、梁靖几人被重肌人包围的那栋四层砖楼。这里现在是一栋政府机关办公楼，对面不远处，果然有一栋砖混结构的小楼。邵子安记得，那栋小楼的楼顶，就是他与岳澜第一次相遇的地方。

时间已过二十一点，街道上冷冷清清。两人翻过围墙，来到小楼的门口。欧阳问道："你确定这里有热力管线的入口？"

邵子安点了点头。

两人很快来到地下室，果然在同样的位置发现了一处井口，井盖上刻着一行小字：

玖宇 2018-1009

连井盖上的数字标识都与记忆中一模一样。邵子安的声音有些嘶哑，说道："就是这里了。"

两人打开井盖跳了下去。

四周的情景是如此熟悉，低矮的管道内，墙壁上是一排排供热水管，这的确是岳澜曾经带他和路凡、梁靖几人来过的地方，唯一不同的是，那些包裹着隔热材料的热力水管都还很新，一看就是刚刚建成的。

沿着低矮的管道内部快速穿行，半小时后，他们来到了图纸标注的那处热力管线与超市连接的砖墙前。在那段濒死体验的经历中，岳澜就是打破了面前这堵墙壁，带他们几个进入超市。

邵子安取出事先准备好的听诊器贴到墙上，超市内部的声音通过听诊器放大，显得格外清晰。两人仔细听着，听筒内传来的声音显得十分遥远，有女人的尖叫声、男人的求饶声、孩童的哭泣声，夹杂着歹徒的咒骂声、零星的枪声，非常混乱。

可以判断出，这堵墙壁的后面，并没有人。

邵子安放下听筒，说道："如果我没猜错，这堵墙壁应该没有图纸上标注的那么厚，来吧。"

两人拿起手钻，缓缓地沿着砖缝向内钻去。几分钟后，墙体上钻出了一条十几厘米深的缝隙。两人换上撬杠又撬了几下，一块墙砖被撬了下来。探头望去，墙体已被打穿，露出一个黑乎乎的洞口。

欧阳愣道："你猜对了，这墙还真没有图纸上标的那么厚。"

两人快速在墙壁上扒出一个能进人的口子，邵子安刚要迈进超市，欧阳突然一把拉住他，说道："子安，你等一下。"

邵子安问道："怎么了？"

欧阳说道："我有句话想问你。"

邵子安停住。欧阳说道："我怎么觉得你有事瞒着我？"

邵子安一愣。

"你不是干我们这一行的，也没有参与过这座超市的施工，对这里的了解不可能比我还多。你不可能知道这段热力管线的入口在哪里，更不可能对这段管线的地下结构这么了解。我们下来以后，你几乎没有绕任何弯路，就把我带到这儿了。"欧阳顿了顿，说道，"最重要的，你怎么会那么确定这堵墙壁没有做到图纸标注的厚度？这件事连我都不知道，你怎么会知道？"

邵子安一时间有些愕然。

欧阳凝视着邵子安，缓缓说道："你能告诉我这是怎么回事吗？"

邵子安呆立良久，说道："对不起，欧阳，这件事，我不知道该怎么和你解释。但是我答应你，以后如果有机会，我一定会全告诉你的。"

欧阳沉默了片刻，说道："好吧。不过，你不用陪我进去了，你留在这里，我自己去救她们。"

邵子安愣道："我们说好了一起去的。"

欧阳说道："你能陪我到这儿，我已经很感激了。你留在这里，不要陪我去送死——"

邵子安打断欧阳的话，说道："你不要说了，我绝不会让你一个人进去的。"邵子安的态度十分坚决，欧阳望着邵子安，一时间有些愕然。

邵子安凝视着欧阳，说道："欧阳，我一直知道我身上的缺点。我的性格很懦弱，不够勇敢。但这一次不管怎样，要去，我们一起去。你拦不住我！"

欧阳凝视着邵子安，说道："好，既然这样，那我们就一起进去。"

欧阳伸出手来，两人的手紧紧握在一起。

进入超市，邵子安竟有一种恍如隔世的感觉。

周围的一切都是如此熟悉，这是岳澜曾经带他来过的地方，这是岳澜曾经一个人孤独地生活了十年的地方，同时这也是他最好的朋友路凡、梁靖几人离开自己的地方。

四周的场景历历在目，一切就如昨天刚刚发生过的一样。邵子安几乎不能自已，一种时光倒流般的感觉直击心头。

邵子安强压心头的震撼，凭借记忆，带着欧阳沿走廊快步前行。过了一扇安全门后，前方出现了一处岔路口。

根据图纸的标注，岔路口右侧的通道通往整座超市的通风井，那里很可能有歹徒把守。

两人蹑手蹑脚来到岔路口的转角处，蹲身向外望去。通风井附近果然有两名荷枪实弹的歹徒在把守，从他们的服装和武器看，应该是国外来的雇佣兵。

欧阳低声道："好悬，幸亏我们事先想到了，要是从通风井那儿进来，肯定会被他们抓住。"

他再次探头向外看了看，说道："这样，一会儿你看我手势，等他们的视线转向别的地方，我们就用最快的速度冲过去。"

邵子安点了点头，心里不由得一阵紧张，手心里已经全是汗水。

两人静静地等待着。

两名歹徒显得十分轻松，端着枪在通风井附近来回巡视着。就在两名歹徒的视线全部转向另一侧的瞬间，欧阳猛一挥手，两人迅速起身，以最快的速度冲过了岔路口。

几分钟后，他们来到了超市西北角的一扇小门处。

根据欧阳的情报，门后面就是关押人质的仓库了。站在门前，可以清晰地听到仓库内的嘈杂声，夹杂着小孩的哭泣声、歹徒们的呵斥声，歹徒使用的语言是英语。

邵子安喘了几口气，说道："就是这儿了。"

欧阳擦了擦额头的汗水，说道："好，我们来吧。"看得出来，欧阳也十分紧张。

邵子安定了定神，深吸了一口气，握住小门的把手。

就在这时，邵子安的身子猛然一僵，只觉得一只冰冷的枪口顶住了自己的后颈，身后传来一个用同样冰冷的声音说出的英文单词："别动！"

第十一章　决斗

冰冷的枪口顶住了邵子安的后颈，他的冷汗一下子浸透了后背。

欧阳一下子也愣住了，谁也没想到，歹徒竟然在这里也安排了岗哨。身后的声音再次响起：“举起手来，慢慢转身。”

邵子安看了看欧阳。欧阳低声说道：“听他们的。”

两人慢慢转过身来，面前站着的是一高一矮两名蒙着头套的歹徒。一名歹徒上前将两人搜查了一番，问道：“你们两个，是干什么的？”

邵子安刚要回答，欧阳用蹩脚的英语答道：“我们是来购物的，刚刚听到枪声，就躲在厕所里了。”

高个儿歹徒上下打量了一下两人，挥了挥手里的枪，喝道：“带走。”

两人被押进仓库。放眼望去，只见仓库内一片混乱，正中的空地上躺着上百具尸体。

人质中有人在不停地哭泣，歹徒们挥着枪，大声地呵斥着。

他们被带到了一名身穿黑色作战服的雇佣兵面前，那个高个儿歹徒说道：“头儿，又抓到了两个。”

那名雇佣兵显然是这伙歹徒的首领，他头也不抬，说道：“押到那边去。”

两人被扔进人质群中。

猛听得一声惊呼：“哥！”邵子安回头，晓芸和岳澜几人就在他们身后。看到邵子安，岳澜明显一怔。

欧阳喊道：“晓芸！”

晓芸扑过来，喊道："哥，你们……你们怎么也在这儿？你不是出差了吗？"

欧阳愣了一下，解释道："啊，我正好提前回来，想给你过个生日，就拉着子安一块儿到超市买点东西……"他说着话，向邵子安使了个眼色。

邵子安立刻明白，欧阳不想让晓芸几人知道自己是特意来救她们的，以免她们担心，便附和道："对，刚刚出事的时候，我们正好……正好在卫生间，被他们搜出来了。"

欧阳问道："情况怎么样？"

晓芸说道："他们已经杀了好多人，不知道会怎样，大伙儿都吓坏了。哥，咱们怎么办？"

旁边一名歹徒喝道："不许说话！"

他抬枪指了指几人，吼道："再说话，打死你们！"

晓芸赶忙噤了声，大伙儿不敢再说什么。邵子安看了看一旁的岳澜，只见她神色还算镇定，静静地坐在那里。

此时，邵子安心中充满了恐惧，衣服已经完全被汗水打透。

这是他第一次经历这种场景，他没有想到的是，自己和欧阳连关押人质的地方都没有混进来就被抓住了，他们还是太幼稚了。

眼前这座仓库足有上千平方米。人质都被集中在北侧，由十几名歹徒看守着。那名歹徒首领和手下站在大厅正中，正在用电脑与警方沟通着什么。人质的情绪并不算稳定，不断有人在哭泣。

他们的位置并不理想，距离事先看好的逃生小门足足有三十米远，并且中间隔着很多人质，现在该怎么办？

邵子安正在胡思乱想，猛听得一名歹徒喊道："带两个人过来！"

邵子安抬头望去，几名歹徒上前从人质中拖出两个人，正是距邵子安几人不远处的一对老夫妻。

老夫妻被拉到那名歹徒首领面前，按倒在地。

歹徒首领看了看两人，对着电脑说道："你们听好了，不要跟我谈任何条件，立刻放人，并且准备好一架直升机停在超市楼顶，越快越好。

从现在开始，我会每五分钟杀掉两名人质。”

歹徒首领将摄像头对准跪在地上的老夫妻，走上前去。所有人都知道即将发生什么，女人和孩子也都停止了哭声。

那对老夫妻紧紧抱在一起，老人将妻子的头拢在胸前，轻声安慰着，似乎早已将生死置之度外。

歹徒首领拔出手枪，将两人打死。

人群中顿时一阵骚乱。歹徒首领将枪插回腰间，看了看骚乱的人群，说道：“让他们安静一些。”

旁边的一名歹徒抬枪向人群中打了一梭子子弹，十几人瞬间中弹，惨叫声一片。

晓芸肩膀中枪，摔倒在地。

欧阳扑上去喊道：“晓芸、晓芸！”晓芸紧咬牙关，满眼是泪。

欧阳回身望向那群歹徒，双目喷火，骂道：“你们这帮浑蛋，别这样！”

欧阳喊道：“你放开我，我跟这帮兔崽子拼了！”

邵子安用尽全力按住欧阳，喊道：“欧阳，你冷静点！”

邵子安和欧阳这边的喧闹惊动了大厅中央那伙儿歹徒，歹徒首领看了看两人，喝道：“带过来！”

两人立刻被从人群中拖出。晓芸挣扎着爬上前，对着歹徒又踢又打，喊道：“你们放开我哥，放开！”

岳澜也上前死死地拉住他们，喊道：“欧阳、邵子安，别跟他们去！”

歹徒们没有理会两个女孩儿的拦阻，将她们推到一旁，把邵子安和欧阳拖了出来。那名歹徒首领饶有兴味地看着眼前的情景，说道：“把那两个女孩儿也拉过来！”

四个人被带到大厅正中，按倒在地。

歹徒首领上下打量几人，说道：“不错，很有血性嘛。”

他一挥手，说道：“全都毙了。”

邵子安几人一下子呆住了。

旁边一名黑人突然说道：“老大，这两个小妞儿不错啊。”

他色眯眯地看着晓芸和岳澜，说道：“弟兄们还没玩过中国女人呢，这两个小妞儿，就赏给我们吧。”

歹徒首领笑了，看了看岳澜两人，又看了看一旁瑟瑟发抖的人质，说道：“就在这儿，给他们活跃活跃气氛。”

那黑人兴奋地敬了个礼，大声说道：“谢谢长官！”

他一挥手，喊道：“伙计们，娱乐时间到！”

歹徒们兴奋地拖起晓芸和岳澜，按到一旁的长条桌子上。两个女孩儿拼命地挣扎着，那黑人伸手解开裤带，淫笑着走上前去。

邵子安已经完全吓呆了，想要冲过去救岳澜和晓芸，但双腿根本不听使唤。欧阳大喊了一声：“我杀了你！”挣脱按住他的歹徒向那黑人扑去。黑人回身就是一脚，正踹在欧阳的心口。欧阳被踹得直飞了起来，摔在了地上。

邵子安上前扶起欧阳。欧阳喷出一口鲜血，脸色惨白，已经说不出话来。邵子安抬头望去，只见长条桌那边，黑人已经上前将晓芸和岳澜的外衣扯得稀烂。

时间在这一刻仿佛停止了，邵子安心中的恐惧到达了极点，汗水从他的头顶涔涔落下，他完全没想到，事情竟会弄成这样。

怎么办，我该怎么办？邵子安心中狂念，同时对自己的懦弱充满了愤怒。突然，他耳边响起了一句话：“作为一个男人，你可以死，但不可以㞞！”这是谁说的？是路凡，这是路凡临死前对自己说的。

没错，一个男人，可以死，但不可以㞞！

死就死了，有什么可怕的！想到这里，邵子安“霍”的一下站起身来，大声喊道：“你们这帮王八蛋，放开她们！”

邵子安这一声大喊，高亢而有力量。那黑人明显一愣，停下了手。

整个仓库内一时间变得极为安静。

那名歹徒首领上下打量了一下邵子安，说道：“没想到啊，这儿还有一个有种的。你叫什么名字？”

邵子安说道：“我叫邵子安，你放了她们！”

歹徒首领凝视着邵子安，笑了：“不错，像个男子汉。自我介绍一下，我叫米迦列。”

他转头看了看一旁的岳澜和晓芸，说道：“你刚刚说什么，放了她们？可以。”

他拔出身上的匕首，一甩手，扔在了邵子安面前，说道：“给你个机会，只要你敢跟我打一场，我就放了她们。”

匕首落在邵子安面前，发出清脆的响声。

那个名叫米迦列的歹徒首领脸上满是嘲讽的笑容，就像一只老猫在戏弄刚刚捉住的老鼠。

米迦列指了指地上的欧阳，说道：“不仅她们两个，还有他，只要你敢跟我打一场，他们就都可以离开这儿。不过，除了你。”

邵子安明白了，自己是不可能活着离开这里了。他抬头看了看远处的岳澜，岳澜抱着晓芸，也正看着自己。

望着这个无论是名字还是外貌都与自己的那个岳澜一模一样的女孩儿，邵子安知道，如果她真的是那个岳澜，自己将永远没有机会再去唤醒她的记忆了。

邵子安心中一阵酸楚，然而，能为自己的好朋友和心爱的女人去死，这是一件幸福的事。路凡说得对，作为一个男人，可以死，但绝对不可以尿。他娘的，死就死吧！

邵子安拾起地上的匕首，对米迦列说道：“你要说话算数！”

米迦列笑了，说道：“OK。”

邵子安点了点头。在这一瞬间，他已将生死置之度外。

他一声大喝，拎起匕首扑了上去。

米迦列并没有动，待匕首接近他身体的一瞬间，他猛一抬腿，邵子安只觉得眼前一花，匕首已经脱手。

米迦列又是一脚，正踹在邵子安胸前。邵子安被踹得凌空飞了起来，狠狠摔在地上，口中顿时鲜血狂喷。

仓库内一时间鸦雀无声，所有人都被眼前的情景吓呆了。

米迦列挥了挥手，几名歹徒上前拎起邵子安，一通拳打脚踢。米迦列拾起地上的匕首，走上前去。

邵子安已经被打得奄奄一息，米迦列上前抓住邵子安的衣领，说道：“小子，你很有种。我会说话算数的，放了你的朋友，但你的命，要留在这儿！”说完，他提起匕首。

雪亮的匕首在空中划出一道弧线，向邵子安的颈动脉刺去。

望着刺来的匕首，邵子安笑了。他知道，在即将死亡的这一刻，他不再是一个懦弱的人。

猛然间，一个人影扑了上来，紧紧抓住了米迦列手上的匕首。

匕首在距邵子安脖颈仅仅几厘米的地方停住。

邵子安侧头望去，是岳澜。只见岳澜紧紧握住匕首，鲜血顺着她的双手汩汩流下。

邵子安喊道：“岳澜，你别管我！”

岳澜根本不理邵子安，向米迦列喊道：“你们放开他！”

米迦列显然被眼前这个柔弱而勇敢的女孩儿惊呆了。

就在这时，猛听得一声惊天动地的巨响。仓库的天花板和四面墙壁同时被炸开，身穿作战服的特警们如天兵一般降下。

邵子安再也坚持不住，只觉得眼前一黑，颓然倒下。

第十二章　另一条轨迹

沃尔玛解救人质事件，让邵子安一下子成了名人。

虽然他与欧阳的行动并没有对解救人质起到直接作用，但间接吸引了歹徒的注意。突击队攻入超市的一刻，所有人的目光都集中在邵子安与米迦列的身上，警方不费吹灰之力就制伏了全部歹徒。

这是一个缺乏英雄的时代，冒险前往解救人质，并成功协助了警方的最后突击，使邵子安成了玖川市乃至全国的英雄。各大媒体对这次事件都进行了长篇报道，尤其在得知他的身份是邵氏财团的继承人后，前来采访的记者更是络绎不绝。

这是性格一向懦弱的邵子安平生做出的第一件勇敢的事，这也让他第一次意识到，勇敢的感觉，真好。

两周之后，邵子安伤愈回到家中，首先面对的是父亲邵家祥雷霆一般的暴怒。作为邵氏财团的总裁，邵家祥白手起家创造了这个巨大的商业帝国，从金融、地产、互联网到五金、零售、农产品，业务几乎遍及各行各业，每年的营业额数以千亿计。

这是邵家祥引以为豪的事业。邵子安出生在这样一个家庭，从出生起，人生就已经被规划好了——子承父业，继承父亲庞大的商业帝国。

邵家祥将他叫到书房，劈头盖脸问道："你跟我说实话，这次去沃尔玛，到底是干什么去了？"

由于父亲的性格十分强悍，邵子安每一次和他讲话，都会感到十分惶恐，不过这一次，他决定坦然面对。

他看着面色阴沉的父亲，回答道："我是去救我的同学，欧阳的妹妹晓芸也在里面。"

邵家祥喝道："你胡说！你是去救一个叫岳澜的女孩儿，对不对？"

邵子安一下子愣住了。父亲是怎么知道这件事的？欧阳虽然一向大大咧咧，但绝不是一个大嘴巴的人。

片刻，他就明白了，以父亲的地位，想要查点什么，可以说易如反掌。于是他不再隐瞒，说道："是的，我是去救岳澜，不过我也是为了救晓芸和其他同学……"

邵家祥打断邵子安的话，吼道："你浑蛋！"

他指着邵子安，喝道："你小时候我就教过你，千金之子，不死于盗贼。你一个堂堂邵氏财团的继承者，冒这么大的风险，就是为了去救一个女孩儿？解救人质的事情自有警方去管，轮得到你吗？"

邵子安望着暴怒的父亲，没有解释。

邵家祥继续吼道："你要清楚自己的身份，这个叫岳澜的女孩儿，我查过她的底细，一个小门小户的女孩儿，怎么配得上我们的家世？你就为了这样一个女人，连命都不要了吗？"

父亲对岳澜的评价让邵子安感到不快，他说道："爸爸，请您不要侮辱我的同学，钱并不是衡量人的唯一标准。"

邵家祥抬头望向自己的儿子，这是性格一直顺从的邵子安平生第一次和他顶嘴。他勃然大怒，吼道："这不是侮辱，是事实！"

邵子安咬了咬嘴唇，没有回答。邵家祥说道："你跟我说实话，这个叫岳澜的女孩儿，你很爱她吗？"

父亲的问话，让邵子安一愣。

这是一个他从没想过的问题。甚至可以说，这么多年来他一直在逃避这个问题。

是的，他爱岳澜吗？

如果是末世中的那个岳澜，那么答案是肯定的。他不仅爱，而且爱得铭心刻骨。可现实中的这个岳澜呢？他不知道。

见他没有回答，邵家祥再次问道："回答我，你很爱那个岳澜吗？"

邵子安神色迷茫，说道："我……我不知道。"

邵家祥看着邵子安的神情，说道："看来你是陷进去了。"

邵子安抬起头来，说道："爸爸，并不是您想的那样……"

邵家祥吼道："你给我闭嘴！不能再由着你的性子胡闹下去了。"

他皱眉思索了片刻，说道："我这就给你安排签证和机票，你马上去美国！"

邵子安愣道："您说什么，去美国？"

邵家祥说道："对，我原本想让你在国内念完本科，再去美国念硕士。现在看来，你不能再留在这儿了……"

邵子安急道："爸爸——"

邵家祥根本不理会邵子安，继续说道："到了美国，有龙叔叔帮我看着你，我就放心了，也省得你在这边胡闹。还有一件事，龙叔叔的女儿 Nissa，你小时候见过，很不错的孩子。你昏迷期间，她一放寒暑假就过来照顾你，你欠人家的情。到了那边，你记住好好和她培养感情，这也是你妈妈生前的意思。所谓门当户对，Nissa 的家世配得上我们，如果你将来能和 Nissa 结婚，对你龙叔叔的事业、对我们家，都有帮助……”

邵家祥后面的话，邵子安已经完全听不到了。出国的事，父亲曾和自己提过，没想到会这么快。

邵子安抬起头来，急迫地说道：“爸爸，这件事，我们能不能再考虑考虑？”

邵家祥伸手制止他，斩钉截铁地说道：“不要说了，这件事就这么定了。机票和签证下来以后，我安排人给你办退学手续。时间不早了，你伤刚好，早点休息。”他不容邵子安分辩，起身离开。

父亲这突如其来的决定让邵子安一下子蒙了。

邵子安并不是不想出国念书，但是他知道，如果现在自己一走了之，与岳澜的事情就永远不会再有任何结果了。

四年前，他从植物人状态苏醒过来以后，曾经用了很长一段时间，试图忘记岳澜。

他试图说服自己，发生的一切，仅仅是一场美丽的幻觉而已。然而，当那个和岳澜一模一样的女孩儿突然出现在他的生活中，他刚刚平复的心情完全被打乱了。

邵子安知道，自己对这个岳澜，是有幻想的。他甚至一直期待着，这个突然出现的岳澜，和他的岳澜有什么关系，甚至她就是自己的那个岳澜。

虽然他也知道，这种想法或许仅仅是一种幻想而已。随着时间的推移，越来越多的迹象表明，这一切恐怕远没有当初他给自己的那个答案——只是一场“幻觉”那么简单。

尤其是刚刚发生的沃尔玛事件，那座和他在濒死体验经历中完全一样的，甚至连细节都分毫不差的沃尔玛超市的出现，已经完全无法用任何已知的科学知识来解释了。

在医院休养的这几周，邵子安静下心来，仔细回忆了这四年的全部经历。从那次突发的地震，濒死状态下进入的那段平行空间，到苏醒后遇到岳澜，再到这次遇到的这座一模一样的沃尔玛超市。

冥冥之中，似乎有一种神秘的力量一直在牵引着他。邵子安开始相信，他和岳澜之间的故事，应该远没有结束。

他的内心第一次开始充满希望，这个令他迷茫了四年的谜题，终于要有答案了。他和岳澜的故事，终于要重新开始了。

然而现在，他要去美国了，要离开这里了。他很清楚父亲的意思，父亲之所以安排自己立即出国，就是要彻底斩断自己与岳澜的联系。

邵子安知道，从出生起，自己所有的生活都被父亲安排好了，包括上什么学、读什么书、有什么样的爱好，甚至将来和什么样的女孩儿恋爱、结婚，统统做好了计划。父亲不允许自己的人生轨迹和他的安排之间有任何偏差。

父亲让他和龙叔叔的女儿培养感情。

龙叔叔，也就是龙启轩，是父亲大学时期的同学。两人既是同窗，又是好友，一同在美国念书。邵家祥毕业后回国发展，创立邵氏财团；龙启轩则留在美国继续求学，创建了一个巨大的生物制药集团。

Nissa 是龙启轩的独生女，小时候在邵子安家住过很长一段时间，和邵子安算是青梅竹马。在邵子安十岁那年，Nissa 回到了美国，两人再也没见过面，也不再有任何联系。

邵子安知道，父亲一直希望邵龙两家能够联姻。这一次安排他出国，除了念书，最重要的就是这件事。

对这个 Nissa，邵子安可以说一无所知，毕竟自己认识她的时候，只有不到十岁。他甚至不清楚这个女孩儿现在到底长什么样子，有什么样的性格，究竟是一个怎样的人。

然而他现在就要去美国，去和这样一个他一无所知的人硬生生地培养感情，只是为了满足父亲的意愿。他明白，一旦走上父亲为他安排的这条人生轨迹，就永远不可能再找到那个故事的答案。他和岳澜之间，也永远不可能再有任何未来。

怎么办，去和父亲抗争，想办法推迟去美国的时间吗？

邵子安摇了摇头。他知道，以父亲的性格，自己根本无力抗争，想到这里，他不由得万念俱灰。

邵子安从没这么迷茫过。他坐在床前，眼望黑沉沉的房间，心乱如麻，头脑中更是思绪万千，不觉东方既白。

第二天回到学校，邵子安受到了英雄一般的迎接。

由于媒体的长篇报道，所有人都知道了他的身份。同学们对此反应各异，有羡慕的，有崇拜的，当然，也有惊愕嫉妒的，不一而足。

这天下午，他把自己关在图书馆，但是书摆在面前，整整一个小时，他一个字也没看进去。

一个身影走到旁边，邵子安抬起头来，是岳澜。

岳澜平静地看着邵子安，说道："有时间吗？"

这是三年多以来，岳澜第一次主动找他，邵子安的心脏不由得怦怦狂跳，问道："怎么了？"

岳澜说道："我们出去坐坐吧。"

两人出了图书馆，来到湖边的长椅旁坐下。

邵子安心头思潮起伏，岳澜的手上依旧缠着厚厚的绷带。这次在沃尔玛，最关键的时刻如果不是岳澜，自己很可能就没命了。想到这里，邵子安觉得自己非常没用，自己原本是要去救岳澜的，没想到最后被岳澜救了，还连累她受伤了。

这已经是岳澜第二次救自己了。第一次，是在那段濒死体验的平行世界里。而这一次，是在现实世界中。

作为一个男人，不能保护自己喜欢的女孩儿，邵子安感到十分羞愧。然而他也知道，现在想什么都没有用了。自己马上就要离开了，他和这个女孩儿，永远不可能再有什么交集了。

岳澜说道："邵子安，谢谢你。"

邵子安回过神来，只听岳澜说道："谢谢你，那天和欧阳一起冒着危险来救我们。"

邵子安说道："你别客气，其实……其实应该说感谢的是我，那天如果不是你，我很可能就没命了……"

岳澜笑了，说道："不管怎么样，我还是要谢谢你。好了，不打扰你看书了，我走了。"

岳澜站起身来，突然想起什么，说道：“对了，我听晓芸说，你要出国念书了？”

邵子安一怔，茫然地点了点头，说道：“是的。”

岳澜说道：“那恭喜你。”

岳澜转身要走，这一刻，邵子安的心里突然涌起一股冲动，他脱口喊道：“岳澜，你等一下！”

岳澜停住，邵子安上前一把抓住岳澜的手，说道：“岳澜，我……我想告诉你一件事……”

岳澜愣道：“怎么了？”

邵子安咽了咽口水。没有时间了，告诉岳澜吧，告诉她那段故事，面前的这个女孩，很可能就是自己的那个岳澜，怎么也要试一试。

邵子安抓住岳澜的手，就像抓住一根救命稻草。可是，怎么和她讲呢，直接说吗？告诉她那段常人根本无法理解的荒诞故事？还是直接问她，你究竟是不是我的那个岳澜？

不行，肯定不行，这样做实在太幼稚了，她一定不会相信的。

邵子安绝望地松开岳澜的手，说道：“没什么，对不起，没什么，没什么……”

岳澜诧异地看着邵子安，转身离开。

望着岳澜的背影，邵子安心中升起了一种说不出的酸楚。他知道，面前的这个女孩儿，无论到底是不是她的那个岳澜，永远都不可能再与自己有任何关系了。

第十三章　远山训练营

邵家祥的手下办事效率极高，两周后，邵子安出国的全部手续就办好了。行期定在了十月十日，他二十五岁生日这一天。

出发前的这天下午，久未露面的欧阳突然找到了他。

欧阳最近一直在外地做一个项目，忙得不可开交。自邵子安出院，他们已经很久没见了。

两人来到邵子安家附近的一家星巴克，点了两杯咖啡。邵子安问道："你怎么突然有时间过来了，项目忙完了？"

欧阳拿起咖啡，一口气喝了半杯，说道："我是专程来跟你辞行的。"

邵子安问道："又要出差了？"

欧阳放下杯子，说道："说出来你可能不信，我要闭关减肥了。"

邵子安笑了。欧阳的身材，一向是他所有中学同学里最胖的，一米八的个头，足足有二百斤。虽然锻炼得很勤，但他从来管不住嘴。按欧阳自己的说法，杀了他可以，减肥免谈。

邵子安说道："你就不能认真点？"

欧阳说道："其实没跟你开玩笑，我刚刚把工作辞了。"

邵子安说道："干得好好的，怎么突然辞了？"

欧阳收起笑容，说道："是真的，我要去报考一个叫作'RMTC'的特种兵培训机构。"

邵子安愣道："RMTC？"

欧阳拿出一份资料递给邵子安，说道："就是这个，全世界最顶尖的特种兵培训机构。"

看到欧阳脸上少有的严肃表情，邵子安意识到，他不是在开玩笑。欧阳出生在一个军人家庭，自幼受父母的影响，最大的梦想就是成为一名顶尖的特种兵。他原本的人生轨迹应该是毕业后考军校，之后从军。然而，二〇一八年那场突如其来的车祸，中断了他的梦想。没想到过去了这么多年，他还没有忘记当年的梦想。

邵子安拿起欧阳递给他的资料，粗略翻了一遍。这是一份特种兵培训机构的招生资料，名字翻译成中文，叫作“远山训练营”。

资料里配有大量照片。照片上，每个学员的胸口都佩戴着一枚训练营特有的徽章。这枚徽章的样子十分奇特，邵子安仔细看着，突然，一种似曾相识的感觉袭上心头，他心里猛然一震。

欧阳问道：“你怎么了？”

邵子安缓了缓神，说道：“没什么。”

他将资料还给欧阳，问道：“怎么突然做了这个决定？”

欧阳说道：“你知道吗？我这辈子最大的遗憾，就是没能读完书。我至今还记得退学的那天，你们几个送我走出学校的情景。我当时就跟自己说，有一天，我一定要把书念完，然后，去实现我从小的梦想。从那时候到现在，过去了整整八年。”

欧阳顿了顿，继续说道：“前些天发生的沃尔玛事件，给了我很大刺激。回去后我想了很久，觉得不能再拖了。我已经攒够了钱，也安排好了晓芸，该去实现我的梦想了。我现在已经过了报考军校的年龄，所以决定去远山训练营，那里对年龄没有限制。”

邵子安问道：“真的决定了？”

欧阳目光坚定，说道：“决定了。我直接过去，就在那里备考。人这辈子，总要为自己的梦想拼一回，对不对？”

邵子安望着欧阳，一时间感慨万千。欧阳虽然一向嘻嘻哈哈的，似乎永远没个正形，但他一直是邵子安中学时代的朋友里最有主见的，也是最成熟的一个。看到他终于可以实现从小的梦想，邵子安不禁由衷得替他感到高兴，他伸出手来，说道：“恭喜你。”

欧阳也伸出手来，两人的手紧紧握在一起。

邵子安问道："准备什么时候走？"

欧阳说道："东西已经收拾好了，今天晚上的飞机，直飞尼泊尔。"

邵子安沉默了片刻，说道："其实，我也要走了……"

欧阳说道："你也要走？"

邵子安说道："我爸爸要我去美国，手续已经办好了，明天的飞机。"

欧阳说道："我知道，晓芸跟我说了。"

邵子安说道："对不起，欧阳，这件事我一直没告诉你。因为……因为我一直不知道该怎么跟你说。"

欧阳说道："为什么？去美国是好事啊。"

邵子安苦笑了一下，说道："其实，我一点都不想去美国……"

欧阳问道："怎么了？"

邵子安摇了摇头，没有回答。

欧阳突然说道："子安，其实有件事，我一直想问你。"

邵子安说道："你说。"

欧阳说道："你跟我说实话，你是不是一直喜欢岳澜？"

邵子安一怔，说道："你怎么会这么说？"

欧阳笑了，说道："傻子都能看出来，现在这年月，喜欢一个人又不丢人，到底是不是？"

邵子安说道："这件事，其实不是你想的那样……"

欧阳说道："那你就跟我说实话，你不想去美国，到底有没有岳澜的原因？"

邵子安说道："算是有吧，但……确实不是你想的那样……"

欧阳沉默良久，突然问道："你有没有想过，自己的命运，由自己来做主？"

邵子安说道："你说什么？"

欧阳看着邵子安，重复道："自己的命运，自己做主。"

邵子安愣道："你……什么意思？"

欧阳说道："你听我说，这么多年来，我一直很羡慕你的家世，尤其是我爸妈去世以后，因为经济原因，我不得不放弃上学去打工。我当时就想，如果我像你们家这么有钱，我就不会过得那么苦。但是现在，我觉得我比你幸福。你知道为什么吗？因为我的命运虽然很艰难，但我有一样东西是你没有的。”

邵子安问道：“什么东西？”

欧阳说道：“自由。”

邵子安愣道：“自由？”

欧阳说道：“对，自由。和你相比，我可以说是一无所有。但是我有未来，有可以由自己做主、由自己安排的未来。虽然家庭出身我没得选，父母意外去世这件事，我也没得选，但我可以选择我的未来。你看现在，我攒够了钱，就可以辞职去做我想做的事，去过我想过的生活。”

欧阳凝视着邵子安，一字一句说道：“能够自己安排自己的生活，能够自己安排自己的未来，这就是自由。”

邵子安愣愣地看着欧阳，一时间无言以对。

欧阳说道：“咱们中学时候最好的朋友，现在就剩咱们两个了，可以说没有人比我更了解你。你这个人哪儿都好，就是性格太软弱。这么多年，你所有的生活都是被别人安排的，你从没做过自己的选择，其实就是你性格的原因。我看得出来，这些年你也在努力改变，已经进步了很多，甚至在晓芸和岳澜出事的时候，你可以挺身而出，勇敢地去救她们。但是你知道吗？相比选择自己的人生之路，敢于去沃尔玛勇斗歹徒只能算匹夫之勇罢了。”

听到一贯嘻嘻哈哈的欧阳突然说出这么有哲理的话，邵子安感到十分吃惊。

欧阳说道：“其实我和晓芸都看得出来，你一直喜欢岳澜。可是现在，你连追都没有去追，这段感情就要结束了，这样的生活不残酷吗？你的未来还有几十年，这几十年的生活，你就准备这样过下去吗？”

欧阳看着邵子安，说道：“明天就是你要离开的日子，也是你二十五岁的生日。作为最好的朋友，我要告诉你一句话，人生的路，没有人可以替你选，能选择的人，只有你自己。”

欧阳的话，如当头棒喝，振聋发聩。邵子安呆坐在那里，半晌说不出话来。

当晚，邵子安回到家中，连饭都没有吃，就和衣躺在了床上。整个晚上，他就静静地躺在床上，茫然地望着天花板，内心如波涛般翻滚着。

回想自己这二十多年的人生，虽然自幼衣食无缺，但从没有过任何自由。明天，自己就要遵从父亲的意愿，离开岳澜，去美国了。想到这里，邵子安心如刀绞。

他的耳边再次响起欧阳下午说的话："作为最好的朋友，我要告诉你一句话，人生的路，没有人可以替你选，能选择的人，只有你自己。"

邵子安从来没有从这个角度思考过问题，他一直很清楚自己性格上的缺陷，也曾经努力试图改变，甚至在岳澜和晓芸遇到危难的时刻，可以挺身而出，冒着生命危险去沃尔玛营救。

他现在终于明白了，欧阳说得对，相比于选择自己的人生，敢于去沃尔玛勇斗歹徒，最多只能算匹夫之勇罢了。

现在，他面临着自己二十五年来最大的一次选择。

他很清楚，如果走上了父亲为他安排好的这条路，他将永远不可能再找到那个故事的谜底，也永远不可能再等到他的岳澜。

邵子安明白，决定自己命运的时刻到了。他坐起身来，思索良久，拿出纸笔，给父亲写了一封长信。

天亮的时候，他将信写完，收拾好简单的行李，打开窗户从别墅的二楼翻下去。他回头望向父亲卧室的方向，心中暗暗说道："爸爸，对不起，每个人都有不同的人生，我希望有一天，你能够理解。我一定要去找到那件事的谜底，找到我的岳澜！"

他对着父亲卧室的方向深深地鞠了一躬，最后望了一眼这个他生活了二十五年的地方。

邵子安转过身，义无反顾地离开。

八点整，邵子安来到学校。

他并没有打算和任何同学道别，他一向不喜欢那种伤感的离别场面，不过有一个人他必须见最后一面——岳澜。

他在图书馆找到岳澜。事隔几天，再次坐到图书馆外湖边的长椅上，他竟有一种恍如隔世的感觉。

沉默良久，邵子安说道："我要走了。"

岳澜点头说道："我知道，晓芸告诉我了。"

望着眼前与自己的那个岳澜几乎一模一样的女孩儿，邵子安心中涌起无数往事：二十五年来的种种经历，那段神秘的生死轮回，两个一模一样的岳澜，以及自己最终选择违背父亲……

这一刻，他感觉自己心里有无数话想要对面前这个女孩儿讲，最终，他什么也没有说。

邵子安笑了，他的笑容里充满阳光。他说道："我决定不出国了，我要去做点自己想做的事。"

他站起身来，说道："没别的事了，我就是来跟你道个别，多保重。"

岳澜的眼神中闪过一丝惊讶，但没有问什么，只是点了点头，说道："好，你也多保重，祝你一切顺利。"

目送着岳澜离开，邵子安望着她远去的背影，久久凝视着。

第十四章　第三次离奇的巧合

邵子安的计划是，到尼泊尔与欧阳会合，一起报考远山训练营。

邵子安一直知道自己性格上的缺点，要想彻底改变这种懦弱的性格，进入远山训练营，是一条捷径。

这是邵子安做出进入远山训练营这个决定的原因之一，但不是最重要的原因。

欧阳带来的资料里说，远山训练营是全球唯一一座非官方特种作战训练基地，也是全世界特种兵心中的圣殿。它位于印度与尼泊尔交界的喜马拉雅山脉南麓，北面是喜马拉雅山的万年冰峰，南侧则是被印度洋暖湿气流滋润的茂盛的原始森林。

这座训练营的历史极为悠久，二战后期由来自美军的两名顶尖的特种兵组建，并由多国相关部门秘密出资赞助。对外是非官方身份，全名为“远山高海拔极限体能与登山训练营”。

远山训练营的选拔极为残酷，通过率也极低。训练营有一枚代表荣誉的特制徽章，只有那些经历了九死一生的训练，浴火重生之后能够活着走出这座训练营的学员，才有资格佩戴这枚徽章。

邵子安想要进入这座训练营的真正原因，就是这枚徽章。

昨天下午，他在欧阳的资料里看到这枚徽章的第一眼，心中的震撼简直无法用语言来描述。也就在那一瞬间，他突然明白了，发生的一切，究竟是怎么一回事。

这枚徽章，他曾经见过。

七年前，那段濒死体验的经历中，他见过这枚徽章。他记得非常清楚，这枚徽章就出现在岳澜给他看过的那段视频中，佩戴在平行世界的另一个“邵子安”和他的战友身上。

这已经是第三次了，第三次，他在那段濒死体验的经历中遇到的事情，在现实生活中应验了。

自苏醒过来到今天，在这四年多的时间里，他曾经无数次问过自己这个问题：为什么那个平行空间中的另一个“邵子安”的身份，与真实世界中的自己完全不同？

如果按照自己的人生轨迹，他的未来一定是接父亲的班，最终执掌那个庞大的商业帝国，成为一名成功的商人。可在岳澜的那段视频中看到的平行空间中的另一个“邵子安”，“他”的身份，是一名特种兵。

这意味着什么？

是不是如果他能跳出现在的人生轨迹，走上另一条他原本绝不可能走的路，也就是像平行空间中那个“邵子安”一样，走上一条成为特种兵的路，就有可能在未来的某一天，遇到他的岳澜？

这个念头在邵子安的头脑中不止一次地闪现过，可是他从没想过去尝试一下。然而现在，就在他的真实生活中，他见到了这枚代表着平行空间中另一个“邵子安”身份的徽章。

这一定是一种指引。

四年多以来，邵子安一直觉得，冥冥之中似乎始终有一种神秘的力量在牵引着他。现在他清楚了，这枚徽章的出现，正是清晰地为他指明了这条道路的终点，也就是那座位于尼泊尔境内的远山训练营。

邵子安相信，在那座神秘的训练营里，一定有什么在等待着他。甚至就在那里，他将揭开整个故事的谜底，找到他的岳澜。

邵子安从没感到这么放松过，这是他二十五年以来第一次独自一人离开玖川市。从小，父亲对他管教就很严，绝不可能允许他一个人离开家门。

自由的感觉，真好。

邵子安在飞机上美美地睡了一觉，当天下午，飞机降落在尼泊尔的首都加德满都。又坐了两个小时长途车后，他抵达了这次旅行的终点，位于尼泊尔北部边境、喜马拉雅山南麓的一个叫作嘎里的小镇。那座神秘的训练营，就位于这座小镇的郊外。

欧阳见到邵子安，十分意外。邵子安将事情简单和欧阳讲了，不过没有告诉他自己来报考训练营的真正原因，因为这牵扯到七年前那段离奇的经历。关于这一段经历，邵子安一直不知道该如何对欧阳开口。

听说了整件事情，欧阳不胜感慨，既感慨邵子安放弃了这么好的物质环境，更佩服他的勇气。他拍着邵子安的肩膀说道：“既然来了，就放心住下来吧，只要有你欧阳哥哥在，都不是事儿。”欧阳是个天生的乐天派，什么时候都能逗别人开心。

邵子安就这样在小镇安顿下来，三周以后，训练营的报名开始了。

远山训练营一向宽进严出，对报名并没有任何要求，不分人种，不分国籍，不分年龄，甚至不分性别，但入学考核极为严格。

由于培养的是全世界最顶尖的特种作战人员，换句话说，是文武兼备的人才，训练营对入学考核的笔试和体测要求几乎可以用变态来形容。所有报名的学员都要经历数轮极为残酷的筛选，其难度不亚于被全世界最顶尖的大学和军校同时录取。

第一轮考核一切顺利，两人都通过了面试环节，接下来，是紧张的备考。

每天清晨六点，两人准时起床开始学习，一天的功课结束后，他们会结伴到小镇的郊外锻炼，为最后一轮的体能测试做准备。

欧阳的妹妹晓芸经常打来电话，给两人打气，也传话给邵子安，岳澜知道两人的情况后，也对他们表示鼓励，并预祝他们能够顺利考取。

自离家后，邵子安就再也没有接到父亲的消息。他知道，父亲一定非常愤怒。邵子安感到异常伤感，不过他也明白，为了自己的成长，更为了岳澜，这是他必须付出的代价。

一个月后，邵子安和欧阳完成了远山训练营的第二轮考核——入学笔试。几天后拿到成绩，没有辜负他们几个月以来的努力，两人全部通过。

接下来是第三轮，也是淘汰率最高的一轮，包括笔试和体测两部分，考核的是一个人的综合素质与能力。笔试部分包括智商、逻辑、分析、抽象思维、空间想象等几十项大脑综合能力的测试；体测部分包括肌肉素质、耐力、爆发力、平衡力、协调性、反应速度、柔韧性、心肺功能、极限环境下的身体适应能力等一百多项测试。

经过整整十天残酷到几乎变态的考核，两人终于通过了远山训练营入学考试的最后一关，一周后，他们同时收到录取通知书。

打开通知书的一刻，两人紧紧地抱在了一起。

邵子安更是热泪盈眶，只有他自己知道，与其说是为了这张通知书，不如说是为了那个谜底，为了岳澜，他付出了怎样的代价。

距离远山训练营正式开学还有两周时间，邵子安和欧阳开始加紧准备。这天下午，两人在小镇的郊外跑完步回来，刚进小区，就看到两辆沃尔沃豪华商务车停在了门口。

邵子安停住了脚步。

车门打开，十来名保镖簇拥着一位西装革履、面色威严的中年男人下了车，正是邵子安的父亲——邵家祥。

邵子安愣道："爸爸？"

欧阳也是一愣，说道："邵叔叔，您怎么过来了？"

邵家祥走到两人面前站定，扬了扬眉毛，说道："我怎么来了？我来接我的儿子！"

邵家祥注视着邵子安，面色阴沉，说道："好啊，翅膀硬了嘛，学会离家出走了。"

他伸手去拉邵子安，说道："跟我回去！"

邵子安退后一步，躲开父亲的手，说道："爸爸，我不会跟您回去的。"

邵家祥喝道："你说什么？"

邵子安咬了咬嘴唇，说道："爸爸，对不起。"

邵家祥勃然大怒，正要发作，欧阳上前劝道："邵叔叔，您别生气，子安他这么做，肯定有他的理由，您听他解释——"

邵家祥打断欧阳的话，喝道："你给我闭嘴，子安就是被你这样的朋友给带坏的。"

他转向邵子安，吼道："你给我听着，你是我儿子，今天你想回去也得回去，不想回去也得回去！"

他一挥手，喝道："给我拖上车！"几名保镖立刻上前。

欧阳喊道："你们要干什么？"

保镖们根本不理会欧阳，上前就要拉邵子安。欧阳见形势不对，拼命护住邵子安，再次喊道："你们要干什么？谁也不许动！"

邵家祥吼道："把他给我拖上车！"

保镖们冲上前来，和欧阳撕扯在了一起。小区门口顿时一片混乱，居民们纷纷走出房间，一时间不明白发生了什么。

邵子安突然喊道："都住手！"

几人停住了手。邵子安拨开众人，走到父亲面前，说道："爸爸，请您不要再这样了。"

邵家祥面色阴沉，看着邵子安。

邵子安说道："这么多年来，您一直用这样强迫的方法让我听话。在您眼里，我也一直是个听话的好孩子。可是您知道吗？这二十五年来，我并不快乐。"

邵子安的话，让邵家祥一下子愣住了。

邵子安坚定地看着父亲，说道："从出生起，我就一直是您的傀儡。您为我安排了生活中所有的事情，但是从来不问我开不开心，所以我最终才会选择离开。我喜欢现在的生活，虽然辛苦，但是很开心，不用像木偶一样被人牵着。爸爸，我要跟您说一声抱歉，我要选择自己的生活，我不会跟您回去的。"

邵家祥用难以置信的眼神看着面前的儿子，说道："这些……这些都是你的心里话吗？"

邵子安神色平静，坚定地说道："是的，这是我二十五年来一直想跟您说的心里话，只是，以前我不敢说。"

他扬起头来，说道："您今天可以把我带走，但您带走的，只会是一具行尸走肉。"

邵家祥呆了良久，喃喃说道："看来，我的儿子长大了……"

邵家祥长叹一声，不再说什么，转身上了车。

所有保镖全都上了车，车子刚刚开出小区，突然停下。

邵家祥的私人助理查尔斯下了车，快步走到邵子安面前，将一张银行卡塞到邵子安手中，说道："这是邵先生要我交给你的。"

邵子安低头望去，这是一张美国花旗银行的无限额度信用卡。他摇了摇头，说道："不用了。"

查尔斯愣道："怎么？"

邵子安说道："麻烦你告诉我爸爸，既然我已经选择了自己的路，以后，我就要一切靠自己。"他将银行卡还给对方，查尔斯一怔，说道："好吧，我会转告你父亲的，你多保重。"

两辆沃尔沃转瞬离去，小区门口只剩下邵子安和欧阳两人。

欧阳说道："子安，好样的！"

他顿了顿，说道："其实你爸爸，并不是我们想的那样，他……还是很关心你的。"

邵子安说道："我知道，但是我已经长大了。"

邵子安抬起头来，望着父亲的汽车离去的方向，神色坚定。

第十五章　入学生死状

这一年是二〇二七年，邵子安和欧阳都是二十六岁，他们在远山训练营的生活正式开始了。

三月一日，是训练营正式报到的日子，两人很早便来到了训练营。没想到，大门口早就站了几十名肤色各异的学员。

训练营大门紧闭，门口并没有卫兵站岗。这是邵子安和欧阳第一次亲眼见到这座传说中极为神秘的训练营，此前的数轮入学考试，都是在小镇上的一所学校里进行的。

原本以为，这座赫赫有名的训练营应该气势磅礴、极为恢宏，有着古堡宫殿一般威严的建筑，警卫林立，防守森严。没想到的是，此时在他们面前的，只是几十栋极为简陋的、青石垒成的房子。如果不是门口停着两架先进的美军海军陆战队 AH-20Z 重型武装直升机，所有人都会以为这里仅仅是一座普通的尼泊尔小村落。

学员们陆续赶到，训练营的大门却始终紧闭着。九点五十分的时候，大门口已经聚集了超过三百名新生。这些新生显然来自世界各地，肤色各异，说着不同的语言。所有人都在低声私语着，谁也不知道，这未来四年的训练生活会是什么样子。

十点整，训练营的大门打开，一名身材瘦削的教官走出大门，身后是十几名荷枪实弹的士兵。所有学员都安静下来。

教官站定，用威严的目光扫视了一遍众人，用英语说道："所有人听我口令，立刻放下行李，把衣服脱光！"

众学员你看我、我看你，谁也没有动。教官提高音量，说道："没听到我的命令吗？所有人立刻放下行李，把衣服脱光！"

远山训练营一向以严酷著称，虽然感到很奇怪，但谁也没敢问什么，大伙儿纷纷放下行李，开始脱衣服。

欧阳看了看邵子安，低声道："这什么情况，上来就来个裸体大Party，口味太重了吧？"

邵子安说道："别贫了，快脱。"

两人迅速开始脱衣服，脱到只剩一条内裤的时候，欧阳面露难色，说道："子安，我还从没在这么多人面前光过屁股呢，要不……要不留条内裤吧？"

邵子安笑道："没想到你还这么腼腆。"

欧阳瞪大眼睛，一本正经地说道："当然了，这么白花花的大白屁股，是留给我媳妇看的！"

邵子安"扑哧"一声笑了，说道："让你脱就脱吧，快点！"

欧阳不情愿地把内裤脱下，露出了"白花花"的大白屁股。

三百多名学员全部脱光衣服，手捂下体，在寒风中瑟瑟发抖，场面极为壮观。

教官面无表情地说道："今天，是你们来到这里的第一天，也是你们永生难忘的一天。在此之前，每一个从这里走出去的人，都把这一天叫作……"说到这里，他顿了顿，说出了三个字，"吐血日！"

教官抬起手来，指向众人身后，说道："看到后面那座冰湖了吗？"

大伙儿哆哆嗦嗦地转过头，只见众人身后的雪山脚下，是一座巨大的冰湖。

教官说道："这座冰湖，周长是五十公里，给你们八个小时的时间。八小时之内，沿冰湖跑完一圈回到这里的人，留下；剩下的人，滚蛋！"

学员们一下子炸了窝。在如此高海拔的高原地区，八小时之内跑完整整五十公里，这几乎是一项不可能完成的任务。

教官身后的一名士兵朝天打了一梭子子弹，所有人都安静了下来。

教官一摆手，喝道："不想跑的人，现在就可以离开，其他人听我口令，计时开始！"

学员们你看我、我看你，谁都不敢再说什么，转身向冰湖跑去。

位于喜马拉雅山南麓的远山地区，海拔超过三千米，三月的平均气温低于零下二十摄氏度。三百多名学员赤身裸体，围着冰湖拼命地奔跑着。

这已经不完全是对体能的考验，更是一场意志力的比拼。所有人咬紧牙关，拼尽全力，挑战着自己的体能与意志力的极限。

幸好邵子安和欧阳两人提前几个月就来到这里适应高原环境，并事先进行了严格的体能准备。即便这样，三小时以后，邵子安也开始感到体内的氧气供应严重不足，呼吸急促得好像肺都要炸了。欧阳开始还能开几句玩笑活跃一下气氛，到了最后，也累得说不出话了。

两人互相搀扶，竭尽全力向前奔跑着。三月的远山地区极度寒冷，汗水从身体渗出以后，马上结成冰，每个人的眉毛、头发甚至身上，全都挂满冰凌。随着跑动，冰凌一块块落在地上，再被踩碎。

湖边的地面被冻得如铁一般坚硬，地面上细小的冰块将所有人的脚底划得鲜血淋漓，把他们跑过的路变成了一条血路。

邵子安和欧阳咬紧牙关，不知疲倦地奔跑着，七个多小时以后，终于连滚带爬地冲到了终点。

拿上行李走进训练营大门的时候，两人已经累得没有丝毫力气去打量这座全世界所有军迷和特种兵心目中的圣殿了。

一名身材矮小的训练营工作人员将他们带到一个类似健身馆更衣室的巨大房间，指着一排排柜子说道："柜子里面是你们的训练服，你们带来的东西，全部存在这里，食物和饮料扔进那边的垃圾桶。除了你们的身体，任何物品都不准带进营地，一旦发现，立刻开除。换好衣服后到宿舍休息，等候命令。"

柜子上面都标着号码，邵子安打开了一扇标号为 028 的柜门，里面是一套崭新的折叠整齐的黑色训练服，从内衣、内裤到皮靴、皮带一应俱全。邵子安注意到，衣服的上面，有一个同样的号码，028。

换好衣服走进宿舍，这是一个同样用青石垒成的简陋房间，大概有一百多平方米。屋子两旁是十几张上下铺，中间点了一堆篝火，七八个先到的学员正围着篝火取暖。

看到两人进来，大伙儿给他们腾了个地方，又递过来滚烫的奶茶。几口奶茶下肚，两人终于缓过来一些。

所有人都累坏了，在这种极度严寒的环境下，又是在海拔超过三千米的高原跑完这五十公里，每个人都已经超越了体能的极限。大伙儿闷声喝着奶茶，没有一个人说话，连平日一贯话最多的欧阳都成了闷葫芦。

房门响动，又有一名学员走进宿舍，大伙儿挪了挪位置，给新来的同学腾出个地方。没想到那人并不理会大家，绕过篝火，径直向床铺走去。借着篝火的微光，只见那人手里拿着训练服，兀自光着身子，一身古铜色的皮肤上汗水蒸腾，浑身冒着热气。

那人和所有人都不一样，似乎刚刚那五十公里的长跑没有对他产生任何影响。他就跟没事人一样，将训练服在床上放下，拿起毛巾，开始擦拭身体。篝火映照下，只见他身上的肌肉线条如刀削一般，透出一种彪悍的野性，显得极其强健。

邵子安注意到，那个人拿来的衣服上，编号是017。

只见他慢慢擦拭好身体，穿上衣服，回过身来。就在邵子安看清他面孔的一刻，只觉浑身一颤，整个人如同掉进冰窖中一样。

“怎么会是他？”邵子安的心头狂念，“不可能，绝对不可能！”

面前的这个人，邵子安见过！

但是，邵子安并不是在现实世界里见过这个人，而是在那段濒死经历的平行空间里。这个人，曾经出现在七年前那段濒死状态下的平行空间里，岳澜给他看的那段视频中。

邵子安记得很清楚，岳澜给他看过的那段有关“重肌人”爆发的新闻采访视频，里面接受采访的一共有两个人，一个是邵子安自己，另一个，就是眼前这个人。

邵子安愣愣地注视着面前这个人。欧阳问道："子安，你怎么了？"邵子安根本没有听到欧阳的问话，缓缓站起身，向那个人走去。

那人感到有人接近自己，也抬起头来，望向邵子安。

没错，就是他，就是视频里的那个人！邵子安的声音有些颤抖，说道："你……你好！"

那人打量着邵子安，没有回答。邵子安伸出手来，再次说道："你好，我叫邵子安，请问……你怎么称呼？"

那人冷冷地注视着邵子安，神色冷酷，没有任何表情，也没有任何反应。邵子安的手举在半空中，僵在了那里。

就在这时，猛听得外面响起了一阵紧急的哨声，有训练营的工作人员喊道："所有新生，立刻集合！"

大伙儿匆忙穿好衣服走出宿舍。欧阳拽了拽邵子安，问道："刚刚什么情况，那个人你认识？"

邵子安努力平复了一下心情，说道："没什么……快走吧。"

两人快步走出宿舍。

宿舍外面的空地上，已经站了几十名学员。他们现在所在的位置，应该是训练营的生活区，周围零星地散落着十几栋简陋的石头房子。学员们陆续从宿舍里走出来，欧阳低声说道："看到了吗？好像没多少人了。"

邵子安也注意到，此时站在宿舍外空场上的学员，只剩下不到一百人了。看来经历过刚刚那一场考核，在训练营门口报到的三百多名学员，被刷下来一半多。欧阳咋了咋舌，说道："名不虚传啊，看来咱们这四年，够受的。"

一名训练营的工作人员将众人带到一间简陋的教室，大伙儿各自找好位置坐下。每个人的神情都十分紧张，不知道等待他们的，还有什么残酷的"节目"。

静候了片刻，那名身材瘦削的教官走进房间，所有人不由自主坐直了身子。

教官在讲台前站定，说道："介绍一下，我是你们的总教官，欢迎来到远山训练营。你们要知道一件事，走进这座训练营，你们每一个人，就不再有国籍，不再有身份，也不再有名字，能够区分你们的，只有你们胸口的号码。”

教官说到这里，停了下来，用冷峻的目光扫视了一下台下的学员，继续说道：“在这里，只有一条规则：绝对服从命令。违纪第一次，鞭笞，第二次，滚蛋。在你们的面前，是一张生死状，签下这份生死状，就可以留下了。”

台下瞬间一片骚动。欧阳低声道：“什么情况，这是要把命搁在这儿？”邵子安看了看周围的同学，很多学员明显都没有思想准备，只有刚刚在宿舍见到的那个编号为 017 的学员神色平静，似乎什么事情都没有发生一样，没有丝毫犹豫，拿起笔在文件上飞快地签上名字，起身离开了房间。

欧阳拿起桌上的文件，说道：“怎么办，咱们签不签？”

邵子安说道：“签吧，既然来了，就回不了头了。”

欧阳说道：“也对，既然选了这条路，没别的说的，就走下去吧。”两人拿起笔，在生死状上签下了自己的名字。

众学员低声私语了一阵，也纷纷拿起笔签了名。

这一天剩下的时间，训练营没有再安排任何节目。晚饭后回到宿舍，由于一天的疲劳，学员们很快进入了梦乡。一向心宽体胖的欧阳第一个打起了呼噜，很快，宿舍内的呼噜声此起彼伏地响了起来。

只有邵子安没有睡着，从进入远山训练营第一天的经历看，未来四年的生活，恐怕比他和欧阳想象的还要残酷数倍，甚至很可能会付出生命的代价。不过，邵子安对此早已做好了准备。

从离开家的那一刻，他的内心就坚定下来，可以说这二十几年来，他从没这么坚定过。既然选择了这条路，无论前途多么艰难，他都一定会走下去，为了他要探究的那个谜底，更为了岳澜。

让邵子安感到极度震惊，却又在情理之中的，是那个编号为 017 的同学的出现。这已经是第四次了，他在那段濒死体验中经历过的事情，第四次在他的生活中真实应验了。

第一次，是岳澜；第二次，是那座一模一样的沃尔玛超市；第三次，是召唤他来到这里的那枚远山训练营的徽章；第四次，就是这个编号为017的同学。

这一次，邵子安并没有像前几次那样震惊到手足无措。

相反，他感到的是一种紧张，一种愿望即将达成、谜底即将揭晓时的那种紧张。

他至少已经可以确认一件事，那就是他重新选择的这条人生轨迹，是正确的。他正在逐渐接近那个答案，只要沿着这条路走下去，自己终将揭开那个故事的谜底，最终找到他的岳澜。

现在他需要做的，就是坚持下去，无论这座训练营的生活有多么艰苦和残酷，他都一定要坚持下去，坚持到谜底揭开的那一天。

邵子安的心中充满期待，进入远山训练营的第一天，他兴奋得几乎一夜没睡。

第十六章　017

从第二天起，远山训练营为期一百天的新学员集训正式开始了。

每天清晨五点五十五分，学员们准时被尖锐的哨声叫醒，先是一个负重五十公斤的二十公里高原山地武装越野作为热身，之后，一天的残酷训练正式开始。

上午是人体极限力量及耐力训练，整整持续五个小时。午饭之后，进行格斗技能训练，包括各种徒手格斗、持械格斗，甚至最传统的单兵步枪拼刺格斗训练。晚饭后，进行一个小时的格斗相关人体解剖学课程，之后又是一个负重二十公里的山地武装越野，作为一天训练的结束。

这一百天中没有任何休息，从第二个月开始，每十天一次考核，累计三次考核不合格者，将直接除名。

所有学员累得连说话的力气都没有，每天最大的愿望就是能好好睡个觉。一星期后，开始有学员主动退出，更多的是由于无法坚持而被除名。按照欧阳的话说："现在巴不得被除名，至少可以睡个好觉！"

每个人都在咬紧牙关坚持，邵子安也在坚持，每到快扛不住的时候，他就告诉自己，为了那个谜底，为了岳澜，再咬咬牙。就是在这一次又一次咬牙劝说自己的过程中，邵子安一天天地坚持了下去。

在整个训练营的学员中，只有那个编号为 017 的同学，那个在邵子安的濒死体验经历里曾经出现过的神秘人物，与所有人都不同。他似乎从来没有"痛苦"这个概念，即便再残酷的训练，也不会对他产生任何影响。

邵子安仔细观察过这个人，017 的个子很高，目测至少在一米八五以上，瘦削的身材，肌肉如铁打的一般，外表帅气而冷峻，不苟言笑。

017 的性格极为孤傲，每天除了训练、吃饭、睡觉，几乎从不与任何人交流。用欧阳的话说，017 给人的感觉就像一件兵器，一件寒光闪闪、见血封喉的兵器。

邵子安也有同样的感觉。对于 017 到底像什么，邵子安并不关心，他关心的是另一件事，那就是他为什么会出现在岳澜的那段视频中。

曾经有几次，邵子安尝试与 017 进行沟通，但每一次都被他冷漠地拒绝。邵子安知道，现在还不是时候，他要等待一个机会，和这个人好好聊一聊。

017 给所有人留下最深印象的时刻，是集训期间的第一次正式考核。

经过一个月极为残酷的训练，二〇二七年四月二日，学员们迎来了进入远山训练营后的第一次正式考核。

教官宣布完考核规则后，台下一片愕然。

考核似乎并不难通过，所有学员依次上台与教官对练，能坚持到三十秒者，为合格。

每一名来到远山训练营的学员，都不是零基础，而且以大伙儿目前的训练水平来看，他们的对手即便不是教官，而是一只狗熊，要坚持到三十秒应该也不是什么太大的问题。

第一名学员信心满满地走上了擂台，这是一名虎背熊腰的俄罗斯学员，来自西伯利亚，身高接近两米，体重超过一百公斤。

谁也没有想到的是，连一秒都不到，众人只觉眼前一花，这名强壮如熊的俄罗斯学员已经飞下了擂台。

接连又上去几名学员，全部都是瞬间就被打下擂台。大伙儿这才意识到，他们面前这位身材瘦削的教官身手之好，已经远远超过了所有人的想象。远山训练营，看来真的是名不虚传。

接下来上去的学员，几乎用尽了所有能想到的办法，有的与教官游斗，有的主动进攻，采取各种办法尽量拖延时间，但没有一个人能够坚持到超过三十秒。欧阳撑了十五秒，邵子安只坚持了不到十秒。

最后一个上台的，是 017。

017 走上擂台的一刻，所有人都不由自主地安静下来。

不像此前的那些学员，017 的表情十分平静。只见他在擂台上站定，缓缓脱下了外衣。阳光照射下，邵子安这才注意到，017 古铜色的皮肤上，刀疤摞着刀疤，台下的学员们发出了一阵惊呼。

教官的表情也在这一刻出现了一丝微妙的变化。两人面对面站好，举起手来，做好了预备姿势。

助理教官一声令下，教官不等 017 反应，飞身上前，闪电般一记大力鞭腿向 017 的左肩抽去。令所有人都没有想到的是，017 竟然根本没动，没有做出任何格挡或闪躲的动作。

邵子安的心脏在这一刻提到了嗓子眼。他刚刚与教官对垒过，完全知道教官这一腿有多重。难道 017 是要用身体生扛教官这一记重击吗？果然，就在教官的腿接近身体之际，017 只是略抬了一下肩膀，硬生生扛下了教官这一记重击，他的身体被这一记势大力沉的重腿扫得几乎平移了两米。

学员们不由自主张大了嘴巴，教官这一记重腿击打在任何人的身体上，如果打实了的话，可以说都将是骨断筋折。而017竟然跟没事人一样，只是活动活动肩膀，抬起手来，再次做好了预备姿势。

教官站定，两人又回到了初始姿势。四下里，死一般的寂静。助理教官喊道："五秒！"

话音未落，两人几乎同时启动，扑在了一起。两人拳脚速度之快，几乎到了用肉眼无法看清的程度。斗了一会儿，两人瞬间分开，再次猱身而上，打在一起。

看得出来，017的身材虽然瘦削，但抗击打能力极强。教官的每一记重击落在他的身上，几乎都没有什么作用。但教官毕竟训练有素，017还是渐渐落了下风。

只见教官左拳虚晃，右手一记大力摆拳，打在了017的肩头。017一个踉跄，教官随即一记摆腿扫去。017在无可闪躲之际，硬生生地扛下教官这一腿，同时，他一抬手，抓住了教官的脚踝。

这几乎是一种不要命的打法，就在教官一愣神的工夫，017的另一只手已经抓住了教官身上的训练服。只听他一声大喝，将教官举过了头顶。台下所有人都目瞪口呆，017用尽全力，将教官向擂台下扔去。教官在空中一个漂亮的空翻，站在了距擂台边十厘米的位置。

两人挺直身子，再次回到了初始姿势。只听助理教官喊道："时间到！"

台下是死一般的沉寂，良久，才爆发出雷鸣般的掌声和叫好声。017面无表情，拾起地上的衣服，转身走下了擂台。

017在第一次正式考核中的表现引起了所有人的关注。然而他依然故我，独来独往，不与任何人交流。随着对017的观察越来越深入，邵子安越感到这个人的神秘。

不过邵子安也知道，现在还远没到可以和017聊一聊的时候。

进入远山训练营后的第一次正式考核，让所有学员意识到自己与顶尖高手的差距。考核结束后，大家的训练更加刻苦。从第二次考核开始，学员们的成绩开始显著提高。

随着时间的推移，邵子安逐渐在众多新生中崭露头角，这也要感谢遗传自他父亲的极高智商。邵子安在训练中悟性极高，又非常刻苦，即便如此，他还是始终没能超越017。每次考核的成绩，永远是017第一名，邵子安第二名，欧阳则紧随其后，位列第三。

整个集训期间的生活极为枯燥而艰苦，可以说乏善可陈。唯一值得记述的，就是邵子安的那个梦境。进入远山训练营后，他更加频繁地回到那段梦境。

每当深夜，他一次又一次在梦中回到那段濒死体验经历的最后场景，岳澜用尽全力将他从桥上推下。邵子安从高处坠落，看着岳澜微笑着对他说出最后一句话，拉响了手雷。

每一次大汗淋漓地从梦中醒来，他都想知道，岳澜在那个最后时刻，究竟对他讲了什么，却依旧得不到任何答案。

第十七章　坎德巴里冰原

经过整整一百天艰苦卓绝的训练，二〇二七年六月九日，远山训练营为期三个多月的新学员集训终于结束。六月十五日，他们迎来了集训的最终考核。

出发之前，所有学员整装列队。

教官走上前来，对他们讲了一番话：“恭喜你们，完成了远山训练营新生一百天的集训。今天，将是你们人生中最重要的时刻，因为只有通过今天的考核，才有资格留在这里，成为远山训练营的正式学员。不能通过的，将离开这里。”

卡车飞快地奔驰在喜马拉雅山脉的雪域高原上，没有人知道这辆卡车将把他们带往哪里，更没有人知道他们即将面临的将是多么残酷的最终考核。

没有一个人说话，所有学员都神情肃穆，每个人的心里都很紧张。只有 017，神色依旧平静，静静地靠在车厢的板壁上闭目养神。

卡车在高原上整整行驶了五个小时之后，终于停了下来。车厢外传来了助理教官的喊声：“所有学员，立刻下车！”

起身的一刻，邵子安注意到 017 的脸上闪过一丝警觉的表情。这是自认识 017 以来，从没在他脸上见过的表情。邵子安感到，这种表情很像是野兽遇到危险时的那种反应，不由得心里一紧。

跳下车，大伙儿这才发现他们所在的位置，是在一座巨大的城堡中，四周是用巨石垒成的高大围墙。

欧阳拽了拽邵子安，低声说道：“你听到什么声音了吗？”

邵子安也注意到了，围墙的外面，此时隐隐传来一阵阵低沉的嘶吼声，让人不寒而栗。

教官上前，环视了一遍众人，说道：“介绍一下，我们现在所处的位置，是在青藏高原西部的坎德巴里冰原。这里是坎德巴里高原狼的大本营，周围数百公里没有人烟。今天的考核，就在这里进行。内容很简单，赤手走出这座城堡，能够在狼群中坚持到三十分钟以上的，为合格。”

欧阳愣道：“什么情况，这是要咱们玩命啊？”

邵子安抬头看了看远处的 017。学员们一片哗然，只有 017 神色平静，没有任何反应。

教官从一旁的警卫手中取过自动步枪，朝天打了一梭子子弹，学员们安静下来。教官看了看面前的众人，沉声说道：“如果有想退出的，现在可以举手。”

几名学员动了动嘴唇，似乎有些犹豫，最终什么也没有说。

教官点了点头，说道：“好，十分钟以后，考核开始。”

按照训练营的规定，集训最终考核以宿舍为单位分组，抽签决定考核次序。

邵子安这一级学员，通过入学考试的一共是三百八十一人。入学当天，经过“吐血日”的残酷淘汰，只剩下了不到一百人。进入训练营后，他们被非平均地分成了九个宿舍。此后又经过整整一百天的集训，人数最多的宿舍还剩下十几个人，大部分宿舍只有几个人。邵子安这个宿舍，仅剩下邵子安、欧阳与 017 三个人。

他们三人，无疑是所有学员中实力最强的，这个宿舍无疑也是所有宿舍中人数最少的。也就是说，邵子安、欧阳、017 这三个人，将在今天面临一场前所未有的，甚至事关生死的考验。

抽签结束后，邵子安看了看手里的号码，是第九号，他们排在了最后一组。

所有学员席地而坐，随着教官一声令下，城堡大门打开，第一组学员被赶了出去。

城堡外顷刻间便传来了一阵震天动地的狼群嘶吼声。不到五分钟的时间，第一组人员撤回。只见他们人人带伤，个个垂头丧气，第一组的考核失败了。

紧接着是第二组，也是不到五分钟就撤了回来。

在不到一个小时的时间里，共有五组学员走出了城堡，但没有一组能够通过。坚持时间最长的一组，坚持到了十五分钟。

邵子安和欧阳的心里都是越来越紧，看来这次考核的难度和残酷性，要远远超过自己的想象。尤其他们这一组，只有三个人，要想在狼群中活下来并且坚持到三十分钟，恐怕比登天还难。

欧阳低声说道：“子安，咱们得想点办法了。”

邵子安点了点头，说道：“这次考核不像以前几次，以前我们都是单打独斗，这回要和狼群作战，一个人再强，也是没有用的，我们必须配合。”

欧阳说道：“有道理，不过……”

说到这里，欧阳顿了顿，说道：“就是不知道，017 这小子肯不肯跟咱们配合。”

邵子安看了看远处的017，说道：“不管他配合不配合，我们两个先想办法。”

欧阳说道：“咱们索性就当没他这个人。”

邵子安思索了片刻，说道：“我们只要走出这座城堡，就要马上面对外面至少上百匹狼，最重要的一点，就是绝不能腹背受敌。所以，我们必须背对背，做好相互保护。除此以外，还有武器。要尽可能在外面找到可用的武器，哪怕是石头、木棍都可以，赤手空拳面对几百匹狼，绝不可能撑到半个小时。”

欧阳点头。

两人商量的这段时间，又有三组学员走出了城堡。至此，邵子安他们之前的八组学员全部考核完毕，只有两组勉强支撑到了三十分钟，但也是人人带伤，极其狼狈。

终于轮到邵子安这一组了，三个人整整衣衫，站起身来。

学员们全都抬起头来，望向他们。邵子安、017、欧阳，远山训练营这一级学员中最强的三个人，即将面临他们进入训练营后最艰难也是最残酷的一次挑战。

来到城堡的大门口站定，欧阳低声说道：“017，如果这一回我们想过关，就必须配合。”

017没有回答，不置可否。欧阳看了看邵子安，邵子安神色平静。欧阳咬了咬牙，握紧拳头。

大门打开，三人冲了出去。

城堡外，狼群瞬间围了上来，猛听得017一声大喊：“跟紧我！”

邵子安和欧阳都是一愣，017已经甩开大步，向前奔去。欧阳喊道：“来吧！”

只见017一马当先，带着邵子安和欧阳两人远远绕开狼群，兜了一个大圈子，奔到了距城堡几百米处的一面断墙后。

邵子安快速扫视了一下四周，墙边除了一些石块，没有任何可用的武器，他喊道："欧阳，拿石头！"

两人各自拾起一块石块，只有017没有动。

狼群追到距三人一百多米的一处高坡停了下来。这是一群典型的坎德巴里高原狼，数量在三百匹以上，每一匹的体重至少在五十公斤以上。颅骨长而宽大，四肢极为强健。

群狼对着三人发出一阵阵瘆人的嗥叫。

狼群中有一匹显然是头狼，只见它蹲踞在狼群的最前方，稳如泰山，冷冷地注视着面前的这三个人，似乎是在打量他们的实力。

狼群并没有率先发起攻击，邵子安几人也没有动。三人中，017在前，邵子安和欧阳在后，成"品"字形站立，静静地注视着面前的狼群。

短暂的对峙之后，头狼微一扬头，身边三匹强壮的公狼离群而出，向邵子安几人扑了过来。

欧阳喊道："来了！"

三匹狼的速度极快，欧阳话音未落，第一匹狼已经冲到了站在最前方的017身前，腾空跃起，张开血盆大口，向017的咽喉咬去。

017纹丝未动，待那匹狼扑到近前，闪电般地一伸手就抓住了狼的脖颈，同时另一只手已经抓住了狼头。他双手用力一扭，只听得"咔嚓"一声脆响，那匹狼的狼头被他生生拗断。

017一甩手，狼尸摔落在地。另外两匹狼见到眼前的情景，一下子停住，呆了片刻，夹着尾巴灰溜溜地跑了回去。

狼群在这一瞬间安静了下来。

欧阳瞪大了眼睛，说不出话来。

邵子安也被眼前的情景惊住了，谁也没有想到，017的战斗力竟然如此强悍。

短暂的平静后，狼群沸腾了。群狼们嘶吼着、嗥叫着，似乎要把邵子安三人撕碎。只有那匹头狼神色依旧平静，静静地注视着面前这三个人。沉寂了片刻，头狼一声低吼，身旁二十几匹健壮的公狼跃出狼群，向邵子安三人猛扑过来。

017喊道："大家背对背，互相保护！"三个人迅速靠拢。

邵子安握紧手里的石块，狼群瞬间扑到了面前。一匹强壮的公狼飞身扑向邵子安，邵子安侧身轻巧地避过，同时抡起手里的石块，狠狠砸在了那匹狼的耳根处。只听那匹狼一声悲鸣，滚倒在地。

三个多月的艰苦训练，在这一刻爆发出了威力。欧阳用石块狠狠砸倒了一匹狼，回手又是一拳，将另一匹狼打翻在地。017 的出手几乎都是一击毕命，几匹接近他的狼不是被扭断了脖子，就是被打得骨断筋折。前后不到五分钟时间，三人的面前扔下了十几具狼尸，剩下的狼夹着尾巴逃回了狼群。

三人打退了狼群的第二轮进攻，但也都挂了彩。邵子安和欧阳手里的石块全都被鲜血染红了。

头狼终于被激怒了，只见它缓缓站起身来，双目喷火，狠狠地瞪视着面前这三个人，凶狠的目光似乎要把邵子安三人撕碎。

一种极度危险的感觉向邵子安袭来，他大声喊道："大家小心，狼群要开始最大的一轮进攻了！"

欧阳喊道："让他们来吧。"

邵子安喊道："我们的武器不行，脱袜子！"

欧阳立刻明白了邵子安的意思，两人迅速蹲身脱下了鞋袜。

他们所穿的军用棉袜，长度接近四十厘米，材料极为厚密。将两只军袜套在一起，再塞进石块，可以最大限度增加攻击的力量和范围。

刚刚准备好，就听那匹头狼一声长啸。这一次，狼群倾巢而出，只听得脚步声杂沓，几百匹狼狂啸着向邵子安三人猛扑过来。

这是最大的一轮进攻，也是一场决战。狼群铺天盖地而来，打退了一批，又上来一批。邵子安和欧阳抡着用军袜和石块做成的简单武器，017 赤手，三个人与狼群进行殊死搏斗。仅仅几分钟的时间，三个人都已是浑身浴血，邵子安和欧阳手里的军袜全被鲜血浸透，湿滑得快要抓不住了。

没过多长时间，三个人都感觉到，他们的体力已经快接近极限了。欧阳喊道："得想个办法，这么下去撑不了多久了！"

邵子安将接近他的几匹狼逼退，抬头望去，三个人已经被数百匹狼包围。那匹头狼蹲在对面的坡顶上，被二十几匹强壮的公狼保护着，正冷冷地注视着这场决战。

邵子安喊道："擒贼先擒王，我们去把头狼干掉！"

欧阳喊道："好办法，017，你去不去？"

017 打倒了一匹接近他的狼，喊道："跟着我！"他迈开大步向对面的坡顶冲去。邵子安和欧阳抡起手里的石块，紧跟在后面。三个人左突右冲，在狼群中杀开一条血路，逐渐向头狼的方向逼近。

头狼显然明白了他们的意思，三人冲到一半的位置，就听那匹头狼一声长啸，围在三人身边的狼群瞬间退了下去。

欧阳喊道："这什么情况？"

邵子安喘了几口气，只见狼群退下去以后，迅速围拢到头狼的身旁，在这一瞬间，狼群安静了下来。

头狼缓缓站起身，凝视着山坡下浑身浴血的这三个人。

双方分别站在坡顶和坡下，相隔几十米对峙着，四下里是死一般的寂静。

欧阳说道："哥儿几个，这是要跟我们决战了。"

邵子安说道："今天要是不把头狼干掉，我们不可能活着回去。"

欧阳说道："跟它们拼了，来吧！"

只听那匹头狼发出震天动地的一声怒吼，率领身边的二十几匹公狼，直扑下来。

017 一声长啸，邵子安三人几乎同时启动，双方迅速逼近。

这是最后的决战。

头狼显然知道 017 是这三个人中最强悍的对手，于是带领着七八匹最强壮的公狼，将 017 死死围住。另外十几匹狼将邵子安和欧阳分别隔开，三人各自为战。

头狼与它手下的这二十几匹公狼果然不同于其他的狼，几个回合下来，邵子安几人同时挂彩。三人已经打得完全没了章法，仅凭着一股毅力在支撑着。

017 赤裸着上身，赤手空拳，毫无惧色。

他打翻了一匹扑向他的狼后，一伸手，抓住了另一匹狼的脖颈。就在这时，那匹头狼已经狡猾地绕到了 017 身后。邵子安在远处看到，大声喊道："小心！"

头狼飞身而起，向 017 的后颈咬去。017 猛一回头，已经来不及了，只能微微侧身勉强躲过了后颈的要害部位，头狼狠狠一口咬在了他的肩膀上。

邵子安一声大喊，逼退了身边几匹狼，飞奔过去，一脚踢在了头狼身上。头狼完全没想到邵子安的速度会这么快，被他这势大力沉的一脚踢得滚到一旁。

邵子安不容头狼起身，扑上前去抓它的后腿。头狼反应极快，身子刚一落地便返身蹿起，张嘴就向邵子安的咽喉咬去。电光石火的一瞬间，锋利的狼牙已经接近了邵子安的咽喉。

邵子安一下子呆住，只见锋利的狼牙距离自己越来越近。千钧一发之际，017 扑上前来，一拳打在头狼身上。头狼敏捷地在地上一滚，刚要起身，017 蹿上前去，抓住了它的后腿。

头狼在空中转体，张嘴咬向 017 的手腕。017 一抖手，抓住头狼的另一条后腿，双手向上一拎，将头狼举过了头顶。

只听得 017 惊天动地一声大喝，声震四野。他双膀同时发力，"咔嚓"的一声巨响，这匹将近两百斤重的健壮头狼，竟被他撕成了两半，鲜血、内脏撒落一地。

欧阳和邵子安全都呆住了。017 扔下手里的狼尸，缓缓站起身来，只见他浑身浴血，如天神一般站在那里。

四下里的狼群在这一瞬间，全部退了下去。

他们赢了！

第十八章　017 的秘密

二〇二七年六月十五日，下午六时三十分，远山训练营所有学员整装完毕，在操场上列队。教官宣布了集训的最终成绩：他们这一级全体七十八名学员中，通过最终考核的，是三十一人。

教官用一贯严酷的目光注视着他们，说道："从今天起，你们不再是新生，你们获得了正式进入这座训练营的资格，成为这座训练营第七十一期学员。现在，我宣布你们正式入营的第一道命令：全体都有，听我命令，休假三天！"

幸福来得实在太突然，大伙儿愣愣地看着面前的教官，一时间谁也没反应过来。教官喝道："怎么，没有听到我的命令吗？所有人听我口令，就地解散！"

欧阳第一个反应过来，大声喊道："弟兄们，还愣着干什么，放假啦，玩儿去喽！"

众人欢呼雀跃着，一哄而散。操场边，所有站岗的士兵全都笑了，连一向严肃的教官也不禁莞尔。

无论是对学员还是训练营来说，这都是一个值得庆祝的日子。当天晚上，训练营为学员们安排了丰盛的晚餐，然后包括教官在内的所有训练人员全部离开，将整座食堂留给了他们。

三个多月地狱般的集训终于结束，无论是最终通过的，还是没有通过的，不同国籍的学员们互相拥抱着，痛饮狂欢，热泪盈眶。每个人都喝得酩酊大醉，将整座食堂变成了欢乐的天堂。

六月的青藏高原的傍晚，依旧颇有凉意。

邵子安拿了一瓶酒，走出欢庆的现场。夕阳西下，只见 017 一个人，静静地坐在操场的台阶上。邵子安犹豫了一下，走上前去，在 017 的旁边坐下。远处天边，夕阳映照下的晚霞，如火烧一般红。

017 对邵子安的出现，没有任何反应。

这应该是一个好机会，邵子安思索着。两人静坐了片刻，017 突然说道：“你知道吗？我一直觉得你非常眼熟。”

这是三个多月来，017 第一次主动和邵子安说话。

而这第一句话，就让邵子安的心里猛然一惊，问道：“你……你说什么，你觉得我很眼熟？”

017 说道：“是的。”

邵子安问道：“那你……是哪里人？”

017 摇了摇头，说道：“其实我都不知道我是哪里人。我不是汉人，我是鄂伦春人。”

017 喝了一口酒，说道：“我七岁以前是没有记忆的。据收养我的鄂伦春老猎人讲，我很可能是被熊瞎子养大的。他在东北的密林里捡到我的时候，我就和野人一样，不会说话，吃生肉。老猎人收养了我，并给我起了一个鄂伦春名字。十五岁以前，我一直跟着老猎人在深山里打猎。十五岁那年，我离开了东北的密林，去哈尔滨读书，在那里念完了中学、大学。”

邵子安问道：“那你怎么会来到这里？”

017 说道：“或许，是因为我过不惯城市的生活吧。”

邵子安点了点头，简单地向 017 做了自我介绍。他犹豫了一下，说道：“017，其实我有个问题，一直想问你。我第一次见到你的时候，也觉得非常眼熟。我想知道，我们两个……以前见过吗？”

017 肯定地说道：“没有。”

邵子安说道：“那……你怎么会觉得我很眼熟？”

017 沉吟了片刻，说道：“我刚刚和你说过，我七岁以前，是没有记忆的。但是从我记事起，就一直在做一个梦。”

邵子安问道：“做梦？”

017说道："对，一个不断重复的、一模一样的梦。我一直觉得，那些梦应该是有关我七岁以前的经历，或者，是我前世的记忆。"

邵子安问道："你做的，是一个什么样的梦？"

017说道："我梦到我在一个非常陌生、奇怪的环境里，和无数怪物在搏斗。这样的梦，一直持续了很多年……"

听到017说到"怪物"两字，不知道为什么，邵子安一下子想起了他在那段濒死体验的经历中遇到的那些重肌人，他问道："是什么样的怪物？"

017摇了摇头，说道："我说不清，梦里的记忆是非常模糊的。我只记得在那些梦里，有的时候是我一个人在和那些怪物搏斗，有的时候是和我的战友一起。这件事，困扰了我很多年。"

他抬起头，看着邵子安，说道："我第一次见到你的时候，就有一种强烈的感觉，你曾经出现在我的梦里，并且，和我一起并肩战斗。"

017的话，让邵子安震撼至极。

017不知道的答案，邵子安应该是知道的。在岳澜的那段视频中，017就是邵子安的战友，而他七岁以来一直不断重复的那些梦境，会不会就来自那段平行空间的记忆？

邵子安沉默良久，缓缓说道："我明白了，我想，有一天我会帮你找到这个答案的。"

017一怔，望向邵子安。

邵子安笑了，抬起头来，望向远处的天边。夕阳已经下山，晚霞铺满整个天空。邵子安知道，他终于开始接近那个谜底了。

这是四年多以来，邵子安第一次得到那段濒死体验经历可能真实存在的最直接证据。以前的种种，都可以说是他的主观臆想，而这一次，是来自另一个人的真实印证。

邵子安从没感到如此振奋，现在看来，进入远山训练营是一个正确的选择。自己终于开始走向那个答案了，只要沿着这条路走下去，一定可以找到最终的那个谜底，找到他的岳澜。

可能是因为这一百天以来的疲劳终于放松了下来，也可能是因为与017的这番谈话让他对未来充满了信心，这天晚上，邵子安很快进入了梦乡。

黎明时分，他做了一个梦。朦胧中，仿佛又一次回到了多年前那个炎热的夏季，他和路凡、梁靖、小胖、丁峥几个最好的朋友，在网吧里结队酣战。

突发的地震，废墟下面看到的手机蓝光，狭长的隧道，刺耳的火车轰鸣，废弃的城市，嘶吼着猛扑过来的重肌人……

一片白光之后，他再一次看到了那个多年以来让他魂牵梦萦、无法忘怀的女孩——岳澜。

他拉着岳澜跑上桥顶，桥下是湍急的江水，两侧是蜂拥上来的无数重肌人。那些怪物号叫着向他们逼近，逼近，再逼近……

岳澜抓住邵子安的手，大声喊道："子安，遇到你，是我这辈子最开心的事，答应我，好好活下去！"岳澜的目光无比温柔，她用尽全力，将他推落桥下。

他从空中落下，看到岳澜平静地取下手雷，大声对他说了什么，然后拉开手雷的保险。两旁的重肌人蜂拥而上，剧烈的爆炸，冲天的火光……

邵子安腾的一下从床上坐起，浑身上下大汗淋漓。他大口喘着气，抬头望向窗外，天色已然微明。

就在这一刻，他猛然一震。他听到了，他听到岳澜在最后一刻对他说的是什么了。

将近五年的时间，他无数次在梦中回到那个场景，一次又一次试图听清岳澜最后的时刻对他讲的是什么，而这一次，他终于听到了，岳澜对他说的是：

"子安，如果有下辈子，我一定会回来找你，等着我！"

被酒莫惊春睡重，赌书消得泼茶香……

将近五年的时间，邵子安从没有一刻能够忘记岳澜。遇到岳澜，是他这辈子最开心的事；失去岳澜，是他这辈子最痛苦的事。

四年前，他从那场梦境中醒来，曾无数次试图说服自己，忘记这件事情，忘记这场美丽的幻觉。然而这五年来，岳澜的音容笑貌、一颦一动，无时无刻不萦绕在他的心头。

岳澜的话再一次清晰地浮现在耳边：“子安，如果有下辈子，我一定会回来找你！”

这是什么意思？相对于那段濒死体验中的记忆，现在这个劫后余生的自己，不就是下辈子吗？

所以自己才会遇到那个和岳澜一模一样的女孩儿，才会一次又一次回到那个梦境，才会一次又一次梦到岳澜这句话？

难道这一切都是冥冥之中安排好的？自己遇到的那个一模一样的女孩儿，不是别人，就是他的岳澜吗？

邵子安的心脏狂跳不止。再次遇到岳澜，已经过去了将近四年的时间，可在这四年里，他竟然什么也没有做，甚至从没告诉她，自己曾经有这样的一段经历。

邵子安努力让自己平静下来，他仔细回忆了这四年来与岳澜的经历。是的，以前的自己实在太懦弱了，将近四年的时间，他竟然一直没有勇气去告诉岳澜曾经发生过的一切。

不能再等下去了，无论是什么结果，都要勇敢地面对，要勇敢一点，去找到岳澜，去告诉她发生的所有事情，去揭开这个谜底！

邵子安起身下床。

欧阳迷迷糊糊地睁开眼睛，说道：“子安，这才几点啊？”

邵子安说道：“我要回趟玖川市！”

欧阳愣道：“回玖川市？你干吗去？”

邵子安穿好衣服，说道：“我要去找一趟岳澜！”

欧阳一下子睡意全无，坐起身来，说道：“好，我送送你。”

从远山训练营到玖川市，先要到距离最近的嘎里小镇搭乘长途车，到达尼泊尔的首都加德满都，再从加德满都转乘飞机。

位于喜马拉雅山脉南麓的嘎里小镇，六月的早上，依旧寒气袭人。邵子安买好了最早一班到加德满都的长途车票，和欧阳两人坐到站台的长椅上。

欧阳拍了拍邵子安的肩膀，说道：“我真替你高兴，其实我觉得，你早该这么做了！”

邵子安回过神来，说道：“你说什么？”

欧阳说道：“你不是要去和岳澜表白吗？”

邵子安一愣，没想到欧阳是这么想的。他摇了摇头，说道：“不是你想的那样。”

欧阳说道：“不是去表白，那……你找她干什么去？”

邵子安沉默了片刻，说道：“等我回来吧，等我回来，我会把所有的事情都告诉你！”欧阳满脸困惑，但还是点了点头。

汽车徐徐进站，邵子安站起身来，说道：“欧阳，谢谢你来送我。”

欧阳伸出手来，说道：“客气什么？不管怎样，祝你一切顺利！”

第十九章　一种特殊的药物

邵子安在车上订好了前往玖川市的机票。两小时后，汽车抵达了尼泊尔的首都加德满都。长途车站就在机场附近。

刚刚下车，前面的一阵喧闹引起了邵子安的注意。只见七八个头发染成五颜六色的当地小混混儿，围住了一个年轻的女孩儿。那女孩儿显得十分窘迫，正在用英语向小混混儿们解释着什么，小混混儿们不依不饶地叫喊着。几人面前的地上，散落着一堆摔碎的瓷片。

加德满都机场附近，经常有很多小混混用类似“碰瓷”的方式讹诈游客。他们会抱着一件极其廉价的瓷器故意去撞游客，把瓷器摔碎，以此来讹诈游客的钱财。

邵子安走上前去，问道："怎么回事？"

小混混儿们指着地上的碎瓷片，叽里呱啦一通乱叫，似乎是要让邵子安给他们评理。邵子安用英语说道："我知道你们是干什么的，如果不想让我报警的话，赶紧滚。"

小混混儿们一下子被邵子安激怒了，一个头发染成绿色的小混混儿冲上前来，对着邵子安就是一拳。邵子安伸手攥住对方的拳头，轻轻一带，小混混扑倒在地，摔了个狗吃屎。

小混混儿们大怒，立刻抽出家伙扑了上来。邵子安将女孩儿护到身后，拳打掌劈，顷刻间就将小混混儿们打倒了一片。前后不到半分钟时间，所有混混儿全部倒地。邵子安用英语喝道："滚！"

小混混儿们哪里见过这个阵势，扶起受伤的同伴，一溜烟地跑走了。

女孩儿明显被刚刚发生的事情吓呆了，愣愣地看着邵子安。邵子安转身刚要离开，女孩儿突然说道："你等一下。"

邵子安回过身来。

那女孩儿说道："谢谢你。"

邵子安点了点头，说道："不用客气。"

女孩儿上前一步，说道："你……你不认识我了吗？"

邵子安疑惑道："我们……认识吗？"

女孩说道："子安哥哥，是我，我是 Nissa 啊。"

邵子安凝神细瞧，不由得一下子怔住了。他面前的这个女孩儿，一头可爱的短发，明眸皓齿，正是与他青梅竹马一起长大的、龙启轩叔叔的独生女儿——Nissa。

几分钟后，两人坐在了机场的星巴克内。

Nissa 的出现，让邵子安感到十分吃惊。半年前离家出走的事情，一直让邵子安对龙叔叔和 Nissa 感到愧疚。当时龙叔叔和 Nissa 已经为他安排好了在美国的生活，自己却突然改变了行程。

Nissa 看起来十分憔悴，胸口还别着一朵小白花。

邵子安问道："Nissa，你怎么突然过来了？"

Nissa 说道："子安哥哥，我有很重要的事情找你，所以……就赶过来了。"

邵子安问道："怎么了？"

Nissa 沉默了片刻，说道："我爸爸去世了。"

邵子安吃了一惊，问道："你说什么？龙叔叔……去世了？"

Nissa 说道："是的，就在上周。"

邵子安愕然。龙叔叔今年还不到五十岁，身体一向十分健康。呆了半晌，他问道："到底是怎么回事？"

Nissa 说道："这件事情……一会儿我会和你说。子安哥哥，你先告诉我，你这几年……还好吗？"

邵子安说道："这几年？"

Nissa 说道："对，就是你苏醒过来之后的这几年，各方面……都还好吗？"

邵子安看着 Nissa，不知道她为什么会突然问起这个。

这句话，在常人看来是很普通的寒暄，但邵子安知道，Nissa 突然这样问，不是这个意思，他问道："Nissa，你到底……想问什么？"

Nissa 说道："我就是想知道，你苏醒过来的这几年，身体上、精神上，各方面……都还好吗？还有，最近这些年，你有没有感觉到什么……什么不一样的地方？"

邵子安说道："什么不一样的地方？"

Nissa 犹豫了片刻，说道："我的意思是……比如说，你有没有觉得，在你的身边，发生过什么很奇怪的，或者是很难解释的事情？"

邵子安心里一紧，问道："你怎么突然问起这个问题？"

Nissa 突然抓住邵子安的手，说道："你先别问那么多，你就告诉我，到底有没有？"

邵子安犹豫了一下，说道："如果你非要这么问，这些年，我确实遇到过一些比较奇怪的事情……"

可以明显地感觉到，Nissa 的脸色一下子变了，她放开邵子安的手，喃喃说道："看来，都是真的了……"

邵子安问道："到底怎么了？"

Nissa沉默了良久，说道："就在上周，我爸爸的实验室发生了一次严重的事故。他被一种有毒的化学试剂感染，没能抢救过来。我们所有人都以为，这仅仅是一次实验事故，直到前天，我突然收到了我爸爸写给我的一封邮件，才知道不是这样。"

邵子安一愣，问道："龙叔叔写给你的邮件？"

Nissa说道："对，他用的是定时发送。邮件是他在生前写好的，前天凌晨，系统自动发给我的。"

邵子安的心里隐隐升起了一种不安的感觉，问道："邮件里写的什么？"

Nissa咬了咬嘴唇，说道："你要做好思想准备，这件事，是和你有关的。"

邵子安问道："和我有关？"

Nissa说道："是。你听我慢慢和你说。"

Nissa似乎下了很大的决心，说道："这件事，要从八年前说起。八年前那次地震，我爸爸之所以能够把你抢救过来，是因为他给你采取了一种很特殊，同时也是很冒险的方法。直到一年多前，他才发现，这种方法会有很严重的后遗症。"

Nissa抬起头来，看着邵子安，说道："子安哥哥，其实你并不是我爸爸用这个方法救活的唯一的人。但是就在这段时间，另外几个被救活的人都相继出事了。"

邵子安问道："出了什么事？"

Nissa说道："有的人出现了严重的精神分裂，有的人自杀了。可以说，除了你，所有人都出事了。最后一个，是我爸爸。"

八年前，玖川市那场意外的地震，造成无数人伤亡。龙启轩从美国赶到玖川的时候，邵子安的心脏已经停跳超过十个小时，在医学上已经被宣布死亡。

当时，龙启轩的实验室刚刚研制出一种可以使死亡细胞迅速恢复活性的药物，不过这种药物还处于试验阶段，并没有投入临床使用。

在邵家祥的恳求下，龙启轩冒险给邵子安使用了这种特殊的药物。

奇迹果然发生了，邵子安从鬼门关被拉了回来。

邵子安被成功抢救，极大地鼓舞了龙启轩对公司研制出的这种特殊药物的信心，其后几年的时间里，他先后用这种方法救活了数名濒临死亡的患者。

但就在一年多以前，他突然发现，这种特殊的药物有着极大的副作用。几乎所有使用过这种药物的患者，不是产生了严重的精神分裂，就是最终选择自杀，无一幸免。

龙启轩想尽了各种办法，依旧无法找到其中的原因。两周之前，龙启轩决定亲自试药，彻底了解使用过这种药物后身体发生的变化，找到最终的解决办法。

他瞒着周围所有人，亲自试用了这种特殊的药物，然而没有想到，悲剧还是发生了。在药物的作用下，龙启轩的精神出现了严重的问题，他为自己注射了一种剧毒的试剂，结束了自己的生命。

Nissa 收到的这封邮件，就是龙启轩在使用过那种特殊的药物后，精神还清醒的时候写成的。邮件中详细记录了使用过这种药物后的种种反应，以及他所能想到的治疗方法。邮件的最后，龙启轩告诉 Nissa，万一自己出了什么情况，她必须马上找到邵子安。

邵子安听到这里，感到后背阵阵发凉。他打断 Nissa 的话，问道："你刚刚说的那些人，包括龙叔叔，为什么会出现这样的状况？这一切到底是怎么回事？"

Nissa 说道："你别着急。我爸爸在邮件里告诉我，这种特殊的药物，最严重的副作用，就是会使人产生强烈的幻觉。"

邵子安说道："你说什么，幻觉？"

Nissa 说道："对，幻觉。一种真实到几乎与现实无法区分的幻觉，所以患者才会产生严重的精神分裂，甚至自杀。"

邵子安一下子呆住了，脑中瞬间回想起这八年来的所有经历。

如果 Nissa 说的是真的，他在八年前那段濒死体验中的难以忘怀的经历，两个一模一样的岳澜，不差分毫的超市，远山训练营的徽章，还有 017——所有这些经历，难道都是他使用过那种药物后产生的幻觉吗？

邵子安摇头说道：“不，不可能，绝对不可能！”

Nissa 说道：“子安哥哥，这些，都是真的。”

邵子安大声喊道：“不！绝对不可能！”

他无法接受这个事实，如果 Nissa 说的是真的，也就是说，在这个世界上，根本就没有他的岳澜，这个世界上从来都没有过他的岳澜。

他所有的经历，全部都是幻觉。

邵子安喊道：“你骗我，这全都是胡说，我不信，我不信！”他腾地站起身来，带翻了椅子。

Nissa 喊道：“子安哥哥！”

邵子安已经冲出了咖啡厅。

第二十章　重逢

几个小时后，邵子安回到了阔别半年的玖川市。城市依旧，而邵子安这半年的变化，实在太大了。

整个旅途中，邵子安的心中一片混乱。其实他清楚，Nissa 不会骗他，更没有理由骗他。Nissa 说的事情，应该全都是真的。但是他不愿意相信自己这八年来的经历全部都是幻觉。他更不能相信，这个世界上，从来没有过他的岳澜。

他不停地告诉自己，不可能，绝对不可能。他要再试一次，最后再试一次。他要找到岳澜，让岳澜亲口告诉他，这一切都是真的。

岳澜是他最后的希望，那种感觉就像一个溺水的人去抓救命的稻草，虽然明知没有用，但还是会拼命地去抓。

走进学校的图书馆，岳澜依旧坐在她习惯坐的位置，来到岳澜身边站定，邵子安的心中无比紧张。

岳澜抬起头来，望着面前这个黑瘦的男人，竟没有认出他来。邵子安的声音有些干涩，说道："怎么，不认识我了？"

岳澜愣了片刻，才说道："邵子安？"

邵子安说道："是我。有空吗，我们出去坐坐？"

岳澜放下手里的书，站起身来。

两人来到湖边的长椅上坐下，一时间，谁也没有说话。再次见到邵子安，岳澜的脸上似乎并没有过多惊喜的表情。

邵子安感到自己从没这么紧张过，手心全是汗水。那种感觉就像一个死刑犯人，在等待着法官的最后判决。他努力平复了一下情绪，开口说道："怎么样，这半年……你还好吗？"

岳澜说道："挺好的，和以前一样，每天上课、自习。对了，我听晓芸说，你和欧阳都考上那个训练营了，那里的生活怎么样？"

回忆起这几个月的生活，邵子安苦笑了一下，说道："还好，我们刚刚通过了集训，现在是训练营的正式学员了。"

岳澜点头说道："恭喜你们。"

邵子安知道，岳澜一定不明白这一句"通过了集训"是什么意思。三个多月血与火的日子，近一百名最顶尖的学员，最后仅剩下三十一人。他沉默了片刻，说道："其实我这次回来，是特意来找你的。"

岳澜微微一怔，说道："找我？"

邵子安说道："对。有件事，我……我想告诉你。"

岳澜看着邵子安，点了点头。

邵子安舔了舔干涩的嘴唇，说道："其实这件事，从见到你的第一天，我就想告诉你了。但是三年多的时间过去，我一直没有讲。因为……我实在不知道该怎么对你讲。这件事在你看来，或许很难接受，甚至会觉得匪夷所思。但是我保证，我对你说的每一句话都是真的！"

岳澜有些疑惑，问道："什么事？"

邵子安停顿了片刻，鼓足勇气，将整件事情的来龙去脉，详详细细地讲给了岳澜。从八年前那场突发的地震，自己如何进入那段濒死体验的经历中，如何遇到岳澜，伙伴们如何一个个死去，到最后岳澜如何为保护他拉响手雷，与那些重肌人同归于尽。

讲述的过程中，岳澜一直静静地听着，眉头微蹙，一句话也没有插嘴。

邵子安一口气说完，长出了一口气。三年多了，终于将这件事讲给了岳澜，他心中瞬间有一种轻松的感觉。

岳澜问道："你说的这些，都是真的？"

邵子安点了点头。

岳澜"哦"了一声，问道："为什么要跟我讲这些？"

邵子安凝视着岳澜，缓缓说道："因为……我在那段经历中遇到的那个女孩儿，她的外貌、身形、气质、谈吐，都和你一模一样。她的名字，也叫岳澜。"

岳澜眉头一蹙，愣了片刻，才说道："所以你觉得，她说下辈子会回来找你，那个人，就是我？"

邵子安说道："我不知道，但是我觉得，我应该把这件事告诉你。"

岳澜沉默了片刻，抬起头来，说道："我明白了！"

她凝视着邵子安，说道："邵子安，其实有些话，我也一直想告诉你。"

邵子安说道："你说。"

岳澜说道："我很感谢这些年来，你为我做的每一件事，包括那次到沃尔玛救我，也包括刚刚你为我讲的这个精彩的故事。但是我必须告诉你，对不起，我们之间是没有可能的。"

邵子安说道："岳澜，你误会了……"

岳澜打断邵子安的话，说道："或许在很多人眼中，你很优秀，你的家庭很好，你拥有很多人羡慕的东西。不过很抱歉，我们来自不同的世界。"

邵子安愣愣地看着岳澜，不知道该如何回答。

岳澜说道："我不喜欢你的家世，更不喜欢你和我相处的这种方式。

或许在你看来，这很浪漫，但很抱歉，我不喜欢这种虚无缥缈的故事。”

邵子安愣道：“你觉得……我给你讲的事情，是我编的？”

岳澜说道：“我不知道，即便是真的，我也希望你能从那段经历里清醒过来。世界上没有这么离奇的事情，我也不是你的那个岳澜。”

岳澜站起身来，说道：“最后，我还是希望你以后一切都好，也希望我们之间，不会再有任何交集，再见。”

岳澜说完话，头也不回，转身离开。

邵子安完全不记得自己是如何回到尼泊尔的嘎里小镇的。

下了长途车，他只觉得整个天空都是灰色的。整个世界，似乎在岳澜说出那番话的一刻，完全被抽空了。这一天以来的经历，如过电影一般，一幕幕在眼前闪现，整件事竟然如此滑稽。

他感受到的，是一种从没有过的绝望。

他明白，再也没有岳澜了，他再也不可能见到自己的那个岳澜了。这个世界上，从来就没有过岳澜。

回想起 Nissa 说的话，她说的是对的。所有的一切，现在看来，仅仅是他脑中的幻觉而已。

这个世界上原本就不可能有这么离奇的事情，自己居然如此幼稚。将近五年的时间，竟然在一场幻觉中迷失了自己。这五年的时间，自己竟然为了这场虚无缥缈的幻觉，做了那么多荒唐的事情……

自从五年前他在病床上苏醒过来，那段濒死体验中的经历，可以说就是他全部的精神支柱。

然而在这一刻，他全部的精神支柱，倒塌了。

他无法接受这个事实，无法接受这段如此真实的经历竟然是一场幻觉的事实，更无法接受他再也不可能见到他的岳澜的事实。

就这么迷迷糊糊地走着，他的头脑中一片混乱。

也不知走了多久，天色逐渐暗了下来。邵子安走进一家酒吧，向服务生要了一瓶酒，一杯杯地灌下去，也不知道喝了多少，直到头脑中变成一片空白……

醒来的时候，邵子安发现自己躺在一座小旅馆里。窗外已然天光大亮。他试图坐起身来，刚刚一动，就觉得头痛欲裂，一阵眩晕。

猛听得有人喊道："你总算醒了。"

抬头望去，是欧阳。邵子安用手揉了揉额头，问道："我怎么会在这儿？"

欧阳说道："你还说呢，你喝多了，我们几个好不容易把你给抬回来的。你知道你喝了多少酒吗？到底出了什么事？"

原来，昨天上午邵子安从Nissa那里跑掉以后，Nissa马上找到了欧阳。几年前邵子安成为植物人那段时间，Nissa一到假期就会从美国飞过来照顾邵子安，所以她和欧阳早就认识了。

Nissa将事情和欧阳简单说了，两人对邵子安的情况非常担心，可是邵子安的电话始终无法接通。直到昨天晚上，欧阳突然接到嘎里小镇一家酒吧打来的电话，告诉他邵子安在他们那里。

欧阳几人赶到酒吧的时候，邵子安已经喝得酩酊大醉。几人凑钱帮他付了酒账，这才将他抬到附近的这座小旅馆里。

听过欧阳的叙述，邵子安回忆起昨天发生的所有事情，心脏骤然间缩紧。欧阳问道："你没事吧？"

邵子安缓缓摇了摇头，说道："没什么……"

欧阳说道："你都不知道你昨天晚上有多吓人，你吐的那个样子啊，就差把胆汁都给吐出来了。要说Nissa这女孩儿，还真不错，整整照顾了你一宿。这不，刚刚在外面给你买了粥，又去给你买药了。你先躺着，我去给你弄点粥……"

欧阳絮絮叨叨地说着，把粥端到床边，说道："你喝点粥，一会儿等Nissa把药买回来，再吃点药，就没事了。"

邵子安说道："不用了，我喝不下。"

欧阳把粥碗放下，说道："好，那就一会儿再喝。"

邵子安静静地望着窗外的天空，说道："欧阳，陪我出去走走吧。"

旅馆的旁边是一个不大的公园。天色阴沉，欧阳扶着邵子安出了房间，来到公园的一条长椅上坐下。邵子安说道："有烟吗？"

欧阳说道："你不是不抽烟吗？"

邵子安说道："我想抽一根。"

欧阳取出烟，递给邵子安，又帮他点上。

邵子安吸了几口烟，心情平复了一些。回想起这两天发生的事情，那种感觉，就像做了一场梦。

一时间，谁也没有说话。沉默了良久，邵子安说道："你还记得你曾经问过我，我是不是喜欢岳澜吗？"

欧阳说道："记得，不过你当时没有告诉我。"

邵子安说道："其实我喜欢的，是另一个岳澜。"

欧阳愣道："你说什么，另一个岳澜？"

邵子安说道："对，另一个岳澜。在那次地震后我昏迷的那段时间，遇到的岳澜。"

欧阳一下子糊涂了，说道："你在说什么？"

邵子安望着欧阳，说道："我记得我和你说过，如果以后有机会，我会把所有事情都告诉你。"

欧阳说道："对，你说过。"

邵子安说道："我想，今天应该可以了。"

邵子安将手里的烟头熄灭，平复了一下心情，将这几年发生的所有事情，从头到尾讲给了欧阳。

欧阳听完整个故事，震惊得目瞪口呆，说道："居然……居然有这样的事？怪不得你一直没告诉我，原来……原来你在昏迷的那三年里，竟然遇到了这样的事……"

"是的，"邵子安顿了顿，说道，"不过现在看来，发生的一切，只不过是一场幻觉而已……"

欧阳打断邵子安的话，说道："你等等。"

他皱眉思索了片刻，说道："幻觉？可是岳澜的事情，那两个一模一样的沃尔玛超市，远山训练营的徽章，还有 017，这些……都怎么解释？"

邵子安笑了，说道：“所以，这才是一场极为可怕的幻觉。”

他沉默了片刻，说道：“其实这些年，我一直都沉浸在这件事里，可以说是无法自拔，所以也就一直没有时间冷静下来思考这个问题。现在仔细想一想，世界上怎么可能有这么离奇的事情？直到昨天 Nissa 找到我，告诉我整件事情的真相，我还是不愿意相信。是岳澜的拒绝让我彻底清醒过来，我想，我现在应该知道整件事情的答案了。”

欧阳问道：“什么答案？”

邵子安说道：“所有的一切，包括一模一样的岳澜，完全一样的沃尔玛超市，远山训练营的徽章，甚至 017，全部都是出自我的想象。”

欧阳说道：“这……这怎么可能呢？”

邵子安苦笑了一下，说道：“很难接受是吗？但这就是事实，也是这件事最后的答案。”

第二十一章　逆向合理化

这确实是这件事的最后答案，同时这也是一个极为残酷的答案。

从邵子安苏醒过来到今天，这将近五年的时间，可以说有关岳澜的一切，就是他生活全部的精神支柱。

邵子安从没想过，也从不愿意去想这整件事的原因。他害怕这一切只是黄粱一梦，因为他无法忘记岳澜，更不愿意忘记这个他有生以来第一次铭心刻骨爱上的女孩。

其实，在这个世界上，怎么可能有如此离奇的事情呢？

现在回想起来，五年前，他从植物人状态苏醒过来的时候，记忆力受到了很大损伤。很多以前的事情，在那段时间都变得极为模糊。有关这一点，欧阳也还记得。

至于植物人期间的那段濒死体验经历，说它是幻觉也好，说它是梦境也好，都可以。无论是梦境还是幻觉，原本就是模糊的。而那段经历中的女主角，自然也是模糊的。其实邵子安可能根本就不知道那个女孩儿到底是什么样子，叫什么名字。

他爱上的，只是自己的想象。

直到遇到岳澜，岳澜正是他喜欢的女孩儿的类型。于是在那一刻，他脑中产生了幻觉，不自觉地将岳澜的样子，甚至是岳澜的名字，都植入到若干年前的那段记忆中，于是就有了两个一模一样的岳澜。

可以说，岳澜，是邵子安在头脑中制造出来的。

这在心理学上有一种解释，叫作逆向合理化。这样的案例不胜枚举。至于那两个一模一样的沃尔玛超市，远山训练营的徽章，甚至 017，也都是如此产生的。

听过邵子安的话，欧阳呆坐良久，说道：“你说得对，看来……这就是这件事最后的答案了。”

邵子安说道：“是的。现在我觉得，自己竟然是那么幼稚。为了这场虚无缥缈的幻觉，沉浸在里面整整五年的时间。而且……还做了那么多荒唐的事……”

欧阳说道：“其实这也不怪你。换谁经历了这样的事，都很难一下子解脱出来。Nissa 不是说了，这一切都是注射了那种特殊的药物之后才产生的情况，你会好起来的。只是我没有想到，岳澜……竟然会这么绝情。你毕竟为她做过那么多的事，尤其是沃尔玛那次，你差点把命都丢在那里……”

欧阳抬起头来，说道：“这样吧，这件事，我去和她解释。”

邵子安打断欧阳的话，说道：“不用了，就让它……过去吧。”

欧阳叹了口气，说道：“好吧。”

邵子安静了静，说道：“我现在终于明白，为什么使用过那种特殊的药物之后会产生这么严重的后果了。”

欧阳说道：“为什么？”

邵子安说道：“因为这种药物带来的幻觉，会强烈到让人无法分清什么是现实、什么是虚幻的地步，直到大脑因为无法承受这种压力，而彻底崩溃。”

欧阳说道：“看来是这样……”

他突然想起了什么，说道：“对了，Nissa 说过，这种药物的后遗症会非常严重，并且会持续很长时间，那你现在怎么办？”

邵子安说道：“我应该已经没事了。”

欧阳说道：“没事了？”

邵子安说道：“是的。龙叔叔的去世，还有这次 Nissa 的到来，给了我很大刺激，也让我彻底清醒过来。我现在知道了整件事的真相，完全可以用理智去对抗这种幻觉，自己进行调控。”

欧阳担心地看着邵子安，问道：“你确定吗？”

邵子安说道：“你放心吧，肯定没问题的。”

欧阳还是显得很担心，说道：“那你以后有什么打算？其实我知道，你来到这里，全是为了岳澜。现在这件事过去了，你还打算留在这儿吗？”

欧阳说得对，邵子安从来不是军迷，成为特种兵，也不是他的梦想。他之所以来到远山训练营，全是为了岳澜。

邵子安抬起头来，说道：“你说的这个，我想过了。既然所有事情都已经过去了，我也就没必要再留在这里了。但是我刚刚想通了，在哪里跌倒，就在哪里爬起来。经过这几个月的训练，我发现我已经喜欢上了这份职业。我决定留下来，我们一起，坚持到毕业。”

欧阳兴奋地说道：“太好了，我还怕你要走呢。你能想通这一点，我真的太高兴了。”

邵子安说道：“至于 Nissa 那边……”

说到这里，他停住了。Nissa 和邵子安讲过，有关那种特殊药物的后遗症情况，至今为止了解甚少，Nissa 准备留在这里照顾他，随时监控他的情况，这也是龙叔叔生前的意思。

邵子安说道：“我觉得我已经给她带来了太多的麻烦。我会想办法安排她回去的。我自己的事，自己来处理。”

欧阳说道：“子安，说句你不爱听的话，我觉得这么做，有点没良心。”

邵子安说道："怎么？"

欧阳说道："你知道吗？八年前抢救你的那段时间，Nissa 一直在旁边照顾你。后来你进入植物人状态的那几年，她只要一放假，就跑过来看你。这都是我亲眼看到的。可以这么说，你的命就是人家 Nissa 和她爸爸给救回来的。再加上这一回，我觉得你欠人家的太多了。"

邵子安说道："所以，我才更不能给她添麻烦了……"

欧阳打断邵子安的话，说道："那你就错了。你知道吗？其实在很多时候，接受别人的付出也是一种付出。"

邵子安一怔。

欧阳说道："Nissa 是个挺不错的女孩儿。其实我看得出来，她应该是挺喜欢你的。说句心里话，我一直觉得，Nissa 一点都不比岳澜差。你们两个青梅竹马、门当户对，要是真能走到一起，不是挺好的嘛。况且，你爸爸不也希望这样吗？"

邵子安沉默了。

欧阳说得有道理，接受别人的付出也是一种付出。他思索良久，说道："好，我听你的，让 Nissa 留下来。从今天开始，我要忘记以前的事，一切重新来过。"

欧阳伸出手来，使劲地拍了拍邵子安的肩膀，说道："好样的子安，我就知道，你一定行的。"

第二十二章　重新开始吧

忘记过去的一切，重新开始吧。

邵子安偷偷卖掉了自己的手表。他离家的时候，并没有带很多钱。

这是一块卡地亚的限量版手表，是邵子安的母亲去世前留给他的。

他用这笔钱还上了欧阳和017为他垫付的酒账，又在小镇为Nissa租了一个虽然不大但环境很好的房子。

Nissa就这样在嘎里小镇安顿了下来。Nissa虽然成长在一个富有的家庭，但她从小就是一个很独立的女孩儿。从上大学开始，她就不再依靠自己的家庭，半工半读念完了大学。

Nissa在美国主修的是教育专业，所以很快在小镇的一所小学申请到了一份教师的工作，这也是她从小最喜欢的职业。

邵子安则继续留在远山训练营。就像他自己说的，在哪里跌倒，就在哪里爬起来，一切重新来过。

二〇二七年六月十九日，经过三天的休整，远山训练营最后留下来的这三十一名学员，迎来了他们正式的训练生涯。

远山训练营的正式训练远比集训期间更为残酷。每天将近十八个小时的训练，几乎都是在极限状态下完成的。虽然艰苦，但每个人都知道，要想成为精英中的精英，这是他们必须经历的过程。

同一时间，Nissa也开始用父亲龙启轩在邮件中留下的方法，为邵子安做心理方面的调整。谁都没想到的是，邵子安情况远比预想的好。或许就像邵子安说的，龙叔叔的意外去世，Nissa的到来并为他揭开真相，以及岳澜最后的拒绝，都给了他极大刺激，同时也让他彻底清醒过来。

心理负担一旦解除，邵子安各方面的潜能逐渐开始发挥出来，正式课程开始之后，他所有科目的成绩都十分优异。

邵子安与Nissa的感情逐渐加深。两人自幼青梅竹马，此时又都是背井离乡，在陌生的城市里，彼此间逐渐有了一种亲人般的依赖。在邵子安心中，岳澜的事情逐渐过去，一切都在往好的方向发展，时而想起这段往事，他会庆幸自己醒悟得不算太晚。

每个星期，学员们最盼望的就是周末那一天宝贵的休息日。邵子安会带上欧阳、017等几个最要好的同学，聚到Nissa家大吃一顿。Nissa烧得一手好菜，尤其她的性格温柔恬静、善解人意，每个人都很喜欢她。

由于这第一学期的前一百天是新学员集训，真正的开学从六月中才开始，所以训练营的第一学年没有假期。只是在十月份，当地最大的一个节日 —— 宰牲节期间，给所有学员放了三天假。

所有学员都没有回家。放假这天，晓芸也特地从玖川市赶过来，大伙儿齐聚在 Nissa 家，一起动手做了一顿晚饭。席间，大家推杯换盏，觥筹交错，说不出的开心。

离开的时候，Nissa 将一个小包塞到邵子安的手中。

几名同学起哄道："什么礼物啊，嫂子？我们也要！"

Nissa 的脸一下子红了，大家早就将她当作了邵子安的女朋友。邵子安喝止住几人，大伙儿出了门。

上了出租车，一名叫作尤里的俄罗斯学员说道："邵，快看看，嫂子给你买什么了？"

邵子安打开 Nissa 给他的小包，里面是一块卡地亚的手表。

欧阳愣道："这……这不是你妈妈留给你的那块表吗？"

这块手表，正是几个月前邵子安在典当行当掉的那块。

欧阳说道："这块表，哥儿几个正攒钱准备帮你赎回来呢，还是 Nissa 手快啊。"

邵子安皱眉说道："可是……Nissa 哪来的这么多钱呢？"

大伙儿都知道，Nissa 的父亲龙启轩去世后，Nissa 的家里已经破产。幸而 Nissa 自幼就非常独立，自上大学起就不再花家里的钱。她现在花的每一分钱，都是自己赚来的，所以 Nissa 并不富有。邵子安的母亲留下的这块手表价格不菲，要赎回来，少说也要好几万块钱。

欧阳突然说道："我想起来了。子安，你别怪我啊，是 Nissa 不让我告诉你的。"

邵子安问道："怎么了？"

欧阳说道："其实我也是刚刚才想起来的。这几个月，Nissa 每天晚上都在一家酒店的大堂弹钢琴，同时还兼职了好几份家教。之前我一直不明白她为什么这么拼命赚钱，现在看来……"欧阳望了望邵子安手里的手表，停住了话头。

难怪这几个月 Nissa 一直显得非常疲惫，原来是在努力赚钱，要为自己赎回母亲留下来的这块手表。

邵子安明白了 Nissa 的深意，握着手表，一时间心中百感交集。

开心的日子总是过得飞快。第二年八月，训练营第一学年的学习结束，学员中又有五人被淘汰，邵子安这一级新生只剩下二十六人。

第一学年总考核结束，大家迎来了期盼已久的暑假。

暑假只有短短三周，邵子安拉上 017、Nissa、欧阳、晓芸，五个人痛痛快快地到外地旅行了一圈。

回到嘎里小镇，已是金秋。

第一学年的总分下来，邵子安三人的成绩名列前茅，依旧是017第一、邵子安第二、欧阳第三。教官亲自为他们颁奖，并发放了第一学年的优等学员奖学金，邵子安的奖学金是一千美元。

这一千美元对现在的邵子安来讲是一笔不小的数目。大伙儿撺掇着要他请客，没想到结账的时候，欧阳还是抢先付了。

欧阳将钱塞还给邵子安，说道："这钱还是留着给 Nissa 买点东西吧，好好请她吃顿饭，人家姑娘对你不错。"

那个名叫尤里的俄罗斯学员也说道："是啊邵，这么好的一个女孩儿，能遇到不容易，你要好好珍惜。"

握着欧阳等人塞回来的钞票，邵子安的心中无比感动。

九月的嘎里小镇，丹桂飘香、秋意袭人。

这天傍晚，邵子安拉上 Nissa，到小镇上最好的餐厅共进晚餐。

Nissa 看到餐厅内豪华的陈设，拉了拉邵子安的袖子，说道："咱们……还是回去吧，你想吃什么，我给你做。"

邵子安说道："怎么？"

Nissa 说道："我们现在……没有很多钱，来这种地方吃饭……太奢侈了。"

Nissa 的父亲去世后，家里已经破产。而邵子安自离家后，也没有再要过父亲的一分钱，所以两个人现在的生活都不富裕。

邵子安笑了，说道："你来这里都一年多了，我还没正经请你吃过一次饭，今天发了奖学金，就奢侈一回吧！”

Nissa 神色中很是感动，点了点头，不再说什么。

吃过晚饭，邵子安携着 Nissa 的手，沿着餐厅外的一条小路缓缓往回走。Nissa 取出一个小包递给他，说道：“这是给你的。”

邵子安打开，里面是一件手工织成的毛衣，他问道：“你织的？”

Nissa 脸上一红，说道：“好多年不织了，你别笑话我。”

邵子安知道，Nissa 虽然出身豪门，但自幼受过良好的传统教育，无论是琴棋书画，还是女红，样样都做得极好，绝对是那种上得厅堂、下得厨房的女孩儿。

邵子安低头望去，只见这件毛衣织得针脚细密、手工精湛，不知道费了多少功夫。他拉住 Nissa 的手，说道：“辛苦你了。”

Nissa 的神情有些羞涩，说道：“你喜欢就好。”

邵子安抚着毛衣，一股温暖的感觉自心头升起，他竟不知道该再说什么。

正在这时，邵子安的手机响了。他接起电话，里面传来一阵嘈杂的声音，并没有人讲话，他“喂”了几声之后，电话挂断了。

看了看来电，是一串乱码。忽然“叮”的一声提示音响起，手机上来了一条短信。邵子安打开，只见上面用英文写着：“邵，很久不见，你还好吗？米迦列。”后面是一个巨大的骷髅图案。

邵子安一怔，米迦列是谁？自己并不认识一个叫米迦列的人。回拨过去，对方已经关机。

邵子安凝神思索了片刻，突然想起了什么，一种不祥的感觉从心头陡然升起，后背瞬间被冷汗湿透。

第二十三章　米迦列

匆匆将 Nissa 送回住处，邵子安回到训练营找到欧阳，把短信的事情告诉了他。

欧阳看过手机，说道："米迦列是谁？这个英文名很少见啊……"

他突然一惊，说道："难道是几年前……沃尔玛的那个人？"

邵子安说道："就是他。"

邵子安和欧阳所说的米迦列，就是大约两年前，玖川市沃尔玛劫持人质事件中那伙歹徒的首领。这个米迦列，是美军三角洲部队的退役特种兵，是一个顶尖高手。他在中国被捕后很快被移交到国际法庭，后来在美国服刑。就在半年前，米迦列在美国监狱徒手击毙了十几名看守，成功越狱，之后失踪。

欧阳说道："看来咱们惹了大麻烦了，这个兔崽子，一定是越狱以后，想要找咱们报复。"

邵子安点了点头。米迦列不是一般人，沃尔玛的事情，恐怕是他一辈子也没吃过的亏。从他能找到自己的联系方式看，他应该是下了一番功夫的。

邵子安至今还记得米迦列被押上囚车时的情景。当时他狠狠地瞪视着自己，眼神极其凶恶，似乎在说："你等着，我会回来找你！"

欧阳说道："这件事，我们要不要告诉其他学员？"

邵子安没有回答。从沃尔玛事件来看，米迦列绝对是那种穷凶极恶的悍匪，如果他真要来报复，就绝不会仅仅找他和欧阳两个人的麻烦，很可能还会殃及他们的朋友和家人。

想到这里，邵子安说道："必须告诉他们，不仅是学员们，所有和我们有关的人都要通知到，要大家做好防备。"

当晚017几人回来后，欧阳将事情讲给了他们。

那个名叫尤里的俄罗斯学员说道："这帮兔崽子，活得不耐烦了，他们要是敢来远山训练营撒野，咱们就扒了他们的皮！"

欧阳说道："我们千万不能小看他们，子安和他们交过手，这伙歹徒，绝对不是一般人。"

017说道："欧阳说得对，国外的雇佣兵全部是由退役特种兵组成的，个个都是顶尖高手，绝对不好对付。"

尤里说道："你们有什么打算？"

欧阳说道："我刚刚和子安商量过，虽然现在并不确定他们一定会来这里，无论怎样，我们都要做好应变的准备。"

尤里说道："你们说得对。"

大伙儿仔细商议了对策，都感觉在目前情况未明的状况下，最好暂时不要将这件事上报给训练营。大伙儿要外松内紧，最重要的是，要保护好Nissa。为了避免引起Nissa不必要的担心，暂时不要对她讲述详细情况，待情况明朗后再说。

邵子安几人连夜为Nissa换了住处，搬到了一个距训练营很近的小区，又给她请了一个月假。邵子安特意叮嘱Nissa，要她这段时间暂时留在家里，不要外出，注意安全。

Nissa并没有问为什么。她一直是那种很懂事的女孩儿，邵子安不想说的事，她从不会多问。

邵子安又给父亲的助理查尔斯打了个电话。

查尔斯告诉他家里一切都好，没有任何状况，不过他一定会提醒邵子安的父亲注意安全。

从这天起，远山训练营的所有学员如临大敌，从不单独出行，晚上休息时实行轮班制值夜，并随身携带武器。

相比每天的超极限训练，这种心理上的高压更让人感到疲惫。

日子一天天地过去，然而一切平静，并没有发生任何事。大伙儿开始怀疑那条短信会不会仅仅是一种威胁，米迦列想达到的效果，就是要邵子安坐卧不宁，其实并没有想采取什么实质性的行动。

下个月，就到 Nissa 的生日了。

Nissa 比邵子安小两岁，过了生日就是二十五岁了。这天正逢周末，大伙儿相约在 Nissa 家聚会，一起为她庆生。

一大早，几名要好的学员率先去 Nissa 家帮厨，欧阳和 017 陪邵子安去取生日蛋糕。虽说是过生日，其实这天的主厨还是 Nissa，大伙儿只是打打下手，欧阳、017 包括邵子安的厨艺，都远远比不上 Nissa。

邵子安事先在蛋糕店为 Nissa 预定了一款八音盒的生日蛋糕。

打开蛋糕盒的一刻，一曲悦耳的《天空之城》响起，这正是 Nissa 最喜欢听的曲子。

欧阳笑嘻嘻地拍了拍邵子安的肩膀，说道："行啊子安，很有心啊。"

邵子安笑了，付了钱，提了蛋糕，和欧阳、017 一起走出蛋糕店。

走在熙熙攘攘的街道上，欧阳突然说道："对了子安，今天这种特殊的日子，你不打算表示点什么吗？"

邵子安问道："表示什么？"

欧阳说道："你说呢？你看啊，Nissa 来到这里已经一年了。你觉得这个女孩儿怎么样？"

邵子安说道："Nissa 是我见过最好的女孩儿。"

欧阳说道："对啊。那你还不抓紧，还犹豫什么啊？我跟你说，过了这村儿，那可就没这店了啊。"

邵子安明白欧阳的意思，说道："我还没有想好。"

欧阳说道："没有想好？你不喜欢 Nissa 吗？"

邵子安说道："不是这个原因。"

欧阳望着邵子安，满脸疑惑。

邵子安沉吟了片刻，说道："有了上次那件事，我越来越觉得，感情的事不是儿戏。我们还太年轻，还有太多的事不能确定。Nissa 是个好女孩儿，我不希望自己和上次一样，处理得那么草率。"

欧阳点了点头，一下子明白了邵子安的意思。

很多男人在年少的时候，都有过一段糊涂草率的感情经历，为一个女孩儿废寝忘食、生死以之。可这段热情来得快，去得也快，日后头脑清醒了，往往对自己那时的沉迷甚是不解，甚至哑然失笑，不明白自己当初为何如此痴迷。

面对感情不再草率，是一个男人成熟的标志。

欧阳拍了拍邵子安的肩膀，说道："你说得对，来日方长。感情的事，彻底想明白再决定。不过我可先把话说前头，将来你要是对不起 Nissa，连我都饶不了你。"

邵子安看了看 017，两人都笑了。

三个人说说笑笑，来到 Nissa 家小区的门口，忽见一辆黑色商务车飞快地冲出小区。017 一把拉住邵子安和欧阳。那辆商务车从旁边呼啸而过，把三个人新换的衣服都溅了一身水。

欧阳怒道："奔丧去啊！"只见那辆商务车一个漂亮的漂移，瞬间已经上了大路。欧阳掸着身上的水，兀自不依不饶。

邵子安笑道："算了，没准人家真的有什么急事呢？"

欧阳说道："有急事也得注意安全啊。幸亏 017 反应快，要不咱们不都被它撞着了？"

邵子安和 017 相视一笑，拉着欧阳走进小区。

三人上了电梯。欧阳说道："你们还别说，刚刚那司机的技术，还真不含糊，那漂移玩儿的，连咱们 017 都得甘拜下风。"

远山训练营自第二学年起，开设了驾驶课程，包括各种特技驾驶、飞车训练。017 在这一项极有天赋，连教官都甘拜下风。

邵子安笑道："是啊，说不定人家就是专业的。"

"叮"的一声，电梯门打开，欧阳举起蛋糕喊道："弟兄们，接蛋糕喽！"

来到 Nissa 家的门口，只见房门虚掩着，里面安安静静，没有任何声音。远山训练营这群学员绝对属于四处咋呼的主儿，走到哪儿都是一片欢笑。邵子安看了看身旁的欧阳和 017，三人心里陡然升起一种不祥的感觉。

邵子安推开房门，顿觉一股血腥味扑鼻而来，只见房间内一片狼藉，到处都是尸体。三个人扑上前去，地上躺的全是他们的同学，每个人身上都布满了弹孔，早已死去多时。

邵子安上前翻动尸体，并没有 Nissa。

猛听得欧阳喊道："子安，快过来！"

邵子安冲进厨房，只见两名同学倒在灶台边，浑身是血，已然气绝。欧阳蹲在地上，抱着那个名叫尤里的俄罗斯学员，喊道："快来，尤里还活着！"

邵子安上前探了探尤里的鼻息，果然，还有微弱的呼吸，他喊道："尤里，能听到我说话吗？尤里？"

尤里缓缓睁开眼睛，认出了几人，说道："邵……"

邵子安说道："你怎么样？"

尤里说道："对不起，我们没有……没有保护好 Nissa，是……是米迦列……"

邵子安说道："别说话，保存体力！"

他对 017 喊道："快，叫救护车！"

第二十四章　九死一生的任务

半小时后，救护车将尤里送到医院。

听闻消息，训练营所有的学员悉数赶到了医院的抢救室门口。邵子安茫然地坐在抢救室外，时间一分一秒地过去，二十几名学员神色凝重，没有人发出一点声音。

忽听一阵沉重的脚步声打破了宁静，众人抬起头来，只见教官大步走了进来。邵子安下意识地站起身来。

教官脸色铁青，问道："怎么回事？"

欧阳看了看邵子安和 017，上前将情况报告给教官。

教官沉声问道："这么大的事，为什么不事先通知训练营？"

欧阳说道："对不起教官，其实我们并不确定……"他正要解释，抢救室的门打开，一名医生走了出来。

邵子安冲上前去，问道："医生，他怎么样？"

医生说道："幸亏送来得及时。手术很成功，子弹已经取出来了。"所有人齐齐松了口气。

邵子安问道："我们可以见见他吗？"

医生说道："可以，不过时间不能太长。"

大伙儿走进病房的时候，尤里正躺在床上，面白如纸，浑身上下插满了粗粗细细的各种管子。看到教官，尤里试图坐起身来。

邵子安上前扶住他，说道："你感觉怎么样？"

尤里说道："我没事。"

教官问道："到底发生了什么事？"

尤里说道："是米迦列那伙人。我们进去的时候，Nissa 已经被抓了，大伙儿试图反抗，他们就开了枪……"

教官问道："对方几个人？"

尤里咬了咬牙，说道："七个！"

他突然抓住邵子安的手，说道："邵，快去救 Nissa，Nissa 被他们抓走了……"

尤里刚说到这里，忽听"叮"的一声，邵子安手机的短信提示音响了。邵子安拿起手机，只见上面写道：

"邵，在你女朋友生日这个特殊的日子，我送的礼物，你还算满意吧？我原本是打算杀死你的，但现在改变主意了。与其让你去死，不如让你生不如死。你的女人将被我送到国外做妓女，她将在那里承受成千上万男人的蹂躏。好好享受我送给你的礼物吧。米迦列。"

邵子安握着手机，双目喷火，目眦欲裂，浑身颤抖。

教官问道："谁的信息？"

邵子安将手机递给教官。教官看后，面无表情，对尤里说道："好好养病，其他的事，都不要想。"

尤里答道："是。"

教官直起身来，沉声喝道："通知所有人员，作战室集合！"

十五分钟后，远山训练营作战会议室，所有学员整齐列队。听过教官的简报，每个人神情悲愤，眼睛里都要喷出火来。

教官说道："学员们，我们这所训练营，自建立那天起，就从没接受过这么大的挑战。六名学员失去了生命，一人重伤，这是从没有过的耻辱。"

他望着面前的学员，沉声喝道："怎么办？"

众人齐声答道："干掉他们！"

教官说道："好。既然他们敢来这里撒野，就把他们埋葬在这里！"

会议室的专线电话响起来，教官拿起电话，听过之后，"啪"地挂掉电话，对众人说道："最新消息，歹徒们已经离开嘎里小镇，正前往国境线方向，预计在今晚六时以前离境。"

助理教官调出电子地图。根据卫星图像显示，米迦列一伙歹徒在地图上留下了一条漂亮的穿插曲线。他们的目标，是位于尼泊尔东南部的边境地区——聂拉木图。

看来这是米迦列事先设计好的撤退路线，最近的驻军距离那里至少有两个小时的路程，到时候他们早已离开国境了。

唯一的机会，就是从训练营出发。

训练营距聂拉木图仅一百五十公里，乘坐直升机不用一小时就可以到达。这样就可以赶在晚上六时以前，将这伙歹徒拦截在国境线内。

所有人都知道，这几乎是一项不可能完成的任务。训练营并非作战单位，只配有少量武器和弹药，而且现在直升机只有一架，还是一架快退役的侦查直升机，加上驾驶员，只能坐三个人。

也就是说，三个人，凭借简单的武器，要与至少七名身经百战、武装到牙齿的国外雇佣兵进行生死决战，并且至少要支撑到一个小时后，才能等到援军。

教官的目光扫过面前的每一名学员，他说道：“学员们，我知道这是一项极为艰巨的任务，但这不仅仅是一项任务，还关系到这所训练营的尊严，以及你们每一个人的尊严，谁来完成？”

邵子安上前一步，大声说道：“报告教官，我！”

教官看了看邵子安，说道：“邵子安，我知道你是训练营非常优秀的学员，但是我担心你现在的状态……”

邵子安打断教官的话，说道：“报告教官，我没有问题！”

教官点了点头，说道：“好样的，是个男子汉。我的要求很简单，十八时之前赶到国境线，阻敌一小时，等待援军到来！”

邵子安答道：“明白，保证完成任务！”

教官说道：“邵子安，我现在任命你为这次行动的队长。你现在可以挑选你的队员，这里所有人，包括我，你都可以选！”

所有学员挺胸抬头，望向邵子安。每个人的目光都充满期待，所有人都知道，这是一项九死一生的任务，同时也是一项光荣而充满挑战的任务。

邵子安向每一位同学望去，最后将目光落在欧阳和 017 的身上，说道：“我选欧阳和 017。”

教官说道：“你确定吗？”

邵子安说道：“我确定，既然麻烦是我们惹来的，就由我们来解决！我保证，绝对不会让这伙歹徒活着离开国境线。”

欧阳和 017 也上前一步，大声说道：“报告教官，我们保证，绝不让这伙歹徒活着离开国境线。”

十分钟后，直升机停在了远山训练营的训练场上，巨大的螺旋桨搅动着空气，发出震耳的隆隆声。邵子安、欧阳和 017 三人站在直升机前，教官与训练营全体学员整装列队，为他们送行。

所有人都知道，他们三个人这一去，将是九死一生。

三人向教官与全体学员敬了最后一个军礼，转身向直升机走去。

017 打开舱门，率先登上直升机，坐到了驾驶位上，欧阳也跟着上了直升机。邵子安刚要迈步，猛听得一道雄浑的声音从身后传来。

“邵子安！”

邵子安回过身，教官已经大步走到他面前。只见教官摘下腰间的匕首，说道：“这把匕首，跟了我二十年，现在我把它借给你！”

邵子安一愣，伸手接过。

教官凝视着邵子安，说道：“记住，要亲自还给我。”说到“亲自”两个字时，教官的语气突然变得柔和而凝重。

自进入训练营认识教官的那天起，就从没听到他这样讲话。邵子安一下子明白了教官的意思，喉头不禁哽住，说道：“是！”

教官一挥手，说道：“出发吧。”

邵子安抬起头来，最后望了一眼送行的同学，转身大步跨上了飞机。

教官大声喝道：“全体都有，听我口令，敬礼！”

训练场上，所有学员整齐地敬礼。教官举着手，望着直升机离去的方向，久久没有放下。

第二十五章　聂拉木图

聂拉木图，位于嘎里小镇的东南方向，距远山训练营仅一百五十公里。但从两地的自然环境看，仿若相隔千里。

聂拉木图整个被茂密的丛林覆盖，丛林中遍布湿地沼泽，各种毒虫野兽出没，险象环生。一般来讲，拥有复杂地形的边境地区历来是偷渡者、土匪马帮、贩毒者的天堂。聂拉木图却因其极为凶险的地理环境而鲜有人出没，甚至不少马帮将这一段边境称为“死亡地带”。

十七时三十分，邵子安、欧阳和017在距聂拉木图边境五公里的位置降落。确认安全后，邵子安用对讲机向教官报告：“到达指定地点！”

耳麦里传来教官的声音：“最新消息，卫星图像显示，歹徒现在距你三公里，你们有半小时的时间准备。”

邵子安说道：“明白。”

三人观察了一下环境。他们的面前是一片茂密的丛林，左侧和后面都是沼泽，唯一的出路在右侧。

邵子安看了一下手表，说道：“从目前掌握的情况看，敌人的数量至少是我们的三倍，而我们唯一的优势，是时间。”

017说道：“你的意思是，布置陷阱？”

邵子安说道：“对，我们要在敌人到来之前，尽可能利用地形布置更多的陷阱，以弥补我们人数上的不足！”

欧阳说道：“你们跟我想到一块儿去了，来吧。”

利用野外环境和材料制作陷阱是特种兵的必修课。邵子安和欧阳、017都是此道高手。

二十分钟后，三人利用树藤、山石和树木等各种材料，在所有必经之路全部布好了隐秘的陷阱。

看了一下时间，十七时五十三分，距米迦列到来的时间还有不到十分钟。

三人确定了最后的攻击方案后，欧阳爬上了此处最高的一株大树的顶端，邵子安和017则在一处视野开阔的位置埋伏下来。

为防止米迦列一伙携带了无线电监听装备，三人全部关掉了耳麦。

时间缓缓流动着，仿佛每一分钟都有一个世纪那么漫长。十分钟后，欧阳用鸟鸣声发来信号：“发现敌情！”

邵子安和017抬头望去，只见欧阳在树顶用手语向他们报告道：“正前方十一点钟方向，距离一百二十米，最前方三人、中间五人、后面两人，Nissa在后排最中间位置。”

整整十个人，比预想的还要多三个！邵子安向欧阳打了一个“收到”的手势，对 017 说道：“准备！”

两人缓缓端起了枪。

邵子安从没感到这么紧张过，使劲在裤子上擦了擦手上的汗水，用步枪的准星套住了正前方的密林。

几分钟后，枝叶晃动，一队人钻出了树林。

果然，歹徒整整有十个人。米迦列和两个身材高大的歹徒走在最前方，中间是五名端着突击步枪的歹徒，Nissa 走在他们身后，被两名人高马大的歹徒押着。只见她脸色惨白，紧咬着牙，神色还算镇定。

邵子安心头一阵绞痛，努力定了定神，握紧了手里的步枪。

米迦列一伙歹徒押着 Nissa，沿树林外的一条小路缓缓往前走着，好整以暇，显得很轻松。看来他们早就知道，即便最近的驻军到达这里，也需要至少两个小时，所以他们的时间很充裕。

邵子安静静地等待着，前面的两条岔路都布置了陷阱。米迦列一伙走到路口附近，突然停住了脚步。

邵子安和 017 交换了一个眼神，两人的心一下子提了起来。

米迦列似乎发现了什么，在原地观察了片刻，挥了挥手，队伍避开了前方的岔道，拐了个弯向半山腰爬去。

米迦列的选择是邵子安始料未及的，难道他发现了什么？这不可能啊，邵子安他们制作的陷阱，绝不可能有任何破绽。

思索了片刻，邵子安明白了，两条岔路的位置在山谷的正下方。从环境看属于易于设伏的地点，米迦列应该是凭着经验避开了这条路，果然是高手。

欧阳打手势问道：“怎么办？”

邵子安再次观察了一下米迦列的位置，打手势道：“准备强攻！”

这是一个极为冒险的决定，敌我双方的人数对比是三比十，而且对方无论在武器装备还是个人战斗力上都要远远超过我方，强攻并不是最佳选择。但就目前的环境看，前方一百米又是一片密林，敌人一旦进入，就很难再拦住他们。

既然陷阱失败，就只能强攻了。为了 Nissa，为了给自己的同学报仇，即便是死，也要把敌人拦截在国境线内。

欧阳打手势回复道：“收到！”

三个人都知道，他们现在唯一的优势就是己在暗、敌在明，所以首击必须命中，第一轮攻击至少要打掉敌方三个人。

邵子安向欧阳、017 打了一个“OK”的手势，三个人做好准备。

再一次擦了擦手上的汗水，深吸了一口气，邵子安将准星稳稳地套住米迦列的身体，调整好呼吸。

几秒钟后，三个人的枪几乎同时响了，欧阳和 017 的子弹准确地击中了米迦列身旁的两名歹徒。而就在枪响的同时，只见米迦列身子一滚，闪到了一边，邵子安的子弹从他的肩膀旁划过。

邵子安心里一沉，没想到自己实战的第一发子弹，竟然打空了。

几乎同时，米迦列的枪口抬起。

邵子安本能地往旁边一滚。“嗒嗒嗒”，随着一阵枪响，邵子安刚刚藏身的那块大石已被子弹打碎，好厉害的身手！

歹徒们的枪声密集地响了起来，抬头望去，欧阳藏身的树冠已被削平。邵子安心里一紧，不知道欧阳那边怎么样了。

邵子安俯身换了一个位置。敌人的枪声响了一阵，停了下来。欧阳捂着肩膀低身跑了回来，肩头满是鲜血。

邵子安问道：“你怎么样？”

欧阳说道：“好悬，让子弹擦了一下。幸亏我早有准备。打完第一发子弹就跳下来了。这帮兔崽子，还真不含糊！”

邵子安检查了一下欧阳肩膀上的伤口，只是擦伤，并无大碍。

欧阳说道：“没事，扛得住。”

邵子安放下心来，给欧阳简单包扎后，从隐蔽位置向外望去，就这一会儿工夫，米迦列已经带着手下撤到了山谷下，正慢慢往密林处移动。他们所处的位置，正好在邵子安他们的射击死角范围。

邵子安说道：“我们换个位置，一定要把他们拦下来！”

欧阳说道：“明白！”

三人拎起枪快步向前跑去。

换了一处位置，视野比刚刚好了一些，但对方依旧没有完全脱离射击死角。米迦列几人在山脚下时隐时现，瞄准极为不易。

017 说道：“你们在这儿掩护，我过去拦住他们。”

邵子安一把拉住 017，说道：“不行，太危险。他们还有八个人，硬拼我们不是对手。”

邵子安放开 017，再一次观察环境。

米迦列极其狡猾，他们的前进方向几乎绕过了所有陷阱。不过在道路的尽头，还有邵子安设置的最后一处陷阱。那是一个绊索机关，击发装置设在前面的山崖上。这是能拦住他们的最后机会。

邵子安再次确认了一下线路，这里距对面山崖大约五百米，跑到那里至少需要两分钟时间。他对欧阳和 017 说道：“你们两个守在这里，想办法开枪拖住他们，我去打开陷阱的击发装置！”

欧阳说道：“交给我们，你小心点！”

邵子安深吸了一口气，起身向对面的山崖跑去。欧阳和 017 的枪几乎同时响了，清一色的短点射，枪声清脆而有节奏。

邵子安加速狂奔，才跑到一半的位置，017 那边传来了一个长点射的枪声。这是他们事先约定好的信号，敌人已经进入陷阱位置。

邵子安距离崖顶机关至少还有一百五十米。

那是一个用树藤伪装的击发装置，树藤下方系了一块巨石，只有割断树藤，巨石下落，才可以启动机关。

欧阳和 017 那边的枪声密集起来，显然他们是在竭力阻止敌人前行。来不及了，邵子安快速在一块巨石后卧倒，举起了枪。

系住巨石的树藤随风晃动，在瞄准镜内不停地摆动着。邵子安屏住呼吸，“啪”地射出第一发子弹，没有击中。

远处的枪声更急了，欧阳直接用明语大声喊道：“子安，快啊！”

邵子安调整呼吸，再次瞄准。

风更大了，树藤剧烈地摆动着。邵子安的枪口随着树藤移动，就在树藤即将接近准星的一刻，他扣动了扳机。

一声清脆的枪响，树藤被子弹击穿，巨石一下子掉了下去。只听一阵震天动地的声音，巨石带动藤蔓沿山壁滚落下来。

谷底下方的米迦列伏在一处掩体后，正密切注视着欧阳、017 两人枪声的方向。听到岩石滚落的声音，他本能地瞄了一眼脚下的藤蔓，一惊之下，大声喊道："有机关！"

显然已经来不及了。藤蔓"啪"的一下缠住几人的脚踝向上飞去。电光石火的一瞬间，米迦列拔刀斩断了身边两人脚上的蔓藤，但剩下的几个人还是被拖了上去。只听"啪啪啪啪啪"几声枪响，邵子安、欧阳和 017 几乎同时扣动了扳机，五名歹徒瞬间毙命。

米迦列大声喊道："快撤！"他和剩下的两名歹徒拖起 Nissa 就跑。

邵子安抬枪击中了其中一名拽着 Nissa 的歹徒，那人带着 Nissa 摔倒在地。米迦列和最后一名歹徒飞跑了几步，闪身到一块岩石后。

邵子安大声喊道："掩护我。"他跃起身向 Nissa 的方向奔去，欧阳和 017 同时扣动扳机，用火力压制住米迦列。

见邵子安快速接近，Nissa 大声喊道："子安哥哥，别过来！"

邵子安喊道："快趴下！"

米迦列的枪响了，由于欧阳和 017 的火力压制，子弹打在了邵子安的脚下。邵子安一个侧滚，躲到了一处岩石后。

Nissa 急道："子安哥哥，你怎么样？"

邵子安喊道："我没事，你待在原地，千万别出来！"

Nissa 的位置，就在他正前方三十米处。邵子安与米迦列各在一处掩体后方，由于惧怕对方火力，双方一时僵在了那里，谁也不敢稍动。

欧阳、017 两人猫着腰靠过来。欧阳问道："现在怎么办？"

邵子安喘了口气，说道："Nissa 暂时安全。这么拖下去，对我们有利。"邵子安几人的任务，是救出 Nissa 并阻敌出境，现在 Nissa 已经安全了，时间耗得越久，对己方越有利。

第二十六章　狭路相逢

三个人抬枪监视着对面的动静。

果然没过多久，只听米迦列在岩石后喊道："邵，我知道一定是你！真没想到你能这么快赶到这里，怎么样，我们谈谈吧？"

邵子安喝道："我们之间没什么好谈的，你只有一个选择，放下武器，立即投降！"

米迦列哈哈大笑，说道："那不见得吧？我承认我现在处于下风，不过有一点你肯定知道，我和我的手下都是受过严格训练的军人，作战素质想必你也领教了。刚刚你占了点便宜，只不过是因为你在暗、我在明而已。如果硬拼下去，大家一定是鱼死网破。邵，你是个聪明人，为什么不考虑谈一谈呢？"

欧阳骂道："这个兔崽子，还真啰唆！"

米迦列继续说道："邵，今日一战，你我各有胜负。如果你现在放我走，咱们体面地结束战斗，日后还好相见。到时候我们再拼个你死我活，你看怎么样？"

欧阳大声骂道："米迦列，你少废话！你现在除了投降，没有别的路。给你一分钟时间考虑，否则咱们就耗着，看看谁耗得过谁！"

米迦列说道："邵，你的手下太没有素养了。好吧，我可以考虑你的要求。"

邵子安说道："给你一分钟时间，如果投降，我保证你的生命安全！"

米迦列不再说什么。三人等了一阵，岩石那边没有任何动静。

欧阳喊道："米迦列，怎么哑巴了？"

岩石后面没有回答。

邵子安心念一动，突然喊道："不好，掩护我！"他飞步向前冲去。

欧阳两人一下子明白了，立即起身。三人交替掩护，快步跑到米迦列藏身的岩石位置，只见一条绳索垂到悬崖下，岩石后面早没了人影。

欧阳骂道："让这兔崽子跑了，我去追！"

邵子安拉住欧阳，说道："先救 Nissa！"

邵子安跑到 Nissa 藏身的位置，将 Nissa 身上的绳索解开。Nissa 一把抱住邵子安，哽咽地说道："子安哥哥，我还以为……再也见不到你了……"

邵子安说道："没事，Nissa，没事，有我在。"

他将 Nissa 交给 017，说道："你留在这里，照顾好欧阳和 Nissa，等待援军。"

欧阳愣道："你干吗去？"

邵子安说道："我答应过教官，决不能让米迦列活着离开国境线。"

欧阳说道："我陪你去。"

邵子安说道："你受伤了，在这里照顾好 Nissa！"

欧阳急道："子安！"

邵子安喝道："执行命令！"

欧阳一下子噎住，说道："是！"

邵子安站起身来。

Nissa 喊道："子安哥哥！"

邵子安回过身最后看了一眼 Nissa，说道："Nissa，你听我的话，我答应你，一定会活着回来见你。"

Nissa 含泪点头。

邵子安咬了咬牙，拎起枪，大步离去。

这不仅仅是一场体能的比拼，更是一场意志力的比拼。边境线距离这里超过五公里，邵子安扔掉除武器外的全部装备，沿与米迦列行进方向平行的一条山路，竭尽全力向国境线奔去。

邵子安的心中一片空明，他眼前浮现起一张张熟悉的面孔：在 Nissa

家倒在血泊中的训练营同学、沃尔玛超市堆积的尸体、被米迦列亲手杀死的那对慈祥和蔼的老夫妇……

远山训练营这一年多来的残酷训练在这一刻爆发出巨大的威力，邵子安仅仅用了不到二十分钟便跑出了丛林。抬头望去，他的左前方是一座山丘，山丘顶端赫然就是边境线的界碑。

正前方的树林突然一阵枝叶晃动，米迦列和一名手下猛冲了出来。双方几乎同时举起了枪。

米迦列以难以置信的目光看着邵子安，大口喘着气，说道："邵，没想到，你这么快。"

邵子安说道："投降吧，你已经走不了了！"

米迦列目露凶光，喝道："那就看看谁更快了！"他抬枪便射，三人的枪几乎同时响了。

邵子安一个侧滚闪到一旁，米迦列的子弹打在了他刚刚站立的位置，而邵子安的子弹准确击中了米迦列的手下。

米迦列没有丝毫停留，一边开枪一边发力向山顶的界碑奔去。邵子安跃起身，沿山梁另一侧向山顶追去。

两人沿山梁两侧向山顶飞奔，同时隔着山梁向对方射击。子弹击打在山壁上，石屑乱飞。

还是米迦列稍快，先邵子安一步跨上了山顶，迈向界碑。他刚要跃下，邵子安眼疾手快，抬枪打在了米迦列的脚底。

米迦列回身举枪，两人几乎同时开枪，"咔"的一声，枪里都没子弹了，双方都是一愣，一下子僵住了。

就在这时，猛听得身后传来一阵螺旋桨的轰鸣声，两架直升机从山下腾起，悬停在两人头顶。同时，山脚下十几辆战车冲出密林，几十名荷枪实弹的士兵跳下来，举枪瞄准了山顶。援军终于到了。

教官带着欧阳、017 和 Nissa 跳下战车。

Nissa 大声喊道："子安哥哥！"

欧阳一把拉住了 Nissa。

邵子安对米迦列说道："投降吧。"

米迦列笑了，把枪扔在地上，说道："邵，告诉你一句话，我从来就不知道什么叫作投降。我们两个人，今天只有一个能活着离开这里，怎么样，敢不敢和我实打实地比一次？”

米迦列说完，拔出了随身的匕首。

助理教官看到山顶的情景，一挥手命令道：“上！”

士兵们刚要冲上山顶。教官伸手拦住，说道：“交给邵子安吧，如果他收拾不了这个米迦列，就不配做我的学员！”

助理教官立刻明白，喝道：“所有人听我命令，原地待命！”

士兵们停住脚步，同时抬头望向山顶。

邵子安凝视着米迦列，沉声说道：“好，我接受你的挑战。你说得对，我们两个人，今天只有一个能活着离开这道山岗！”

邵子安拔出教官给他的那把匕首，一声轻啸，扑了上去。

邵子安的匕首如闪电一般向米迦列当胸刺去，米迦列抬刀格挡，两把匕首相碰，瞬时火花四溅。

Nissa紧紧抓住欧阳的手臂，将头埋在他的肩膀上，连看也不敢再看。所有人全都不由自主地屏住了呼吸。

邵子安与米迦列你来我往，顷刻间已经斗了十几个回合。经过这一年多的苦练，邵子安早已不是当初沃尔玛里的那个莽撞少年。只见他出手又快又狠，米迦列全力格挡，双方一时杀得难解难分。

邵子安横刀划出，米迦列闪身后撤。邵子安趁势转身，一记后摆腿扫向米迦列的颈下。

这一记后摆腿速度极快，没想到米迦列的反应更快，他抬手将邵子安的右腿架住，同时提刀向他的腿上刺去。邵子安左脚凌空飞踹，这一脚败中求胜，米迦列再也无法避开，邵子安结结实实地踹在了他的胸口。

米迦列一个踉跄，后退了几步。

邵子安瞅准机会，趁米迦列立足未稳之际冲上前去，一刀刺向他的胸口。眼看匕首就要刺中对方身体，没想到米迦列在身体完全失去平衡的一刹那，从绝不可能的方位踢出一脚，正踢在邵子安的手腕上，匕首瞬间脱手。

山下所有人不由得发出“啊”的一声惊呼。

米迦列挺身上前，一刀向邵子安的脖颈刺去。邵子安此时已经没有了武器，只得抬手挡住米迦列的手腕。

米迦列双臂发力，邵子安只觉得一阵排山倒海般的力量从对方的手腕传来，他只得用尽全力抵住，匕首一寸寸向邵子安的脖颈接近。

山脚下，所有人的心在这一刻全都提到了嗓子眼儿，连欧阳和 017 都不敢再看。

只见米迦列狞笑着，将匕首向邵子安的脖颈推近。眼看匕首就要刺入邵子安的脖颈，邵子安突然双手一松，脖子向旁一侧，匕首紧贴着他的脖颈处划过，划出了一道深深的血痕。

与此同时，邵子安右手一记肘捶，结结实实地打在了米迦列的太阳穴上。米迦列身子一晃，向后退去。

邵子安趁势凌空飞起，一腿狠狠扫在米迦列的耳下。米迦列再也支撑不住，身子晃了一晃，轰然倒地。

邵子安赢了。

山脚下瞬时一片沸腾。Nissa 放开欧阳，飞奔上山，大声喊道：“子安哥哥！”

邵子安迎上前去，只见 Nissa 满脸都是泪水，两人紧紧抱在一起。

山下的学员们、战士们欢呼雀跃着。教官抬起手来，望着山顶上的邵子安，缓缓点了点头。

邵子安紧紧抱住 Nissa，夕阳的余晖映在两人身上，打出了一道剪影。抬头望去，晚霞铺满了整个天空。

第二十七章　真的结束了吗

位于远山训练营西北角的后山上，坐落着一处僻静的陵园，苍松翠柏，绿树成荫。这里既是一座陵园，也是远山训练营的神圣之地，因为就在此处，长眠着自训练营建立起牺牲的一百二十七名勇士。

三天后的清晨，训练营全体教官、学员肃立在六座新立起的墓碑前，亲自为他们最好的同学、最好的战友、最好的学生，同时也是他们最好的朋友送行。

天色阴霾，天空中飘着绵绵细雨，泪水打湿了每一个人的眼眶，混合着雨水，从他们的脸上落下。

教官大声喝道："敬礼！"

所有教官、学员全体脱帽，整齐地敬礼。仪仗兵的枪声响起，在阴霾的天空中久久回荡。Nissa 站在邵子安身旁，已经哭成了泪人。

一周后，米迦列被送交国际法庭，等待他的将是法律无情的审判。

经历这场生死考验，邵子安彻底明白了 Nissa 在自己心中的位置。他暗下决心，一定会用自己一生的时间，好好对待这个女孩儿。

至于那个纠缠了邵子安六年之久的心结，到现在为止，可以说彻底解开了。随着时间的推移和 Nissa 的悉心照顾，邵子安的情况逐渐趋于稳定。

虽然他偶尔还会梦到那段经历，不过，他不再梦到岳澜。

邵子安知道，这是那段经历在自己头脑中留下的最后痕迹。要想把这一切从心里彻底擦除，还需要时间。

邵子安在心里非常感谢Nissa。可以说，是Nissa和龙叔叔将他从悬崖边拯救了回来。如果没有龙叔叔的以身试药，没有Nissa的及时到来，他将继续在那场幻觉中沉沦，直到有一天，他完全无法分清真实与幻觉，成为一名严重的精神分裂症患者，甚至失去自己的生命。

二年级的上半学期，远山训练营开设了“心理战”教学，其中最重要的一项是催眠课程。邵子安学得格外用功，课程结束的时候，他找了一个安静的地方，对自己进行了一次彻底的、深度的催眠，让自己最后一次回到若干年前的那段经历中。

醒来之后，他将那段经历中的每一处细节，完整地记录在日记中。他不知道自己为什么会这样做，或许，这是一个与那段经历告别的仪式，又或许，是对那段纠缠了他十年之久的经历的一种纪念。

果然，经过了那场仪式般的告别后，他不再梦到那段经历，邵子安的心情第一次真正地轻松起来。

时间过得飞快，几年的时间一转眼就过去了。

邵子安在训练营的学习极为刻苦，成绩突飞猛进。第四学年的上半学期，长久以来的努力终于得到了回报，他的成绩第一次超越了017，以总分第一的排名，完美地结束了在远山训练营的全部课程。

短暂的假期之后，毕业季到来了。

远山训练营的课程学习共分为三个阶段：集训阶段，也就是正式进入训练营之前的新生一百天集训；课程学习阶段，从第一学年的六月，到第四学年上半学期为止，在这三年多一点的时间内完成全部的课程学习；毕业阶段，也就是第四学年的下半学期，被称为“毕业季”。

毕业季共分为上下两个半程：四个半月的集训和最后的毕业总演习。

总演习作为训练营四年最大的考核项目，也是每一名学员最后的挑战。他们的对手将是由训练营的秘密出资国精心挑选出来的、最精锐的特战队员组成的“联合特战队”。

以邵子安为代表的这一届学员，创造了远山训练营历史上参加总演习人数最多的纪录，整整二十人，而此前的最高纪录是十四人。也就是说，邵子安这一届学员，无论是在人数上还是在单兵素质方面，都是历史上最突出的。训练营对他们这二十人以及这次的毕业总演习，寄予了极大的期望。

二〇三一年六月，坚持到最后的这二十名学员结束了为期四个半月的最后集训，迎来了他们期盼已久的毕业总演习。

邵子安作为这一届最优秀的学员，被任命为“远山训练营第二〇三一届毕业总演习特战队”队长。

然而不知道为什么，就在临近毕业之际，邵子安突然又开始梦到多年前的那段经历。那段梦境自第一次出现后，就开始出现得越来越频繁。深夜，在他半梦半醒中，一次又一次不断重复着。

这一次的梦境中，并没有岳澜。内容只有一个，就是他在岳澜的那段视频中看过的那张灾难爆发的时间表。

邵子安感到十分困惑。

他不知道为什么事隔多年自己又开始频繁地梦到那段经历，而且梦境中不断重复的，是这样的一段内容。这究竟代表着什么？一切不是都已经过去了吗？难道是因为临近毕业，自己太紧张了吗？

他没有将这件事告诉任何人，甚至是 Nissa。

但在邵子安心里，不由自主地产生了一种难以名状的不安。

二〇三一年六月十五日，所有学员期盼已久的毕业总演习终于来临。这一天早上，Nissa 亲自来为他们送行。

清晨五点，二十名学员昂首挺胸，整装列队，等待接受他们在远山训练营最后一次，也是最艰难、最具挑战性的一次考核。

肃立在曾经挥汗如雨的训练场上，所有学员无论什么肤色，无论什么国籍，每个人心中都是思潮翻涌，百感交集。

就在面前的这座训练场上，他们曾经一次次咬紧牙关突破极限，一次次竭尽全力完成任务，一次次筋疲力尽地摔倒再爬起来……

那时候，毕业是那样遥遥无期，而这一天终于来临，每个人的心中却充满不舍。就像他们的汗水曾经一次又一次滴入此时脚踩的土地里，他们的生命也早已融入了这座训练营。

一辆军车呼啸着开进训练场，停在了主席台前。一名军官跳下车，走上主席台。众人在跑道上垂手肃立，等待最后的命令。邵子安注意到，陪伴了他们四年的总教官，此时并不在主席台上。

片刻，那名军官跳下主席台，来到众人面前，大声喊道："所有学员听我命令，放下所有武器装备，立刻上车！"

学员们互相看了看，都感到这个命令有些奇怪。

放下所有武器装备，这还怎么演习？不过四年的训练生活使他们养成了服从命令的习惯。谁也没有说什么，迅速卸下身上的装备，跳上了车。众人只觉得车子一晃，军车驶离了学校。

一名来自英国的学员说道："伙伴们，这是什么情况？"

另一名来自以色列的学员也是一脸困惑，说道："是啊，武器装备都收走了，是要我们空手和联合特战队 PK 吗？"

众学员中只有欧阳一副胸有成竹的样子，说道："你们放心，肯定有安排。既然是演习，还能不给武器装备吗？"

那名以色列学员说道："你说得有道理，说不定是要给我们发新式的武器和装备呢。"

学员们七嘴八舌地议论着，只有邵子安和 017 没有说话。

不知道为什么，从踏上军车的那一刻起，邵子安的心里就产生了一种不对劲的感觉。他突然想起了临近演习的这段时间，自己又开始不断重复的那段多年前的梦境。难道这种不对劲的感觉，和那段梦境有什么关系吗？

邵子安摇了摇头，努力挥去心里这种奇怪的联想。他拉开篷布的一角，军车正飞速地行驶在通往嘎里小镇郊外的一条高速公路上。

第二十八章　C-41 区临时军用基地

两个小时后，军车在距离嘎里小镇最近的一座大型军用机场停下。跳下车后，那名军官喊道："所有人员听我命令，立即换上武器装备，马上登机。午餐在飞机上解决，快！"

大家注意到，机场的跑道上停了一架早已发动了的美国 C30 重型军用运输机。飞机的旁边，整齐地码放着二十套崭新的武器装备。众人来不及细想，迅速拿起装备登上了飞机。

舱门关闭，飞机没有做任何停留，直接滑上了跑道。

那名以色列学员拍了拍欧阳的肩膀，说道："伙伴，你说对了，还真给咱们换新式装备了。"

欧阳笑道："那是，我是谁啊！"

欧阳向舷窗外看了看，飞机正在迅速升空，他说道："我说弟兄们，你们猜猜，这是要拉我们去哪儿啊？"

按照远山训练营的惯例，毕业总演习的地点一般都会选在距嘎里小镇一百多公里的喜马拉雅山脉南麓的一座深山里。那里山高林密，地形复杂，非常适合各种特种作战演习。

那名英国学员说道："我估计应该是换地方了。以前那个地方大家多少都知道一些，肯定是怕我们事先有准备。"

那名以色列学员说道："说得有道理。伙伴们，我们这回要小心了，联合特战队那边肯定安排了很多新花样，一定要战胜我们呢。"

众人都表示同意。只有欧阳显得满不在乎，说道："有什么可小心的？按照我们中国人的话说，兵来将挡，水来土掩。在我这儿就一句话，甭管谁来，咱们都狠狠揍他们。”

大伙儿一阵哄笑。欧阳拿起手里的步枪，说道：“不说他们了，来来来，看看咱们的新家伙！”

这次新发的武器，是一款由美国著名武器生产商洛克希德·马丁公司于二〇三〇年最新研制的步枪，学名为“M-241式突击步枪”，口径五点五六毫米，初速九百二十米，射速每分钟七百五十发，是一款性能极佳的自动步枪。

欧阳爱不释手地检查着手里的新枪，一会儿拉拉枪栓，一会儿看看瞄准镜，卸下弹匣的一刻，他突然大喊了一声：“我的天！”

众人都吓了一跳，那名英国学员说道：“伙计，你怎么了？”

欧阳举起手里的弹匣，说道：“你们看看……枪里的弹匣。”

众人纷纷卸下弹匣，一时间目瞪口呆。

只见他们每一个人的弹匣里，填装的并不是一般演习用的空包弹，而是黄澄澄的实弹！

运输机在空中足足飞行了五个小时。下午一点整，他们在位于戈壁深处的一个军用机场降落。

下了飞机，众人的面前是一座没有标明国籍的军用基地。旁边的大牌子上用英文写着：C-41区临时军用基地。

机场的跑道上，停着四架已经启动的重型武装军用直升机。巨大的螺旋桨搅动着空气，发出震耳的轰鸣声。

飞机旁边站着一队全副武装的士兵，从服装上看不出国籍，有男有女，领队的是一位年轻漂亮的女队长。

前来迎接他们的是远山训练营的总教官。

欧阳上前问道：“教官，这是什么情况，怎么这一次发的是实弹？”

教官没有回答，大声喝道：“全体都有，立刻集合！”

学员们立即列队。

总教官带着那名漂亮的女队长走上前来，神色严肃，说道：“现在宣布一件事。今天凌晨接到紧急命令，你们的毕业演习临时取消。”

众学员你看看我、我看看你，一时间谁也没有明白发生了什么。远山训练营自建立起，整整八十年，从来没有因为任何原因取消过毕业演习，难道是出了什么特殊状况？

教官说道：“至于取消的原因……你们被临时抽调执行一项紧急任务。”

他指了指身旁的女队长，说道：“我来介绍一下，这是Ally。这一次的行动，她的小分队将全力配合你们，任务将在到达指定地点后下达。好了，有什么问题吗？”

欧阳举手问道：“报告教官，请问是什么任务，为什么连我们的毕业演习都取消了？”

教官说道：“具体的情况，我也无权知道。既然这次任务能派你们出动，说明绝不会是一般的任务。”

说到这里，教官顿了顿，说道：“你们可能已经发现了，这一次枪里配发的是实弹。所以我要提醒你们，要做好一切应变准备。”

众人齐声答道：“明白。”

教官说道：“好了，如果没有别的问题，立刻出发。”

学员们最后检查了一遍身上所有的装备和武器，随着教官一挥手，众人与Ally的队员们一起，登上了四架军用直升机。

直升机穿行在一望无际的荒漠上空。从舷窗向外望去，剧烈的狂风卷集着黄沙，铺天盖地，巨大的沙漠似乎永远没有尽头。

飞机上没有一个人说话。每个学员都很兴奋，同时心里也伴随着一种莫名的紧张。所有人都知道，演习被突然取消，他们面对的肯定是一次真正的，并且极有挑战性的任务。

欧阳坐起身来，说道：“来来来，都别闷着了。咱们猜一猜，这回到底是什么任务？”

所有人都兴奋起来。那名英国学员说道：“我估计，有可能是紧急解救人质，要不然就是远距离斩首！”

那名以色列学员说道：“还有一种可能，打击边境恐怖分子！”

“没错，”欧阳搓了搓手掌，说道，“要真是恐怖分子，那干起来可就过瘾了。”众人你一言我一语地讨论起来，神情都很兴奋。

所有学员中，只有邵子安和 017 没有参加大伙儿的讨论。

望着舷窗外灰蒙蒙的天空，不知道为什么，邵子安感到有些心神不宁。他刚刚默默计算了一下，按照他们刚才乘坐的C30运输机的航速来看，五个小时的时间，他们至少飞行了三千五百公里，方向是正北偏东。所以推算起来，他们现在所处的位置应该是在蒙古国和俄罗斯的边境附近。

想到这里，邵子安的心猛然“咯噔”了一下。

身旁的 017 突然说道：“你怎么了？”

邵子安回过头来，只见 017 正用一种耐人寻味的眼神注视着他。

邵子安沉吟了片刻，说道：“不知道为什么，从出发的那一刻起，我就有一种很强烈的感觉。”

017 问道：“什么感觉？”

邵子安说道：“一种很不对劲的感觉。”

017 缓缓点了点头，说道：“我明白。”

他顿了顿，说道：“我也有同样的感觉。”

邵子安一怔，017 已经转过头去，不再说什么。

顺着 017 的目光望去，只见飞机舷窗下面，一望无际的黄色沙漠，正飞速地向后退去。

第二十九章　阿克莫拉，消失的居民

两小时后，耳麦里传来了飞行员的声音：“到达指定地点，准备索降！”

欧阳兴奋地跳起身来，喊道：“弟兄们，到喽！”

众人立即起身，最后检查了一遍武器装备，系好索降搭扣。机舱门打开，队员们沿悬索快速降落到地面，在原地呈三百六十度队形警戒。不到一分钟的时间，四十多名队员全部索降完毕。

直升机在头顶盘旋数圈后，掉头向回飞去。

他们降落的位置，是在戈壁的一块空地上，东西南北四个方向都是一眼望不到头的黄沙。

那位名叫 Ally 的女队长向队员们打了一个手势，立刻有八名队员两人一组，沿四个方向散开。众人蹲下身，持枪在原地等待。

不多时，那几名队员快步奔回，说道："安全！"

Ally 打了一个警戒的手势，几人迅速散开，持枪到外围警戒。

Ally 站起身来，取出电脑，对邵子安几人说道："现在宣布任务。"

看到 Ally 取出的这款电脑，邵子安和欧阳几人不由得交换了一个眼神。Ally 手里的这款电脑，型号为 MXEP-007，是美国兰登公司二〇三〇年最新研制的军方最高级别加密电脑，使用最高级别的加密操作系统及加密程序。邵子安几人也是在不久前的一次通信加密课程中见过图片。据说，这款电脑只有在国家级的绝密军事行动中才会使用。

欧阳捅了捅邵子安，说道："我的天，这家伙都用上了。"

Ally 打开电脑，只见她调出一段程序，对着电脑的麦克风说道："加密频道，VDL511，密码 13594，二级密码 4519RBD677，请通过！"

电脑的语音响起："请求收到，请重复！"

Ally 重复说道："加密频道，VDL511，密码 13594，二级密码 4519RBD677，请通过！"

电脑的语音再次响起："请求通过，进入会议模式。"

电脑进入视频会议模式，屏幕上出现了一位身穿上将军服的军官。

众人围拢上前，Ally 说道："长官，我们到了！"

那位军官神色严峻，说道："各位，现在宣布任务。你们所处的位置，是位于北境荒漠中心的 C-41 区的一座小镇。简单介绍一下，此处为特一级保密地区，由于地处荒漠中心，公路无法修通，所有供给只能依靠飞机和驼队。不久前，这里突然与外界失联，所有工作人员和居民一夜之间全部失踪。你们的任务就是，找到小镇失踪的居民，查清他们失踪的原因，弄明白这里究竟发生了什么。”

Ally 答道：“收到。”

那位军官说道：“好，任务宣布完毕。具体的情况由 Ally 向你们介绍。你们的任务为期十天。十天后的下午三点，直升机会在十五号地区接应你们，通话完毕。”

屏幕上出现了一片雪花，对方切断了通信。

欧阳松了口气，说道：“我还以为多大的事呢，原来就是寻找失踪人口啊，刚刚飞机上大伙儿白激动了！”

众人一阵哄笑。

Ally 合上电脑，说道：“邵 Sir，你们是专业人员。我接到的命令是，到达指定地点后，一切行动由你指挥，我的小分队将全力配合你们。”

邵子安点了点头。

Ally 说道：“我现在给你们介绍一下小分队的成员。”

Ally 的小队一共二十二人，副队长是一个名叫 Judy 的漂亮女孩儿。小队分为两组，第一组全部是女孩儿，组长名叫 Lisa；第二组都是小伙子，组长是一个名叫 David 的帅气年轻人。

Ally 说道：“邵 Sir，我要提醒你们，这次任务是有一定危险性的。此前派出过九支搜索小队，都没有任何结果。”

Ally 调出电子地图，大伙儿凑上前去。他们即将搜索的小镇并没有名字，只标注了一个“C-41-001”的标号，位置在众人降落点正北三公里处。小镇位于整个戈壁的中心，南面三十公里就是国境线，东、北、西三面距离最近的城市均超过一千公里，周围没有任何公路。整座小镇就像一座孤岛一般，孤悬在巨大的戈壁荒漠中。

当下，众人简单分析了一下。从小镇的位置和地形看，居民的突然失踪，如果不是因为突发的自然灾害，极有可能与境外的恐怖分子有关。Ally 说得有道理，这次行动是有一定风险的。

小镇共分为七个区域，包括五个工作区和两个生活区。邵子安与 Ally 讨论后决定，为安全起见，搜索工作尽量在白天进行。

讨论完毕，邵子安看了看手表。此时是下午三点多，距离天黑还有四个小时，他对众人说道：“大伙儿收拾一下，检查武器装备，十分钟后出发。天黑前我们搜索完距离这里最近的生活区，今晚就在那里宿营。”

众人齐声答道：“明白！”

这一次行动，除了随身武器，直升机还运来了大量的食品补给和搜索必需的各种高科技装备。Ally 指挥她的手下将各种物资、食品和装备逐一分配到每一名队员的手中。

欧阳来到邵子安身旁，说道：“你有没有觉得，这事有点怪啊？”

邵子安问道：“怎么？”

欧阳说道：“你看，这不是杀鸡用宰牛刀吗？查个失踪人口，用得着闹这么大动静，把咱们的演习都给取消了？”

周围几名学员听到两人的对话，也围拢上来。大伙儿七嘴八舌地开始讨论。

那名英国学员说道：“我觉得欧阳说得有道理。”

他又对邵子安说道：“邵，这件事，我也有同样的感觉。”

那名以色列学员说道：“对了，我觉得他们这一次会不会是……”说到这里，他停住了话。

那名英国学员问道：“会不会是什么？”

那名以色列学员说道：“会不会是……演习只是临时取消，现在的情况，只是为了给联合特战队那边多争取些时间？你们别忘了，他们这一回，可是憋足了劲儿要赢我们呢。”

欧阳说道：“哥们儿，咱们俩想到一块儿去了。”

他看了看周围一望无际的沙漠，说道：“你们看看这地方，把咱们弄到这鸟不拉屎的地方先耗耗体力，他们再好好准备几个星期。等咱们累得差不多了，到时候给咱们来个一锅端。这帮兔崽子可够阴的啊……”

那名英国学员说道：“没错，肯定是这样。”

欧阳说道：“我说哥儿几个，那咱们这回可得长个心眼儿，这一次的任务差不多就得了，我们得好好保存体力，千万不能让那帮小子得逞。”

众人连连点头，齐声称是。

邵子安和 017 交换了一个眼神。他们这几个人中，就数欧阳的鬼心眼儿最多。这一次的演习，联合特战队方面的确是憋足了劲儿要赢他们。

所以欧阳的担忧不无道理。

十分钟后，所有物资分配完毕。Ally 走上前来，对邵子安说道：“邵 Sir，准备得差不多了，我们可以出发了。”

邵子安说道：“好。”

他突然想起了什么，问道：“对了 Ally，我们现在的位置，是什么地方？”

Ally 说道：“这里属于 C-41 区 001 号地区，暂时还没有名字。不过咱们一会儿要去的那个小镇，当地人取了一个名字，叫作……阿克莫拉。”

邵子安愣道：“你说什么，前面那个小镇……叫什么名字？”

Ally 重复道：“阿克莫拉。”

邵子安听清 Ally 说出小镇名称的一刻，瞬间目瞪口呆，就在这一瞬间，他的后背已经完全被冷汗打湿了。

Ally 回过身来，对众队员说道：“时间差不多了，大家准备出发。”

众人纷纷拿起装备，邵子安大声喊道：“等一下！”

邵子安这一声喊得音量极大，所有人都吓了一跳。

队员们回过身来。欧阳问道：“怎么了？”

邵子安说道：“所有人听我命令，立即进入 M1 级戒备。全部人员呈梯次队形犄角掩护，所有枪支保险打开、子弹上膛。搜索时遇到任何情况，可以立刻开枪！”

队员们听到邵子安的话，脸色都是一变。

欧阳说道：“子安，不至于吧？不就是寻找个失踪人口吗？这么高级别的戒备，万一误伤了自己人怎么办？”

邵子安几乎是吼道：“废什么话，执行命令！”

欧阳一下子噎住了。队员们看到邵子安发火，谁也不敢再问什么，纷纷收拾好武器装备，立刻出发。

小分队一行四十二人，每六人一组，呈梯次队形，缓缓向前方搜索前进。穿过三公里的沙漠后，前面就是那座叫作阿克莫拉的小镇了。

所有人都被邵子安弄得十分紧张，谁也不知道究竟发生了什么。

M1 级戒备是国际军事惯例中的最高级别戒备，只有遇到最特殊或者最极端的情况才会使用。这种级别的戒备方式，就是不考虑任何后果，最大程度地保护自己。用通俗的话说，就是不分敌军友军，见人就打。一般来讲，不到万不得已的情况，绝不会采用。

眼前这座小镇，显然已经很长一段时间没有人居住了。街道上空空荡荡，建筑物的墙壁上一片斑驳，街边的广告牌已经倒塌，广告纸被风撕下，吹得哗哗作响。

欧阳问 Ally 道："Ally，居民失踪的事情，发生在什么时候？"

Ally 说道："十四个月前。"

欧阳愣道："我的天！"他看了看身旁的邵子安和 017 几人，大伙儿谁也没有想到，事情竟然发生在这么久以前。

欧阳没有再问什么。众人又往前搜索了一阵，到达了距小镇边缘最近的一处生活区域。

这处生活区的面积并不大，所有建筑全部都是清一色的四层砖楼，大约有十几栋。邵子安打了个手势，一半人员留下警戒，其余人员散开，对生活区内的每一栋楼房展开地毯式搜索。

一栋栋楼房搜过去，两个小时后，整片生活区基本搜索完毕。

邵子安踹开最后一扇房门，只见房间内空无一人，客厅的桌子上摆放着碗筷。碗里的饭吃了一半，早已风干。

邵子安放下枪，皱紧了眉头。

Ally 带着欧阳几人走进房间，说道："邵 Sir，都搜完了。没有任何发现，只是……"

她打量了一下眼前的房间，说道："很多房间和这里一样，饭吃了一半，被子没有叠完，甚至厨房的灶台上还放着炒了一半的菜，好像是发生了什么紧急的事情，人突然离开了。"

欧阳说道："我们那边也是，真是奇了怪了。"

邵子安沉吟不语。

Ally 看了看手表，说道："离天黑还有一个小时，下面怎么安排？"

邵子安回过神来，说道："这样，第一小队继续向前扩大搜索范围，确认附近安全。其他人就地扎营。"

Ally 点了点头，和欧阳几人走出房门。

邵子安最后扫视了一下整个房间。刚要离开，突然屋角的一件东西一闪，引起了他的注意。邵子安走上前去，弯腰拾起，拿在他手里的，是一枚黄澄澄的弹壳。

整个生活区的西北角有一处废弃的厂房。这里地势开阔，便于快速反应。小分队决定当晚就在这里扎营。Ally 的手下效率极高，不到半个小时，所有明哨暗哨都布置完毕。为防万一，营地附近还布置了诡雷。

阿克莫拉位于戈壁中心，虽是六月，夜晚还是极度寒冷。队员们在厂房内点上了一堆篝火。邵子安一个人静静地靠在篝火旁的一堆木箱上，把玩着刚刚拾到的那枚弹壳，陷入了沉思。

从刚刚的搜索情况看，这座小镇的居民是在不明情况下突然失踪的。那些吃到一半的饭，没有叠完的被褥，洗衣机里洗了一半的衣服，都可以证明这一点。然而让人猜不透的是，小镇的居民究竟去了哪里，为什么突然一下子就消失了，这里究竟发生了什么？

所有的事情都显得极为诡异。然而，这并不是让邵子安最担心的。

其实，从今天早上出发开始，邵子安的心里就产生了一种极度的不安。随着他们到达这个颇显神秘的 C-41 区，这种不安的感觉越来越强烈。

直到他计算出这个地点的位置，并且听到 Ally 亲口告诉他这座小镇的名字，邵子安一下子明白了，他心中的这种不安，究竟来自什么。

邵子安再一次想起了临近毕业的这段时间，又开始出现的那个不断重复的梦境。他知道，现在遇到的事情，是自九年前苏醒过来以后，最为严峻的事情。他必须让自己彻底冷静下来。

第三十章　重合的时间表

欧阳和邵子安是发小儿，两个人从很小的时候就认识。

邵子安的性格一向十分温和，认识他的这二十多年，欧阳几乎从没见他因为任何事情动怒。所以今天下午邵子安的突然发火，让欧阳十分吃惊。联想到此前邵子安突然宣布小分队进入 M1 级戒备，欧阳敏感地感觉到，一定是出了什么事情。

宿营之后，欧阳对营地附近再一次进行了仔细的勘察，又检查了一遍岗哨，这才回到宿营地。走进厂房，只见邵子安依旧坐在篝火旁边，静静地出神。

欧阳来到邵子安的身旁坐下，说道："营地附近我都仔细勘查过了，应该没有什么问题，岗哨也都安排好了。"

邵子安显得有些心不在焉，点了点头，说道："好。"

欧阳沉默了片刻，问道："到底出了什么事？"

邵子安没有回答，突然抬起头问道："017 在什么地方？"

欧阳说道："017？他在外面警戒。"

邵子安说道："马上把他叫回来。"

见邵子安的神色十分郑重，欧阳没有问什么，起身离开。

十分钟后，欧阳和 017 回到厂房。两人在篝火旁坐下，欧阳问道："子安，到底怎么了？"

邵子安抬头望向两人道："欧阳、017，你们听好，有一件很重要的事，我要告诉你们。"欧阳看了看身旁的 017，两人都面露疑惑。

邵子安说道："欧阳，你还记得四年前我给你讲过的那件事吗？"

欧阳说道："你是说……Nissa 刚来时的那次？"

邵子安说道："对，就是那件事。017 还不知道，你给他讲一遍。"

欧阳愣道："那件事，不是已经过去了吗？你怎么还——"

邵子安打断欧阳的话，说道："不要问那么多，你尽管讲。"

欧阳愣住，说道："那好……"他组织了一下语言，将十二年前邵子安在濒死体验中的那段经历以及之后发生的每一件事，详细地讲给了017。

017 听过欧阳的叙述，眉头一下子皱紧了。欧阳问道："子安，你为什么……为什么突然又提起这件事，这件事不是早就过去了吗？"

邵子安缓缓摇了摇头，说道："并没有过去。"

欧阳说道："你说什么？"

邵子安说道："有件事，我一直没有告诉你。"

欧阳问道："什么事？"

邵子安说道："就在最近，临近演习的这段日子，我又开始频繁地梦到那段经历。在这次的梦境里，并没有岳澜。反复出现的内容只有一个，就是在岳澜那里看过的那段视频。"

欧阳说道："这不代表什么啊，会不会是因为临近毕业，你精神上太紧张了？"

邵子安打断欧阳的话，说道："你听我说。自从九年前我从植物人状态苏醒过来，那段濒死体验里的经历就开始在我的生活中应验。先是两个一模一样的岳澜，之后是沃尔玛超市、那枚远山训练营的徽章。"

邵子安说到这里，看了看一旁的 017，说道："最后，是 017。我们当时对这件事的结论是，发生的一切，都是幻觉，对吗？"

欧阳说道："对啊，不是这样吗？"

邵子安摇了摇头，说道："不。现在看来，我们都错了。那段濒死体验的经历里，最重要的信息，其实并不是岳澜。"

欧阳说道："不是岳澜，那是什么？"

邵子安凝视着欧阳，缓缓说道："是那张时间表！是我在岳澜的视频里看到过的，那张灾难爆发的时间表！”

欧阳目瞪口呆，说道：“你……你什么意思？”

邵子安说道：“我先问你一件事，我们现在所处的这个地区，也就是‘C-41 区’这个地名，你以前听说过吗？”

欧阳说道：“没有啊，这里是特级保密地区，怎么可能听说过？”

邵子安说道：“那么这座小镇的名字，阿克莫拉，你以前听说过吗？”

欧阳说道：“那就更没有了。”

邵子安说道：“说得好。这里属于特级保密地区，有关这一地区的一切信息绝不可能轻易外泄。所以 C-41 区以及这座小镇的名字，阿克莫拉，我们之前都绝不可能听说过，对吗？”

欧阳说道：“对啊，你到底要说什么？”

邵子安说道：“你听我慢慢说。我和你讲过，岳澜的那张时间表上，记录的是从一九七六年开始，全球所有埃博拉病毒爆发的情况，一直到最后病毒产生变异，重肌人全面爆发的所有时间点，对吗？”

欧阳说道：“没错。”

邵子安说道：“那么你仔细回忆一下，这些年以来，埃博拉病毒的爆发情况，是不是与那张时间表上的记录完全吻合？”

欧阳心里一震，说道：“好像……是的。”

邵子安说道：“那你知道那张时间表上，最后的记录是什么吗？”

欧阳问道：“是什么？”

邵子安说道：“时间，就是现在，二〇三一年六月。地点，就是这里，阿克莫拉。”

欧阳目瞪口呆。邵子安说道：“你要知道，在我们今天到达这里之前，我绝不可能知道，这个世界上有一个叫作阿克莫拉的地方。”

欧阳急切地说道：“子安，我觉得你要冷静一些。你肯定是最近的精神压力太大了。这不可能的，绝对不可能。你想一想，这一回会不会和以前那几次一样，在心理学上叫作逆向……逆向什么的？”

邵子安说道：“逆向合理化。”

欧阳说道：“对对，逆向合理化。有没有这种可能，这些所谓的时间和地点，其实在你那段梦里根本就是模糊的。只是你到了这里以后，发生的所有事情都比较诡异，你才把这里的一些信息，包括‘阿克莫拉’这个地名，一下子全都植入到梦境里的那个时间表里去了呢？”

邵子安平静地看着欧阳，缓缓摇了摇头，说道：“不。你还记得我们在二年级的上半学期学过一门叫作心理战的课程吗？”

欧阳说道：“记得。”

邵子安说道：“那门课程结束以后，我为自己做过一次深度催眠。我让自己再一次回到了多年前那段濒死体验的经历里。醒来以后，我把那段经历的每一个细节、每一段对话，都记录在了我的日记里。”

邵子安从背包中取出一个笔记本递给欧阳，说道：“就是这个，你可以看一看这上面的记录。”

欧阳接过邵子安的笔记本打开，里面密密麻麻全是有关邵子安那段濒死体验经历的详细记载。笔记本的最后一页是一张时间表，记录的是从一九七六年开始世界各地埃博拉病毒爆发的情况，只见最后一段写道：

“重肌人”病毒变异
爆发时间：二〇三一年六月
爆发地点：阿克莫拉

欧阳使劲揉了揉眼睛，再次望向邵子安的笔记本，一下子蒙住了。

如果说上面的其他记录还可以勉强用巧合或逆向合理化来解释，但阿克莫拉这个地方属于特一级保密地区，在所有人过去的认知中都是绝不可能出现的。可这样的一个地名，怎么会出现在邵子安两年多以前的日记中？

欧阳抬起头来，说道：“这……这是怎么回事？”

邵子安摇了摇头，说道：“我不知道。还有一件事，你记不记得Nissa曾经讲过，所有注射过那种特殊药物的人，全都产生了严重的幻觉？”

欧阳说道：“我记得，Nissa说过。”

邵子安说道：“之前我一直忽略了这件事。刚刚我给Nissa打了一个电话，向她详细询问了这件事。你知道Nissa告诉我，所有注射过那种特殊药物的人，他们的幻觉都是什么内容吗？”

欧阳问道：“什么内容？”

邵子安说道：“所有注射过那种特殊药物的人，他们的幻觉，都是完全相同的内容。和我一样，有关一种叫作‘重肌人’的病毒爆发的灾难幻觉。”

欧阳看着邵子安，一时间目瞪口呆。片刻后，他语无伦次地说道：“我觉得这不太可能，你要冷静一点，我们都要冷静一点。肯定是哪里出了问题，肯定是什么地方出了岔子，我觉得不可能，绝对不可能……”

邵子安凝视着欧阳，什么也没有说。整座厂房内一时间死一般沉寂。

017 突然说道：“我相信邵子安的话。”

欧阳说道：“你说什么？”

017 抬起头来，扫视了一遍周围的环境，缓缓说道：“你们知道吗？这个地方，我曾经来过。”

欧阳说道：“你不是说除了远山训练营，你从没离开过中国吗？”

017 望向邵子安，说道：“子安，你还记得我和你说过的吗？从很小的时候，我就开始不断地重复着一个梦境。”

邵子安说道：“我记得。你说你经常会梦到在一个非常奇怪的环境里，与无数野兽和怪物搏斗。你怀疑这是你七岁以前的记忆，或者是你前世的记忆。而且，我曾经在你的梦里出现过。”

017 缓缓说道：“就是这里。”

邵子安问道：“什么这里？”

017 说道：“我梦里出现的那个地方，就是这里，阿克莫拉。”

邵子安一下子呆住了。欧阳说道：“你们两个……到底在说什么？”

邵子安缓过神来，将 017 的故事简单向欧阳讲述了一遍。欧阳愕道：“这……不会吧？”

邵子安没有回答，此时他心里也是一片混乱。整个事情发展到现在，已经远远超出了他的想象。

三个人当中只有 017 的神色依旧镇定，他看着面前的邵子安和欧阳，说道：“子安、欧阳，我必须打断你们的话。我觉得，我们现在已经没有时间仔细分析这件事了。我的直觉告诉我，这个地方，非常危险。”

邵子安和欧阳对望了一眼。两人都知道，017 自幼在东北的密林里长大，与野兽为伍，所以他的身上，有着一种人类所没有的直觉。

欧阳问道："那你觉得……是什么危险？"

017 摇了摇头，说道："我说不清，就是一种感觉。"

邵子安说道："我明白 017 的意思。到现在为止，这整件事，无论是我的经历，还是 017 的经历，如果是一部故事片的话，从这个故事的开始，所有线索的发生、发展，到最后的节点，无一例外全都指向了这里，阿克莫拉。"

说到这里，邵子安顿了顿，继续说道："所以我也有一种强烈的直觉，在阿克莫拉这个地方，一定有我们一直在苦苦寻找的答案。同时，就像 017 所说，也一定有着极大的凶险在等待着我们。"

欧阳说道："你们说得对。而且从刚刚搜索的情况看，这个地方确实有点邪门。那我们现在该怎么办？"

邵子安沉吟了片刻，说道："恐怕我们已经没有时间仔细讨论这件事的来龙去脉了。从现在开始，我们必须打起十二分的精神，随时做好一切应变准备。"

欧阳说道："好。那这些事，我们要不要告诉 Ally 和其他队员？"

邵子安说道："我认为暂时不要，他们不了解整件事的来龙去脉，不会轻易相信我们的。这件事，就暂时到我们三个人为止。"

欧阳点了点头，说道："我同意……"他刚要再说什么，猛然见到 Ally 带着副队长 Judy，神色匆匆地走进厂房。

Ally 走到邵子安几人面前，说道："邵 Sir，情况好像不大对。"

邵子安问道："出了什么事？"

Ally 说道："第一小队到现在还没有回来。"

邵子安看了看手表，已经是二十一时十五分了，距离和第一小队约定的时间已经过去了将近一个小时，他不由得心头一凛，问道："联络过了吗？"

Ally 说道："联络过了，没有回应。"

邵子安和欧阳、017 交换了一个眼神，心里陡然升起一种不祥的预感。

他站起身来，说道："留一半人在这里，其余人跟我去接应。"

第三十一章　八十七年前的武器

走出营地的时候，天已经全黑下来。邵子安仔细检查了一下足迹，第一小队应该是沿宿舍区外的一条小路，向北面去了。

邵子安打了个手势，众人沿着足迹快步向前搜索前进。

一路上，没有一个人说话。邵子安和欧阳两人，甚至是017，此时的心情都非常复杂。谁也没想到，那个困扰了邵子安几乎达十年之久的谜题，会再一次回到众人的视野。

到现在为止，他们唯一可以确定的就是整件事的最后线索，全都指向了这座位于戈壁的边陲小镇——阿克莫拉。但是没有人知道，在这座孤岛一般孤悬于整个荒漠中心的小镇里，究竟会有什么在等待着他们。

走出小镇的生活区，又前行了大约两公里，前方出现了一片空地。众人在一堵断墙后隐蔽好，017检查了一下附近的足迹，说道："第一小队在这里隐蔽过。从方向上看，他们是往两点钟方向去了。"

从断墙处向外望去，在朦胧的夜色中，前方模模糊糊的，并不能看清通向什么地方。邵子安打了个手势，四名队员立刻散开，先行向前探路，其余人员在断墙后隐蔽。欧阳回过身来，向后面望了望，神色中显得有些警觉。

Ally问道："怎么了？"

欧阳再次向身后看了看，说道："好像不大对。"

Ally问道："什么情况？"

欧阳说道："我怎么觉得，自打咱们出来，后面就一直……一直有人跟着我们。”

所有人都是一惊。回头望去，大伙儿过来的方向是一条僻静的街道，此时空空荡荡的，什么也没有。

Ally 说道：“什么也没有啊？”

欧阳说道：“我说不清，就是一种感觉。”

Ally 点了点头，正要说什么，先行探路的一名队员飞跑回来，说道：“邵 Sir、Ally，前面发现了一座院子，第一小队的人应该在里面……”说到这里，那名队员停住了话，神色显得有些古怪。

邵子安问道：“怎么？”

那名队员说道：“非常奇怪，我们检查了一下院子周围，他们好像自从进去以后，就再也没出来……”

邵子安说道：“你是说，他们现在还在里面？”

那名队员说道：“应该是。”

Ally 问道：“院子有多大？”

那名队员说道：“非常小。”

从营地到这里的最多只需要半个小时的时间。此时距离第一小队出发，已经三个多小时了。这么长的时间，他们停留在那座院子里，究竟在做什么？难道……是发现了什么？

众人在那名队员的带领下前行了大约五百米，眼前出现了一座独立的民居，先行抵达的三名队员已经守在那里了。

这是一座极为简陋的砖瓦结构民房，孤零零地矗立在空地的中央，在夜色下显得有些诡异。院子的围墙是用一块块天然的石板垒成的，中间有两扇木门板，紧紧地闭合着。

Ally 问道：“情况怎么样？”

一名队员说道：“里面一直没有什么动静。”

邵子安沉吟了片刻，对 Ally 说道：“这样，你和 017 带大伙儿在后面掩护，我和欧阳两个进去。”

Ally 说道：“好。”

017 突然一把拉住邵子安，说道：“等一下。”

邵子安一怔，问道："怎么了？"

017 放开邵子安，抬起头来，观察了一下周围的环境，又用力耸了耸鼻子，说道："你们闻到了吗？好像有一种奇怪的味道。"

欧阳愣道："什么味道？"

017 没有回答，对邵子安说道："我和你们一起进去。"

邵子安说道："那这样，Ally，你来负责掩护。"

Ally 打了个手势，所有人员立即退后。

邵子安和欧阳、017 呈掩护队形，缓缓来到门前。邵子安向欧阳使了个眼色，和 017 退后，欧阳上前一脚踹开了房门。

两扇门板"砰"的一声撞到围墙上。欧阳第一个冲进去，只听他一声惊呼。邵子安和 017 随后冲入，只觉一阵刺鼻的血腥味扑面而来，院内东倒西歪地躺满了尸体，地面已经全被鲜血染红了。

地上的尸体，是邵子安派出的第一小队的搜索队员。

Ally 几人随后冲入，也全部惊呆了。

就在这时，猛听得一阵密集的枪声从身后传来。Ally 第一个反应过来，喊道："是营地方向！"

邵子安回过神来，喊道："不好，快回去。"他返身冲出院子，众人来不及检视同伴的尸体，跟着邵子安奔了出去。

邵子安第一个冲回营地。只见他们刚刚休息的厂房内，就如人间地狱一般。地上遍布尸体，所有留守队员全部倒在血泊之中。大摊大摊的鲜血渗入厚厚的尘土中，冒着腾腾的热气。

邵子安喊道："快，检查一下还有没有活着的人！"

众人扑上前去，只见每一具同伴的尸体上都布满了弹孔，更有被刺刀捅过的痕迹，鲜血兀自汩汩地流出。

Ally 喊道："这儿还有一个活着的。"她抱起一名队员，正是 Ally 小队第二组的组长，那个年轻帅气的小伙子，David。

Ally 喊道："David！ David！"

几人围上前去。David 缓缓睁开眼睛，嘴唇动了动，却没有发出任何声音。

Ally 喊道："David，到底发生了什么事？"

David 的嘴唇又动了动，这才模糊地说出了一句话："快……离开这儿……"

Ally 喊道："你说什么？"

David 突然一把抓住 Ally，竭尽全力喊道："快……快走……"他喷出一口鲜血，手一松，身体垂了下去。

Ally 大喊："David！"

欧阳起身喊道："这是谁干的？"

众人眼含泪光，神情悲痛。

这一次小分队一共损失了二十名队员。其中十二人是 Ally 的手下，另外八人是邵子安的同学。除此以外，小分队所有的武器、补给和通信设备全部被破坏了。

处理完同伴的尸体，大伙儿回到厂房。

Ally 面色沉痛，说道："我统计了一下，损失的二十名队员中，有十四人是中枪而死的，剩下的六人是被刺刀刺死的。尸体的伤口非常奇怪，判断不出对方使用的武器型号。"

欧阳说道："Ally 说得没错。我刚刚也检查过，尤其是尸体上刺刀的刀口，和我们所知的任何一种现役军用刺刀都不一样。"

一名队员说道："那……他们使用的，会是什么武器？"

欧阳看了看 Ally，两人谁也不知道该怎么回答。

邵子安突然抬起头来，沉声说道："不是现代武器！"

Ally 愣道："你说什么？"

邵子安说道："你们看看这个，这是我刚刚在尸体旁边找到的。"

邵子安抬起手来，只见他手里拿的，是一枚黄澄澄的弹壳。

Ally 接过弹壳，仔细查看。这是一枚比正常步枪子弹略大的弹壳，黄铜制成，将弹壳翻过来，底部刻着一排字母和数字：AD44/HMA。

Ally 念道："AD44/HMA……这是什么意思？"

邵子安说道："AD，是拉丁文公元纪年的简称；HMA，是德国汉堡兵工厂的德文缩写。这发子弹，是公元一九四四年，由德国汉堡兵工厂生产的七点九二毫米步枪弹。而使用这种子弹的步枪，学名叫作‘毛瑟 98K 步枪’，也就是我们俗称的‘德国 98 式卡宾枪’！”

Ally 说道：“98 式卡宾枪？不会吧，这都什么年代了，怎么还有人用这种老掉牙的武器？这……这都已经快一百年了。”

邵子安几人在远山训练营毕业的这一年，是二〇三一年，而公元一九四四年，是八十七年前。

欧阳从 Ally 手中拿过那枚弹壳，仔细查看了一番，说道：“没错，我研究过二战时期的武器，这是德国 98 式卡宾枪的子弹。”

Ally 说道：“你们的意思是，杀掉我们二十几名特种兵的，就是这种八十多年前的，老掉牙的武器？”

欧阳看了看邵子安，两人一时间都不知道该如何回答。

第三十二章　NIA，五〇八局

所有人几乎同时想到，如果他们的对手使用的是这种陈旧落后的武器，怎么可能在如此短的时间内全歼二十名全副武装、手持现代武器并且受过严格训练的特种兵？这简直是绝无可能的事情。

邵子安继续说道：“而且，这不是我发现的第一枚弹壳，此前我们在生活区搜索的时候，我也发现过一枚同样的弹壳。”

欧阳说道：“生活区？难道你是说，小镇的那些失踪居民，也是……”

邵子安说道：“没错。我怀疑小镇居民的失踪，也和我们现在遇到的这些神秘对手有关。”欧阳看了看周围几人，所有人的心头都不由得一震。

邵子安看了看一旁的Ally，突然说道："Ally，有个问题，其实我一直想问你。"

Ally说道："邵Sir请讲。"

邵子安说道："从现在的情况看，我们这次的任务并没有想象中那么简单。进入这里以后，所有的事情都扑朔迷离。我们的对手，使用如此落后陈旧的武器，可以全歼整整二十名队员。并且小镇数百名居民的失踪，很可能也与他们有关。可以说，这不是一项轻松的任务，对吗？"

Ally说道："邵Sir，你的意思是？"

邵子安缓缓说道："我想知道的是，为什么会派我们来？"

邵子安的问题，让Ally明显一怔。

欧阳说道："对啊，这个问题，其实我也一直想问。"

他看了看周围的训练营同学，说道："再怎么说，我们几个也只是一群尚未正式毕业的学员，没有任何作战经验。这样的任务，派任何一支特种部队过来，都比我们经验丰富，按理说，这事也轮不到我们啊？"

所有学员的目光，全部望向了Ally。

Ally咬了咬嘴唇，说道："之所以派你们来，原因很简单，因为……因为已经没有人可派了。"

所有人的心里猛然一震。欧阳愣道："你……你说什么？"

Ally说道："对C-41区的联合开发，一共有八个国家参与，也就是远山训练营的八个秘密出资国。这里出事之后，先后派出过九支搜索小队进入阿克莫拉地区搜索。前面的八支分别是来自这八个国家的最优秀的特种分队。但是进入阿克莫拉后，全部失联。第九支，就是原本要与你们在毕业演习中进行对抗的'联合特战队'。他们的队员全部是从这八个国家最精锐的特战队中海选出来的尖子。为了与你们对抗，他们于半年前组建，并进行集训。就在三周前，他们突然接到调令，被派到这里搜寻，但是进入阿克莫拉以后，同样，就再也没有任何消息了……"

欧阳说道："你不会是说，这八个国家最精锐的特种部队，全都……全都在这里……"欧阳说到这里，停住了话。

Ally说道："你说得没错，全军覆没。这八个国家，再加上远山训练营，所有最精锐的特种部队，就只剩下你们了。所以你们现在该明白，为什么会派你们来这里了？”

所有学员你看看我，我看看你。

这是一个极为可怕的消息，如果 Ally 的话是真的，他们面前这座名为阿克莫拉的小镇，在此前十四个月的时间内，吞没了八个国家全部最精锐的特种部队。

欧阳张口结舌，说道：“你说的……你说的是真的还是假的？这个阿克莫拉，到底……到底是什么地方？”

Ally 摇了摇头，说道：“很抱歉。有关这个地区的信息，我了解得也不多。我只知道，阿克莫拉，包括整个 C-41 地区，都属于特一级保密地区，但这里具体是做什么的，我也没有得到过任何相关信息。”

欧阳看了看 Ally 和她的几名手下，问道：“那你们，是哪支部队的？”

Ally 说道：“我们不属于任何一支部队，这支小分队来自 A 国 NIA 部门下属的五〇八局秘密事件调查科。”

A 国的 NIA 部门，翻译成中文，全称为“国家防御科学技术情报中心”，隶属于 A 国最大的情报部门——国家安全事务调查部。其下属的五〇八局，于二战后成立，也是远山训练营最大的出资部门。五〇八局专门负责调查各种难度极高的国际案件，对外称为“航空航天情报研究所”。

欧阳说道：“这些事情，为什么到现在才告诉我们？”

Ally 说道：“所有有关 C-41 地区的信息均属绝密，不到万不得已，绝不能轻易对外泄露。上级给我的最后信息是，如果我们这支搜索分队再次失败，他们将彻底关闭这片地区！”

欧阳听到 Ally 的话，一下子怒了，说道：“万不得已？什么叫万不得已？非弄到现在这样，死了人才告诉我们吗？”

邵子安伸手按住欧阳。

Ally 神色歉然，说道：“邵 Sir、欧阳，实在对不起……”

邵子安打断 Ally 的话，说道：“好了，有关这件事的讨论，到此为止。现在商量一下，我们下一步该怎么办？”

Ally 说道：“邵 Sir，你的意思呢？”

邵子安沉吟了片刻，说道：“立即离开这里，撤出整补。”

Ally 愣道："可是……我们的任务还没有完成……"

邵子安说道："目前的情况是，我们的弹药和补给几乎全部损失，不可能再坚持到十天以后。撤出整补，是唯一的选择。"

Ally 说道："好吧，我没有意见。不过现在有一个问题，我们的通信设备全部被破坏，无法与总部取得联系。"

由于刚刚的突发事件，不仅小分队的武器装备和补给几乎全部损失，所有通信设备也悉数被破坏。无法联络到总部，没有总部人员的接应，他们根本无法走出这片与城市距离超过一千公里的大沙漠。

邵子安思索了片刻，说道："根据地图上的标注，小镇的中心位置有一座广播站。我们可以利用那里的设备，用最原始的方式与总部联络！"

Ally 说道："看来这是唯一的办法。"

小分队目前一共剩下二十二人。为安全起见，邵子安决定分头行动。由欧阳、Ally 带领绝大多数队员立即撤出小镇，到小镇外五公里处的十三号地区待命；邵子安、017 带两名队员前往小镇的广播站。

布置完任务后，邵子安与欧阳对了一下手表上的时间。欧阳突然说道："子安，不知道为什么，我突然觉得……心里很害怕。"

邵子安抬头望向欧阳。欧阳是一个天生大胆的人，在邵子安的记忆中，从没见他害怕过什么。邵子安明白，欧阳的恐惧，绝不是因为刚刚发生的突然袭击，一下子损失了那么多队员，而是另一种，对于前方神秘未知力量的恐惧。

邵子安按了按欧阳的肩膀，说道："我明白。不过，我们不能再想刚刚发生的事情了。必须打起十二分精神，面对随时可能发生的状况。我们现在的任务只有一个，就是把大家平安带离这里。"

欧阳说道："你放心吧，我明白。"

广播站位于整座小镇的中心，距小分队临时营地三公里左右。

一路上，邵子安四人打起了全部精神，枪上膛，刀出鞘。然而这三公里的路程中，并没有发生任何事情。整座小镇就像大伙儿刚来的时候一样，虽然寂静得可怕，但一切平静。

半小时后，穿过中心区域的主干道，前面就是广播站了。

远远望去，这是一座极为老旧的欧式建筑，一看就是上个世纪修建的。外墙上的浮雕清晰可见，大门的右侧，悬挂着一块陈旧的木牌，上面用英文和蒙文写着：阿克莫拉广播电台。

几人在一处掩体后隐蔽好。邵子安再次仔细观察了一下周围的环境，低声对两名队员说道："我和 017 进去，你们留在外面警戒。记住，遇到任何情况，尽量不要开枪，马上上来与我们会合。"

两名队员答道："明白。"

邵子安向 017 打了个手势，两人交替掩护，快速进入了大楼。

借着手电的微光，可以看到楼道的地面上积了将近一寸厚的尘土。沿楼道缓缓搜索前行，上到二层，尽头处的一间屋子门口挂了一块木牌，上面写着：播音室。

邵子安持枪向四周扫视了一番，没有任何异常。他打了个"掩护"的手势，上前踹开了房门。

与楼道内完全不同，播音室的门窗都是经过防尘隔音处理的，房间内十分整洁。只见工作台上放着一套老式的播音设备，录音机、发射机主次有序，连接设备的胶皮电线盘成一圈，码放得十分整齐。

017 检查完房间内的设备，说道："是老式型号的 SR5315 发射机。"

远山训练营从第三学年开始，每个学员会选择自己的主攻方向。欧阳选择的是爆破，而 017 选择的是通信。经过整整两年的学习，017 现在已经可以算是顶尖的通信专家了。

邵子安问道："怎么样？"

017 说道："设备应该没有问题，不过这里停电很久了，我们需要找几块备用电池。"

几分钟后，三组备用电池连接完毕，接到了系统的发射机上。017 拧动开关，发射机的指示灯闪了几闪，很快又灭掉了。

017 检查了一下，说道："电池的功率不够，这些电池都太长时间没用过了。"

他再次扫视了一下房间内的设备，说道："我们把发射机拆下来，组装成一套最原始的发报机，这样不需要用多少电。”

邵子安取出工具，开始协助 017 拆卸发射机。

这是一项极为细致的工作，由于没有焊接工具，拆卸的过程中碰断任何一根电线都会前功尽弃。两人小心地拆卸着电路板，汗水很快就将他们的衣服打透了。

第三十三章　撤出整补

按照邵子安的命令，欧阳和 Ally 带领剩下的十六名队员，于一小时后撤退到了小镇外五公里处的十三号地区。

这里已经是戈壁与沙漠的交界地带，面向小镇的一侧是戈壁，另一侧是如山一般高的连绵不绝的沙丘。

由于不明敌情，众人没敢再点篝火，布置好警戒哨后，将随身的干粮和清水收集在一起，重新分配。欧阳三口两口将压缩饼干吃完，看了看身旁的几名队员，所有人都显得心情十分沉重。

其实欧阳心里此时比任何人都要紧张。整个小分队中，只有他、邵子安、017 几人了解那些大家还不知道的秘密。不过欧阳清楚，他绝不能表现出来，这种紧张情绪绝不能传染给大家。

Ally 小队中那个名叫 Lisa 的女孩儿正拿着一面小镜子在篝火旁梳头，分配给她的食物放在一旁，并没有动。欧阳故作轻松地打趣道：“你还别说，你这么一梳头，看着还真挺像女孩儿的。”

Lisa 白了欧阳一眼，说道：“怎么说话呢你？”

欧阳笑道：“姐姐别生气啊，哥不就是想调节调节气氛嘛，哥给你赔个不是，赔个不是。”

见欧阳"哥哥姐姐"的乱叫，Lisa"扑哧"一下笑了，说道："就你嘴贫。"

欧阳咧嘴笑了笑，和几个女孩儿扯起了闲篇儿，他问道："哎对了，你们小队里的人，怎么都是英文名？这一会儿 Ally，一会儿 Lisa 的，叫着多别扭，不知道的还以为咱这是多国雇佣军团呢。"

Lisa 放下手里的梳子，说道："保密需要，我们的队伍里不能用真名，所以大家索性都起了英文名字。"

欧阳装作恍然大悟的样子，说道："哦，原来是这样。"

Lisa 问道："你叫欧阳吧？"

欧阳说道："没错，欧阳樊雨，如假包换。"

Lisa 问道："你觉得……刚刚发生的事情，是什么人干的？"

欧阳说道："你是说，刚刚那次袭击？"

Lisa 点头说道："对。"

欧阳收起了笑容，说道："你们是怎么想的？"

Lisa 说道："我刚刚一直在琢磨，我们小队里的每一个人，虽说算不上是最专业的特战人员，但毕竟都是受过严格军事训练的人。再加上你们，怎么可能在几分钟内，没有任何抵抗，甚至一枪没放就全军覆没了？这明显不合逻辑。所以我一直在想，咱们这一次遇到的对手，会是什么人？"

Lisa 的话让欧阳心里一紧。其实这个问题，他也仔细考虑过，不过没有得出任何答案。

欧阳不想在女孩儿面前示弱，装作满不在乎地笑了笑，说道："依我说啊，你们几个也就别想那么多了。甭管他们是谁，等咱们整补回来，找到这帮兔崽子，哥一准儿把他们全突突了。"

他站起身来，说道："你们几个小姑娘捯饬着，哥去放放水。"

Lisa 说道："走远看点，这儿可都是女孩儿。"

欧阳笑道："知道知道，远远儿的，免得熏着你们这群花容月貌的小姑娘。"他摆了摆手，往远处的沙丘走去。

欧阳故意装作满不在乎的样子，其实只是为了给大家放松心情。他很清楚，越是这种紧张的情况，最需要的，越是放松。

转过两座沙丘，欧阳拉开裤子尿了起来，脑中还想着刚刚Lisa说的话。

这确实是困扰着每一个人的问题。一小时前的那次突发袭击中牺牲的二十名队员，个个都是顶尖高手。一枪未发就全军覆没，这没有任何道理，也不符合逻辑，况且对方使用的是那么落后的武器。

回想起邵子安所说的，他在十二年前那段濒死体验的经历中看到的时间表，欧阳心里不由得再次“咯噔”了一下，不知道这座看起来极度神秘的小镇里，究竟有什么在等待着他们。

欧阳并不是唯一一个感到莫名恐惧的人，自Ally进入五〇八局，这是她所有行动中损失最大的一次。还未与敌人照面，就牺牲了整队队员，她以前从未有过这样的经历。

Ally的心情十分沉重。队友的牺牲让她感受到了从未有过的悲痛，而与悲痛相伴的，是一种难以名状的恐惧。这种恐惧，并不来自对任何对手的害怕，而是一种对无法预料的未知的惶恐。不过她很清楚，这种情绪绝不能让队员们看出来。

Ally和副队长Judy最后检查了一遍岗哨。两人回到营地，大部分队员都已经休息了，只有Lisa和几个女孩儿还在聊着什么。

见Ally和Judy回来，Lisa几人起身说道：“队长。”

Ally问道：“怎么还没睡？”

Lisa说道：“大伙儿……都睡不着。队长，我们在聊刚刚发生的事情。您觉得，到底是什么人干的？”

Ally不愿意与队员们交流这个问题，说道：“好了，时间不早了，抓紧时间休息一下。”

她扫视了一下营地，问道：“对了，欧阳呢？”

Lisa说道：“他方便去了，这儿都是女孩儿，我让他走远点儿。”

Ally点了点头，随口问道：“他去了多久了？”

Lisa一愣，看了看手表，说道：“好像不大对，他……他……”

Ally说道：“怎么了？”

Lisa说道：“他已经去了……半个多小时了。”

Ally 愣道："你说什么？"

Lisa 说道："没错，欧阳是不到十一点走的，现在已经十一点半了。"

所有队员一下子全都警觉起来。

Ally 沉声说道："立刻叫醒所有队员。Judy，你留在这里，让大家做好一切应变准备，我去找欧阳。"

副队长 Judy 几人站起身来，齐声答道："是。"

Ally 拎着枪，快步绕过距营地最近的一座沙丘，沙丘的后面并没有人。又绕过一座沙丘，果然，在不远处发现有小便的痕迹。

Ally 轻声喊道："欧阳？"没有人回答。

借着微弱的月光，可以看到一排清晰的脚印沿着两座沙丘的交界处向上而去，Ally 拎枪追了上去。

绕过一座沙丘，只见那排脚印蜿蜒而上，如一条盘旋的蜈蚣，在夜色中显得极为阴森。Ally 注意到，脚印是向着一座巨大的沙丘顶端而去的，再往上就看不清了。这座沙丘的高度超过了一百米，极其陡峭。

Ally 不敢发出任何声音，把枪背到背上，艰难地向上攀去。她屏住呼吸，慢慢向上爬着，大约爬了十分钟，终于可以看清，沙丘的顶端是一块巨大的岩石，那排脚印径直向那块巨石的后面而去。

Ally 慢慢向上爬着。越接近沙丘的顶端，风声越大，狂风吹得沙粒从沙丘顶端落下来，让人睁不开眼。

猛然间，Ally 只觉身子一紧，一下子被人抱住了。她本能地去摸绑在腿上的手枪，耳边传来一个熟悉的声音："别动。"

是欧阳。

Ally 松了口气，转头望去，只见欧阳比画了一个噤声的手势，低声说道："千万别出声，跟我来。"

欧阳放开 Ally，携着她的手，两人慢慢向沙丘顶端爬去。

几分钟后，两人终于攀到沙丘顶端那块巨大的岩石后面。欧阳伸手向下指了指，低声说道："你看。"

Ally 探头望去，当她看清沙丘下方的情景时，心脏一瞬间收紧了。

第三十四章　突袭

欧阳与 Ally 此时所处的沙丘，足足有两百米高。沙丘北面是他们的临时营地方向，而沙丘的南面，是一个巨大的盆地。

借着微弱的月光，可以看到在这个巨大的盆地上，搭设着黑压压一眼望不到头的营帐。盆地中央的空地上点着几堆篝火，十几名身着少数民族服饰的匪徒，正拷打着一名犯人。

Ally 问道："下面是什么人？"

欧阳说道："我也不清楚，距离太远，听不清他们在说什么。"

Ally 摘下步枪，用步枪上的瞄准镜向下望去。只见空地上拴了十几匹马，下面的那些人从服色看，应该是蒙古族人。而那名被他们拷打的犯人，身上穿着特种兵特有的作战服。

Ally 将步枪递给欧阳。欧阳看过后，愣道："是我们的人？"

Ally 说道："从服装来看，应该是此前那九支搜索队的队员。"

欧阳骂道："总算找到这帮兔崽子了，看来咱们的对手，就是他们。"

山下的拷打还在继续。由于距离太远，听不清匪徒们在说什么。那名被拷打的特战队员显然异常倔强，似乎什么也没说。

一名匪首挥了挥手，众匪徒放开那名特战队员，匪首掏枪上前，对准了他，扣动扳机。

欧阳张大了嘴，就要喊出声来，Ally 及时捂住了他的嘴。两人望着沙丘下面，一时间目瞪口呆，目眦欲裂。

巨大的枪声穿透了整个沙漠的夜空，远在阿克莫拉广播电台播音室内的017一下子停住了手里的动作。

邵子安问道："怎么了？"

017说道："有声音。"

邵子安凝神细听，然而播音室的隔音墙壁阻挡了外面绝大部分声音，四周万籁俱寂，什么也没有听到。邵子安刚要说什么，大门突然被推开，楼下警戒的一名队员快步走进房间，说道："邵Sir，好像不对劲。"

邵子安问道："什么情况？"

那名队员说道："我们好像听到了……枪声。"

邵子安说道："你说什么？"

那队员说道："不是很清楚，距离很远，好像就是十三号地区方向。"

邵子安转头望向017，看来他刚刚听到的声音，并不是幻觉。枪声来自欧阳他们营地的方向，难道发生了什么事情？

那名队员问道："邵Sir，我们要不要过去看看？"

邵子安沉吟了片刻，说道："先不管它，你们在外面做好警戒。"

那名队员答道："是。"随后转身离开了房间。

邵子安说道："我们继续。"

017拿起废旧的电路板，开始集中精神连接。

终于，017接好最后一根线头，一套简易的发报机组装完毕。他擦了擦额头的汗水，对邵子安说道："好了。"

这是一套利用现有发射设备组装的简易发报机，发报电键是用两根铁钉临时拼凑成的，极其简陋。

017接通了电源，只听发报机发出了"嘀"的一声长鸣。

017戴上耳机，按动电键试了试，说道："没问题，可以发报了。"

邵子安说道："好，启用第三套加密电码。内容：我方遭遇不明对手袭击，阵亡二十人，弹药补给及通信设备全部损失，请求撤出整补，完毕，邵子安。"017按动发报电键，嘀嘀嗒嗒的电报声响起。

静候了片刻，017说道："总部回电了。"

邵子安问道："什么内容？"

017说道："同意按B计划撤离，十六日十二时，三号地区接应。"

邵子安看了看手表，还有八个小时，他说道："好，我们走。"

两人刚刚起身收拾东西，就听大门处"咣"的一声巨响。两人同时抬枪指向了门口，只见房门被撞开，欧阳冲进了房间。

邵子安愣道："欧阳，你怎么来了？"

只见欧阳满头大汗，说道："子安、017，出事了。"

半小时后，邵子安带领全体队员登上了临时营地附近的那座最高的沙丘，Ally和先行到达的几名队员已经守在那里了。

过来的路上，欧阳已经向他和017讲述了这里的全部情况。

Ally说道："我刚刚派人侦察了一次，对方应该不超过四十人。"

欧阳愣道："不到四十人？"

他看了看沙丘下面铺天盖地的营帐，说道："不可能吧，下面的帐篷，怎么也得有几百顶啊？"

Ally的手下Lisa说道："一共一千零三十七顶，后面的帐篷都是空的。"

欧阳瞪大眼睛，看了看邵子安几人，说道："这么多？"

邵子安问道："人质关押在什么地方？"

Lisa摇头说道："还没有找到，营地的范围太大了。"

017问道："知道对方是什么人了吗？"

Ally说道："从服饰上来看，应该是盘踞在蒙俄边界一带的马匪。如果我们的对手就是他们，按下面的营帐数量推算，这伙匪徒至少有一千人，否则绝不可能对付得了前面的九支搜索小队。现在还不能确定其他的匪徒在哪里，也不能确定小镇的失踪居民和此前的九支搜索小队的队员，被他们关在了哪里。"

邵子安问道："附近地区搜索过了吗？"

Ally说道："方圆五公里内，没有他们的人。"

欧阳摩拳擦掌，说道："总算找到这帮兔崽子了。子安，咱们干吧。五公里的距离，一般人过来至少要半个小时。咱们对付这三十几个歹徒，不用十分钟，绝对搞定。这一次非撕碎了他们不可。"

一般意义上来讲，一支二十人的特种小分队，在武器装备和火力支援完全到位的情况下，对付正规军一个普通连队都是很轻松的事情，何况对方仅仅是一支不到四十人的土匪队伍。

Ally说道："我觉得，不能打。"

欧阳愣道："不能打？对付一群乌合之众，有什么不能打的？"

Ally说道："你别忘了，之前的队员是怎么牺牲的。"

欧阳心里一紧。Ally说得没错，此前的队员，几乎是在一枪未发的情况下就全军覆没了。以此推算，他们遇到的这些对手，绝不像表面上看起来那么简单。

所有人的目光一齐望向了邵子安。

邵子安凝视着众人，说道："我同意欧阳的意见，打。"

Ally说道："邵Sir——"

邵子安伸手打断Ally的话，说道："之所以要打，原因很简单。我们的人，还有小镇的失踪居民，很可能就在下面，所以我们必须去救。另外，这件事到现在为止可以说是扑朔迷离，我们有必要在临走之前尽可能搞清楚更多的情况，绝不能带着遗憾离开。"

欧阳说道："我同意子安的决定，不能带着遗憾离开。"

Ally说道："既然这样，我也没有意见。邵Sir，你下命令吧，这一仗，我们怎么打？"

邵子安思索了片刻，说道："现在的情况，我们并不完全清楚对手的实力。所以这一仗，必须火力全开，速战速决。"

Ally说道："我同意。"

邵子安再次观察了一下周遭的地形，说道："我们这样安排，沙丘顶端布置两挺机枪，负责全局火力压制。山顶的大石后面再安排两名狙击手。所有人员分成两组，分别从营地的东西两侧攻入，尽量在五分钟之内解决战斗。"

Ally说道："我还有一个建议，在东西南北四个方向，分别派出流动哨。一旦敌人援军到来，立刻鸣枪通知我们。"

邵子安说道："好，就这么安排。"

几人再次确认攻击方案后，决定由邵子安和Ally各带一组队员实施强攻，欧阳和017负责狙击掩护，另外在沙丘北面的东西两侧各安排一挺机枪负责全局的火力压制。

一切布置完毕，邵子安一挥手，两组队员分别从东西两侧冲下了沙丘。

第三十五章　金色标识的地图

令所有人都没有想到的是，这是一场毫无悬念的战斗。二十名训练有素的特种兵对付一盘散沙的土匪，简直可以说是屠杀。

五分钟之后，战斗结束。总计三十二名匪徒，除一名女匪外，其余悉数被歼。奇怪的是，整座营地搜索完毕，并没有发现任何有价值的东西，也没有发现此前派出的搜索人员和小镇失踪居民的任何下落。

Ally 的副队长 Judy 将那名被俘的女匪拎到邵子安几人面前。

这是一个身着蒙古族服饰的年轻女人，容貌极其美艳，但神情彪悍，目光中充满了野性。

邵子安问道："你们是什么人？"

女匪看了看邵子安，并不回答，似乎没有听懂邵子安的话。邵子安换成英语又问了一遍，女匪依旧没有任何反应。

欧阳拎着一个皮箱快步走了过来，说道："子安、Ally，发现了一个箱子。"只见欧阳手里拎着的，是一个黑色的保险箱。

邵子安注意到，女匪看到欧阳手里的箱子时，神色明显一变。

Ally 问道："这是在哪里发现的？"

欧阳说道："就在这个女土匪的帐篷里，被埋到了床下面的沙子里，第一轮搜索的时候没有发现。"

邵子安接过箱子。这是一个看起来十分精致的商务保险箱，只有一台笔记本电脑大小。箱子很轻，里面似乎并没有什么东西。他将箱子递还给欧阳，说道："打开。"

开锁是远山训练营的必修课程。欧阳取出随身的开锁工具，很快将保险箱打开。

几人围拢上来，只见保险箱内，只有一张薄薄的地图。

这是一张年代久远的手绘地图，纸质已经发黄。欧阳小心地拿起，注意到，这是一份阿克莫拉地区的地形地貌图，比例尺为一比五万，标注着这一地区的山脊、沙丘、河流、湖泊等，与现在的地形基本一致。比较奇怪的是，地图上多处地点标记着金色的三角标识，都用铅笔画了圈，有的金色标识上还打了对钩。

欧阳说道："地图上的金色标识，代表什么？"

Ally 说道："按道理讲，地图上是不可能有金色标识的。"

每一个学过中学地理的人都知道，地图上有各种颜色的标识，每种颜色都有独特的含义，比如蓝色代表河流、湖泊、海洋，绿色代表平原，棕色代表高原山脉，而白色则代表这一地区情况未明，有待探索。地图上唯一不会使用的颜色，是金色。

Ally 问那名女匪道："地图上的这些金色标识，是什么意思？"

女匪神色漠然，并不回答。

欧阳怒道："跟我们这儿表演坚贞不屈啊？我就不信你不说。"欧阳的性格一向粗鲁，他撸起袖子就要上前动手，邵子安伸手将他拦住。

欧阳说道："子安，你让我来，我就不信她的嘴巴那么硬。"

邵子安说道："你有没有注意到，她好像听不懂我们的话。"

欧阳一怔。

邵子安问 Ally 道："你们的队员里，有没有语言专家？"

Ally 的手下 Lisa 上前说道："邵 Sir，我会八国语言，还有十二种语言可以做简单沟通。"

邵子安说道："好，你来问她。"

Lisa 答道："是。"

她走到那名女匪面前，用蒙古语问道："地图上的这些金色标识，是什么意思？"

女匪没有反应。

Lisa 换了俄语又问了一遍，女匪依旧没有任何反应。

此后几分钟内，Lisa 分别用哈萨克语、维吾尔语、格鲁吉亚语、乌兹别克语，甚至是这一地区早已失传的契丹语、突厥语、通古斯语等十几种语言与女匪进行沟通，但没有任何结果。

Lisa 向邵子安摇了摇头。

邵子安眉头紧锁。如果 Lisa 掌握的这十几种语言女匪都听不懂，他们这帮马匪，究竟是从哪里来的？他挥了挥手，说道："先押下去吧。"两名队员将女匪押走。

自小分队抵达阿克莫拉以来，虽然只有短短的十几个小时，但这期间发生了太多的事情。

从现场的营帐数目来看，这伙匪徒至少有上千人，确实具备做这样一件大案的实力。营地现场也确实发现了大量二战时期的德式武器，制造年代与牺牲的队员尸体旁发现的弹壳相符。

种种情况表明，小镇居民的失踪以及此前九支搜索小队的失联，应该与这伙儿神秘的匪徒有关。

奇怪的是，第一，他们刚刚遭遇的匪徒仅有三十二人，其他匪徒到哪里去了？第二，小镇上的数百名居民以及此前九支搜索小队的队员，现在在什么地方？最后，也是最重要的一点，这一千多名神秘的匪徒突然来到阿克莫拉，究竟是要做什么？

这一切，现在全都没有答案。

让邵子安感到最为不安的，是刚刚那场伏击战。仅仅用了五分钟就解决了战斗，我方无一伤亡。

从战斗力看，对手的实力并不算强。

以这样的战斗实力，全歼此前的九支搜索小队，而且居然没有一支小队能够发出任何求援信号，这在逻辑上怎么也说不通。

邵子安看了看手表，距离与总部约定的时间还有六个小时。这也许是最后的机会了，必须在力所能及的范围内，尽可能地接近那个他一直以来苦苦寻找的谜底。想到这里，邵子安抬起头来，说道："这样吧，我们利用最后的时间，到地图上这些金色标识的地区看一看。"

Ally 说道："我同意，既然审不出来，就去看一看。我总觉得，地图上的这些金色标识，很可能和我们要找的答案有关。"

地图上标有金色标识的地方总计十三处。最近的一处位于小镇西北方向五公里左右，地图上显示，应该在戈壁中的一座山上。

时间并不充裕，众人研究后决定，就从最近这一处查起，所有人员分成两队：由副队长 Judy 带领十名队员先行赶到三号地区待援；邵子安与 Ally 带领 Lisa、欧阳、017 以及其余队员押上俘虏，前往勘察。

为了安全起见，邵子安几人并没有穿越小镇，而是沿小镇西侧的沙漠蜿蜒前行。翻过数座连绵的沙丘后，一座高高耸立的山峰出现在众人面前。一望无际的沙漠在这里突然中断，坚硬嶙峋的岩石堆积在一起，被风化成各种奇奇怪怪的样貌。

按照地图显示，金色标识被标注在山顶的位置。山顶的面积并不大，光秃秃的，一眼便可以望到尽头。队员们立刻展开搜索，奇怪的是，每一块石头都翻遍了，并没有任何发现。

十几分钟后，欧阳跑了回来，对邵子安说道："太邪门了，什么也没有啊。咱们……咱们是不是来错地方了？"

邵子安摇了摇头，说道："不会。"

017 一直站在邵子安的旁边，观察着对面的一处山顶。此时他突然起身，径直向对面的一座石壁走去。

欧阳喊道："你干吗去？那边看过了。"

017 没有理会欧阳，走到那座石壁面前停下，用手仔细抚摸着石壁上粗糙的岩石。欧阳上前问道："怎么了？"

017 没有回答。

他们面前的这座石壁，呈灰褐色，表面风化得十分厉害。无论从颜色上看，还是从质地上看，都与周围的岩石没有什么区别。

017 查看了片刻，说道："工兵镐。"

欧阳解下背后的工兵镐，017 伸手接过，抡圆了向石壁刨去。只听"当"的一声巨响，一块碗口大小的岩石被刨了下来。

只见岩石的后面，赫然露出一块水泥质地的墙面。

欧阳一声惊呼，喊道："我的天！"

他们面前的这座石壁，显然是经过伪装的。

017 说道："快，把所有岩石都刨开。"

大伙儿立刻上前帮忙，石壁上的伪装迅速被刨开，露出一扇两米多高、三米多宽，水泥制成的大门。

邵子安说道："看来我们要找的地方，就是这里了。"

他一挥手，说道："把大门打开。"

几人上前将大门拉开，顿觉一股尘封多年的腐败气息扑面而来。大门内，是一条倾斜向下的台阶铺成的甬道，黑黢黢的，一眼望不见底。看来这个地方，就是地图上金色标识的地点。

邵子安沉吟片刻，说道："欧阳，留两个人看着俘虏，在外面警戒，其他人跟我和 Ally 下去。"

欧阳大声答道："是！"他立即点了两名队员在外面押着俘虏，留守警戒。其余人员取出随身手电，跟随邵子安和 Ally 进入了甬道。

第三十六章　尘封了一百年的基地

大门内，是一条斜向下四十五度的水泥台阶甬道。

队员们呈掩护队形，沿台阶缓缓而下，总共走了近两千级台阶后，终于到底。邵子安在心里默默计算了一下，如果每级台阶高度为十五厘米，减去山峰的高度，他们此时应该已经在地面以下近两百米深的位置了。

众人的面前，是一条狭长的通道，四周墙壁全部由钢筋混凝土建成，前方黑洞洞的，一眼望不到头。

队员们举起手电，四下打量，手电微弱的光线在墙面上缓缓移动。

欧阳突然说道：“这里有字。”

果然，右侧的墙壁上，隐约可见几个用红漆写成的字。欧阳问Lisa道：“写的什么？”

Lisa说道：“是德文，写的是……基地重地，禁止吸烟。”

欧阳回想起邵子安捡到的那枚弹壳，点了点头。邵子安挥了挥手，众人继续向前搜索。

通道内是死一般的沉寂，手电的光线向前照去，瞬间就被周围的黑暗吞没，众人摸索着缓缓前行。往前走了大约几百米，前面出现了岔路。这是一处十字岔口，正前方和左右两侧各有一条通道。

根据走迷宫的“右手原则”，邵子安选择了右侧的通道。又前行了大约两百米，前方再次出现岔路。邵子安继续选择向右，又往前走了几百米后，通道的前方出现了一道铁门。

铁门上写着一行德文，内容同样是“基地重地，禁止吸烟”。

017上前检查了一番，说道：“没有机关。”

不多时，门锁被破坏掉，几人上前拉开了铁门。

映入眼帘的，是一座足有上千平米的仓库，里面整齐地堆放着一排排山一样高的军绿色木箱，上面覆盖着厚厚的尘土。木箱都是统一制式，上面同样写着德文。

欧阳搬下一个木箱，用匕首撬开。

木箱内是整整一箱黄澄澄的子弹，又撬开一箱，里面是十来支崭新的步枪，全部是德国毛瑟98K步枪。

众人一连撬开了十几个木箱，里面都是各种军用物品，包括被服、压缩干粮、罐头食品等各种军需品，以及毛瑟98K步枪、MG42式轻机枪、MP40式冲锋枪、MG08式重机枪等各种二战时期常见的德式武器。

欧阳看了看满仓库的木箱，说道：“这里的家伙式儿，够装备整整一个军了。”

Lisa说道：“看来，这应该是德军在二战时期修建的一座基地。”

欧阳打断Lisa的话，说道：“你等等……”

他看了看邵子安和身边众人，说道："不对啊，德军基地？这儿是蒙俄边境啊，距离德国得有小一万公里了，德国人……德国人怎么把基地修到这儿来了？"

众人你看看我、我看看你，谁也不知道该如何回答欧阳的问题。

欧阳说得没错。阿克莫拉小镇，地处蒙古国与俄罗斯边境地带，与德国的直线距离超过七千公里，为什么德国人会在二战时期，在这里修建了一座如此庞大的基地呢？所有人都百思不得其解。

邵子安看了看手表，说道："好了。这些疑问，我们一会儿再解决。从现在起，我们抓紧时间，分成两队搜索，Ally 和我各带一队。"

邵子安将所有人员分成两组。一小时后，邵子安的一组基本搜索完整座基地的东南区域，并毫无悬念地接连发现了十几座同样的仓库，里面无一例外都堆满了各种德式武器和军用物资。

他们来到最后的一道铁门前，眼前这道铁门看起来与之前的十几道稍有不同，尺寸略小，门锁却十分坚固。

欧阳和 017 花了将近十分钟的时间，才将门锁打开。

仓库的空间并不大，面积只有一百平方米左右，里面整齐地堆放着一摞摞木箱。木箱很袖珍，只有笔记本电脑大小，厚度大约为二十厘米。

欧阳拎起最上面的一个木箱，突然"咦"了一声，说道："怎么这么沉？"他用力往下一拉，只听"咣当"一声巨响，木箱掉落在地，摔得粉碎。几十根条状的金属块散落在地上，在手电的照射下，散发出一片黄澄澄的光芒。

欧阳瞪大眼睛，叫道："不会是黄金吧？"

他俯身拾起一块，入手十分沉重，放在嘴里咬了一口，金属块上立时现出一排深深的齿痕，欧阳愣道："真的……真的是黄金！"

邵子安接过欧阳手里那块金属，没错，的确是黄金无疑。

几人迅速搬下十几个箱子，每个箱子里都一样，油纸覆盖下，是几十根黄澄澄的金条。

大伙儿站起身来，望着仓库内堆积如山的木箱，不由得目瞪口呆。粗略估算一下，如果每个木箱里的黄金是几十公斤，整座仓库一共上千个木箱，那么这里存放的，至少有近吨黄金。

欧阳叫道："我想起来了，那张地图上，一共有十三处金色标识的地方，难道……难道是代表十三处藏着黄金的仓库？"

邵子安说道："有这种可能。"

欧阳张口结舌，说道："可是这么多黄金，是……是从哪儿来的？"

邵子安俯身拾起一块金条。手里的这块金条，是用典型的平面金板切割工艺制成的，翻到背面，写着几行外文字：

Numer：n7998

Część：999.0

Waga：1.007kg

Central mint w Warszawie

邵子安将金条递给 Lisa，说道："这上面写的什么？"

Lisa 念道："编号，n7998；成色，999.0；重量，1.007 千克；华沙中央铸币厂。是波兰文。"

欧阳说道："波兰文？"

Lisa 点头说道："对。"

欧阳立即从另一个箱子里拿起一根金条。这根金条的铸造工艺与前一根明显不同。翻到背面，经 Lisa 辨认，上面刻的是匈牙利文，标有黄金的编号、重量、成色以及铸造单位。

几人又从不同的箱子里拿起几根金条，背面分别刻有不同国家的文字。Lisa 能够辨认出来的有斯洛伐克文、法文、俄文、阿拉伯文等，全是欧洲以及北非一些国家的文字。

Lisa 放下金条，说道："看来，这些黄金都是当年德军从欧洲和北非的占领区掠夺来的。奇怪的是，这些黄金怎么……怎么都放在这里了？这里距离欧洲，有几千公里远啊。"

欧阳说道："先别管这么多。你们想想，那张地图上一共有十三处金色标识的地方，如果埋的都是黄金，恐怕有几百吨吧？"

Lisa 说道："至少有上千吨。"

欧阳说道："那……那咱们随便拿一点，不就发财啦？"

看到欧阳一脸财迷的样子，邵子安几人都笑了。这时，Ally 带着另一组队员走进房间，看到满屋的黄金，也都愣住了。邵子安向几人简单介绍了情况，问道："你们那边搜索得怎么样？"

Ally 说道："又发现了十几座仓库，都是武器装备。不过最北面的通道尽头，有一道铁门，一直没办法打开。"

邵子安说道："我们过去看看。"

Ally 一组负责的区域，在整座基地的西北侧。和邵子安这边一样，除了十几座装满各种武器、物资的巨型仓库，最北侧偏东位置，有一条将近一公里长的通道，尽头处是一道铁门。

这道铁门看起来十分普通，双扇向外对开，表面十分平整，并没有任何特殊的机关。

铁门上比较显眼的，是用黑漆写的一个很长的德文单词。

邵子安问 Lisa 道："这上面写的什么？"

Lisa 说道："这个德文单词，很难翻译……"

她思索了片刻，说道："根据不同语境，这个词在德文中有很多含义。如果勉强翻译，可以译为'蜂巢'。"

邵子安愣道："蜂巢？"

Lisa 说道："对，蜜蜂的'蜂巢'。"

邵子安看了看一旁的欧阳、017 几人。这样的词汇，突然出现在一座二战时期的德军基地里面，显得有些奇怪。

邵子安问道："门锁打开了吗？"

Ally 说道："应该是打开了，不过门拉不开。"

017 检查之后，说道："锁确实已经打开了，门上也没有任何机关。"

欧阳说道："这就奇怪了，我来试试。"

欧阳上前，拽住铁门的把手，使劲拉了拉，没有任何反应。017、Lisa 几人也上前帮忙，大家使出了吃奶的力气，感觉如蚍蜉撼树，铁门纹丝不动，就如被铸在了墙里一样。

欧阳说道："你们感觉到了吗？这道门好像从里面被拽住了。"

017说道："所有人都上，我们再试试。"

这一回，邵子安、Ally几个全部上前帮忙。所有人用尽全力，依旧不能撼动铁门半分。

大伙儿停了手。邵子安上前仔细观察，这道铁门看起来确实十分普通，与之前的十几道铁门没有任何区别。邵子安用手拍了拍，门后传来十分空洞的声音，看来门并不厚。他对欧阳说道："用工兵镐，把它砸开。"

所有人全部退后。欧阳取出工兵镐，往手上啐了两口唾沫，抡圆了向铁门砸去，就听"噗"的一声轻响，工兵镐一下子洞穿了门上的铁皮，没入铁门之中。

欧阳伸手拽了拽，突然"咦"了一声，那工兵镐似乎被镶在了门上，根本拽不出来，他说道："这是什么情况？"

017上前帮忙，感觉就像有人从里面将工兵镐拉住了。两人用脚蹬在门上，用尽全身力气，"咔"的一下，终于将工兵镐拔了下来。

猛听得"哧"的一声尖锐的巨响，紧接着"嗞嗞"的怪声连绵不绝，就如深夜中怪兽的嘶吼，响彻黑暗的通道。

欧阳叫道："怎么回事？"

所有人目瞪口呆，只听得怪叫声越来越响，令人不寒而栗。

Lisa突然叫道："你们看那里！"

几人顺着Lisa手指的方向望去，手电光芒照射下，飘浮在空气中的尘土正被飞速地吸入被工兵镐砸出的孔洞中，而那瘆人的声响，就是从孔洞中发出来的。

欧阳喊道："真空室！里面是真空的！"

所有人恍然大悟。难怪铁门会拉不开，原来这道铁门的后面是真空环境。内外压力不一样，因而铁门被吸在了门框上。

邵子安说道："再开几个洞。"

欧阳抡起工兵镐又在铁门上开了几个洞。随着更多的空气进入，怪叫声明显减弱。只觉得耳畔的风声呼呼不绝，等了大约十几分钟，一切终于回归平静。

邵子安一挥手，几人上前合力将铁门拉开。

铁门内的空间似乎极为巨大，手电的光线照射进去，根本无法照到尽头。欧阳向门内喊了一声，似乎隐隐有回声传来。

欧阳说道："你们跟在后面，我打头阵。"

邵子安伸手拉住欧阳，说道："这样吧，我们分成两队。Ally，你带两个人留在外面，随时准备接应。其他人跟我们进去，欧阳打头阵。"

众人齐声答道："是。"

第三十七章　汉斯·鲁道夫的日记

邵子安几人举起枪，紧跟在欧阳的后面走进了大门。数只强力军用手电照射在巨大的空间内，依旧显得亮度极低，几人只能看清前方十几米的范围。

铁门内应该是一座巨型的实验室，摆放着一排排整齐的实验台，实验台上码放着各种电子设备以及试管、烧杯、蒸馏瓶等实验器具。由于保存在真空环境下，所有器具看起来十分干净。

众人在黑暗中摸索前行，走了大约十几米，欧阳突然将手电往前面一晃，喊道："什么人？"

几人举起手电向前照去，只见正前方不远处，一张实验台前似乎坐着一个人。欧阳举起枪，再次喊道："什么人？"

只见那人背对着大家，一动不动，没有任何反应。

欧阳打了一个"掩护"的手势，几人持枪退后警戒。欧阳端起枪缓缓向前走去，所有人不由得屏住了呼吸。欧阳走到那个人身旁，放下枪，向这边喊道："没事，是个死人。"

所有人齐齐松了口气。走上前去，只见实验台旁，坐的是一名早已死去的德军士兵。他身上穿着整齐的军服，面前的实验台上，放着一个摊开的笔记本。

眼前的这具尸体，完全不像死去多年的干尸，面貌栩栩如生，皮肤略呈青灰色。邵子安用手摸了摸，尸体的皮肤光滑而有弹性，唯一能够证明年代的是，尸体上的肌肉已经萎缩得十分厉害了。

欧阳说道："邪门了，怎么跟刚死一样？"

邵子安说道："这里之前是真空环境，恒温、恒湿并且无菌，所以尸体可以多年保持原来的样子。"

欧阳说道："还真是，你们看他身上的衣服，也跟新的一样。"

几人向面前的尸体望去，他身上穿的军服看起来很新，确实不像将近一百年前的东西。

欧阳看了看周围的环境，说道："你们说，德国人当年花了这么大力气，建造这样一个巨型真空室，是要干什么？"

邵子安拿起桌上的笔记本，说道："说不定这里面有答案。"

这是一个只有巴掌大小的、带塑料封皮的笔记本，里面密密麻麻写满了德文笔记。邵子安翻了几页，一张照片掉了下来，他伸手拿起，只见照片上是一个身着连衣裙的美丽少妇。她站在一座高大的建筑前，手里还牵着一个七八岁的小男孩。

照片翻过来，背面写着一行德文。Lisa 翻译道："等待汉斯凯旋，海伦娜，一九四二年十一月九日。"

欧阳说道："十一月九日？那不是纳粹的国庆日吗？"

Lisa 说道："这张照片的背景是柏林国会大厦。这张照片应该是在一九四二年纳粹德国的国庆节这天，这个叫海伦娜的女人特意为自己的丈夫拍摄的。"

邵子安将笔记本递给 Lisa。Lisa 看了几页，突然皱了皱眉头。

欧阳问道："怎么了？"

Lisa 没有回答，将笔记本看完，说道："这是一本日记，主人名叫汉斯·鲁道夫。"

欧阳问道："日记上写了什么？"

Lisa 说道："这本日记上记录的事情，十分奇怪。"

她再次翻了翻手上的笔记本，说道："这个名叫汉斯·鲁道夫的人，隶属于德军近卫三十五师一〇五步兵团，于一九四二年被派往北非战场。隆美尔在北非作战失败后，一〇五步兵团被调往柏林布防，之后，汉斯就一直待在柏林。一九四五年四月九日，他突然接到紧急调令，从柏林押运一批战备物资到蒙俄边境的阿克莫拉地区。到达以后，上级宣布他们这些人被选定为军方最高行动的执行人，这个行动名叫'帝国重生计划'。根据日记上的记录，被选中参与行动的大约有几万人，除了超过三分之二的德军士兵，还有将近三分之一的日军士兵。"

欧阳说道："日军士兵？"

Lisa 说道："对，日军士兵。这几万人分别被送入各个基地，注射了一种特殊的血清，之后，实验室的大门就关闭了。"

欧阳问道："后来呢？"

Lisa 说道："没有了，日记就记录到这里。"

欧阳想了想，说道："一九四五年四月九日，这是盟军攻打柏林前一个星期啊？"

他问 Lisa 道："日记上写他们押运的是什么物资了吗？"

Lisa 摇头说道："没有记录。"

她皱眉沉思了片刻，说道："我明白了，汉斯他们押运的物资，应该就是这批黄金和武器装备，而所谓的'帝国重生计划'，就是利用这批黄金和武器，东山再起。"

欧阳说道："我看没错。你们看，这本日记里写的，那些被选中参与行动的人除了德国士兵，还有日本士兵。我猜，这些基地恐怕是当年德国和日本共同修建的。而这个所谓的'帝国重生计划'，从字面意思理解，应该是德日两国联合制订的复辟计划。"

二战时期，日军在中国东北经营了将近三十年。当时，为了对付苏军的进攻，日军确实在中国与苏联接壤的五千公里的边境地带，修筑了数以万计的永备工事和永久性基地。只是大家没想到，在阿克莫拉地区修建的这些军事基地，竟然还有德军参与。

欧阳又取出那张地图看了看，说道："这张地图上一共有十三处金色标识，也就是说，这样的地下基地至少有十三处。"

Lisa说道："看来是这样。"

欧阳看了看一旁那个叫汉斯·鲁道夫的德国士兵的尸体，说道："奇怪的是，他们这几万名德国和日本士兵，注射了'特殊的血清'，然后又被关在这个真空室里，究竟是什么意思？"

Lisa说道："这就暂时猜不出来了，日记里没写。"

众人望着面前这具栩栩如生的尸体，不知道为什么，心里都隐隐浮起一种不安的感觉。

几人打起精神继续前行。又往前搜索了没多远，在一张实验台附近发现了一台巨大的发电机。这是一台几乎全新的柴油发电机，上面的标牌显示，是由德国西门子公司于一九四三年生产的。发电机看起来还可以用，几人上前将发电机启动。发电机嗡嗡地转动起来。欧阳扳下一旁的开关，顷刻间，整个实验室的照明灯全部点亮了。

突然的强光让所有人一下子眯起了眼睛。缓了几秒钟，众人睁眼向前望去，不由得发出一声惊呼。

面前的情景极为壮观，这是一个利用天然溶洞修筑而成的巨型实验基地，足有几百米高。实验室的空间极大，几乎有十几个足球场大小。整座溶洞呈狭长型，两侧建有不少房间，远方尽头处的山壁上还依山修建了一座二层的小楼。

透过小楼巨大的落地玻璃窗可以看出，那里应该是整座实验基地的总控室。

基地内堆满了形色各异的电子设备、实验器材，不同型号的管线纵横交错，实验台一排接着一排，至少有几千张。

而最让人惊骇的，是实验台旁边数不清的德军士兵尸体，一具挨着一具，至少有上万具，或坐或卧，遍布整个基地。

众人强压心头的震撼，跨过一具具尸体，继续向前搜索。身旁数不清的德军士兵尸体，每一具都如之前的汉斯·鲁道夫一样，皮肤光滑而有弹性，面貌栩栩如生，数量又如此之多，令人毛骨悚然。

往前走了几十米，017突然停住脚步，打了一个"停止"的手势。

欧阳问道："怎么了？"

017 四下扫视了一下，说道："不对。"

所有人的神经一下子绷紧了。欧阳问道："什么情况？"

017 没有回答，目光四下快速扫视着，突然，他的脸色一变。邵子安顺着 017 的目光望去，只见距离几人不远处，一具德军尸体正缓缓抬起手来。

那具尸体的手指有节奏地屈伸着，似乎在活动着手指。

欧阳叫道："这……这是怎么回事？"

猛听得一名队员喊道："你们看后面！"

所有人回头望去，只见他们身后，一具原本趴在实验台上的德军尸体，已经直起了身子。而在那具尸体的后方，整座基地内数以万计的德军士兵尸体，正一具具慢慢地站起来。

所有人目瞪口呆，那名队员叫道："他们……他们怎么都活了？"

话音未落，只听"乒"的一声巨响。那名队员低头望去，只见胸口处已然被炸开一个大洞，又是接连几声"乒乒"的巨响，那名队员颓然倒地。

欧阳喊道："是子弹。他们……他们会用枪！"

此时此刻，整座基地数以万计的德军士兵尸体全部站了起来，端着枪向他们扑来。

017 反应最快，他抽出背后的砍刀，砍翻了冲在最前面的几具尸体，然后大声喊道："快撤！"

所有人抬枪射击，边打边往后撤。

密集的子弹从耳旁呼啸而过，刚跑出去没有多远，就听一声巨响，基地两侧的房间几乎同时被撞开，更多复活的德军士兵冲了出来。

这些尸体的移动速度极快，几人不停地开枪，子弹打在他们身上，最多只能减缓他们的速度，并不能造成任何杀伤。

欧阳叫道："怎么打不死？"

邵子安喊道："不要恋战，快撤！"

众人用最快的速度向入口的铁门处撤去。Ally 几人在门外听到枪声，立刻迎了进来，看到眼前的情景，一下子呆住了。

邵子安喊道：“快走！”

他拖起 Ally 刚跑了几步，一旁的 Lisa 突然身子一晃，邵子安一把扶住她，问道：“你怎么了？”

Lisa 没有回答，只见她胸口中弹，鲜血汩汩流出。

Ally 大声喊道：“Lisa！”

Lisa 挣扎着说道：“你们……快走……”

她掏出汉斯·鲁道夫的那本日记，说道：“这个你们拿着，快。”

Ally 喊道：“Lisa，我们带你一起走！”

Lisa 竭尽全力说道：“来不及了，邵 Sir、Ally，你们是这里的最高长官，快下命令，马上撤，要不……谁也走不了……”

Ally 回头看了看那些越来越近的复活德军士兵，猛一咬牙，对邵子安说道：“邵 Sir，听 Lisa 的，撤！”

欧阳喊道：“子安，我们不能撇下她！”

邵子安咬了咬牙，接过 Lisa 递过来的笔记本，下命令道：“撤！”

几人放下 Lisa，快速向铁门处奔去。那些复活的德军士兵蜂拥而至，Lisa 挣扎着摘下胸前的手雷，拉开了保险。剧烈的爆炸声响起，那些扑上来的复活的德军士兵被炸得血肉横飞。

第三十八章　乌云

德军地下基地的突发事件让小分队损失惨重。邵子安几人冲出基地后，一口气逃到了十几公里外的一处废弃厂房，这才勉强将那群复活的德军士兵甩脱。所有人都已累得筋疲力尽，几近虚脱，用手拄着腿，大口地喘着气。

欧阳喘着气说道："那些……那些'人'，到底……到底是什么情况？"

邵子安没有回答，脸色惨白，大滴大滴的汗珠从他的额头落下。

此时邵子安的心中，充满了一种前所未有的，甚至可以说是难以名状的恐惧。使他陷入这种极度恐惧的，并不是那群打不死的复活的德军士兵，而是他明白，长久以来他最担心的事情，终于发生了。

邵子安抬起头来，缓缓说道："应该就是那个东西。"

欧阳说道："什么东西？"

邵子安一字一句地说道："重肌人！"

欧阳瞪大了眼睛。Ally愣道："你们在说什么，什么重肌人？"

邵子安没有回答Ally，拔出手枪，径直走到那名女俘虏面前，一把将她拎起，喝道："那十三个地下基地，到底是什么地方？"

女俘虏没有回答。

邵子安抬枪顶在她头上，喝道："快说！"

欧阳上前拉住邵子安，说道："子安，你别这样。"

邵子安甩开欧阳的手，再次抬枪指住女俘虏，吼道："你说不说？"

欧阳一把拽住邵子安，说道："子安，你冷静点。你忘了，她根本听不懂我们的话……"

女俘虏突然抬起头来，缓缓说道："我听得懂你们的话。"

欧阳愣道："你……你说什么？"

女俘虏讲的，是一口纯正的英语。她看了看身边的众人，最后将目光落在邵子安身上，说道："很抱歉，你的问题，我无法回答。因为，我也不知道那个基地，到底是什么地方。"

欧阳说道："你……你刚刚为什么不告诉我们？"

女俘虏说道："那时候我们还是敌人。而且我也没想到，会发生这样的事情。"

女俘虏看了看面前的众人，说道："自我介绍一下吧。我们是活动在蒙古国和俄罗斯边界地区最大的一支自由力量，名字叫作'自由赤军'。我是赤军的首领，蒙古人，你们可以叫我乌云。"

欧阳惊呼道："你……你就是乌云？"

自由赤军，是全世界规模最大，同时也是最神秘的一支非政府武装力量，成员有几千人，长期以来一直活动在蒙俄边境地区。

和一般的恐怖组织不同，自由赤军的行为在亦正亦邪之间。他们既保护当地居民的生产生活，同时也做一些非法的勾当。由于名声不算太恶，又活动在边境地带的“三不管”地区，蒙古国和俄国政府也就一直对他们睁一只眼，闭一只眼。

据传说，自由赤军的首领是一位极其美丽的蒙古女子，并且有一个极为好听的名字——“乌云”。“乌云”在蒙古语中是“充满智慧”的意思。大伙儿谁也没有想到，他们面前这个美丽的蒙古女人，竟然就是传说中自由赤军的首领，乌云。

欧阳对那个名叫乌云的女人说道：“据我所知，自由赤军虽说名声不算太恶，但几国政府一向对你们盯得很严。你们在那个‘三不管’地带待得好好的，为什么要突然越境到这边来？”

乌云说道：“这要从一年多前，我们接到的那个奇怪的雇佣任务说起。”

欧阳说道：“奇怪的雇佣任务？”

乌云说道：“对。”

她沉默了片刻，说道：“我们自由赤军除了做一些劫富济贫的买卖，同时也会接一些来自国际的雇佣任务。十四个月前，我们突然接到一个雇佣任务。雇佣方交给我们一张地图，上面标有十三处金色标识。雇佣方告诉我们，这十三处黄金标识是德军留下的十三处秘密基地，里面埋藏着德国在整个二战时期从各占领区掠夺的全部黄金，总数量是两千五百吨……”

欧阳看了看身旁的邵子安和 017，几人心里都是一惊。

看来大家猜对了，基地内埋藏的黄金果然是德军在二战期间从各占领区掠夺来的。只是没想到，数量竟然如此之大。

Ally 问道：“你们的任务，就是协助对方取出这些黄金？”

乌云摇了摇头，说道：“不，这些黄金，是我们的酬劳。”

欧阳惊道：“你说什么？这些黄金，两千五百吨黄金，只是你们的酬劳？”

乌云说道：“是的。”

欧阳瞪大了眼睛。如果两千五百吨黄金仅仅是执行这次任务的酬劳，那么乌云他们所接的，是一个什么样的任务？

欧阳问道：“那你们接的，是什么任务？”

乌云说道：“我们的任务，是到这十三个基地中寻找一份代号为‘重字〇〇一号’的文件。”

欧阳抬头望向邵子安，基地里那个叫作汉斯•鲁道夫的德军士兵的日记中，曾经提到过一个“帝国重生计划”，现在乌云所说的“重字〇〇一号”文件，会不会和日记中提到的事情有什么关系？

欧阳没有打断乌云的话，只听乌云继续说道：“接到任务后，我们都感觉这件事非常蹊跷。由于酬金的数字实在庞大，所以还是答应了。为确保成功，赤军几乎倾巢出动，第一批就派出了整整两千人，由赤军的二号人物亲自带领。抵达阿克莫拉后，一切非常顺利，我们的人找到上风口，施放了催眠瓦斯，成功将小镇的所有居民全部迷昏。”

Ally 问道：“小镇的居民是被你们迷昏的？”

乌云说道：“是。赤军之所以名声不恶，就是因为我们一向只越货，不杀人。由于这次行动的动静太大，为了不引起不必要的麻烦，我们选择迷昏了小镇的全部居民，并且将他们转移到了一个安全的地方。”

几人恍然大悟。难怪整座阿克莫拉小镇的居民在一夜间突然失联，没想到竟然是发生了这样的事情。

Ally 说道：“可是……要想同时迷昏小镇的数百名居民，你们怎么可能做到？”

乌云说道：“这个很简单。雇佣方向我们提供了一种效率极高的催眠瓦斯。只要找到上风口的位置，不要说几百人，上万人都没问题。”

Ally 几人互相看了看。所有人都知道，能够一下子迷昏方圆几十公里的成千上万人的催眠瓦斯，至今还没有任何国家发明出来。这样的催眠药物，乌云的雇佣方是从哪里弄来的？

Ally 问道：“你们的雇佣方究竟是什么人？”

乌云摇头说道：“我不清楚，对方没有透露任何信息。根据我们的分析，他们应该是来自北美的一个极有背景的集团。”

Ally 点了点头，同时心头疑云迭起。能够独立研发出威力如此巨大的化学武器，绝不是一般的机构，难道是有政府背景？他们不惜花费两千五百吨黄金的代价来寻找一份文件，这会是一份什么样的文件？

乌云继续说道：“将小镇的居民全部转移后，我们的人就开始了行动。最开始一切顺利，很快找到了地图上第一处金色标识的位置。谁也没有想到，基地打开后不久就出事了。”

乌云说到这里，停顿了片刻，才继续说道：“由于那一次我并没有参与行动，所以至今不知道具体发生了什么事情。我得到的最后消息是，信号中传来了几句非常奇怪的喊话，显得非常仓皇，之后，信号就中断了。”

欧阳问道：“他们喊的什么？”

乌云说道：“怪物，全是怪物！”

欧阳点了点头，看来赤军的第一批行动人员打开基地以后，遭遇了和小分队同样的怪事，也就是那群打不死的德军士兵。

乌云说道：“第一批人马出事以后，我们先后又派出了十几支搜索小队。但他们抵达阿克莫拉后，也全部神秘失联了。赤军高层原本准备放弃这次行动，但黄金的诱惑实在太大，再加上雇佣方的反复催促，于是在三天前，由我亲自带队，来到了阿克莫拉。我们很快找到了第一批赤军人马的营帐，但一个人也没发现。搜索的过程中，我们抓获了一名受伤的 A 国特战队员，审问了很久，没有任何结果。之后的事情，你们都知道了。”

第三十九章 暂时的合作

乌云讲述完毕，厂房里一下子安静下来。邵子安、欧阳、017 几人眉头紧皱，全都陷入了沉思。良久，Ally 问道：“小镇的居民现在什么地方？”

乌云摇了摇头，说道：“我们也一直在寻找，不过从目前的情况看，应该是……”乌云没有再说下去。Ally 点了点头，乌云的那批手下在十四个月前就已经打开了基地，之后遭遇了那些复活的德军士兵。现在一年多时间过去了，乌云的这两千名手下以及小镇的几百名居民，确实很可能已经凶多吉少了。

Ally 说道：“真没想到，整件事情的起因，竟然是这十三座德军当年留下来的秘密基地。”

众所周知，在整个二战期间，德国和日本作为纳粹轴心国曾经花费巨额的财力物力，在各个占领区建立了数量庞大的秘密实验基地，专门从事各种新型武器的研究。

其中为人所熟知的，包括德国在奥地利建立的萨尔茨堡秘密实验基地，在南斯拉夫建立的贝尔格莱德实验基地；日本在中国东北建立的 731 实验基地，以及在南京建立的荣字 1644 实验基地等。

现在看来，这个地处阿克莫拉的庞大实验基地群，一定是德日双方当年共同修建的重要实验基地之一。修建这个基地群的目的，就是那本日记中提到的“帝国重生计划”。

二战末期，德日双方分别在欧洲和太平洋战场节节失利，为保证帝国能够东山再起，德日双方共同制订了这个所谓的“帝国重生计划”，并在几乎不为世人所知的阿克莫拉地区修建了庞大的实验基地群。

欧阳突然说道："我怎么觉得……有点问题？这么大的一件事，也就是修建这些基地的事，怎么没有看到过任何相关的记载？"

Ally 摇头说道："不会有任何记载的。阿克莫拉这十三座秘密基地，一定是当年德军的最高机密。而且，我没有猜错的话，乌云的雇佣方所寻找的那份'重字〇〇一号'文件，应该和汉斯•鲁道夫的那本日记中提到的那个'帝国重生计划'有关。"

欧阳说道："说得没错。还有就是，那群复活的德军士兵，肯定也是在这些基地中研究出来的。"

Ally 说道："我们可以大胆猜测一下，这个所谓的'帝国重生计划'，就是当年德军进行的一种可以让士兵进入长期休眠状态的研究。那个名叫汉斯•鲁道夫的德军士兵，就是注射了一种特殊的血清后，被密封到真空室里的。所以很有可能，那种特殊的血清加上真空环境，可以使他们进入长期休眠的状态。而一旦真空环境被打破，生命体征立即被激活，就变成了我们刚刚见到的那些打不死的人。"

回想起刚刚的经历，所有人心里都不由得一颤。

欧阳说道："Ally 分析得有道理。现在看来，事情应该很清楚了。乌云的雇佣方寻找的那份'重字〇〇一号'文件，应该就是那个汉斯•鲁道夫在日记里提到的'帝国重生计划'。而这个计划的核心，除了留下的那些黄金和武器，最重要的，就是这种让普通人进入休眠状态并且变成强大怪物的方法。"

欧阳望向邵子安，说道："咱们下一步该怎么办？"

在乌云的讲述和大伙儿分析的过程中，邵子安一直没有说话。此时，邵子安的心中可以说混乱至极。

不过他很清楚，越是在这种情况下，越需要冷静。他沉默良久，说道："目前，对我们来说最重要的事情，不是探究谜底，而是如何离开这里，并尽快与总部取得联系，将这里的情况汇报给他们。总部对这里的情况不明，如果贸然前来接应我们，会有重大危险。"

Ally 说道："邵 Sir 说得对。"

她看了看手表，说道："现在已经过了总部接应我们的时间了，看来我们必须再去一次小镇的广播站。”

邵子安摇了摇头，说道：“恐怕不行，现在外面应该已经全是那些复活的德军士兵了，我们根本过不去。”

乌云突然说道：“我有一个办法。”

众人转头望向乌云，乌云说道：“从小镇向南二十公里，接近边境的位置，有赤军设立的一个临时营地。那里有大量的武器装备、食品补给，还有一些通信设备，我们可以到那里和你们的总部联络。”

欧阳说道：“你说的是真的？”

乌云说道：“我们这次来搜寻，做了充足的准备，这个临时营地就是以防万一设立的。”

欧阳看了看邵子安，说道：“子安，我们能相信她吗？”

乌云说道：“我没必要骗你们。现在我们的命运是绑在一起的，基地里那些打不死的德军士兵，才是我们共同的敌人。”

邵子安沉默不语，他明白欧阳的担忧。如果乌云在她所说的临时营地埋伏了人马，他们这几个人贸然过去，无异于羊入虎口。十三号地区那上千座空营帐里的人究竟去了哪里，到现在为止还不清楚。虽然乌云说这些人全部失踪了，万一不是这样呢？

正在此时一名队员急匆匆走进房间，说道：“邵 Sir、Ally，那些复活的德军士兵追过来了。”

欧阳愣道：“这么快，他们怎么知道我们在这儿？”

Ally 问道：“距离多远？”

那名队员说道：“不到两公里，应该用不了多久就会到达。”

所有人的目光全部望向邵子安。邵子安眉头紧锁。去乌云所说的临时营地是有一定风险的，不过留在这里的风险更大，再怎么说，活人总比那些复活的德军士兵好对付。想到这里，邵子安命令道：“立即出发，去乌云说的临时营地。”

邵子安的判断是正确的。

大家离开废弃厂房后才发现，整座小镇已经完全被那些复活的德军士兵占领了，到处都是四处活动的德军士兵。邵子安带领众人抄小道朝小镇的南方缓缓移动，越往前走，复活的德军士兵数量就越多。走到小镇一半的位置，已经无法继续前行。

几人闪身躲到一堵断墙后。

欧阳低声说道："到处都是，怎么会有这么多？"

从断墙向外望去，前面的街道上密密麻麻挤满了端着枪的复活的德军士兵，他们似乎正在有秩序地巡逻着。

Ally 说道："你们注意到没有，他们好像很有组织的样子。"

欧阳说道："没错。而且我注意到，刚刚我们在基地战斗的过程中，他们的持枪姿势、开枪手法以及组织战斗队形都十分纯熟，这说明什么？说明他们还保留着相当高的智商。"

欧阳说道："这事有点奇怪。你们说，咱们来的时候，这些东西一个都没见着，怎么现在一下子全都冒出来了？"

Ally 说道："这很好解释。我们打开的那座基地，应该是十三座基地里最大的一个，里面至少有上万名德军士兵。而之前被赤军打开的那些基地，人数应该没有这么多。另外，我们降落的地点比较偏僻，所以之前没有看到他们。"

几人观察了一阵，邵子安挥了挥手，大伙儿撤了下来，换了另一条路。又往前走了没多远，再次遇到了大量复活的德军士兵。

欧阳说道："这怎么办，到处都是，走不动了啊？"

邵子安说道："看来整座小镇都被他们占领了。"

他看了看手表，说道："这样吧，我们先找个地方休息一下，等天黑下来再行动。"

半小时后，小分队在一处位置相对偏僻的地方找到了一个居民区，邵子安决定当晚在这里宿营。这片居民区距小镇中心位置较远，暂时没有发现那些复活的德军士兵活动的痕迹。

经历了一整天惊心动魄的战斗和逃亡，所有队员都身心俱疲。分配好当晚的警戒哨后，大伙儿很快进入了梦乡。

邵子安将宿营区附近的环境再次仔细检查过之后，这才回到了营地。

所有人都已睡下，只有欧阳和 017 还没有睡。欧阳坐在篝火旁擦枪，

017 则靠在一旁的墙壁上，静静地出神。

欧阳给邵子安腾了一个地方，打开一块压缩饼干递过来，说道：“忙活一天了，吃点东西吧。”

邵子安接过压缩饼干，但没有什么胃口，随手放在了一旁的地上。

很长一段时间的沉默。欧阳突然说道：“你们知道我在想什么？”

邵子安和 017 抬起头来。

欧阳说道：“我一直在想 017 的事情。”

017 说道：“我？”

欧阳说道：“对。我刚刚一直在琢磨，子安经历的那件事，虽然离奇，但多少还可以找到点科学解释。”

邵子安说道：“你是说，平行空间？”

欧阳点头说道：“对，平行空间。我们可以这么解释，你在平行空间里遇到了那些事，回到这里，一切应验了。这解释虽说有点牵强，但至少是一个解释。但 017 的事情，我想来想去也没有答案。”

欧阳说到这里，望向 017，说道：“按理说，你应该跟这些事没什么关系啊，可你……为什么会有这里的记忆？”

017 摇了摇头，说道：“我也不清楚。但自从我们在这里降落，我就有一种强烈的直觉，我来过这里。”

欧阳说道：“你是说，在你那些不断重复的梦里？”

017 说道：“是，也不全是。那种感觉，就像上辈子发生过的事情。”

欧阳喃喃说道：“上辈子发生过的事情……这件事越来越离奇了。”

三个人一阵沉默，邵子安说道：“好了，不讨论这些了。现在最重要的事，是带着大家平安撤离这里。”

欧阳说道：“你说得对。”

邵子安说道：“大伙儿都累了一天了，我们都吃点东西，好好休息一下，一会儿还有很长的路要走。”说完，邵子安回身去拿刚刚放在地上的压缩饼干，突然一愣。

欧阳问道：“怎么了？”

邵子安没有回答，只见刚刚他放压缩饼干的地方，已经空空如也，只剩下一张绿色的包装纸。

欧阳说道：“压缩饼干呢？”

邵子安“嗖”的一下拔出手枪，说道：“立即叫醒所有队员！”

第四十章 巴图老人和琪琪格

邵子安和欧阳、017 追出营地，果然看到一排小小的脚印，径直往街角的方向去了。追出两条街区，夜色中忽见前方人影一闪。

邵子安低声喝道：“站住！”

人影并未停留，飞快地奔进旁边的一座院落里。

三人快步追进院子，那人影已经不见了。017 上前检查，来到一栋老式砖楼的地下室门前，说道：“应该是从这里下去了。”

邵子安一挥手，三人呈掩护队形，冲进了地下室。

扑面而来的是一股强烈的医用酒精的味道。手电光照射下，楼道的地面上布满尘埃，仔细观察，有一排不起眼的脚印径直通向前方。

欧阳吸了吸鼻子，说道：“怎么这么大的酒精味儿？”

继续向前搜索，脚印在楼道尽头的一扇房门前消失了。欧阳向邵子安点了点头，打了一个“掩护”的手势。邵子安和 017 退后，欧阳深吸一口气，上前踹开了房门。

三人面前是一个不到十平米的小房间，整座房间空空荡荡，只有屋角摆了一张简易的折叠床。房间内只点了一支蜡烛，极其昏暗。一位头发花白的老人紧紧抱着一个小女孩，女孩儿藏在老人怀里，用惊恐的眼神看着冲进来的邵子安两人。女孩儿手里拿着的东西，正是邵子安他们丢失的压缩饼干。

老人看到三人进屋，颤巍巍地问道：“你们……是什么人？”

欧阳松了口气，上前说道："您别害怕，我们是搜救队的。"

老人颤声说道："搜救队？"

欧阳说道："对，搜救队，我们是来救你们的。"

老人怔了片刻，瞬间声泪俱下，说道："总……总算把你们给盼来了。你们……你们可来了。"说到这里，已是泣不成声。

邵子安三人交换了一个眼神，收起枪。

良久，老人平静下来，抬头打量邵子安几人，当他看到017的时候，身子微微一颤，显然是愣住了。

欧阳问道："大爷，您没事吧？"

老人回过神来，说道："哦，没事，没事。我叫巴图。"

他指了指一旁的小女孩，说道："这是我的小孙女，琪琪格。"

欧阳问道："这儿只有你们两个人吗？"

老人说道："就我们两个。出事以后，我们俩就一直躲在这儿，到现在已经一年多了。"

欧阳问道："镇子上的其他居民呢？"

"其他居民？"老人摇了摇头，说道，"死了……都死了！整个镇子几百号人，就剩我们两个了。"

半小时后，小分队几乎所有成员都聚集到了巴图老人的房间里。听了老人的叙述，大伙儿才知道，老人和他的小孙女琪琪格，是整座阿克莫拉小镇最后的两名幸存者。

十四个月前，就在赤军抵达阿克莫拉的那个晚上，老人和小孙女因为追寻一只走失的羊羔，侥幸逃过一劫。

天亮后他们回到小镇，发现整座小镇已经被赤军占领，他们亲眼目睹了赤军转移居民的过程。两人害怕被赤军抓住，就躲了起来。

欧阳问道："后来发生的事，您还看到了什么？"

老人说道："看到了，全都看到了……"

说到这里，老人的脸上露出极度恐惧的神色，说道："从那天早上以后，我们就一直在镇子上东躲西藏。过了没多久，就出事了。那群匪徒，他们……他们居然把一直藏在山里的那群魔鬼，给放出来了……"

欧阳问道："藏在山里的魔鬼？

老人说道："对，魔鬼，就是那群打不死的外国兵。"

欧阳问道："后来怎么样？"

"后来……"老人叹了口气，喃喃说道，"惨啊，整座小镇的居民，全都死光了。那群匪徒也没落到好儿，也全死了。再后来，我们两个就一直躲在这儿，直到你们来。"

欧阳问道："大爷，您能跟我们说一说那些外国兵的事情吗？"

老人说道："那些外国兵？好，其实我早就见过他们，很小的时候，我就见过他们……"

欧阳说道："您说什么？您很小的时候，就见过他们？"

老人说道："对，见过。不光是我，村子里的很多人都见过他们，那些外国兵，一直藏在深山里面。"

老人顿了顿，说道："这件事，说来就话长了。那是我五岁那年的事情，那时候还是民国……对，民国三十二年……"

阿克莫拉地区，在二战时期还属于中国管辖。民国三十二年是一九四三年，如果那一年老人五岁，也就是说，这位名叫巴图的老人，今年应该已经是九十三岁高龄了。

根据老人的叙述，八十八年前，也就是一九四三年的春天，大量德军突然抵达阿克莫拉，一夜间抓走了数千民夫。老人的大哥那时候只有十几岁，也被他们抓走了。过了没多久，村子里就开始有传言说，这些民夫被抓去深山里修城堡了，那些城堡里关着大量魔鬼。

这些传言来自村子里的猎户，他们在进山打猎的时候曾经遭遇过这些魔鬼。据他们说，这些魔鬼有的穿着德国人的军服，有的穿着日本人的军服，还有的穿着老百姓的衣服，开枪都打不死。后来有几个被抓走的人侥幸逃了回来，但都疯了，没过多久就全死了。

整个村子陷入了极大的恐慌。第三年，第二次世界大战结束，奇怪的是，藏在深山里的那些德国兵竟然没有一个撤出来。不过从那以后，就再也没有人见过那些魔鬼了。很多年过去，这件事也就慢慢被人们淡忘了。

直到几年前，小镇上突然来了一支队伍，宣布阿克莫拉地区被军管，紧接着来了一支又一支勘探队，进入深山勘探。他们对山里的地形不熟，需要当地人带路。听那些为勘探队带过路的人说，他们是去山里找什么东西，但一直没有找到。

镇子上很多人都猜测，那些勘探队很可能是去找当年被德国人抓走的民夫，当然，也可能是去找当年德国人修的那些城堡了。

邵子安几人听过老人的叙述，不由得陷入了沉思。

Ally 说道："现在看来，所有的线索都对上了。根据我了解的情况，阿克莫拉升级为特级保密地区，也就是这几年的事情。看来高层一直在寻找的，就是当年德军修建的那些基地。只是不清楚，他们是否知道这个所谓的'帝国重生计划'以及那些黄金。"

017 突然说道："老人家，我有件事想问您。"

老人抬起头来，说道："孩子，你说。"

017 凝视着老人，说道："您……认识我吗？"

老人沉默良久，说道："孩子，我能看看你的胳膊吗？"

017 抬起手臂。老人掀开 017 的衣袖，只见 017 的手臂上，文有一个血红色的图腾。老人脸色一变，缓缓拉开了自己的衣袖，只见老人的手臂上，赫然文着一个一模一样的血红色图腾。

017 愣道："这……"

老人缓缓说道："孩子，你是这里的人，你是我们阿克莫拉的族人！"

017 说道："这……这是怎么回事？"

老人叹了口气，刚要回答，房门突然被撞开。一名在外警戒的队员冲进房间，说道："邵 Sir，他们……又追过来了。"

所有人都是一惊。邵子安问道："距离多远？"

那名队员说道："只有不到一公里了。"

老人说道："孩子们，不要怕。他们的鼻子很灵，一定是闻着你们的味道追过来的。"

老人拿起旁边的一桶酒精，说道："把这个洒在身上，他们就瞎了一大半。你们带上我的小孙女，赶快走。"

邵子安愣道："您不跟我们一起走吗？"

老人摇了摇头，说道："我走不了啦。"老人拉开被子，只见他的一条腿上缠着厚厚的纱布，上面满是鲜血。

邵子安问道："这是怎么了？"

老人说道："前几天出去找吃的，把腿跌断了。你们走吧，把我的小孙女带走。镇子上有一条地道，是几百年前为了躲避敌人修建的，可以通到镇子外面。我的小孙女知道在哪儿，她可以带你们去。"

邵子安说道："老人家，我们可以背着您走！"

老人说道："你们听我说，远道无轻担，你们把我留在这儿，要不谁也走不了……"刚说到这里，只听外面一声巨响，一阵瘆人的吼叫声从门外传来，显然那群复活的德军士兵已经冲进楼道了。

老人一把扯下邵子安胸前的手雷，喊道："快走！"

邵子安喊道："老人家！"

老人将小女孩塞给邵子安，喊道："照顾好我的小孙女，快，从后门走！"此时那群复活的德军士兵已经冲到了门前，开始疯狂地撞门。老人喊道："还磨蹭什么？快走啊！"

邵子安咬了咬牙，将小女孩抱起，最后看了老人一眼，喊道："撤！"

几人刚刚从地下室的后门爬上地面，就听到一声剧烈的手雷爆炸声，小女孩挣脱邵子安，喊道："爷爷！"

邵子安一把拽住小女孩，喊道："快走！"

抬头望去，只见成百上千复活的德军士兵从四面八方冲来，众人一边开枪一边后撤。小女孩指向旁边一条小巷喊道："从这边走！"

大伙儿撤入小巷，按照小女孩的指点，又往前跑了没多远，进了一座院子，小女孩指着前面的一堵断墙说道："墙后面有个水缸，下面就是地道。"

断墙后面，果然埋了一个半截的水缸。欧阳上前将水缸搬起，下面露出了一个黑乎乎的洞口。邵子安将小女孩塞给 Ally，喊道："快！"

Ally 抱着小女孩率先跳了下去，紧接着欧阳带着乌云和几名队员也先后跳入洞中，最后是邵子安和 017。进入地道后，017 取出高爆炸药抛出了洞口。在地道中跑过几道转角，就听得外面一声巨响，地道的入口被炸塌，那些复活的德军士兵被隔在了洞外。

几人在地道内蜿蜒穿行。地道内极为低矮，大伙儿猫着腰向前走了大约两个小时后，终于从一座戈壁的半山处钻了出来。这里已经是小镇外三四公里的地方了。

爬上戈壁的坡顶向下望去，只见大批复活的德军士兵正在向他们进入的那个地道口方向集结。大家不敢休息，判断清楚方向后，迅速沿小镇东面的一条山脊向乌云所说的临时营地方向奔去。

一口气跑出了十几公里，这才停住脚步，所有人都疲惫不堪。欧阳放下小女孩，坐在那里大口地喘着气。

邵子安问乌云道："这里距离你说的临时营地，还有多远？"

乌云说道："很近，不到十公里！"

邵子安看了看手表，说道："大家原地休息一会儿。"

刚刚这一轮逃亡，所有人都已是筋疲力尽。将剩下的清水和干粮分配了一下，大伙儿坐在原地休息。

Ally 在邵子安旁边坐下，默默地吃着压缩干粮。

邵子安取过水壶，说道："喝点水吧。"

Ally 接过水壶，说道："谢谢。"

她沉默了片刻，突然放下手里的水壶，说道："邵 Sir，有一件事，我一直没有告诉你。"

邵子安抬头望向 Ally。

Ally 说道："其实这次阿克莫拉的行动，原本不需要你们参与的，是我……是我点的你们。"

邵子安说道："你说什么？"

Ally 说道："前面的几支搜索部队失败后，五〇八局不得不亲自出马。我们并不是专业的战斗人员，必须由特种部队协助完成任务。由于几个国家最精英的特种部队都不在了，所以……我点了你们。"

说到这里，Ally 顿了顿，说道："我很抱歉，我没想到，这次任务会给你们造成这么大的损失。其实，这次任务原本不用你们来的。”

邵子安沉默了。他没想到，事情原来是这样。

Ally 说道：“对不起，我真的很抱歉。”

邵子安摇了摇头，说道：“这不怪你，我们既然选择了军人这个职业，就随时准备面对生死，这是我们的宿命。”

Ally 叹了口气，说道：“谢谢你的理解。”

邵子安看了看手表，已经休息了十五分钟，他说道：“好了，我们不说这些了。时间差不多了，我们出发吧。”

Ally 点了点头，说道：“好。”

Ally 起身背上背包，拎起枪，率先迈上了山坡。队员们也纷纷拿起武器。邵子安刚刚拎起背包，猛听得一声震耳欲聋的枪响，转头望去，只见山坡顶处，Ally 的身子一晃，颓然倒下。

邵子安大声喊道：“Ally！”他扔下背包冲了过去。刚爬到坡顶，只见山坡下方，几十名复活的德军士兵正端着枪向山坡上扑过来。

欧阳紧跟着邵子安冲了上来，看到山坡下大批复活的德军士兵，喊道：“我杀了你们！”他端起枪向山下扫射，子弹打在那些复活的德军士兵身上，没有丝毫作用，复活的德军士兵快速向他们逼近。

邵子安一把拽下身上的高爆炸药。

欧阳拉住他，喊道：“你要干什么，距离太近！”

邵子安一脚将欧阳踹倒，喊道：“滚开！”

邵子安一甩手，将高爆炸药扔了出去。欧阳扑上前将他按倒，两人滚到一块巨大的岩石后，只听得一声惊天动地的巨响，山下的那几十名复活的德军士兵被炸得粉身碎骨。

邵子安推开欧阳，扑到 Ally 身边将她抱起，只见鲜血从她胸口处如喷泉般喷涌出来，已经染红了半个身子。

邵子安大声喊道：“Ally！”

Ally 缓缓睁开眼睛，说道：“邵 Sir，你说得对，我们既然选择了这个职业，就随时准备面对生死，谢谢你的理解……”她向邵子安笑了笑，一口气喘不上来，就此死去。

一小时后，小分队终于赶到了位于边境附近的赤军临时营地。营地设在戈壁半山的一个位置隐蔽的山洞内，里面储存了大量的武器、弹药、食品补给以及通信设备。

与总部连线后，邵子安将阿克莫拉的情况向上级做了简单汇报，所有人都可以感觉到上级对此事的震惊。长久的沉默后，上级只在电话中说了几句话：“情况了解了，你们的任务完成得很好。Judy 一队五人已返。直升机会在四小时后，在五号地区接应你们，注意安全，平安归来。”

邵子安放下电话，沉默了片刻，对欧阳几人做了简单的安排。由欧阳和 017 带领剩下的四名队员，拿上必要的补给，保护乌云和那个叫琪琪格的小女孩，动身前往五号地区待援，立即出发。

欧阳愣道：“我们几个？你干吗去？”

邵子安说道：“我有我的安排。记住，一定要把乌云和琪琪格平安带回去。如果四个小时后我没有回来，你们立刻起飞，不用再等我。”

欧阳说道：“告诉我，你到底要干吗去？”

邵子安喝道：“废什么话，执行命令！”

这是一天之内邵子安第二次对欧阳发火。军人以服从命令为天职，欧阳几人都不再说什么，立即拿上武器补给，带上乌云和琪琪格，向邵子安敬了最后一个军礼，洒泪而别。

第四十一章 一盘钢丝录音带

整座山洞内，现在就只剩下邵子安一个人了。抵达阿克莫拉的将近四十八小时内，邵子安第一次有时间让自己彻底冷静下来。

他静静地坐了下来，仔细回顾到达这里以后发生的每一件事。邵子安现在已经可以确定，十二年前那段濒死体验中的离奇经历，绝不是幻觉那么简单。整件事的谜底，就藏在这座孤岛一般孤悬在戈壁荒漠中的神秘小镇——阿克莫拉。

除此以外，他们的这次任务，是邵子安进入远山训练营后执行的第一次正式任务。在短短不到四十八个小时的时间内，整个小分队四十二人，就只剩下他们十二个了，整整牺牲了三十个人。Ally、Lisa，还有他在远山训练营的那些同学，一张张熟悉的面孔从他面前掠过。即便是站在这个角度，他也绝不能让这次任务就这么不明不白地结束了。

他一定要查清这件事的真相，拿到那份标注为“重字〇〇一号”的文件。他要彻底弄清楚，这一切究竟是怎么回事。

想到这里，邵子安深吸了一口气，再次平复了一下心情。

他简单吃了一些干粮，又从赤军留下的装备中挑选了几件称手的武器，带上足够的弹药，向那座神秘的德军基地进发了。

两小时后，邵子安沿原路从北侧的戈壁接近了小镇边缘。

从戈壁的山顶望去，此时整座小镇已经完全成为那些复活的德军士兵的天下。大街小巷全部被那群复活的德军士兵占领。看来想要从小镇的内部抄近路到达那座基地，已经是不可能了。他再次研究了一下地图，从西侧的沙漠绕过小镇到达那座基地，应该是最近的路。

邵子安收起地图，从戈壁的山顶退了下来。一个多小时后，他绕过小镇西侧的沙漠，终于抵达了那座基地的山脚下。

他藏身在一块巨大的岩石后，看了看手表。现在是十四时十三分，距离与欧阳他们分开的时间，已经过去了四个多小时。看来小分队剩下的队员以及乌云、琪琪格已经登上了飞机，安全了。

邵子安定了定神，向位于山顶的那座德军基地望去。一切如常，山顶附近并没有发现任何德军士兵活动的痕迹。

他最后检查了一下装备，刚要起身，猛听得背后传来一阵窸窸窣窣的响动。邵子安抬枪回身，只见欧阳笑嘻嘻地从一块岩石后钻出来。

邵子安愕道：“怎么是你？”

欧阳还没回答，017 的声音响起：“还有我。”

邵子安转头望去，017 从另一块巨石后闪身出来。

欧阳笑道："没想到吧？"

邵子安说道："你们两个……怎么回事？这是违抗命令！"

欧阳笑嘻嘻地说道："子安，你别生气啊。那两个人，我们已经安全送到了。我们哥儿俩一合计，觉得你肯定会回到这儿来。你回来吃肉，怎么着也得让兄弟们喝点汤不是？所以我们就回来了。"

017 的脸上第一次露出了笑容，说道："欧阳说得对，有锅大家一起背嘛，你不是也违抗命令了吗？"

邵子安一下子噎住了，看了看 017，又看了看一旁的欧阳，无奈地摇了摇头，同时心中很是感动。

欧阳说道："不说这个了。你是怎么计划的？"

邵子安将自己的想法讲给两人。

欧阳说道："你分析得有道理，这几座德军基地里，肯定有我们要找的答案。而那份'重字〇〇一号'文件是关键。"

邵子安说道："从地图上看，位于山顶的这座基地是十三座基地中最大的。如果真的有那份文件，藏在这里的可能性最大。"

欧阳说道："不过基地里面那么大，会藏在什么地方呢？"

邵子安说道："你们还记得吗？真空室最里面的半山位置，有一栋带落地窗的小楼。我猜想那里应该就是整个基地的控制中心，我们先到那里看一看。现在唯一的问题是，不清楚这座基地下面还有多少复活的德军士兵。"

欧阳笑了，说道："我就知道你离不开我们俩，你看我给你带什么来了？"

他取出一大瓶医用酒精，说道："还记得吗？巴图老人说过，洒上这玩意儿，那群兔崽子就瞎了一大半。"

邵子安想起来，巴图老人确实说过这句话。他说道："怪不得他们一直能追踪到我们，原来是用嗅觉来判断我们的位置。"

欧阳说道："对啊。你还记得咱们去接应第一小队时发生的事吗？当时我就觉得后面一直有人跟着我们，现在看来，就是那帮家伙。他们当时肯定是闻着我们的味儿追过来的。"

邵子安看了看欧阳手中的酒精。欧阳说得没错，那群注射过特殊血清的德军士兵苏醒以后，智力和视觉都退化得相当厉害，鼻子却变得异常灵敏，看来只有酒精可以干扰他们的嗅觉。

三人立刻摘下身上的背包和武器，用酒精洒满全身，然后小心翼翼地攀上山顶，进入了基地。

虽然已经是第二次进入这座神秘的德军基地，三个人的心中，依旧充斥着一种前所未有的紧张。

通道内是一望无际的黑暗，在地下小心地穿行了十几分钟后，并没有发现任何复活的德军士兵，几人顺利进入真空室内。

巨大的发电机还在工作着，电机转动的嗡嗡声不绝于耳，照明灯将整个空间照得亮如白昼，而真空室内早就空无一人。

邵子安记得没错，溶洞尽头的山壁上，果然有一栋二层小楼，顶层是一个带有巨大落地玻璃窗的房间。

三人拾级而上，顶层的房间并没有上锁。

推门而入，映入眼帘的是十几座巨型操作台，每座操作台上均布满了密密麻麻的按钮。

欧阳说道："看来这儿还真是基地的总控室。我们找找，有没有文件柜或保险箱什么的。"

三人立即散开搜索。不多时，在北侧墙壁巨幅的希特勒画像后面，发现了一个极为隐蔽的保险柜。

欧阳兴奋地喊道："在这儿。"

这是一台由德国保时捷公司于一九四〇年生产的 R750 型保险柜。欧阳取出开锁工具，几分钟后，随着"咔"的一声轻响，欧阳拉开了保险柜的铁门。

三人向内望去，令人意外的是，保险柜内空空如也，没有任何文件，只是在保险柜的底部，放着一盘缠得整整齐齐的铁丝。

欧阳拿起那盘铁丝，愣道："谁放了盘铁丝在这儿？"他突然"咦"了一声，只见那盘铁丝下面，压着一张便条。

便条上用英文写着：

To Shao

017 拿起那张便条，念道：“To Shao？”

他抬头望向邵子安，说道：“Shao，难道是给你的？”

欧阳说道：“你开什么玩笑，这怎么可能？再说，就算是给子安的，谁闲着没事给他留盘铁丝在这儿？”

邵子安从欧阳手中拿过那盘铁丝，说道：“这不是一般的铁丝，是一盘录音钢丝。”

欧阳恍然大悟。录音钢丝是一种老式录音机使用的录音带。这种录音机也叫作钢丝录音机，用一种特殊的方式将声音储存在钢丝上。他说道：“对了，有没有这种可能，那个什么‘重字〇〇一号’的文件，就是记录在这盘钢丝上面的？”

邵子安说道：“有可能，我们听一听这盘录音带里记录了什么。”保险柜旁的茶几上就放着一台老式录音机，邵子安接好电源，将录音带放进去，按下了播放键。

钢丝录音机特有的颤巍巍的声音响起，一阵刺刺啦啦的噪音之后，录音机里传来一个中年男人低沉的声音，是英语：

“Shao，我没有想到，你最终还是卷到了这件事里……”

欧阳说道：“这个 Shao 是什么人？”

只听录音机里的声音继续说道：“整件事情，可以说由你而起。我原本打算放过你的，但现在看来不可能了。你的存在，将是我最大的威胁。好吧，既然一切开始于阿克莫拉，也让它结束在阿克莫拉吧。一起玩一个游戏吧，准备好了吗？我们开始……”

录音到这里就结束了。

邵子安三人你看看我、我看看你，一时间谁也没明白录音带里说的是什么意思。房间内只剩下录音带空转而发出的刺刺啦啦的声响。

欧阳说道：“这是什么情况？这盘录音带——”欧阳的话没说完，猛听得门外一声剧烈的响动。

三人转头望去，只见小楼下面，大批复活的德军士兵已经冲进了真空室。欧阳一下子呆住了。017 喊道：“快关门！”

已经来不及了，一声巨响，总控室的房门和窗户几乎同时被撞碎，数不清的复活的德军士兵冲进房间。

邵子安三人举枪射击，一时间房间内枪声大作。

第四十二章　滞留在临时基地

整座德军基地内，枪声、复活的德军士兵的号叫声响成一片。那些冲进真空室的德军士兵疯狂地从小楼的大门拥入，更多的直接沿墙壁爬上二层，撞破落地窗扑进房间。三人不停地开枪，前面的德军士兵被子弹爆头倒下，后面的继续冲上来。

一名复活的德军士兵飞扑到欧阳面前，017 抽出背后的砍刀，一刀将他劈成两截，对邵子安和欧阳喊道：“跟我走！”

017 挥舞着手中巨大的军用砍刀，在前面开路，邵子安和欧阳两人紧跟在后面，三人艰难地冲下小楼。

更多的德军士兵扑过来，017 手舞砍刀，邵子安和欧阳在后面不停地开枪。三个人拼死冲杀，终于杀出一条血路。

冲出基地，只见漫山遍野、数以万计的复活的德军士兵铺天盖地地向基地的方向扑来。邵子安喊道：“从这边走！”

三人沿着山顶右侧的一条小路向下冲去，那些复活的德军士兵很快围过来。几人边打边撤，但还是很快就被他们包围了。

邵子安带着欧阳两人隐蔽到一块大石后面，向四个方向不停地开枪。

邵子安几人都是枪法奇准，每一枪打出去，都有一名德军士兵被爆头倒地，但四下冲过来的德军士兵实在太多了。

欧阳喊道："看来哥儿几个今天是要交待在这儿了！"

"咔"的一声，枪里已经没有了子弹。邵子安摸了摸身上，所有的弹匣都已经打光了。他将枪里的最后几发子弹打完，拔出了身上的匕首。

欧阳喊道："今天就跟他们拼了，杀一个够本儿，杀两个赚一个！"他拔出匕首就要站起身来。

017一把拉住欧阳，喊道："你们听！"

欧阳和邵子安都是一愣，空气中隐约传来了一阵震耳的"嗡嗡"声。欧阳说道："什么声音？"

017还没有回答，三人面前的德军士兵就如割稻草一般，成片成片地倒下。剧烈的爆炸声、机枪的"突突"声，响成一片。

欧阳指着远处，惊喜地喊道："飞机，是我们的飞机！"

只见两架海鹰式R760重型武装直升机正从山后腾起。直升机开着火，向三人飞来。欧阳喊道："是我们的人！"

两架直升机火力全开，炸弹和机枪子弹如雨点一般倾泻在三人面前的空地上，那些德军士兵瞬间被弹雨撕成了粉末。一架直升机在周围盘旋掩护，另一架直升机很快悬停在三人上空，教官在直升机上向他们喊道："快上来！"

原来，小分队剩下的队员带着乌云和琪琪格安全撤出以后，立即向总部汇报了这里的情况，教官亲自带领直升机前来救援。

邵子安三人攀上直升机的时候，都已经累得几近虚脱。

从舷窗向下望去，下面的德军士兵依旧如潮水一般向这个方向靠拢。三人对望了一眼，都不由得心有余悸。

返回临时军用基地后，邵子安三人在第一时间受到了总部最高层的接见。

他们将阿克莫拉的经历做了详细汇报，并签署过保密协议后，总部高层人员向他们通报了整个事件的情况。

这片位于蒙俄边境的神秘地下基地，的确是德国和日本军方在二战时期共同修建的实验基地群，当年是德日军方的最高机密。整座基地群的唯一研究课题，就是研发出一种可以激发人类最大潜能的超级病毒，名为“霍耐克姆病毒”。

二战后期，随着德国和日本分别在东西线战场节节败退，军方加速了病毒的研究，妄图利用这种新型病毒来改变帝国失败的命运。一九四五年，二战结束前的最后时刻，德国和日本紧急征调了十几万名士兵，把整个二战期间从各占领区掠夺的黄金全部运到这里。在为这十几万名士兵注射了那种特殊的病毒血清后，将他们全部封存在了这十三座基地的真空室中，准备有朝一日时机成熟，东山再起。

这就是邵子安几人发现的那本日记中提到的“帝国重生计划”。

有关这项计划的全部资料，被命名为“重字〇〇一号文件”，也被封存在基地中。掌握这项计划最核心内容的，只有德国和日本军方最高层的寥寥数人。二战结束后，这些人隐姓埋名，藏于民间。由于各种原因，这项计划一直没有机会启动。

直到几年前，有关这项计划的内容突然泄露了出来。国际警方在破获一起有关暗网的跨国恐怖案件时，意外获悉了这一情况。

于是军方立即封锁了整个阿克莫拉地区。由于掌握的情况只是一些支离破碎的资料，在之后几年中，搜索工作几乎一无所获，直到这次小镇的居民突然意外失踪。

根据邵子安汇报的情况，再加上之前掌握的资料，军方这才将整个事件汇集成一条完整的线索，得出以上结论。

从目前掌握的情况看，德军基地内封存的文件，也就是那份被命名为“重字〇〇一号”的文件，很可能早已被人取走。至于取走那份文件的人究竟是谁，还不得而知。但赤军的那个神秘雇佣方肯定有最大嫌疑，总部一定会对此事进行彻底追查。

除此以外，总部对邵子安几人所描述的复活的德军士兵的情况高度重视。详细询问过情况之后，总部郑重承诺，一定会彻底查清这件事，如果邵子安几人所说的情况属实，那么绝不允许这种可怕的病毒扩散出去。

由远山训练营二〇三一届毕业生以及五〇八局组成的这支临时小分队，一共四十二名队员，仅有邵子安、欧阳、017 等十二人生还，Ally、Lisa 等三十名队员，全部牺牲。

邵子安几人的伤势都不算重，经过简单的包扎和休养，几天后便全部康复了。但学员们接到的命令是，暂时不可以离开基地。

经过慎重考虑，总部决定对阿克莫拉发生的事件进行封锁。

考虑到这次事件的危险性绝不能扩散，总部的最后决定是，有必要对这一地区进行核打击，将整个阿克莫拉地区摧毁。

在最后行动之前，必须将那十三座地下基地内埋藏的黄金全部抢救出来，因为这些黄金是属于全人类的共同财产。就在邵子安休养的这段时间，军方已经开始对整个阿克莫拉地区实施封锁，并调动附近的部队，准备进行黄金的抢救工作，不过这需要一定的时间。

邵子安等人的任务是，参与这次黄金的抢救工作。

远山训练营二〇二七级学员，也就是邵子安这一级学员，四年前通过入学考试的共有三百八十一人，到今天为止，仅剩下七个人。

包括邵子安在内的这最后七名学员，就这样在基地滞留了下来。

所有学员保持了高度的默契。大家心照不宣地没有再提起在阿克莫拉遇到的事情，好像这件事从没发生过一样，就连欧阳和 017 两人也再没有就这件事与邵子安作过任何沟通。

这是所有正常人对这种极度震撼事件的正常反应，也是一种大脑的自我保护。

然而邵子安无法停止对这件事的思考。那座位于戈壁中心的神秘小镇，那十三座德军在二战时期留下的秘密基地，那些历历在目的复活的德军士兵，那份至今还没有找到的“重字〇〇一号”文件，以及他们在基地找到的那盘钢丝录音带……

发生的一切，让邵子安的头脑中一片混乱。

然而有一件事，却越来越清晰。那就是十二年前，他在濒死体验中的那段经历，绝非幻觉。那段经历中发生过的所有事情，正一步步地在他的现实生活中应验。

一切，最终还是来了……

然而他不愿相信，更不敢相信眼前发生的这一切。邵子安的内心极度纠结，他甚至不知道自己究竟该何去何从。

就在这种极度的纠结中，邵子安在基地中一天天地滞留下来。

第四十三章　终于来了

一周后，总部向所有相关人员通报了事件的最新进展情况。

军方已经利用这一周的时间，完成了对阿克莫拉地区的封锁。先头部队已经进入阿克莫拉小镇，并且成功抓获了复活德军士兵的活体样本。

然而情况出乎所有人的意料。经过生物及病毒病理学专家的初步研究，这些复活的德军士兵的身体上，确实存在着一种特殊的病毒。

不过，并不像邵子安所担心的那样，这种当年被德军命名为“霍耐克姆病毒”的超级病毒，不具备任何传染性。它唯一的功能，就是可以最大化地激发人体的各种潜能。

情况明朗后，总部对计划进行了调整：取消核打击计划，改为派遣部队进入阿克莫拉地区，彻底消灭那些复活的德军士兵。一切处理完毕后，军方将在邵子安等人的配合下，取出那十三座基地中的全部物资与黄金。

听过通报后，所有人都松了口气。

只有邵子安并没有因为这个最新通报而轻松起来。回到宿舍，欧阳说道：“怎么了子安，不是没事了吗？”邵子安摇了摇头，没有回答。

欧阳说道：“总部不是都说了吗？那些德军士兵身上并没有什么传

染性的病毒，你还担心什么？”

邵子安说道：“有关病毒传染性的问题，我们可以暂时相信军方的说法。但是我的那本日记上，有关阿克莫拉的地点和时间的记录，还是没办法解释……”

欧阳说道：“你看会不会是这样？结合你以前提到过的那个什么……对，逆向合理化，有没有可能你以前的记忆里，原本就有‘阿克莫拉’这个地名？”

说到这里，欧阳似乎找到了答案，肯定地说道：“对对，没错。你想一想，这个叫阿克莫拉的地方虽然属于保密地区，但几十年前、几百年前肯定不是吧？这个地名应该早就有了，没准你以前凑巧看到过，只是不记得了，对不对？”

邵子安说道：“你说得有道理。但我还是觉得，这件事，恐怕并没有军方说的那么乐观。”

欧阳看了看一旁的017，两人心里都不由得一紧。

三天后，滞留在C-41区基地的训练营学员突然接到一个临时任务——接受CNN电视台记者的采访。

美国的新闻记者一向无孔不入，虽然总部对阿克莫拉地区发生的事件进行了高度保密，但所谓纸里包不住火，这里发生的事情还是很快被CNN的新闻记者探听到了蛛丝马迹。

考虑到目前的情况，军方已经确认，阿克莫拉地区出现的复活的德军士兵身体上的病毒并不具有传染性，因而也就没有引发慌乱的可能，于是总部临时安排邵子安几人去应付一下这些记者。

走进采访现场的一刻，邵子安的心头猛然升起一阵透骨的寒意。

眼前的场景是如此熟悉，整个新闻采访的现场，无论是环境、布置还是人员，都与他十二年前在岳澜的视频里看到过的一模一样。

此后整整一个小时的采访，无论是采访的次序、记者提的问题，还是每一名队员的回答，都与岳澜的那段视频分毫不差。

邵子安都不知道自己是如何完成这次采访的。回到宿舍，他呆坐在床上，脸色惨白，豆大的汗珠一滴滴地从额头滚落。

欧阳和017走进房间，看到邵子安的样子，问道："你怎么了？"

邵子安抬起头来，缓缓说道："我们必须离开这里，马上！"

欧阳问道："怎么了？"

邵子安取出那本随身的笔记，说道："你们看看这个。这是我两年前记录下来的。"

邵子安的笔记上，详细地记录着刚刚发生的那场CNN采访的每一项内容。欧阳看过之后，愣道："完全一样？"

邵子安说道："对，完全一样。每一个流程、每一句对话，甚至每个人的反应都完全一样。我和你们说过，这篇笔记，是我在两年前通过给自己做深度催眠，重新回到那段濒死体验的经历中，醒来之后记录下来的。"

欧阳张大嘴巴，目瞪口呆，不知道该说什么。

三个人中，只有017的神色依旧镇定，他缓缓说道："这么说，这件事，是真的？"

邵子安缓缓点了点头，说道："对，这一切，全部都是真的。"

017和欧阳都明白邵子安这句话的含义，更明白，如果这一切都是真的，他们接下来将面临的是什么。

017说道："我同意子安的看法。那个时间点，已经离我们很近了。虽然我们并不确定究竟会发生什么，但不能再抱有任何侥幸心理了，我们必须做点什么。"

欧阳说道："你们的意思是？"

邵子安说道："马上通知总部。"

欧阳说道："他们不会相信我们的。"

邵子安说道："做我们该做的，尽力说服他们。如果实在不行，我们再想其他办法。"

邵子安三人走进基地大楼的时候，只见大楼内的工作人员行色匆匆，似乎正在处理什么紧急的突发事件。

三人径直到办公室直接找到教官，将所有的事原原本本地讲给了他。教官听过之后，愣了良久，说道："邵，你确定你刚刚说的都是真的？"

邵子安说道："我确定。请您马上通知总部，我担心再晚就来不及了。"

教官缓缓摇了摇头，说道："邵，你说晚了，你担心的事情，恐怕……已经发生了。"

邵子安愣道："您说什么？"

教官还没有回答，就听到外面传来一阵剧烈的枪响。几个人还没有反应过来，"砰"的一声巨响，房门已经被撞开，一名军官慌慌张张地冲进房间，喊道："不好了，出事了！"

第四十四章　杀回尼泊尔

奔出大楼的一刻，所有人都被眼前的情景惊呆了。整个C-41区基地，此时已经冲进了数以万计的"怪物"。

眼前的这些怪物，不完全是那些从阿克莫拉地下基地里出来的复活的德军士兵和日军士兵，更多的是穿着平民服饰的人。

他们的样子也和基地里那些刚刚复活的德军士兵完全不同，每一个人身上的肌肉都像小山一样隆起，衣服全都被撑破，一缕缕地挂在身上。所有人，无论男女老幼，无一例外，全都是肌肉发达到令人瞠目的程度。

重肌人！这就是邵子安在那段濒死体验的经历中见过的，重肌人！

邵子安心头狂跳，他知道，来了，终于来了。

只见这些重肌人从大门处、围墙处蜂拥而入。士兵们不停地开枪，但根本无法阻挡他们的进攻。

欧阳喊道："不是说……不是说那些病毒，没有传染性吗？"

没有人知道该怎么回答。

此时他们眼前的情景，简直如人间地狱一般。一个个士兵接连被重肌人扑倒，爆炸声不断响起，那是士兵在最后时刻拉响了手雷。

就在这时，猛然听到一声惊天动地的巨响，基地北侧的围墙被撞塌，更多的重肌人冲进了基地。

教官第一个回过神来，拔出手枪，喊道："所有人员向我靠拢！"

士兵们听到教官的命令，立即向这边靠拢。

一名士兵喊道："教官，这……这到底是怎么回事？"

教官说道："来不及解释了。大家集中在一起，我们冲出去。"

士兵们立刻靠拢集结，大家合力，拼死向外突围。

整座基地内，枪声、爆炸声、人员垂死的喊叫声、重肌人的嘶吼声响成一片。谁也没有经历过眼前的场景，不断有人被重肌人扑倒，很多士兵在最后时刻选择拉响了手雷。

冲出基地的时候，教官的身边只剩下邵子安、欧阳、017 三个人了。几人刚要往前奔，一个身材壮硕的重肌人从高处扑下来，教官一把将身旁的欧阳推开。重肌人落地的一刹那，飞扑起来，狠狠一口咬在了教官的腿上，教官抬枪将重肌人爆头。

邵子安三人扑上前去，喊道："教官！"

教官的神色依旧镇定，他看了看腿上血肉模糊的伤口，说道："你们快撤！"

欧阳喊道："教官！"

教官说道："去机场，那是唯一可以离开这里的地方，我掩护你们。"

欧阳喊道："教官，我们能带你走！"

教官摇了摇头，看着面前的三人，说道："你们三个，是我教过的最优秀的学员，你们一定要活着逃出去，去救更多的人，执行命令吧。"

邵子安喊道："教官！"

教官大声喝道："执行命令！"

邵子安含泪答道："是！"

邵子安三人放下教官，拎起枪向机场的方向奔去。他们身后立刻传来了密集的枪声。刚刚跑过一个街角，就听到一声剧烈的爆炸声，从他们与教官分开的方向传来。

三人站住脚步，向教官牺牲的方向敬了最后一个军礼，转身向机场奔去。

冲进机场，只见整座机场早已被重肌人占领。一架飞机正在跑道上滑行，试图强行起飞。重肌人从四面八方爬上飞机，用头疯狂地撞击着飞机的机身，用牙齿撕咬着飞机的舱门、舷窗。飞机虽然勉强飞起来，但不堪重负，很快就一头栽落下来。剧烈的爆炸声响起，火光冲天。

欧阳喊道："没有飞机了！"

放眼望去，整座机场上已经没有一架飞机可用。

邵子安喊道："去机库！"

三人奔到最近的一座机库，打开大门，欧阳不由得一声欢呼。只见机库内停着一架加满燃料的、崭新的 C30 运输机。

跑道上的重肌人已经发现了他们，正飞速向这边扑来。邵子安喊道："快上飞机！"三人立刻跳进舱门，启动了飞机。

飞机冲出机库的一刻，重肌人如潮水一般向这个方向涌来。

017 控制着飞机滑上跑道。飞机加速着，将迎面扑来的重肌人撞得粉碎。一分钟后，飞机终于升空。

三人从舷窗向下望去，只见整座机场和基地已经完全被重肌人占领，四下里枪声、爆炸声连绵不断。

欧阳脸色惨白，说道："怎么……怎么会这样？"

三人中只有 017 的神色依旧镇定，说道："去什么地方？"

邵子安努力平复了一下情绪，说道："回尼泊尔，我们去接 Nissa。"

017 控制着飞机在空中调整方向，向南飞去。

邵子安几人驾驶的飞机，是美国洛克希德 • 马丁公司生产的 C30 重型运输机。这种飞机可以持续飞行七个小时，航程接近六千公里。

飞机平飞后，017 将飞机调整为自动驾驶。

欧阳说道：“这是怎么回事，怎么会这样？不是说那些复活的德军士兵，没有任何传染性吗？”

邵子安不知道该如何回答，沉默了良久，说道：“或许，那只是当时的检查结果。病毒有可能在被重新激活后，产生了变异。”

欧阳神情愕然，点了点头。

一路上，谁也没有再说话。五个小时后，飞机到达距嘎里小镇最近的一座军用机场附近。和地面塔台联络后，没有任何回应。

欧阳问道：“怎么办？”

邵子安说道：“不用塔台指挥，强行降落。”

017 说道：“明白。”

飞机逐渐向机场方向靠近。欧阳突然喊道：“你们看下面！”

三人从舷窗望去，愕然发现，下面的整座机场已经全部被重肌人占领。只见机场的草坪上、跑道上，甚至停机楼上，到处都是密密麻麻的重肌人。

欧阳愣道：“怎么这里也有？”

邵子安的心中同样充满惊愕，阿克莫拉距离这里将近四千公里，病毒的传播速度怎么会这么快？他看了一眼飞机的燃油表，指针已经接近预警红线位置，他说道：“必须在这里降落，我们已经没有足够的燃料飞到附近的机场了。”

017 咬了咬牙，说道：“那我们就冲下去。”

邵子安和欧阳系好安全带，抓紧了扶手。017 控制着飞机，在空中盘旋一周后，调整好角度，向跑道冲去。

飞机降落到跑道的那一刻，三个人的心全都提到了嗓子眼。下面的重肌人听到飞机发动机的轰鸣声，立刻蜂拥着向跑道扑来。

飞机着陆后，在跑道上飞速滑行着。迎面扑来的重肌人被撞得血肉横飞。飞机剧烈地震动着，感觉就像过了一个世纪那么久，最后终于停了下来。

重肌人立刻将飞机包围，大量重肌人爬上飞机，用头疯狂地撞击着飞机的机身，用牙齿拼命地撕咬着飞机的舱门、舷窗。

欧阳望着舷窗外遮天蔽日的重肌人，说道："我们被围死了！"

邵子安说道："没有别的办法了，带上尽可能多的武器，冲出去。"

欧阳喊道："好，就跟他们拼了！"

这架飞机上携带着大量的武器和装备，三人快速挑选了一下，每个人都拿上了足够多的武器和弹药。谁都明白，机舱外面有数以万计的重肌人，他们必须拼尽全力才有可能杀出重围。

一切准备完毕，邵子安拎起一挺加特林重机枪，对两人说道："欧阳负责开门，017，你来殿后，我们走！"

欧阳"哗啦"一拉枪栓，吼道："来吧！"

舱门打开的一刻，重肌人立即蜂拥而入。与此同时，邵子安手中的机枪也响了，这种口径为七点六二毫米、射速接近每分钟六千发的重机枪，立即将最前面的重肌人打得粉碎。

邵子安大声喊道："跟紧我！"他率先跳下了飞机。

017 和欧阳紧跟在后面。三个人不停地开枪，终于杀开一条血路，抢了一辆军用吉普车，冲出了机场。

第四十五章　诀别

一路上，再也没有遇到任何情况。三个小时后，吉普车开进了嘎里小镇。

小镇上似乎一切如常，冷冷清清，看不到一个人。邵子安直接将车子停在了 Nissa 家小区的门口。

敲门的一刻，邵子安不由得心头狂跳。房门打开，是 Nissa。

邵子安一把将 Nissa 抱在怀里，喊道："Nissa！"

Nissa 愣道："你们……你们怎么回来了？"

邵子安放下 Nissa，说道："你没事吧？"

Nissa 说道："我没事啊，出了什么事？"

邵子安松了口气，看来嘎里小镇这边目前还没有什么情况，他说道："来不及解释了，马上收拾一下东西，我们离开这里。"

Nissa 看到邵子安神色凝重，什么也没有问，只是点头说道："好。"

三人立即帮 Nissa 简单收拾了一下东西，带上了必要的物品和食物，离开了房间。

走出小区的时候，一切异常平静。但不知道为什么，邵子安的心里一直有一种不祥的感觉，就在这时，017 突然停住了脚步。

Nissa 问道："怎么了？"

017 还没有回答，几人猛然看见不远处的一条街道里，突然蹿出了数以百计的重肌人。

Nissa 一下子呆住了。邵子安一把将她拖起，喊道："上车！"

几人立即跳上吉普车，重肌人加速向这边奔来。

邵子安挂上倒挡，车子飞快地向后退去。欧阳和 017 的枪声同时响了，邵子安一脚将油门踩到了底。

十几分钟后，几人终于甩脱那些重肌人，冲出了小镇。

邵子安一口气将吉普车开出五百多公里，在一座加油站将车子加满油后，当天晚上，他们来到了位于尼泊尔边境的一座荒僻的小镇。

小镇看起来十分平静，一切如常，只是整座小镇家家闭户，没有发现一个活人。

几人找到一处废弃的老房子，将所有门窗锁死，又点上了一堆篝火。简单吃过晚饭后，邵子安将这些天来发生的事情讲给了 Nissa。

邵子安讲述完毕，一时间，谁也不知道该说什么。

他们当中，每个人都被这几天以来发生的事情震惊了。四周万籁俱寂，只能听到窗外的风声和篝火发出的噼噼啪啪声。

良久，欧阳说道："接下来，咱们怎么办？"

邵子安说道："回玖川市，接上我们的家人、朋友，然后一路向西走，去青藏高原的萨迦拉孜地区，那里平均海拔超过了四千米，并且人烟稀少，应该还没有重肌人。

欧阳说道："看来只能这样了。"

见邵子安几人都神色沉重，Nissa 说道："好了，大家都不要想太多了。既然一切都已经发生了，我们就坦然面对。你们都累了吧？我去弄点开水，给大家煮茶喝。"Nissa 说完，起身离开。

见 Nissa 离开房间，欧阳突然说道："子安，我突然想起了一件事。"

邵子安回过神来，说道："什么？"

欧阳沉默了片刻，说道："我不知道该怎么和你说……"

他顿了顿，说道："现在……我们已经很清楚，所有的事情都已经应验了。"

邵子安点头。

欧阳说道："也就是说，你十二年前的那段濒死体验的经历，并不是什么幻觉。那里发生过的一切，全部都是真的，对吗？"

邵子安说道："是。"

欧阳咽了咽口水，说道："那你想过没有，如果这一切都是真的，那么……岳澜的事情，也是真的。你还记得岳澜对你说的最后一句话吗？她说，她会回来找你。"

邵子安心里一震。

欧阳说得没错。这件事，其实他在阿克莫拉的时候就已经想到了。既然一切都已经应验，那足以证明十二年前，他的那段濒死体验的经历，全部都是真实发生过的。

既然一切都不是幻觉，那么岳澜的事情也不是幻觉。也就是说，岳澜最后和他讲的那句话，很可能即将发生。

邵子安使劲摇了摇头，说道："欧阳，我们不要再提这件事了。不管这一切究竟是不是真的，岳澜对我来讲都已经过去了。"

欧阳叹了口气，不再说什么。

整整一晚，邵子安一直在回忆着欧阳的话。不知道为什么，自阿克莫拉那座神秘基地的事件发生的那一刻起，他的心里就产生了一种强烈的念头。同时，这也是一个让他极为恐惧的念头——他要失去Nissa了。

他不清楚为什么自己的头脑中会突然产生这样的念头，自这个念头出现的那一刻起，他就感到非常恐惧，因为他害怕会失去Nissa。

想到这里，邵子安感到浑身发冷。

他使劲裹紧了衣服，抬起头来，看到Nissa坐在旁边，抱着一杯茶，正静静地望着篝火出神。

回想起这些年来Nissa对自己做过的每一件事，邵子安说道："Nissa，有件事，我一直想问你。"

Nissa抬起头来，说道："你说。"

邵子安说道："我想知道，为什么这些年来，你会一直留在这里，陪着我？"

Nissa听到邵子安的问话，脸上一红，说道："没什么，我就是……就是想在这里陪着你。"

Nissa沉默了良久，突然说道："子安哥哥，你还记得我们小时候一起游泳，我差点淹死，你把我救回来的那次吗？"

邵子安点了点头。

Nissa说道："当时醒过来，我对你说过一句话，你还记得吗？"

邵子安问道："什么话？"

Nissa说道："我当时说，等我长大了，嫁给你好不好？"

邵子安回忆起来，那还是自己十岁的事情，Nissa那一年八岁。那年暑假，自己带她去河边游泳，Nissa溺水，邵子安拼了命才把她救回来。Nissa醒过来以后抱着他说了这句话。当时邵子安只是觉得很好玩，就答应了她，两个小孩子还郑重其事地拉了钩。

那次之后，Nissa就去了美国，两人从此再也没有见过面。没想到这么多年过去了，Nissa竟然还记得这件事。

Nissa继续说道："其实从很小的时候，我就喜欢上你了。自从那次我们拉了钩，我就觉得我这辈子一定会嫁给你。后来爸爸说他和邵叔叔商量好了，等我长大以后，就把我嫁给你，你不知道当时我有多开心。从那以后，我就一直盼着快快长大。虽然那时候我在美国、你在中国，我们离得很远，也没有任何联系，但每次得到你一点点消息，我都特别开心。我知道关于你的每一件事，你在中国念的什么小学，念什么高中，你的学习成绩怎么样，你喜欢什么、不喜欢什么，我都知道……”

Nissa 说到这里，脸上露出了孩子一般幸福的光芒。

邵子安凝视着 Nissa，他没想到，这个与自己青梅竹马，后来十几年未见的女孩儿，竟一直对自己有这么深厚的情感。

Nissa 说道：“我一直没有主动联系你，因为爸爸说女孩子要矜持。后来你出事了，那时候我一有假期就到中国来看你。直到听说你醒过来，我特别特别开心。再后来，爸爸和我说，你要来美国念书了，我就一直等着你，可是不知道什么原因，你没有来。再后来，爸爸就出事了，看到了爸爸留给我的那封信，我就来到了这里……”

说到这里，Nissa 低下头，说道：“你问我为什么会一直留在这里陪着你，是因为……因为我一直觉得自己就是一个普普通通的女孩儿，我想过的就是那种普普通通的日子，和自己喜欢的人在一起……”

邵子安听到 Nissa 真情流露，心中非常感动，他轻轻握住 Nissa 的手，说道：“对不起，其实这些年来，我对你……不够好。我很抱歉。”

Nissa 说道：“你不用跟我说抱歉，你能让我留在你身边，我就很开心了。”

邵子安轻轻揽过 Nissa，两人靠在一起，静静地坐在篝火旁，一时间谁也不知道该说什么。

邵子安感到自己的身体在微微发抖，不知道为什么，整整一晚，他一直觉得浑身发冷。

Nissa 问道：“你怎么了？”

邵子安说道：“没什么，我只是突然觉得……非常害怕。”

Nissa 问道：“害怕？你害怕什么？”

邵子安说道：“害怕有一天，我会失去你。”

Nissa 笑了，说道：“不会的，我会一直在这儿的。我答应你，只要我活着，就会一直在你旁边，永远不会离开的。”

听到Nissa的话，邵子安心里不由得“咯噔”了一下。他摘下随身的手枪，说道：“Nissa，这个你拿着。”

Nissa一怔，说道：“为什么要给我这个？”

邵子安说道：“你拿着它，以后要学会保护自己。”

Nissa点头说道：“好，我拿着。”

Nissa将手枪收起，看了看邵子安的神色，突然说道：“我怎么觉得，你好像……生病了？”

她将手放到邵子安的额头上，愣道：“你发烧了。”

难怪整整一晚，邵子安一直觉得浑身发冷，连日来巨大的精神压力，再加上极度的疲劳，他的身体终于扛不住了。

当天夜里，邵子安高烧到四十摄氏度。

Nissa、欧阳和017三个人轮番在旁边照顾他。邵子安陷入了一种半昏迷的状态。混乱中，他看到数不清的重肌人，他拼命地搏斗着、厮杀着……

他的眼前不停地晃动着岳澜和Nissa的身影，两人交叠在一起，分也分不清。来了，那些重肌人又来了，他拼命地反抗着，重肌人越来越多，一个重肌人将他扑倒，疯狂地撕咬着。邵子安大喊一声，醒了过来。

窗外，天色已经微明。

欧阳和017围上前来，欧阳问道：“你没事吧，感觉怎么样？”

邵子安虚脱地说道：“我好多了，Nissa呢？”

欧阳说道：“Nissa在呢，她去外屋给你弄水去了，你还得吃点药。”

邵子安点了点头，又躺了下去。

欧阳伸手给他掖了掖被角。就在这时，猛听得外面传来了一声清脆的枪响，欧阳愣道：“怎么回事？”

017快步奔出房间，片刻又冲了回来，说道：“Nissa不见了！”

邵子安三人拎着枪冲出了房子。

枪声传来的地方非常近，只隔着一条街区。冲过路口，猛然见到前方一座超市的门口，Nissa正抱着一包药，一瘸一拐地奔出来，大量重肌人紧跟在后面追赶。

邵子安大声喊道："Nissa！"三个人开着枪迎了上去。

冲到近前，邵子安一把扶住 Nissa，喊道："Nissa，你没事吧？"

Nissa 还没有回答，大量重肌人已经扑了上来。017 拔出随身的砍刀砍翻了最前面的几个，喊道："快走！"

三人扶着 Nissa，拼命地奔回来，跳上了吉普车。

邵子安一口气将车子开出小镇，这才将车停下。他扶起 Nissa，问道："你怎么样？"

Nissa 脸色惨白，拿起手里那包药，说道："子安哥哥，你的药。"

邵子安说道："别管什么药了，你没事吧？"

Nissa 苦笑了一下，说道："对不起，我……被他们咬伤了。"

邵子安一惊，低头望去，只见 Nissa 的小腿上，赫然是一个血淋淋的伤口。邵子安一把撕开 Nissa 的裤脚，语无伦次地说道："没事的，你没事的，我能救活你，我一定能救活你。"

他对一旁早已呆住的欧阳和 017 吼道："还愣着干什么，给我刀子！"

欧阳和 017 都没有动。

Nissa 按住邵子安的手，说道："子安哥哥，听我的话，就把我放在这儿吧……"

邵子安吼道："你胡说什么？我能救活你，我一定能救活你的！你相信我 Nissa，你一定要相信我……"

Nissa 缓缓摇了摇头，说道："来不及了。"她"噌"地拔出手枪，顶在了自己头上。

邵子安心里一颤，他想起来，这把手枪是自己昨天晚上交给 Nissa 的，他喊道："你要干什么？"

Nissa 说道："你们快走，他们马上就会追过来了。"

邵子安绝望地喊道："Nissa，不要！"

Nissa 凝视着邵子安，神色无比温柔，她说道："子安哥哥，对不起，我不能再照顾你了。你答应我，一定要好好照顾自己，忘了我！"

Nissa 说完，扣动了扳机。

邵子安一声大喊：“Nissa！”他只觉得眼前一黑，就什么也不知道了。

第四十六章　潜意识自杀

混乱，无穷无尽的混乱……

那个叫作“极速部落”的网络会所，隧道，白光，远山训练营，神秘的阿克莫拉，身边的场景在不停地轮换；重肌人，数不清的重肌人；搏斗，不停地搏斗，拼死突围；一张张熟悉的面孔在眼前闪过，路凡、小胖、丁峥、梁靖、岳澜、017、欧阳……

Nissa举枪指住自己的额头，说道：“子安哥哥，你一定要好好照顾自己，忘了我！”Nissa的目光坚定，扣动了扳机。

“Nissa！”邵子安一声大喊，睁开了眼睛。

眼前是黑乎乎的墙壁、破旧的家具，他正躺在一间简陋的毡房中。

猛听到一个女人的声音：“你醒了？”

邵子安转过头去，站在他面前的，竟然是岳澜。邵子安心中一片迷茫，愣道：“怎么是你？”

岳澜还没有回答，欧阳已经冲到床前，喊道：“子安，你……你总算醒了，你……你可担心死我们了！”欧阳的声音已经颤抖了。

邵子安看着欧阳，又看了看一旁的岳澜，问道：“发生了什么事？”

欧阳说道：“你都不记得了？”

邵子安皱眉回忆，一个个画面在脑海中闪现出来，阿克莫拉、基地、重肌人、逃亡，还有……Nissa！

邵子安心里猛然一紧，瞬间想起了所有发生的事情，最后一个画面在脑海中清晰地定格。

Nissa 举起手枪，指住了自己的额头，说道：“子安哥哥，对不起，我不能再照顾你了。你答应我一定要好好照顾自己，忘了我！”Nissa 的目光坚定，扣动了扳机。

邵子安呆了良久，问道：“我们……怎么会在这儿？”

原来，Nissa 遇难的那天，邵子安昏倒之后，重肌人再度追了上来。欧阳和 017 立刻背上邵子安，拼死突围。重肌人一路尾随着他们，几个人在深山里转了十几天，这才勉强逃脱。

之后，他们遇到了岳澜和晓芸。

两人从岳澜口中得知，玖川市也在数天前突然爆发了大规模的“重肌人”病毒感染事件，灾难几乎在一夜间就到达了无法控制的地步。

岳澜和晓芸等几个要好的同学侥幸逃脱后，这才发现，全国几乎所有城市都在同一时间爆发了大规模的病毒感染，她们已经无处可去。岳澜想起了邵子安曾经对她讲过的事情，终于明白，邵子安当初并没有骗自己。她回忆起邵子安说过的话：“重肌人都是正常人经病毒感染后变异而成的，没有人的地方，就不会有重肌人。”于是，几个人商量了之后，找了一辆车，向人烟稀少的青藏高原地区转移。

欧阳、017 和岳澜、晓芸会合后，大伙儿决定，还是按照邵子安事先说过的线路，向位于喜马拉雅山脉西麓的萨迦拉孜地区进发。那里的平均海拔超过了四千米，人烟稀少，应该还没有重肌人。

一路上，大伙儿又相继收留了许多从各个城市逃出来的幸存者，队伍在不断壮大。而邵子安则一直高烧不退，幸好有岳澜和晓芸等几个女孩儿在照顾他。

邵子安的身体极为虚弱，当天晚上，他再度陷入昏迷。好在他的体温终于降了一些，大伙儿都稍稍松了口气。

第二天一早，大伙儿继续向目的地进发。

这支由来自各个城市的幸存者组成的临时小队，人数已经超过了一百人。由于没有车辆，再加上邵子安一直处于半睡半醒的状态中，只能用担架抬着，行进的速度极慢。

所幸一路上大家并没有遇到任何危险。十几天后，邵子安的体温终于完全降下来了，人也苏醒过来。

但是自从邵子安完全清醒过来，就发生了一个严重的状况——无法进食。无论喂他吃什么东西，哪怕是一口水，都会引起剧烈的呕吐。

欧阳几人束手无策，谁也不知道该怎么办。没有人敢再喂他吃任何东西，大伙儿眼瞅着邵子安就这么一天天地虚弱下去。

这天傍晚宿营以后，岳澜找到了欧阳。

岳澜在大学期间主修的是临床医学专业，所以她是队伍里唯一的医生，邵子安也一直由她来照顾。

岳澜见到欧阳，开门见山地说道："我想跟你聊一聊邵子安的事。"

欧阳问道："子安他……现在的情况怎么样？"

岳澜摇了摇头，说道："非常不乐观，经过这么长时间的高烧，他的身体原本就十分虚弱，如果再这样下去，恐怕……"岳澜没有再继续说下去。

欧阳说道："岳澜，你是医生，难道……就没有什么办法了吗？"

岳澜沉默了片刻，说道："这两天我仔细检查过他的身体状况，邵子安现在的情况，除了虚弱，其实已经没有其他任何问题。"

欧阳愣道："没有问题？那……那他怎么不能吃东西，只要一喂他吃东西，哪怕是一口水，都吐成那样？"

岳澜没有回答。

欧阳说道："你的意思是说，他现在……已经没有病了？"

岳澜说道："是的，至少已经不是器质性或者功能上的疾病了。"

欧阳完全糊涂了，说道："那……那他这是怎么回事？"

岳澜说道："我不了解邵子安之前的情况，也不清楚他到底遇到了什么事。如果我没有猜错的话，他现在的状态，是在下意识地抗拒生存……"

欧阳问道："什么意思？"

岳澜顿了顿，缓缓说道："换句话说，他是在潜意识自杀。"

欧阳愣道："你……你说什么？"

岳澜没有再回答，只是静静地看着欧阳。

欧阳呆了良久，缓缓点了点头，说道："我明白了……"

他抬起头来，恳求地说道："还有什么别的办法吗？"

岳澜说道："我只能给他注射葡萄糖和生理盐水了，这是唯一可以维持他生命的方法。"

欧阳呆了良久，说道："好吧，听你的，那就给他注射吧。"

对邵子安来说，和岳澜重逢，十二年前那场幻觉真实应验，灾难终于爆发，这一切都不能在他心中引起丝毫的波澜了。Nissa 的离去，使他彻底失去了生活下去的动力。

岳澜说得对，此时的邵子安就是在潜意识地抗拒生存，换言之，他是在一种潜意识的状态下，想要结束自己的生命。

从第二天起，岳澜开始为他注射葡萄糖和生理盐水来维持生命。邵子安对此既不接受，也不拒绝，任由岳澜摆弄。

自从完全苏醒过来，邵子安就拒绝与任何人交流。每天除了睡觉，就是躺在担架上，茫然地望着天空。

欧阳几人看在眼里，急在心里，但是谁也没有任何办法。一个人如果失去了生活下去的勇气，任何人都无法唤醒他。

还好有岳澜一直在照顾着他。

岳澜并没有放弃，每天除了注射葡萄糖和生理盐水，始终坚持给邵子安喂饭。虽然每一次，邵子安都会吐得天翻地覆。

所有人都知道，一个正常人是不能仅靠葡萄糖和生理盐水来维持生命的，但至少，邵子安还活着。

队伍就这样一天天向目的地艰难地行进。一个月后，终于进入了扎曲地区，这里距他们最后的目的地已经不远了。

已经断粮很多天了，所有人只能依靠欧阳和 017 偶尔打猎，饥一顿饱一顿地勉强维持。

这一天中午宿营以后，岳澜用大伙儿省下的最后一点白米，给邵子安煮了一碗粥。每个人都很多天没吃过一顿正经饭了，闻到白米的香味，都不由得咽了咽口水。

岳澜将粥端到邵子安面前，说道：“邵子安，该吃饭了。”

欧阳和 017 上前将邵子安扶起。和每次一样，喂了几口之后，邵子安再一次开始剧烈地呕吐。

欧阳叹了口气，说道：“我来吧。”

他接过岳澜手里的粥碗，对邵子安说道：“你得吃饭。你一个大活人，不能只靠注射葡萄糖维持生命，来，我们再试试。”

对于欧阳的话，邵子安没有任何反应。

欧阳举起调羹，将粥吹凉，送到邵子安的口中。邵子安又一次开始呕吐，欧阳并不放弃，一次又一次地尝试，邵子安吐得越来越剧烈，所有人都已经不忍再看。

突然，邵子安拦住了欧阳的手。

欧阳一怔。只见邵子安抬起头来，说道：“不要再试了。”

这是自从完全苏醒过来，邵子安第一次主动和大家说话。欧阳显得有些激动，说道：“子安，你……你终于和我们说话啦！你怎么样？来，这是岳澜刚熬好的粥，我们再试试。”

邵子安摇了摇头。

欧阳问道：“怎么了？”

邵子安再次说道：“我说了，不要再试了。”

欧阳说道：“你听我说，什么事都能过去的，咱得往前看，是不是？”

他举起调羹，说道：“来，再试试。”

邵子安没有理会欧阳，淡淡地说道：“就把我放在这儿吧。”

欧阳愣道：“你说什么？”

邵子安说道：“不用再管我了，就把我放在这儿。你们愿意去哪儿，就去哪儿。”

欧阳说道：“你什么意思？”

邵子安转过头去，不再说话。

欧阳一下子明白了邵子安的意思，说道：“你……你怎么能这么说话？”

他指着周围的众人，说道："这些天大伙儿为了抬你，都快累死了。在海拔这么高的地方，大伙儿抬着你走，一走就是好几个月。还有岳澜和晓芸，每天这么辛苦地照顾你。我们谁都没有放弃你，你现在说这种话，对得起大家对你的照顾吗？"

邵子安冷冷地说道："是你们愿意照顾我，我又没要你们照顾。你们就把我放在这儿，爱去哪去哪儿。我是生还是死，跟你们没关系。"

欧阳说道："你说什么？"

邵子安提高了音量，说道："你没听到吗？我没让你们照顾我。就把我放在这儿，你们爱去哪儿去哪儿。我时生还是死，跟你们没关系！"

邵子安的话，一下子激怒了欧阳，他"啪"的一声将粥碗摔在地上，喝道："邵子安，你浑蛋！"

欧阳勃然大怒，一把将邵子安从担架上拎起，吼道："邵子安，你这说的还是人话吗？我知道你在想什么，你不想活了是不是？好，我成全你。"他抡起拳头，一拳打在了邵子安的脸上。

所有人一下子呆住了，岳澜上前试图制止欧阳，被 017 拦住了。

邵子安被欧阳这势大力沉的一拳直接打倒在地。欧阳冲上前去，再次拎起邵子安，吼道："瞧瞧你现在这副窝囊相，还是个男人吗？你这么活着，还不如去死！"他又是一拳，再一次将邵子安打倒。

鲜血顺着邵子安的嘴角流了下来，但是他完全不反抗，任由欧阳一次又一次将他拎起再打倒。欧阳叫着、骂着，也不知道是第多少次，他将邵子安拎起，刚刚抡起拳头，突然，他的手被人攥住了。

抬起头来，是邵子安。

就在这一瞬间，所有人惊愕地发现，邵子安像完全变了一个人，再也不是几个月以来毫无生气的样子，他的眼睛里换上的，是一种如豹子一般犀利的目光。

欧阳愣道："你……子安，你怎么了？"

邵子安沉声说道："重肌人！"

第四十七章　阻击战

几人跟随邵子安攀上营地右侧的陡坡，只见就在陡坡反斜面的下方，数以百计的重肌人正沿着陡坡，缓缓地爬了上来。

晓芸愣道：“这里……这里怎么也有重肌人？”

众人现在所在的位置，已经接近喜马拉雅山脉西麓的萨迦拉孜高原，平均海拔接近四千米。按道理讲，在这样的地方，绝不可能这么快就出现这样大量的重肌人。

欧阳观察了一下坡下的重肌人，说道：“先别管这么多了，看样子他们马上就要上来了，通知大伙儿，我们得赶紧撤。”

欧阳刚要转身，邵子安一把拦住他，说道：“你就准备这么撤吗？”

欧阳说道：“怎么了？”

邵子安说道：“你看看我们身后，是超过十公里的平原。你有把握在这些重肌人爬到坡顶之前，跑出这十公里的范围吗？”

欧阳心里一沉。邵子安说得对，就在陡坡下面他们撤退的方向，是超过十公里的平原地区，没有任何遮拦。从现在的情况看，那些重肌人爬到坡顶最多只需要十几分钟。在这么短的时间内，是没有人可以跑出这十公里的。

从阿克莫拉事件开始，邵子安和欧阳、017 与这些重肌人交手了十几次，三个人都很清楚他们的战斗力。这些重肌人的移动速度飞快，抗打击能力又极强，非常难缠。除非爆头，否则绝不可能让他们失去战斗力。一旦被他们追上，就很难逃生。

欧阳说道：“那我们怎么办？”

邵子安扫视了一下周围的环境，说道：“唯一的办法，就是在这里打一场阻击战。利用坡顶的地形，寻找制高点形成交叉火力，拖住他们。”

邵子安的意思很简单，重肌人虽然移动速度快，并且攻击能力极强，但他们的智商很低。只要有效利用坡顶的制高点，形成交叉火力，就可以来回转移他们的注意力，在这里尽量消灭他们。最不济，也可以尽量拖延时间，为营地的人撤离赢得更多的机会。

欧阳望向017，017缓缓点了点头。

欧阳沉吟片刻，说道：“好，就听子安的。”

他对岳澜和晓芸说道：“你们两个立刻下山，用最快的速度带大伙儿撤离。”

岳澜说道：“让晓芸带大伙儿走，我留下。”

欧阳愣道：“你？”

岳澜说道：“我父母都是军人，我从小受过严格的军事训练。我留下，多一个人，就多一份胜算。”

欧阳说道：“你……你行吗？”

岳澜的眼神坚定，说道：“可以。”

欧阳看了看坡下如潮水一般涌上来的重肌人，已经没有时间再考虑了。岳澜说得对，多一个人，就为大伙儿多赢得一分逃生的可能。欧阳和017交换了一个眼神，说道：“岳澜留下，大家马上准备！”

这支临时小队一共有四支步枪、两把手枪和少量的手雷，好在弹药充足。欧阳立即分配了一下任务：017和岳澜分别占领左侧和正面的制高点，自己和邵子安留在压力最大的右侧。

重肌人显然还没有发现他们，任务布置完毕后，四个人立即分别进入战斗位置。

此时，他们面前的这些重肌人，数量并不算太多，大约有五百个。大伙儿握紧手里的步枪，静静地等待着。

十分钟后，走在最前面的重肌人进入了二百米的范围，位于山坡左侧位置的017率先开枪了。

017是远山训练营所有学员里枪法最出众的，虽然他手里的步枪并没有配备瞄准镜，这第一枪还是将最前面的重肌人直接爆头。只见那个重肌人身子晃了晃，倒在了地上。

巨大的枪声立刻吸引了所有重肌人的注意。他们猛然转过身子，向位于左侧的 017 的方向扑了过去。

重肌人的移动速度极快，向 017 所在的位置迅速接近。017 冷静地扣动着扳机，一个个重肌人在他面前倒下。等到重肌人距离他的位置接近五十米的时候，他面前已经堆了十几具重肌人的尸体。

就在这时，岳澜的枪声响了。

岳澜的位置在陡坡正面，距离重肌人大约一百五十米。

谁也没想到，岳澜的枪法极好，第一枪就直接将一个重肌人爆头。岳澜的枪声响起的那一刻，017 停止开枪。重肌人立即被岳澜的枪声吸引，放弃 017，向岳澜的方向扑去。

岳澜沉着地开着枪，一个个重肌人在她面前倒下。

欧阳的嘴巴张成了“O”形，他说道：“没想到啊，这个小妞儿，行啊。”

等到重肌人距离岳澜的位置接近五十米的时候，欧阳和邵子安的枪声同时响起。两人几乎一枪一个，重肌人不断地被爆头，倒在地上。

待重肌人移动到距邵子安和欧阳的位置接近五十米的时候，017 的枪声再次响起。

就这样，四个人利用三个制高点形成交叉火力，不停地来回调动那些重肌人。几个回合下来，大伙儿面前已经堆了几百具重肌人的尸体。

017 带着岳澜退了下来，对邵子安说道：“子安，我们撤吧。”

邵子安并没有理会 017，继续扣动着扳机。重肌人在他前面一个个倒下。打完枪膛里的最后一发子弹，邵子安拎起步枪，一跃而起。

欧阳喊道：“子安，你干吗去？”

此时坡下的重肌人还有接近二十个，看到邵子安跳出来，立刻疯狂地扑了上来。邵子安抡起手里的步枪杀入重肌人群，只见他如猛虎下山一般，左突右杀，所向披靡，重肌人被打得骨断筋折，一个个接连倒地。欧阳几人全都看呆了。

没一会儿，山坡下只剩下最后两个重肌人。邵子安一枪托将面前的一个打得脑浆迸裂，回身又将另一个打倒在地。

邵子安扑上前去，抡起枪托，一下下打在那重肌人的身上，状如疯癫。欧阳冲上前去，拉住邵子安，喊道：“子安，够了，别这样！”

邵子安一脚将欧阳踹翻，吼道：“你给我滚！”

被打倒在地的重肌人还没有完全失去战斗力，挣扎着试图起身。

邵子安上前一脚踩住他的胸口。那重肌人拼命地挣扎着，邵子安换上最后一个弹匣，对准重肌人的头顶，扣动了扳机。整整一梭子子弹，全部打在了重肌人的头上，鲜血、脑浆、碎肉溅了邵子安满身满脸。

邵子安扔下手中的步枪，仰天长啸，大声喊道：“Nissa！”

邵子安的叫声，震得四下里木叶簌簌落下，山谷中回音不绝。望着面前如疯癫一般的邵子安，岳澜几人全都呆住了。

远处的天边，苍山如海，残阳似血。

第四十八章　原来这一切都是真的

一周后，这支临时小队终于抵达了最后的目的地——位于喜马拉雅山脉西麓萨迦拉孜高原的雪岭小镇。从地图上看，这是一座早已荒弃的小镇，周围数百公里没有人烟。

安顿下来以后，欧阳和017立刻派出了大量警戒哨，对附近地区进行仔细搜索。奇怪的是，方圆几百公里，除了那天下午遇到的那批重肌人，再也没有发现任何重肌人的痕迹。

经过那天的折腾，邵子安原本虚弱的身体雪上加霜，再次陷入了昏迷。这天晚上，岳澜给他检查过之后，陷入了长久的沉默。

欧阳问道：“怎么样？”

岳澜凝神沉思，没有回答。

欧阳担心地说道："是不是……情况很不好？"

岳澜突然抬起头来，说道："欧阳，你告诉我，他到底遇到了什么事？"

欧阳愣了一下，说道："这个……你还是不要知道了。"

岳澜说道："你要明白，邵子安既是我的同学，也是我的病人。了解他的情况，有助于我对他的治疗。"

欧阳说道："我明白了。"他沉默了片刻，将邵子安这些年来遇到的事情，原原本本讲给了岳澜。

从多年前邵子安那段濒死体验的经历，一次又一次离奇的巧合，到邵子安选择与父亲决裂，考入远山训练营，之后 Nissa 突然来访，岳澜的那次拒绝，再到之后 Nissa 如何陪伴他度过那段艰难的时光，邵子安与 Nissa 这些年的感情，以及最后的毕业总演习，他们去了阿克莫拉，"重肌人"病毒突然爆发，直到最后 Nissa 如何遇难……

岳澜静静地听着，一句也没有插嘴。

欧阳讲完，岳澜怔怔地望着病床上昏迷不醒的邵子安，说道："没想到，这些年，他竟然遇到了这么多事……"

欧阳说道："其实，子安从来没有骗过你，你当初误会他了。你们那件事，给了他很大的打击，是 Nissa 陪着他度过了那段时间，让他彻底忘记了以前的事情。但是谁都没想到，Nissa 还是离开了……"

说到这里，欧阳叹了口气，说道："所以，你明白他现在为什么是这个样子了吧？"

岳澜缓缓点了点头，说道："看来，我们必须想个办法，帮助他恢复活下去的勇气。"

欧阳问道："你有什么办法吗？"

岳澜沉吟了片刻，说道："给他希望。"

欧阳说道："给他希望？"

岳澜说道："前几天那件事，虽然会对他的身体造成一定的伤害，但从精神上来讲，是一种发泄，能够在一定程度上舒缓他的情绪。不过要想让他彻底恢复，必须帮助他找到继续活下去的目标。"

欧阳问道："目标？什么样的目标？"

岳澜说道："无论是什么样的目标。每个人之所以能够活下去，就是因为对生活有希望、有目标。邵子安现在，就是没有了这样的目标。”

欧阳恍然大悟，说道：“我知道你的意思了。”

岳澜说道：“你是他最好的朋友，这件事，只能由你来做。”

欧阳说道：“我明白，你放心吧，我会去试一试的。”

岳澜从来也没有想过，有一天会与邵子安重逢，而且，是以这样的一种方式重逢。自从八年前与邵子安相识，这个男人就给她留下了极为深刻的印象。这种印象既不是好印象，也不是坏印象。

女人的直觉告诉她，这个男人的心里一定隐藏了一件极为重要的事情。奇怪的是，邵子安一直没有对她讲过什么。此后，邵子安冒险到沃尔玛去救她，之后突然退学，报考远山训练营。岳澜开始隐隐约约地感觉到，邵子安心里的那件事，或许和自己有关。直到四年前的那天，邵子安突然找到她，对她讲述了那段故事。

那是一段任何正常人都无法接受的荒诞而离奇的故事，岳澜同样无法接受，所以她拒绝了邵子安。

岳澜原本以为这件事就这样结束了，她和邵子安之间再也不会有任何交集。直到几个月前，玖川市一夜间爆发了大规模的“重肌人”病毒感染事件，爆发的时间和规模都与邵子安描述的完全相同。岳澜这才知道，邵子安当初并没有骗她。

也就是从那一刻起，岳澜的心中开始对邵子安充满了愧意。她知道，自己当初的那次拒绝，一定深深地伤害了他。

与邵子安再度重逢，看到他的状况，再听欧阳讲述他这些年的遭遇，岳澜心中的悔意更甚，同时，她也为邵子安的经历感到难过。

岳澜是一个善良而有责任感的女孩儿。或许是出于对邵子安的愧疚，又或许是因为对邵子安的同情，作为他的同学和医生，岳澜决定，一定要治疗好、照顾好这个男人，直到他恢复健康为止。

这支由各个城市逃亡出来的幸存者组成的队伍，就这样在萨迦拉孜高原这个名叫雪岭的小镇安顿了下来。

在岳澜几人的精心照顾下，一个星期后，邵子安醒了过来。

所有人都很激动，每个幸存者都对邵子安心存极大的感激。遇到重肌人的那天，如果不是邵子安提前发现并指挥了战斗，他们当中没有人可以逃脱。同时，大伙儿对邵子安的状况也感到深深的担忧。

这天下午，欧阳来到了邵子安的房间。几个月的时间里，邵子安仅仅依靠葡萄糖和生理盐水维持生命，人已经瘦得完全脱了形。

欧阳在床边坐下，说道："感觉怎么样？"

对于欧阳的到来，邵子安没有任何反应，更没有回答欧阳的问题。

欧阳说道："我们来看看你。这些天你一直躺在这儿，外面的事你都不知道。咱们已经到地方了，就是你说过的那个地方，一切还挺顺利的。"

邵子安静静地躺在床上，茫然地望着天花板，连眼皮都没有眨一眨。

欧阳说道："我过来是想跟你好好聊聊。有些话呢，我知道不应该现在跟你说，但我觉得你还是得听听。"

说到这里，欧阳顿了顿，抬起头来，望着邵子安，说道："我想跟你说的，是 Nissa 的事情。"

听到 Nissa 的名字，邵子安的身体明显一颤。

欧阳说道："Nissa 是个好女孩儿，但是她现在已经不在了。你很难过，我们也都很理解。可是你不能一直这么下去，因为你还有很多事情要去做，不仅是为了你自己，也是为了我们，更是为了 Nissa。"

欧阳说到这里，神情有些激动，他平静了片刻，才继续说道："这几个月以来发生的事情，可以说是极度的匪夷所思。到今天为止，我们可以下一个定论了：十二年前你那段濒死体验的经历，真的应验了。"

欧阳顿了顿，说道："我一直在想这件事，说实话，我一直也没有想通。你有没有想过，这世界上真的有这么离奇的事情吗？还是说……有什么别的原因？"

说到这里，欧阳再次停顿了一下，才说道："到了这里以后，我彻底冷静下来，把所有的事情前前后后仔细想了一遍，我发现了一些东西。有几件事，非常奇怪，你听我慢慢跟你说。"

"第一件事，到了这里以后，我向所有幸存者仔细询问了各个城市'重肌人'病毒爆发的情况。从目前得到的情况看，全世界所有城市病毒爆发的时间，都集中在七月十三号到七月十九号这一个星期内，没有一座城市早于七月十三号。你还记得我们从阿克莫拉逃回嘎里小镇是哪一天吗？我记得很清楚，是六月三十号。

“这说明什么？说明在全世界所有城市大规模爆发‘重肌人’病毒之前整整两周，阿克莫拉的 C-41 区临时基地、我们逃回尼泊尔降落的那座机场、嘎里小镇，以及我们之后逃亡所经过的每一处地方，包括 Nissa 遇难的那座小镇，这几个地方都提前爆发了病毒，提前了至少两周的时间！

“第二件事，你还记得前几天我们遇到的那些重肌人吗？到了这里以后，我和 017 立刻派人搜索了方圆几百公里，奇怪的是，除了那批重肌人，再也没有发现任何重肌人的痕迹。这里平均海拔超过四千米，人烟稀少，爆发的病毒根本还没有到达这里。那么那天我们遇到的重肌人，是从哪里来的？

“第三件事，也是最蹊跷的事，就是阿克莫拉德军基地的那盘钢丝录音带。这些天我一直在想，这到底是怎么回事？留下那盘录音带的人，到底是谁？”

欧阳停顿了片刻，说道：“好了，我就先说这几件。你知道吗？我现在有一种非常可怕的预感，整件事情恐怕远比我们想的复杂。”

欧阳抬起头来，望着邵子安，一字一句说道：“你想一想，Nissa 为什么会离开我们，不就是因为‘重肌人’病毒爆发吗？这件事的真相到底是什么？这件事的背后究竟有着什么样的原因？你十二年前那段濒死体验的经历为什么会应验？这一切的一切，我们还都不知道。你是不是需要去探查一下？如果整件事的背后真的有一种什么样的力量，你是不是应该去把它找出来，为 Nissa 找到这个真相，甚至去为 Nissa 报仇？作为男人，这是你必须做的事情，也是你能为 Nissa 做的最后的事情。就算你要去死，也要把这些事情完成才能去死，你说对不对？”

欧阳一口气将这些话说完。然而邵子安静静地躺在床上，对于欧阳的这番话，似乎完全没有听到。

欧阳凝视着邵子安，叹了口气，说道：“好吧，想说的话，我都已经跟你说了，也没什么可说的了。我也不知道你听到了没有。你累了，好好休息吧，有时间我再过来看你。”

欧阳起身要走，突然听到邵子安说道：“欧阳。”

欧阳回过身来，只见邵子安正望着他。

欧阳说道：“你……你是在和我说话吗？”

邵子安缓缓说道：“我饿了。”

欧阳愣道：“你说什么？”

邵子安重复道：“我饿了，我想吃东西。”

欧阳一时间完全没有反应过来，呆了半晌才激动得连连点头，说道：“好，好，你等着，我这就给你拿去。”

欧阳飞奔着跑出房间。不大会儿工夫，欧阳和岳澜、晓芸、017 几人端着一锅热腾腾的米粥回来。

欧阳给邵子安盛了一碗，说道：“这是岳澜刚熬好的粥，你趁热喝。”

017 和晓芸帮忙将邵子安扶起。欧阳接过岳澜递过来的调羹，舀了一勺，放在嘴边吹凉，小心翼翼地喂到邵子安的口中。

邵子安已经很多天没有进食了，他极为艰难地将这勺粥吞咽下去。这一次他并没有呕吐，一点儿都没有呕吐。缓了片刻，他接过欧阳手里的粥碗，如获甘霖般一口气将整碗粥喝完。

邵子安将粥碗还给欧阳，长出了一口气，说道：“欧阳，你说得对，我还有很多事情没有做完，不能再这样下去了。我要好起来，要查清这件事，要给 Nissa 一个交代。”

欧阳回头望向岳澜，又看了看一旁的 017 和晓芸。在这一刻，每个人的眼睛都湿润了。

第四十九章　人生不相见，动如参与商

邵子安终于再一次鼓起了生活的勇气。

他的身体素质原本就极好，在岳澜的精心治疗下，恢复得很快。十几天后，邵子安已经可以在欧阳的搀扶下，走出房间散步了。

这天下午，欧阳扶着他一直散步到小镇的郊外。两人在山坡上坐下，欧阳问道：“感觉怎么样？”

邵子安说道：“我已经没事了。”

欧阳说道：“能看到你这样，我真开心。病好了以后，有什么打算？”

邵子安沉默了片刻，说道：“我要查清这件事。”

欧阳点了点头。

邵子安说道：“这些天我仔细回想了你说的话。你说得对。我一度以为，十二年前那段濒死体验的经历仅仅是一场幻觉，但是现在我彻底改变了这种看法。”

欧阳说道：“你是怎么想的？”

邵子安说道：“‘重肌人’病毒的真正爆发，是在阿克莫拉。但在很久以前，我就有一种强烈的直觉，冥冥之中，一直有一种神秘的力量在引导着我，要我走向一个地方。现在我们都明白，这个最后的节点，就是阿克莫拉。从阿克莫拉开始，所有事情都不对了。我们打开那座德军基地后，重肌人就一路追着我们，从阿克莫拉到C-41区基地，到尼泊尔的嘎里小镇，最后一直到Nissa死去。”

听到邵子安主动提起Nissa，欧阳心里“咯噔”了一下。他抬头望向邵子安，只见邵子安神色平静，似乎是在说一件遥远的事情。

邵子安说道："仔细思索之后，我产生了一种强烈的感觉。所有的事情，好像都和我有着一定的关系。"

欧阳说道："我也有同样的感觉。你想一想，从那段濒死体验的经历开始，之后遇到两个一模一样的岳澜、相同的沃尔玛超市、远山训练营的徽章，还有 017，最后一直到阿克莫拉'重肌人'病毒爆发。所有这些，我感觉就像故事片里一条清晰的主线，一直围绕着你。之后我们一路逃亡，经过的所有地方，'重肌人'病毒全部提前爆发。甚至当我们逃到青藏高原，这个地方当时还没有发现任何病毒爆发的迹象，但是那天下午，我们遇到了那么多重肌人。这一切，都太巧了吧？"

邵子安说道："是的，你说得没错。"

欧阳取出一张地图递给邵子安，说道："我这里，还有一个巧合。"

这是一张全国地图，只见上面密密麻麻画满了各种线路，旁边有标注。欧阳说道："这是最近这段时间我根据幸存者们描述的情况，画出来的一张'重肌人'病毒在全国爆发的线路图。根据现在掌握的情况，所有地区都是在一个星期的时间内，从省会城市或者一线大城市瞬间爆发，逐级向下级城市扩散。"

邵子安凝视着手里的地图，说道："好'漂亮'的一条曲线。"

欧阳说道："我们都是懂军事的人。你看这张图像什么？像不像一张极为标准的军事战略部署图？"

邵子安合上地图，说道："我记得教官曾经讲过一个原则：当你遇到的巧合太多的时候，很可能就不再是巧合了，而是阴谋。"

欧阳说道："没错。发生的一切，如果不能用巧合或者偶然来解释，那么这件事的背后，就将是一个非常可怕的答案。"

说到这里，欧阳顿了顿，说道："我感觉整件事的背后，恐怕有一种极为庞大的力量在操控着，这是一盘很大的棋。至于这种力量究竟是人为的，还是一种未知的超自然力量，我们现在还不清楚。"

邵子安说道："所以我要彻底查清这件事。"

欧阳说道："我和 017 还有岳澜、晓芸她们几个，会全力配合你的。"

两周之后，邵子安的身体完全康复。他带领欧阳、017 和岳澜、晓芸几人立刻开始了对整件事的调查。

此时，全世界的互联网系统已经全部瘫痪，不过围绕在外层空间的上万颗卫星还在工作。他们采用了一种特殊的方式，将电脑直接连线到这些卫星的庞大数据库上，又通过卫星连接到地球上所有还在工作着的大型服务器上。

在岳澜和晓芸几人的帮助下，邵子安开始对这些庞大的数据进行搜索、分类和整理，试图从中寻找到一些蛛丝马迹。

在这期间，小镇上陆续又收留了很多来自世界各地的幸存者。从他们的口中得知，各地的灾难已经到了无法控制的地步。

所有地区的“重肌人”病毒几乎都是在同一时间爆发，并且在极短的时间内就将整座城市摧毁，大量人员死亡，沦为重肌人，各个国家的政府现在已经全部瘫痪。

由于青藏高原地区人口稀少，超高的海拔和极度的寒冷会对重肌人的移动造成一定的影响，因此，几乎全世界的幸存者都拥向了这里。幸存者们在青藏高原上建立了一个又一个临时避难所，并选取了一个公用通信频道进行联络，随时通报各地的情况。

邵子安通过公共频道，联络到了全世界最顶尖的一批病毒和病理学专家，在雪岭小镇组建了一个临时实验室，开始对这一次爆发的“重肌人”病毒展开病理学研究，试图找到抗体。

同一时间，几人又派出人员到周边地区搜寻到大量的武器和弹药，组织小镇上的居民加高加固围墙，做好安全防范措施。之后，又从小镇的居民中选拔了一批身手矫健、受过一定军事训练的人员，进行了专门的培训，组建成一支战斗小队，加强对小镇的保护。

一切准备完毕后，邵子安几人向距离青藏高原最近的几个沦陷城市派出了搜救小队，试图找到幸存者。

同时，他们也希望能够在这些沦陷的地区，找到一些重肌人移动的规律，以及与整件事的真相有关的蛛丝马迹。

所有工作都在有条不紊地进行着。

这天上午，又有一批从各个城市逃亡的幸存者到达了雪岭小镇。邵子安在人群中看到了几张熟悉的面孔，全都是邵子安父亲公司的老员工，领头的就是邵家祥的私人助理查尔斯。

邵子安立刻走上前去，向几位叔叔打探父亲的消息。

查尔斯几人沉默良久，告诉了邵子安父亲的情况。就在玖川市“重肌人”病毒爆发的那天，邵家祥组织全体公司人员转移。在出城的路上，他为了保护大家，被重肌人咬伤。为了不拖累其他人，邵家祥饮弹自尽。

邵子安泪流满面，他失去了这个世界上最后一位亲人。直到最后，他也没来得及向父亲解释自己为什么会选择这条路。现在，他再也没有机会去解释了。他想起了最后一次与父亲见面的情景，父亲给他的那张银行卡，他没有要。

没想到，那一次，就是与父亲的永诀。

人生不相见，动如参与商。

父亲的离世让邵子安的病情再一次出现了反复，又休养了整整一个月，他才慢慢康复。病好以后，邵子安恢复了严格的系统训练。

他很清楚，要彻底查清这件事的真相，一定会面临前所未有的挑战。无论前面有多大的危险在等待着他，甚至会牺牲生命，他也不会在乎。因为这是他在这个世界上，能够为Nissa、为自己的父亲做的最后的事。

调查工作到目前为止进展顺利。通过这段时间的大规模数据搜索和分析，已经可以得出结论：这一次的“重肌人”病毒爆发是全球性的，病毒几乎同一时间在全世界所有的大城市大规模爆发，并且以极快的速度向周围城市扩散。

而邵子安几人在阿克莫拉地区最后滞留的那座名为“C-41区”的军事基地，以及他们从阿克莫拉逃回尼泊尔时降落的那座机场，嘎里小镇，乃至此后他们逃亡时经过的每一处地区，包括Nissa遇难的那座小镇，这几个地方的“重肌人”病毒爆发时间，确实要远远早于全世界其他城市。

这一切，都印证了邵子安与欧阳的想法。

他们在雪岭小镇组建的临时实验室也取得了相当的进展。

专家们已经得出了初步的结论：这一次在全世界爆发的“重肌人”病毒，与自一九七六年开始出现的埃博拉病毒属同一系病毒，在生物学的分类上均属于弹状病毒科，他们的共同上级生物学分类，为狂犬病毒目。也就是说，这两种病毒的源头都是狂犬病毒。

专家们将这种病毒的生物学危险等级定为十一级，这也是人类迄今为止发现的危险等级最高的传染病毒。

这种新型病毒的传播方式为体液传播，正常人类被感染体抓伤或咬伤后，会在几分钟到数小时内发生病变。

病毒进入人体后，会在极短的时间内入侵人类的脑干神经细胞，阻断多种感官传导，并在数分钟内使人类基因中的第八生长分化因子GDF-8发生突变，使人体的肌肉和骨骼膨胀，体积及密度迅速增长为普通人类的数倍。另外，病毒的入侵还会极大影响人体的激素水平，提高神经系统的兴奋性，使感染者变为一种极其狂躁、智力低下，肌肉和力量都异常发达的怪物，也就是邵子安所说的重肌人。

除此以外，重肌人具备一种显著的特性，就是对人类具有极强的攻击性。

重肌人彼此之间非常团结，对其他动物都没有任何攻击性，对于人类，却是如同对待死敌一般不计成本地杀戮。有关重肌人这一特性的形成原因，专家们还没有找到确切的答案。

病毒的所有特性确定后，专家们开始夜以继日地研究疫苗。相信假以时日，一定可以找到能够战胜这种病毒的抗体血清。

以上这些，都算是好消息。

不好的消息是，邵子安派出的数支搜索幸存者的小分队，自出发后，就如泥牛入海、鱼沉雁杳，再无任何消息。

所有人的心里都升起了一种不祥的感觉。这与他们抵达阿克莫拉时的情况极为相似。邵子安几人都记得，他们抵达阿克莫拉之前，曾经有九支搜索小队被派往那里，之后全部失联。

又等了两周，大家都感觉不能再等下去了。

从公共通信频道得到的消息，重肌人已经开始有向青藏高原方向转移的迹象，小镇的防卫工作变得更为重要。仔细讨论之后，邵子安决定让 017 和晓芸两人留在小镇，带领大家做好安全防卫工作；自己和欧阳带队，前往接应这几支搜索小队。由于他们此行的路途中很可能会遇到幸存者，而岳澜是医生，所以随队前往。

出发前的这天晚上，晓芸亲自下厨，给大伙儿做了一顿丰盛的晚餐，为他们饯行。席间众人推杯换盏、觥筹交错，欧阳更是段子不停。

只有邵子安显得郁郁寡欢，草草喝了几杯酒后，就与众人告辞。

邵子安走后，大伙儿都沉默了。

欧阳突然说道："你们知道，今天我为什么特意要晓芸做这顿饭，请大家过来吗？"

晓芸说道："你不是说，明天就要出发了，给大家饯行吗？"

欧阳摇了摇头，把玩着手里的酒杯，说道："其实这些天以来，我一直挺担心子安的。你们别看他这次恢复过来以后，好像什么事都没有了一样，每天该干什么干什么，该训练训练，该睡觉睡觉，甚至平时还和大家有说有笑。只有我知道，他心里的感受是什么样的……"

晓芸说道："你说的，我们能感觉到。但是你还没有告诉我们，今天为什么要请大家过来？"

欧阳放下手里的酒杯，说道："因为今天……是 Nissa 的生日。"

众人默然。

所有在这次"重肌人"病毒爆发中遇难的人，都没有坟墓。不知道从什么时候开始，幸存者们自发形成了一个习惯——为逝去的亲人修建一个衣冠冢，让他们这些还活着的人，有一个可以凭吊的地方。在小镇北侧一个山清水秀的地方，邵子安亲手为 Nissa 修建了一个衣冠冢。

岳澜也不知道自己为什么会来到这里，走上山坡的时候，邵子安正一个人静静地肃立在 Nissa 的墓碑前。

岳澜停住了脚步。只见邵子安轻轻抚拭着面前的墓碑，良久，轻轻说道："Nissa，我来看你了。今天，是你的生日，二十九岁的生日。这么多年来，我一直说等我毕业了，好好给你过一次生日。可是，我没能等到这一天。五年前，如果不是你的出现，可能我早就不在这个世界上了。是你让我彻底清醒过来，重新开始生活，也是你陪我度过了那段最难熬的日子。我这一辈子，亏欠你的实在太多。我原本打算用一生的时间来报答你，然而现在，我没有这个机会了……”

岳澜听邵子安淡淡地说着，如怨如慕，如泣如诉，回忆起他与 Nissa 的故事，一时间不由得痴了。

邵子安继续说道：“Nissa，你离开以后，我唯一的念头，就是去那边陪你，因为我害怕你一个人在那边太孤单了。是欧阳叫醒了我，让我明白，我是一个男人，不可以这么懦弱地死去，我还有很多事情要去做。最重要的是，我要查清这件事背后的真相，给你一个交代。明天我们就要出发了，你好好休息，如果我能活着回来，再来看你。生日快乐。”

岳澜听到这里，再也忍不住，泪水夺眶而出。

邵子安说完话，最后看了一眼 Nissa 的墓碑，转过身来。岳澜想要闪避，已经来不及了。

邵子安看着岳澜，有些意外，说道：“是你？”

岳澜擦了擦眼角的泪水，说道：“对不起，欧阳告诉我，今天是 Nissa 的生日，我想你会在这里，所以……我就过来看看你。”

邵子安凝视着岳澜。

岳澜沉默了片刻，说道：“我是你的医生，有些话，我想告诉你。”

邵子安说道：“你说。”

岳澜说道：“这段时间，虽然你一直表现得和大家一样，但我们都能看得出来你心里的感受。作为医生，我要告诉你，即便最坚强的男人，在痛苦的时候发泄一下，也没有什么。你不要老是忍着，该发泄的时候就发泄，没有人会说你什么，这会对你的身体有好处的。”

邵子安看着岳澜，冷冷地说道：“你怎么知道我痛苦了？我哪里痛苦了？你说得对，你是我的医生没错，但是我现在已经好了，不再需要医生了。我希望从现在开始，你不要再跟我说这些无聊的话，再见。”

邵子安说完，转身大步离去。

岳澜一下子愣住了，看着邵子安孤零零离去的背影，又望向月光下 Nissa 凄凉的坟冢，一时间心中五味杂陈。

第五十章　巴彦克拉

第二天清晨，邵子安带领小分队离开雪岭，向目的地进发。

经过整整一个月的跋涉和搜索，邵子安的搜索小队一无所获。他们不仅没有发现此前几支小队的任何踪迹，甚至连重肌人也没有看到一个。经过的所有城市都没有人烟，一切显得平静异常。十几天后，所有预定区域基本搜索完毕，只剩下最后一处地区，这是一座名为巴彦克拉的小镇。

巴彦克拉，在藏语中是“月亮”的意思。小镇位于川藏交界处的一座雪山脚下，是一座汉藏混居的小镇。在“重肌人”病毒爆发以前，人口接近十万。

这天清晨，小分队抵达巴彦克拉。

众人从小镇的北侧进入。与此前搜索过的每一座城市一样，整座小镇显得异常荒凉。所有的街道都已经长满了蒿草，路边的广告牌被风吹得东倒西歪，不时可以看到几辆锈迹斑斑、轮胎瘪掉的汽车，显然这里已经很久没有人居住了。

经过将近一天的搜索，小镇的东、西、南三个区域全部搜索完毕，没有任何异常，只剩下小镇北侧的一个工厂区还没有搜索。

邵子安看了看手表，已经接近下午四点，他对欧阳几人说道：“看来天黑以前，我们可以搜索完整座小镇。我的建议是，今天晚上就在这里宿营，老规矩，至少待满二十四小时，我们才可以离开。”

根据大伙儿目前对重肌人的了解，他们在夜间的活动会更为频繁。

邵子安建议待满二十四小时，就是要彻底了解小镇的全部情况。

简单吃了些压缩干粮后，稍事休息，小分队动身前往小镇的最后一处地区 —— 位于小镇北侧的工厂区。巴彦克拉是一座以军事化生产为主的工业小镇，在“重肌人”病毒爆发以前，主要以采矿和生产加工枪械零件为主。

工厂区位于整座小镇的北侧，坐落在雪山脚下，入口处是一个巨大的天然公园。几人呈交替掩护队形，确认安全后，缓缓进入。

虽然这些天以来，他们的搜索一直没有遇到任何状况，但小分队的每一个人始终保持着十二分的警惕。向前行进了一段，走在最前面的欧阳突然伸了伸手。邵子安示意大家停下，远远看到欧阳向前方观察了一阵，回身又打了一个手势。

这是一个“有情况”的手势，邵子安几人快步上前向欧阳靠拢。

岳澜问道：“什么情况？”

欧阳的表情显得有些古怪，指了指前面，说道：“你们看那儿。”

几人顺着欧阳手指的方向望去，只见不远处湖边的一条长椅上，坐着一个人。

从背影看，这是一个年轻的女孩儿，一袭白色长裙，颈上围着一条粉色的丝巾。微风拂过，丝巾缓缓飘起。

这是一个与周围的环境极度不和谐的诡异画面。

如果放在平常日子，这是一个极度唯美的画面。然而在此时此刻，在这座“重肌人”病毒爆发后的荒无人烟的小镇里，眼前这个画面显得极度的诡异。

几人互相交换了一个眼神，虽然从这里看不到女孩儿的正脸，但从她的背影和坐姿来看，是重肌人的可能性并不大。

欧阳说道：“你们留在这儿，我过去看看。”

岳澜说道：“欧阳。”

欧阳笑道：“没事，一个小姑娘而已，就当搭个讪了。”他起身把枪往身后一背，捋了捋头发，大步走了过去。

邵子安打了个“警戒”的手势，所有人立即举起了枪。

远远地，只见那女孩儿背对着欧阳静静地坐着，似乎对他的到来没有任何察觉。

欧阳大步走到女孩儿的身后，说道："姑娘，只有你一个人啊？"

女孩儿对于欧阳的搭讪没有任何反应。欧阳加大了音量，再次说道："姑娘？"

这一次，那女孩儿明显听到了，她扶了扶椅子的扶手，站起身来。从背影可以看出来，这个女孩儿的身材姣好。傍晚的微风吹动着她的丝巾和长裙，在夕阳的映照下，呈现出一幅极其唯美的画面。

欧阳不由得咽了咽口水。

女孩儿在原地站了片刻，缓缓转过身来。

欧阳充满期待地向前望去，就在他看清那女孩儿面容的一刻，瞬间只觉得毛骨悚然，后背的冷汗一下子湿透了衣服。

他面前站着的，并不是什么面容姣好的女孩儿，而是一个已经被"重肌人"病毒感染，但还未完全变异的感染者。只听那重肌人发出一声惊天动地的号叫，向欧阳扑去。欧阳已经完全惊呆了，根本来不及做任何反应。

眼见那重肌人就要将欧阳扑倒，猛听得一声枪响，重肌人头部中弹，倒在了欧阳面前。邵子安的枪口兀自冒着青烟，他向欧阳喊道："欧阳，快跑！"

欧阳回头，只见右侧的芦苇丛中，一瞬间冲出来数不清的重肌人。欧阳大声叫道："有埋伏！"他抬枪就射。

邵子安立即上前接应欧阳，众人用火力阻挡住那群重肌人，边打边往后撤。

重肌人疯了一般扑上来。众人冲出厂区后，更多的重肌人从四面八方拥来。众人不停地开枪，拼命地向前跑去。越来越多的重肌人从四面八方冲出来，跑出几条街区后，大伙儿惊恐地发现，他们已经被重肌人围死了。

欧阳喊道："子安，怎么办？"

斜前方不远处有一栋楼房，邵子安喊道："先进楼房！"

众人迅速冲进楼房，回身死命顶住大门。距离最近的重肌人直接撞在了门上。邵子安喊道："把门顶死，绝不能放他们进来！"

大伙儿用尽全力顶住大门。门外的重肌人越聚越多，疯狂地撞击着大门。只是片刻的工夫，所有人都已经累得大汗淋漓。

岳澜喊道："得想办法把门插上，要不谁都跑不了！"

欧阳喊道："门锁已经坏了。"

邵子安喊道："欧阳，你去找几根木棍，快！"

欧阳转身就跑。邵子安、岳澜几人用尽全力，死命抵住大门。

欧阳沿着楼道快步向前跑去。

两旁的房间空荡荡的，没有任何可用的东西。楼道的尽头是一处楼梯间，欧阳沿楼梯快步下楼，下面是一间巨大的储藏室。欧阳摸着黑向前走了几步，只见黑黢黢的屋角处似乎有一摞木棍，他心中一喜，上前抱起了一根木棍。

然而就在拿起木棍的一刹那，欧阳的心里陡然升起了一股毛骨悚然的感觉。他抬头向前望去，瞬时吓得魂飞魄散，人一下子僵在了那里。

此时，楼上的邵子安几人已经浑身被汗水湿透。大门外的重肌人越聚越多，眼看大门就要被撞破。

岳澜喊道："欧阳怎么还不回来，会不会出了什么事？"

邵子安喊道："岳澜，你去看看！"

岳澜喊道："我走了，你们怎么办？"

邵子安喊道："我们撑得住，你快去！"

岳澜咬了咬牙，转身离开。

楼道的地面上是一层厚厚的浮土，岳澜沿着欧阳的脚印快步向前追去。来到楼道尽头，可以看到欧阳沿着楼梯下了楼。

岳澜快步下到地下室，果然见到欧阳抱着一摞木棍，正望着前方发呆。

岳澜喊道："欧阳，你在干什么？"

欧阳回头看到岳澜，连忙将手放在嘴边，拼命地做了一个"不要出声”的手势。岳澜看到欧阳的表情，一时间不明所以。欧阳伸手指向前面，拼命地比画着。

岳澜顺着他手指的方向望去，瞬时呆住。

就在两人的正前方，偌大的地下室尽头处，数不清的重肌人密密麻麻地站立在那里，低垂着头，闭着眼睛，就如入定了一般。

欧阳再次用手语比画道：“千万别出声。”

岳澜惊魂未定，使劲点了点头。欧阳喘了几口气，努力定了定神，慢慢将木棍抱起。只见他动作轻得就像防爆专家拆除炸弹一般。

感觉就像过了一个世纪那么久，欧阳终于抱起木棍，一步步退到了岳澜的位置。

远处的重肌人似乎并没有察觉，依旧静静地站立在那里。欧阳松了口气，腾出一只手擦了擦汗，低声说道：“快。”

岳澜扶住欧阳，倒退着缓缓向楼上走去。此时两人的衣服已经全被冷汗湿透，汗水顺着欧阳的脸颊一滴一滴掉在手里的木棍上。

两人一步一步慢慢往上挪着，终于快到楼道转角的位置了，忽听“咔嚓”一声轻响，欧阳的脚踩中了一块碎砖。

岳澜只觉得欧阳的身子一晃，根本来不及做出任何反应，欧阳手中的木棍就滑落了下去。岳澜伸手去抓，就差了那么一点点，木棍顺着岳澜的指缝掉落在地，沿着楼梯滚了下去。

空旷的地下室里立刻发出了一阵轰鸣般的巨响。

两人一下子僵在了那里，抬头望去，只见远处那群重肌人骤然清醒过来，发出一阵瘆人至极的号叫声，向他们猛扑过来。

岳澜拖起还在发愣的欧阳，喊道：“快走！”

两人拼命地向楼上跑去。爬到一层，重肌人尾随而上。邵子安几人看到眼前的情景，也一下子呆住了。

欧阳喊道：“快跑啊！”他拖起邵子安几人，拼命地向楼道另一侧跑去。

楼道的大门几乎在同一时刻被撞开，堵在门口的那些重肌人瞬间冲进楼道，和地下室奔出来的重肌人汇集到一起，号叫着向众人扑去。

楼道的尽头处是一扇木窗。邵子安回身开枪阻住了那些重肌人，喊道："快跳出去！"

欧阳、岳澜几人先后跳出了窗口。邵子安将弹匣里的子弹打光，取出随身携带的高爆炸药扔向面前的重肌人，返身跳出了窗户。

跑出没多远，就听到一声剧烈的爆炸声，巨大的气浪将几人掀翻。回头望去，那座小楼已被炸塌，所有重肌人全部被埋在了下面。

欧阳喘着气说道："吓死我了。"

他回头望向厂区的方向，说道："可惜了啊，一个大美女啊。"

几人虽然劫后余生，听到欧阳的话，也不禁相顾莞尔。

岳澜说道："你呀，就是什么时候都忘不了贫。"

欧阳咧嘴笑了笑，突然想起了什么，说道："对了，你们有没有觉得，刚刚湖边那个女的，好像是个圈套啊？"

邵子安和岳澜交换了一个眼神，两人的眉头一下子锁紧了。

第五十一章　桑雪

天黑之前，小分队在小镇西北侧的山上找到了一处别墅。这里位置隐蔽，地形开阔，方便快速反应，大伙儿决定当晚就在这里宿营。

安排好岗哨后，邵子安命令队员将房间的所有门窗封死，又点上了一堆篝火。他要静下心来，好好地想一想这几天发生的事情。

房间内只剩下他和欧阳两个人，欧阳拨弄着篝火，一时间谁也没有说话。

不知道过了多久，欧阳突然停下手里的动作，没头没脑地说了一句："你有没有觉得，这个地方……很像阿克莫拉？"

邵子安抬起头来，说道："阿克莫拉？"

欧阳说道："对。其实自打咱们进入这个小镇，我就有这个感觉。你还记得吗？我们在阿克莫拉的时候，去接应第一小队的路上，我就一直觉得后面有人跟着我们？"

邵子安说道："我记得。"

欧阳说道："咱们刚刚在搜索的时候，我又有了同样的感觉。"

邵子安缓缓点了点头，欧阳说的，他也有同感。

欧阳继续说道："还有一件事，我们今天搜索的那些住宅区，你不觉得每个房间都太干净了吗？"

邵子安说道："我注意到了。"

欧阳说道："子安，我觉得这件事非常奇怪。当然了，我们可以给它一个合理的解释，那就是病毒爆发的时候，很可能是在白天，大伙儿都出去上班了，房间里没有人，所以也就一直保持着原来的状态。但我总觉得，所有住宅区的每一个房间都是这样，好像就有点不对了。"

邵子安说道："你说得对。我也感觉，这个小镇一定有问题。这样吧，从明天开始，我们把整座小镇再翻一遍。我相信，一定可以找到什么蛛丝马迹。"

两人正说到这里，岳澜端着一个军用的旅行小锅走进房间，说道："饭好了，吃点东西吧。"岳澜手里端着的，是一锅刚刚煮好的、热气腾腾的米粥。

欧阳伸手接过，说道："还是咱岳澜贤惠啊，来来来，一起一起。"

岳澜说道："你们吃吧，我那里还有。"她向两人笑了笑，转身离开了房间。

欧阳将旅行锅放在地上，说道："好几天没吃过热乎东西了。"

他盛了一碗给邵子安，说道："来，趁热吃。"

邵子安接过粥碗。欧阳又给自己盛了一碗，就着压缩饼干狼吞虎咽地吃了起来。邵子安用勺子搅动着手里的粥碗，白米粥发出了阵阵香气。

见邵子安没有动，欧阳说道："怎么不吃？"

邵子安说道："我突然想起了一件事。"

欧阳说道："什么？"

邵子安说道："我突然想起几个月前，在去雪岭小镇的路上，你喂我喝粥的那次。”

欧阳说道：“怎么了？”

邵子安突然笑了，说道：“其实我一直有个问题想问你。”

欧阳说道：“你说。”

邵子安说道：“那一回，你是真的想把我打死吗？”

欧阳愣了片刻，笑道：“你还说呢！你不知道你当时那副德行有多㞞。说实话，当时我真的想把你打死了。”

邵子安收起笑容，沉默了良久，突然说道：“欧阳，谢谢你。”

欧阳说道：“谢我？”

邵子安说道：“对。谢谢你那次打醒了我，更谢谢你在我醒过来之后，对我讲的那番话。就是你的那番话，让我重新鼓起了生活的勇气。”

欧阳说道：“其实你应该感谢的，不是我，是岳澜。”

邵子安说道：“岳澜？”

欧阳抬起头，看着邵子安，说道：“你要知道，这几个月来，如果没有岳澜，如果没有岳澜对你的治疗和照顾，你不可能恢复得这么快。还有一件最重要的事，我对你说的那番话，其实不是我的意思，而是岳澜让我告诉你的。”

欧阳的话让邵子安不由得一愣。回想这几个月来的经历，他知道，欧阳说的是对的。

欧阳继续说道：“其实我看得出来，自从你苏醒过来，这几个月，你对岳澜一直挺冷淡的。说实话，我理解你的心情，但是岳澜她……”欧阳说到这里，停住了话头。

欧阳的意思，邵子安明白。和岳澜的这一次重逢，完全是他意料之外的事情。

邵子安原本以为上一次到学校找岳澜，就是他们此生的最后一次见面。他从没有想过，有一天会与岳澜再次重逢。这几个月来，岳澜的所有善意，对他的种种治疗、照顾和关心，他都能够感觉得到，然而他并不想理会。他此时的心里，对岳澜并没有任何恨意或责怪，他只是不想与这个女人再有任何瓜葛。

谁也没有再说什么，房间内一片沉寂，两人各自想着心事。

宁静的深夜之中，忽然隐隐传来了一阵奇怪的“叮叮”声。邵子安一怔，抬起头来。

欧阳警觉地问道：“什么声音？”

那声音时断时续，似乎很遥远，但又听得非常真切。“叮叮”声再次响起，两人凝神细听，这一次可以听出来，那声音是透过建筑的墙壁传来的。发出声音的地方，应该就在这座建筑内。

欧阳说道：“难道是岳澜他们？”

“不会，”邵子安摇摇头说道，他站起身拔出手枪，“走，去看看。”

两人刚刚走出房间，只见岳澜带着几名队员迎上前来，问道：“你们听到了吗？”

邵子安点了点头。

“叮叮”声还在持续，时断时续、若有若无。这时邵子安几人已经可以判断出，声音来自地下室。邵子安挥了挥手，几人呈掩护队形，沿楼梯快步下到地下室。

整个地下室内，空空荡荡，什么也没有。

欧阳低声说道：“这层我仔细搜过，什么也没有啊。”

邵子安没有回答。就在这时，“叮叮”声再次响起，几人辨认方向，好像来自屋角的一个巨大的书柜后面。邵子安再次判断之后，几人端起枪，快步走到书柜旁。

没错，声音就是从书柜的后面传出来的。

邵子安仔细观察了一下，书柜和墙壁之间贴得很紧，看不出任何异常。难道这书柜的后面，还有空间？邵子安用手势向欧阳几人示意。所有人立即举枪指住了书柜。

邵子安绕到书柜的后面，在心中默默数到“三”，抬腿向书柜踹去。

邵子安这势大力沉的一脚，将书柜踹得足足平移了两米。书柜后方的墙壁上，赫然出现了一个黑乎乎的门洞。

几人端枪冲了进去。

谁也没想到的是，书柜后面的空间，竟然是一间布置得十分雅致的卧室。

房间内点着蜡烛，烛光摇曳下，一个身材姣好的女孩儿背对着大家坐在床边，正在给床上的一个人喂饭。刚刚几人听到的“叮叮”声，就是女孩儿手中的调羹碰在瓷碗上发出的声音。

那个女孩儿对于几人的闯入似乎没有任何反应。她端起手中的瓷碗，声音异常温柔，对床上的病人说道：“来，听话，再喝一点。”

床上的人显然并不配合。

女孩儿说道：“别任性了，再喝一口，这是你最爱喝的红豆薏米粥，你知道现在薏米多难找吗？我费了好大的劲才找到的，来，再喝一口。”

邵子安几人你看看我、我看看你。

眼前的场景很是温馨，却又极度怪异。只见那女孩儿在碗里又舀了一勺粥，细心地吹凉，递到病人的面前。那病人扭动着身体，挣扎着不肯吃。

女孩儿哄道：“好了好了，不吃了，不吃了。”她将瓷碗放下，拿起一旁的毛巾给病人擦了擦嘴角，说道：“那你休息一会儿吧。”

女孩儿将毛巾放下，再仔细地将病人的被子盖好，这才缓缓站起，转过身来。

几人的面前，是一个面容极为姣好的女孩儿，肤白似雪，眉目如画，亭亭玉立地站在那里。欧阳捅了捅邵子安，低声说道：“美女啊。”

女孩儿看了看邵子安几人，冷冷地说道：“你们是什么人？为什么要闯到我的房间里来？”

欧阳将手枪放回枪套，问道：“姑娘，这儿只有你们两个人吗？”

女孩儿打断欧阳的话，说道：“你们还没有回答我的问题。”

欧阳说道：“哦，我们啊……我们是来这里搜救的，你怎么称呼？”

女孩儿听到欧阳的回答，神色缓和了一些，说道：“我叫桑雪。”

欧阳说道：“桑雪，好名字啊。这儿只有你们两个人吗？”

女孩儿说道：“对，只有我们两个人。”

欧阳看了看床上的人，问道：“他怎么了，生病了吗？”

女孩儿听到欧阳问起床上的人，神色显得有些紧张，说道：“哦，他是我的朋友，这两天正好有点感冒，我在照顾他。”

欧阳显得很热情，说道：“那正好，我来介绍一下。”他指了指邵子安，说道：“这是我们的队长，邵子安。”他又指了指岳澜，说道：“这是岳澜，是我们的医生，可以让她给你的朋友看看……”

女孩儿连忙说道：“不用不用，他就是有点发烧，已经快好了，不用了……”

女孩儿的反应，让邵子安几人都感到有些奇怪。

岳澜说道：“姑娘，你别客气，就让我给他看看吧。”

女孩儿听了岳澜的话，显得更加慌乱，连连摆手说道：“不用不用，真的不用了，谢谢你们。”

邵子安皱了皱眉，向床上望去。床上的被子盖得很严，并不能看到病人的面孔。从被子的一角下面，露出了一截病人的手。看到之后，邵子安不由得倒吸了一口冷气。

这只手，并不是普通人皮肤的颜色，而是被“重肌人”病毒感染后特有的那种青灰色。就在这时，那只手“唰”的一下缩进了被子里。

邵子安“噌”地拔出手枪。女孩儿看到邵子安的动作，扑上前来，喊道：“你要干什么？”

邵子安一把将女孩儿推开，喝道：“拉住她！”

岳澜上前将那女孩儿拉住。女孩儿拼命地挣扎，歇斯底里地喊道：“你们要干什么？放开我，放开我……”

欧阳拔枪顶在了女孩儿的头上，喊道：“别动。”

女孩儿一下子愣住了。

邵子安举起枪慢慢地向床边走去，所有人的枪口一下子全都指向了床的方向，一时间，房间内死一般的安静。

邵子安慢慢走到床前，伸手抓住了被子的一角，一扬手，将整床被子拉开。

只见被子下面，是一个被捆在床上的重肌人。此时，重肌人腾地坐起身来，对着邵子安发出了一阵狰狞的号叫。

所有人几乎同时发出一声惊呼，邵子安退后一步，举枪就要扣动扳机。

那女孩儿拼命挣开岳澜，冲了过来，一下子拦在邵子安面前，喊道：

“不要开枪，求求你不要开枪！”

邵子安喝道：“把她拖走！”

欧阳、岳澜上前拉住那个女孩儿，女孩儿再次挣脱两人，扑到邵子安面前，喊道：“求求你不要杀他，他是……他是我丈夫。”

第五十二章　小镇最后的幸存者

按照这个名叫桑雪的女孩儿的叙述，床上的“重肌人”病毒感染者名叫苏战，是她的未婚夫。巴彦克拉地区“重肌人”病毒爆发的时候，他们两人没来得及逃出去，就在这座别墅里躲了起来，至今已经有半年多的时间。

就在前一天，两人外出寻找食物，不巧遇到了重肌人。苏战为了保护桑雪，被重肌人咬伤。

审讯完毕，邵子安让两名队员将桑雪押走。

岳澜仔细检查了桑雪的丈夫苏战身上的伤口，确实符合被重肌人咬伤后感染的情况。苏战虽然还没有完全变异，但时间应该已经不多了。

几人回到别墅的餐厅。

邵子安说道：“你们觉得，这件事应该怎么处理？”

欧阳说道：“我觉得，这个人不能留。你们想想，他已经被咬伤了，就算现在还没有完全变异，也撑不了多久，必须马上把他处理掉。”

几名队员都表示同意，只有岳澜低着头，眉头紧锁，沉默不语。

邵子安问道：“岳澜，你有什么要说的吗？”

岳澜抬起头来，说道：“我觉得，那个叫桑雪的女孩儿……在说谎。”

欧阳说道："你说什么？"

岳澜说道："我刚刚检查了那个叫苏战的人，他全身上下只有一处伤口，在腿部，而且确实是被咬伤的。"

欧阳说道："对啊，那个叫桑雪的女孩儿是这么说的啊。"

岳澜看着欧阳，又看了看邵子安，说道："但这个伤口，是陈旧伤。"

欧阳说道："你说什么？"

岳澜说道："是的。从伤口判断，这个人被咬伤的时间，至少在两个月以前。"

欧阳瞪大眼睛，说道："不会吧，这怎么可能？被咬了两个月还没有变异，这……这不大可能吧？"

从目前掌握的情况看，"重肌人"病毒的感染力极强。人类一旦被感染，抵抗力最强的人，最多只能坚持几天的时间，大部分人在一小时内甚至几分钟内就会完全失去意识，变异为重肌人。

岳澜摇了摇头，说道："我也不清楚是怎么回事。但我觉得，这个叫桑雪的女孩儿一定有什么秘密。"

欧阳说道："那个人的身上，会不会有什么特殊的抗体？"

岳澜说道："不排除这种可能。如果真的是这个原因，那女孩儿为什么要说谎？"

欧阳望向邵子安，问道："子安，咱们怎么办？"

邵子安思索了片刻，说道："这样吧，我们改变计划，暂停搜索行动，先把他们两个带回雪岭。我们就在这里休息一晚，明天一早出发。"

桑雪和苏战的房间原本是别墅的一间储藏室，除了进门的位置，没有任何出口。邵子安安排欧阳和另一名队员看守两人，重新分配过岗哨之后，来到别墅的大厅亲自值夜。

在落地窗前站定，邵子安的心情久久不能平静。

望着面前这座看起来极为平静的小镇，邵子安的心里却是七上八下。其实自从进入这座小镇，他的心里就一直没有平静过。

这种感觉，他在阿克莫拉的时候曾经有过。眼前的平静，是一种要出大事之前的平静。他之所以要亲自守夜，就是不希望在这次搜索的最后一个晚上，再出什么事情。

邵子安就这样站在窗前，整整一夜未眠。然而这一夜，异常平静，没有任何事情发生。

天蒙蒙亮的时候，欧阳和岳澜两人突然冲进客厅。欧阳大步走上前来，说道："子安，出事了，那夫妻两人……不见了！"

几人冲进桑雪的房间，只见房间内空空如也，早没有了那夫妇俩的踪影。

邵子安问道："怎么回事？"

欧阳说道："我也不知道，是刚刚岳澜给他们送早饭的时候发现的。"

邵子安说道："你们几个不是一直守在门口吗？"

欧阳说道："对啊。整整一宿，我们哥儿几个连眼皮都没眨一下，也没见他们出来过啊。"他打量了一下整个房间，说道："简直是邪了，这屋子连窗户都没有，他们是从哪儿跑的？"

桑雪的房间并不大，面积只有十来平方米，室内有几件简单的家具，除了进门的地方，并没有任何出口。

邵子安再次观察了一下房间，说道："把床搬开。"

欧阳上前将床拉开，不由得一声惊呼。只见那张铁制的双人床下面，赫然是一个黑乎乎的地洞，他叫道："这是什么情况？这两个人……一夜间就挖了这么大一个洞？"

邵子安说道："不是昨天晚上挖的，这应该是他们事先准备好的，万一那些重肌人攻进来，可以从这里逃走。"

欧阳说道："对对对，肯定是这样。"

邵子安拔出手枪，说道："快，一定要把他们抓回来。"

几人冲出别墅，果然在后门的花园附近，发现了一个十分隐蔽的洞口，并且洞口处有人爬出过的痕迹。众人沿脚印一路追了出去，往前追了两公里左右，猛听得前方传来喊叫的声音，夹杂着重肌人特有的、瘆人的嘶吼声。

欧阳喊道："就在前面！"

邵子安快步冲上了前面的一处高坡，只见高坡下面的荒地上，上百个重肌人围住了桑雪和苏战两人。苏战挥舞着一根木棍，左突右杀，拼死保护着桑雪。

桑雪拼命地喊着："苏战，你快走——"话音未落，一个重肌人冲上来将她扑倒。

苏战上前将那重肌人打翻，刚要拉起桑雪，更多的重肌人扑过来。苏战一下子扑倒在桑雪的身上，重肌人冲上前去，对着苏战一通撕咬。只听到苏战长声惨呼。

邵子安喊道："救人！"众人端起枪，一边开枪一边冲下了高坡。

重肌人听到枪声，立刻放下苏战和桑雪两人，向邵子安他们扑过来。几人迎上前去，集中火力在重肌人群中杀开一条血路，把苏战和桑雪两人拉了起来。

邵子安喊道："欧阳，你带大伙儿撤退，我来掩护！"

欧阳、岳澜两人分别护住苏战和桑雪，邵子安断后，几人一边开枪，一边往后撤。好在荒地上的重肌人数量并不算太多，十几分钟后，大伙儿终于撤回到别墅。

苏战的后背早被咬得血肉模糊，奄奄一息。

邵子安取出手铐扔给一名队员，说道："把他带到旁边的房间，铐在暖气上，看住他。"欧阳接过手铐，拎起苏战就走。

桑雪已经瘫倒在地，浑身发抖，完全被刚刚发生的事吓呆了。

邵子安拔出手枪指住桑雪，喝道："说，为什么要跑？"

桑雪说道："对不起，对不起……"

邵子安吼道："如果我的队员为了救你们，有什么闪失，你担得起这个责任吗？"

桑雪连连说道："对不起，实在是对不起……"

邵子安再次喝道："说，为什么要跑？"

桑雪说道："我……是怕你们不相信我，我……我不想让我的丈夫被你们打死。"

邵子安喝道："我们为什么会不相信你？"

桑雪说道："因为……因为我骗了你们。我丈夫他，其实……其实不是昨天被那些重肌人咬伤的……"

邵子安心里一震，看了看一旁的岳澜。岳澜说的果然没错。

邵子安说道："既然他不是昨天被咬伤的，那是什么时候？"

桑雪咽了咽口水，说道："是在……是在两个月前。"

岳澜说道："这么长时间了，他为什么一直没有变异？"

桑雪摇头说道："我也不清楚，他难受的时候，我就喂他喝我的血。"桑雪拉起衣袖，只见她的手腕上缠着一条丝巾，上面血迹斑斑。

岳澜望向邵子安，两人面面相觑。

桑雪哀求道："求求你们了，放我们走吧。"

邵子安斩钉截铁地说道："不行，他现在全身都被咬伤了，谁也救不了他，必须马上把他处理掉。"

桑雪大惊，一下子扑倒在邵子安面前，喊道："我求求你们，他是我丈夫，你们不要杀他……"

邵子安还没回答，猛听得"砰"的一声巨响，只见旁边的房门被撞开，苏战拎着一把手枪冲了出来。

邵子安几人同时抬枪指住了苏战，喝道："别动！"

苏战挥舞着手里的手枪，向邵子安几人咆哮着，就如癫疯一般。

邵子安再次喝道："放下枪！"

此时的苏战，已经完全不是最初见到的样子。只见他面目狰狞、凶相毕露，可以看出来，他已经处于即将变异为重肌人的临界点了。

桑雪愣愣地望着眼前的苏战，目光中充满酸楚。桑雪慢慢站起身来，轻轻喊道："苏……苏战。"

苏战听到桑雪的呼唤，回过身来，只见桑雪站在他的面前，满眼是泪。

桑雪再次喊道："苏战……"

苏战似乎恢复了意识，表情放松下来。他凝视着面前的桑雪，突然举起手枪，顶住了自己的额头。

桑雪愣道："苏战，你要干什么？"

这一瞬间，苏战狰狞的脸上，突然充满了温柔的神情。只见他慢慢抬起左手，在胸前缓缓做了一个"我爱你"的手势，然后扣动了扳机。

鲜血从苏战的头部喷涌而出，苏战颓然倒地。

第五十三章　摄像头

天色阴霾，不知道什么时候开始下起了小雨。邵子安几人在别墅外的一处空地上挖了一座新坟，将苏战埋葬了。

苏战在第二次被重肌人咬伤的时候，知道自己撑不了太长时间了。病毒的入侵，使他获得了人类所没有的巨大力量。他挣脱了手铐，打昏了看守他的队员，之后抢了那名队员的手枪，冲出了房间。

他唯一要做的，就是与自己最爱的人告别。

由于病毒的入侵严重损坏了他的大脑，他已经无法说出话来，只能在用手语对自己最爱的人讲出了最后要说的话“我爱你！”之后，结束了自己的生命。

桑雪是到目前为止，几人在整座巴彦克拉小镇发现的唯一幸存者，也是此次搜索行动中找到的唯一幸存者。

虽然没有找到此前几支搜索小队的下落和更多有关“重肌人”病毒爆发的信息，邵子安还是决定放弃继续搜寻，先把桑雪带回雪岭。因为在这个女孩儿的身上，有太多秘密要去发掘。

按照桑雪的说法，整座巴彦克拉小镇已经完全被重肌人占领。至于为什么邵子安几人抵达的时候没有遇到那些重肌人，她也不明白是怎么回事。桑雪告诉他们，小镇目前最安全的地方，是别墅西面的一座废弃工厂。那里已经荒废了很久，人迹罕至，是唯一一处可以确保安全离开这座小镇的地方。

众人商议过后，决定由桑雪带路，立即出发，离开小镇。

收拾好东西，桑雪来到她与苏战居住的房间，最后看了一眼这个她和爱人生活过的地方，和大伙儿一起离开了别墅。

桑雪所说的废弃工厂，位于整座小镇的西北偏东方向。那里是一处巨大的废弃车辆改装厂，位置极为隐蔽。

两个小时后，小分队在桑雪的带领下来到了这座车辆改装厂。果然如桑雪所说，整座工厂内静悄悄的，似乎一切平静。进入厂区后，往前走了一阵，桑雪示意大家停下。她观察了一下周围的环境，说道："应该就是这里了。绕过前面的一个厂房，会有一扇铁门，铁门的外面是一条河，只要过了河，就出了小镇了。"

欧阳说道："老规矩，我来打头阵。"

他拎起枪刚要起身，邵子安一把拉住他，说道："等一下。"

欧阳停住，只见邵子安用力吸了吸鼻子。

空气中，似乎弥漫着一种奇怪的味道。

欧阳耸鼻闻了闻，心里猛然一震，这是一种尸体极度腐烂后特有的味道。还没等他说什么，邵子安已经"噌"地站起身来，对几人喊道："所有人原地待命。欧阳、岳澜，跟我走，快！"话音未落，他已经拎枪奔了出去。

欧阳、岳澜两人快步跟上。三人绕过前面的厂房，映入眼帘的，赫然是遍地的尸体。欧阳惊呼道："这……这是什么情况？"

面前这块不大的空地上，密密麻麻铺满了尸体，足有一百多具，从尸体的衣着来看，全部都是此前邵子安派出的搜索队员。

三人快速上前检查。检查过最后一具尸体后，欧阳目瞪口呆，说道："他们……他们怎么全都死在了这里？"

邵子安没有回答，就在这时，几人猛听得身后枪声大作。

欧阳喊道："是我们来的方向！"

三人刚站起身，就见几名队员带着桑雪快步奔了过来。

欧阳问道："怎么回事？"

一名队员喊道："重肌人，好多重肌人！"
欧阳说道："有多少？"
已经不用那名队员回答了，就在那几名队员和桑雪的身后，数以千计的重肌人正如潮水一般扑了过来。欧阳大声叫道："快撤！"
众人抬枪射击，边打边往后撤。

所幸桑雪对这一带极为熟悉，带着大家三绕两绕，跑出几公里后，终于将所有重肌人甩脱。欧阳拄着腿大口喘着气，对桑雪说道："你……你不是说那个地方，根本没有重肌人吗？"
桑雪显然也是极度困惑，摇着头说道："我也不知道。"
邵子安问道："还有什么地方可以离开这座小镇？"
桑雪说道："有，不过比较远。小镇的西面有一个训练基地，很荒凉。如果那里不行，还有另外几个地方可以试试。"

接下来的几个小时，小分队在桑雪的带领下，将每一个可以安全离开小镇的出口全部勘察了一遍。然而无一例外，这些地方全都聚集了大量重肌人，少的有几千个，多的甚至有上万个。
大伙儿在邵子安的带领下，撤到了一处相对安全的废弃厂房。
欧阳说道："这是怎么回事，这些重肌人……怎么像是有准备似的，把所有出口都堵死了？"
桑雪显然也很惊愕，她拼命地摇着头，说道："不可能啊，那几个地方我和苏战前几天还去过。那种地方平时根本没有人，怎么会突然出现这么多重肌人？"
桑雪说得对，所有重肌人都是正常人类被感染后变异而成的。没有人的地方，也就不可能有重肌人。这些地方突然出现的重肌人，究竟是从哪里来的？
欧阳说道："肯定是从别的地方转移过来的。"
岳澜说道："你说什么？"
欧阳说道："不知道为什么，我有一种直觉。自从我们进入这座小镇，所有的重肌人就一直在跟着我们。"

岳澜说道：“跟着我们，不可能吧？那些重肌人……他们的智商很低，这怎么可能？”

欧阳望向邵子安，说道：“子安，你还记得昨天晚上我们的讨论吗？咱们在阿克莫拉的时候，就遇到过这样的情况。”

欧阳说得没错，阿克莫拉的那次行动中，那些重肌人就一路追踪着他们，从小分队进入阿克莫拉开始，一直到最后获救。

不过这次不同的是，大家出发的时候已经做好了最充足的准备，随身携带了大量酒精。酒精是一种可以完全阻断重肌人嗅觉的方法，可以避免他们根据气味进行追踪。

然而种种迹象表明，自从邵子安几人进入巴彦克拉，那些重肌人就一直在追踪着他们。难道这些重肌人除了利用嗅觉，还有别的方法可以定位到他们的位置吗？

邵子安下意识地抬起头，四下扫视了一圈。不远处的一栋小楼上，有一个监控摄像头引起了他的注意。邵子安心中一动，一种毛骨悚然的感觉骤然袭上心头。

欧阳问道：“你怎么了？”

邵子安说道：“你看到对面的摄像头了吗？”

欧阳说道：“看到了。”

邵子安说道：“检查一下。”

欧阳一时没有明白邵子安的意思，问道：“怎么了？”

邵子安说道：“快去。”

欧阳没有再问什么，快步奔到对面的那座小楼前，摘下背包，三下两下爬了上去。邵子安一挥手，几名队员迅速散开警戒。

这时，欧阳已经攀到了摄像头旁边。这是一个非常陈旧的摄像头，从外形上看，应该是上个世纪末的产品了。欧阳检查了一番，没有任何异常，他对邵子安喊道：“没什么问题，这个摄像头已经很久没用过了。”

邵子安说道：“再仔细检查一遍。”

欧阳攀住房檐，稳了稳身子，再次检查。摄像头上沾满了尘土，欧阳一点点地仔细查看着。他注意到，摄像头的底部，原本工作指示灯的位置粘着一块很大的泥污。欧阳摘下手套，用手指将那块泥污抠了下来。

只见泥污覆盖下，一个红色的 LED 指示灯，正在不停地闪动着。

第五十四章　找到总控中心

整个巴彦克拉地区，自从被重肌人攻陷，就完全停水停电，到现在已经超过一年的时间。可眼前这座废弃工厂里的监控摄像头，怎么依旧在工作着？

这是一件令人极度恐怖并匪夷所思的事情。

邵子安几人很快用电脑连接上了工厂的监控系统，这才发现，这里的监控系统和整座巴彦克拉的监控系统是完全联网的。更让人毛骨悚然的是，整座小镇所有地方的监控系统都在工作着。

邵子安几人目瞪口呆。欧阳说道："这是怎么回事……闹鬼了？"

岳澜也愣道："这里已经断水断电很长时间了，这些监控系统还在工作，可是……可是哪里来的电源呢？"

邵子安强压心头的震撼，再次检查电脑。没错，整座小镇的监控系统全部都在联网工作着。为数不多的几个监控死角，是小镇西北方向的几个新开发的住宅小区，其中就包括桑雪所在的别墅。

邵子安点了点头，喃喃说道："难怪桑雪在那里住了那么久，一直没有被发现。"

他抬起头来，对欧阳、岳澜几人说道："现在看来，那些重肌人之所以能找到我们，就是这个原因。"

欧阳说道："你是说，就是靠这些监控系统？"

邵子安说道："对。"

欧阳说道："这怎么可能？就算我们的行踪一直被这套监控系统监

控着，可这些重肌人根本就没有什么智商，绝不可能会用这么高科技的玩意儿啊！”

欧阳的问题，邵子安也不知道该如何回答，他思索了片刻，说道：“能不能想办法找到整个监控系统的控制中心？”

欧阳说道：“可以试一试。”他迅速向电脑中输入了几串代码，屏幕上出现了一张地图。欧阳指着地图上的一处位置，说道：“就是这个地方。”

地图上显示的，是位于镇政府大院内的一栋办公大楼。

邵子安凝视着电脑上的地图，缓缓说道：“看来我们要找的答案，就在这里了。”他拎起枪，对欧阳、岳澜两人说道：“你们带着桑雪和其他队员留在这里，我去看一看。”

岳澜一把拉住邵子安，说道：“等一下。”岳澜凝视着邵子安，说道：“你有没有想过，这很可能是一个圈套？”

邵子安说道：“我明白你的意思，所以我才要去看一看。你们记住，如果两个小时后我还没有回来，马上带大家离开这里。”

岳澜斩钉截铁地说道：“不行，要去我们一起去。”

邵子安还没有回答，桑雪突然说道：“我也要和你们一起去。”

所有人都是一愣。

只听桑雪说道：“我的丈夫死在这里，我一定要弄清楚，这里发生的一切，到底是怎么回事。”

岳澜看着邵子安，说道：“子安，这一次你不能抛下我们。再说，就算你把我们留在这里，也并不能保证我们绝对安全。”

欧阳说道：“岳澜说得对。咱们是一个团队，要去，也是大家一起去。”

所有人都表示同意。邵子安望着面前的众人，说道：“你们决定了？”

岳澜与欧阳、桑雪几人交换了一个眼神，所有人都神情坚定。邵子安看了看手表，说道：“好，检查物品和弹药，半小时后出发。”

邵子安知道，这是自十四年前的那场濒死体验经历以来，他第一次真正接近那个他苦苦寻找的谜底。

一切准备完毕，邵子安找了一个没有人的房间，静静地坐了下来。

他需要彻底冷静一下。

邵子安再一次回忆起所有的经历，从那场突发的地震，苏醒，远山训练营，到阿克莫拉，青藏高原，再到巴彦克拉，整整十四年过去了……

他终于要接近这个谜底了。

在巴彦克拉小镇的那个监控系统总控中心里，到底会有什么在等待着他呢？他知道，那里一定有他一直苦苦寻找的答案。虽然他还不清楚这个答案是什么，但是他能感觉到，在那里等待着他的，很可能是一场前所未有的凶险。

邵子安就这么静静地坐着，直到岳澜走进房间。邵子安抬起头来，只见岳澜拿着水壶和压缩饼干，说道："吃点东西吧。"

邵子安回过神来，接过岳澜递过来的水壶和压缩饼干，说道："谢谢。"

岳澜笑了笑，在邵子安的身旁坐下。

两人一时间谁也没有说话。邵子安默默地吃着压缩饼干，良久，岳澜突然说道："我们这一次，会有很大的危险吗？"

邵子安沉默了片刻，说道："是，而且很可能是九死一生。"

岳澜点了点头，说道："子安，其实有句话，我一直想对你讲。"

邵子安说道："你说。"

岳澜抬起头来，凝视着邵子安，缓缓说道："我想说的是，如果这一次……我们能够平安回去，你能不能答应我，我们重新开始做朋友？"

岳澜的话，让邵子安一怔。岳澜讲完，不再说什么，只是坐在那里，静静地看着他。

邵子安明白岳澜的意思，但他无法答复岳澜。

其实自这次重逢开始，邵子安就一直下意识地和岳澜保持着距离。他并不记恨岳澜，也不反感她。但在他的内心深处，一直有着一种本能的抗拒，使他不愿意和岳澜接近。

邵子安沉默良久，说道："对不起，我不知道怎么回答你。但是我答应你，如果这一次我们能够活着回去，我会考虑你说的话。"

巴彦克拉监控系统的总控中心所在的镇政府大院，位于整座小镇的西北方向，距邵子安几人所在的位置大约五公里。

十分钟后，邵子安带领所有队员出发。众人小心翼翼，一路尽力地躲避着监控摄像头。两小时后，他们终于抵达了镇政府所在的区域。

几人在一处掩体后隐蔽好，向前望去，只见政府大院门前的街道上冷冷清清，一切都显得异常平静。然而所有人的心里都是出奇地紧张，连邵子安也不例外。他使劲擦了擦手心的汗水，再次向前望去。

这座大院是典型的藏式建筑，红围墙，丹漆大门，门口用汉藏两种语言写着：巴彦克拉人民政府。

邵子安打了一个“前进”的手势。

众人呈交替掩护队形，缓缓进入大院。院内的东侧是一栋藏式的二层飞檐小楼，根据地图显示，总控中心就设在这栋小楼的顶层。

进入小楼后，几人沿台阶拾级而上。爬到顶楼，果然在楼道的尽头处发现了一个房间，只见门口的木牌上写着：巴彦克拉天网监控中心。

欧阳低声说道：“就是这里了。”

大家在门前站定，所有队员的神色都显得十分紧张。谁也不知道这扇大门的后面，究竟会有什么在等待着他们。

邵子安向众人打了一个手势，问道：“准备好了吗？”

所有队员一齐点头，握紧了手里的步枪。

邵子安深吸了一口气，一脚踹开了大门。

几人冲进房间，面前是一间超过五百平方米的巨型监控室，打扫得纤尘不染。映入众人眼帘的，是一排排监视器，足有上千台。只见这里的每一台监视器都在工作着，监视着整座小镇的各个角落。

房间的正中摆着一套沙发，沙发上坐着一个看起来四十多岁的中年人，衣着光鲜得体。他正坐在那里，悠闲地泡着茶。

邵子安几人目瞪口呆，眼前的情景几乎令他们无法相信。大伙儿你看看我、我看看你，一时间谁也不知道该说什么。

只见那中年人神色悠闲，将面前的最后一个茶杯倒满，这才抬起头来。

“你们终于找到这里了，”他向几人一笑，说道，“别愣着了，都坐吧。”神色之间，就像在招呼一群久未谋面的老朋友。

面前这个中年男人，没有任何人认识。

邵子安问道："你是什么人？"

中年人看了看邵子安，说道："邵子安，亚太首富邵家祥的公子，就读于仁华大学商学院，后考入远山训练营，是远山训练营二〇二七级最优秀的学员。你身边这两位，是你的搭档，欧阳、岳澜，而你们身后的这个女孩儿，名叫桑雪。我说的对吗？"

邵子安愣道："你怎么会知道这些，你到底是谁？"

那个中年人并没有回答邵子安的问题，他说道："你们既然找到了这里，头脑中一定充满了各种疑问吧？不用着急，我会慢慢告诉你的。"

他端起面前的茶杯喝了一口，说道："邵子安，你有没有觉得，这十四年来，你的生活中充满了各种偶然？"

邵子安说道："你在说什么？"

中年人微微一笑，"我现在可以告诉你，其实所有的偶然，都不是偶然。包括十四年前的那段神秘的濒死体验经历，之后种种离奇事件，那座不差分毫的沃尔玛超市，远山训练营的徽章，那个名叫 017 的同学，还有……"说到这里，中年人望了望邵子安身旁的岳澜，说道，"还有这个与你在那段濒死体验经历中遇到的，一模一样的女孩儿，岳澜。"

邵子安看了看身旁的岳澜，两人心中同时一震。

中年人继续说道："当然了，最后，也是最重要的，就是阿克莫拉。那个神秘的阿克莫拉，到底是什么地方？病毒为什么会在那里爆发？那些重肌人为什么会一路追踪着你们？还有，这次你们派来的搜索队员为什么全都死在了巴彦克拉那座废弃的工厂里？你们来的路上，为什么会遇到苏战、桑雪？最重要的是，他们两个为什么一直没有离开这里？苏战身上的病毒，为什么一直迟迟没有爆发？"

众人不由自主地望向桑雪，连桑雪也愣住了。

邵子安喝道："你到底在说什么？"

中年人做了一个噤声的手势，说道："邵子安，不要激动，这一切的答案，对你来说固然重要，其实你最想知道的，是十四年前的那段濒死体验的经历，究竟是怎么一回事，对吗？"

邵子安问道："你说，是怎么回事？"

中年人一笑，把玩着手里的茶杯，说道："怎么回事？我只能告诉你，这是一盘很大的棋。其中每一个事件，每一个人，都是一颗颗棋子，包括你、岳澜、欧阳、017。当然，也包括对你来说最重要的，但是已经死去的那个人，Nissa……”

听到中年人说起Nissa，邵子安再也控制不住自己的情绪，吼道：“Nissa怎么了？你到底知道些什么，快说！”

欧阳一把拉住邵子安，说道：“子安，你冷静点，听他说。”

中年人望着面前暴怒的邵子安，突然一伸手，拿起了桌上的一把手枪，指住了邵子安。

邵子安几人同时愣住，欧阳抬枪指向了那个中年人，大声喊道：“放下枪。”

中年人根本不理会欧阳，凝视着邵子安，缓缓说道：“好了，点到为止，要说的话，我已经说完了。我说过，你的存在一直是我最大的威胁。既然在阿克莫拉，我们没能结束这个游戏，那么就在这里结束吧……”

邵子安打断中年人的话，喝道：“你说什么，阿克莫拉？德军基地保险柜里的那盘钢丝录音带，是你留下的？”

中年人没有回答邵子安的问题，似乎突然想起了什么，说道：“哦，对了，还有一件很重要的事情没有告诉你。你不是一直想知道这件事最后的答案吗？很简单，只有两个字……”中年人的脸上露出了一个十分诡异的笑容，缓缓说道：“蜂巢！”

中年人说到这里，突然“唰”的一下把枪顶在了自己的额头上。邵子安几人根本没有来得及做出任何反应，中年人已经扣动了扳机。只听“乒”的一声枪响，中年人额头鲜血四溅，颓然倒在了沙发上。

欧阳望着面前的尸体，叫道：“这……这到底是怎么回事？”

邵子安的脑子完全乱了，到底发生了什么，这究竟是怎么一回事？猛然间，他回忆起中年人说过的一句话，拔枪向桑雪冲去。

桑雪愣道：“你……你要干什么？”

邵子安抬枪指住了桑雪的额头，喝道：“你肯定知道些什么，快说！”

桑雪说道：“对不起，我不知道你在说什么……”

邵子安吼道：“把你知道的全说出来。你和苏战为什么会留在这里，苏战的病毒为什么一直没有爆发？除了这些，你到底还知道些什么？”

桑雪拼命地说道：“对不起，对不起，我不知道，我真的不知道……”

正说到这里，猛听得门外“咣”的一声巨响，紧接着是一阵剧烈的嘈杂声。欧阳回头望向大门方向，喊道：“不好……”

欧阳话音未落，房门已经被撞开，数不清的重肌人冲进了房间。

第五十五章　他不是人

整个监控室内，枪声、重肌人的号叫声响成一片。那些重肌人发疯一般地从大门扑进来，邵子安几人不停地开着枪。前面的重肌人被爆头倒下，后面的重肌人继续冲进来。

众人边打边往后退，很快退到了监控室的尽头。欧阳喊道：“怎么办？我们被堵死在这儿了。”

邵子安四下扫视，发现监控室的角落有一个储藏间，他喊道：“先进储藏间，再想办法。”

众人用密集的子弹将那些重肌人逼住，欧阳上前踹开了储藏间的房门。

几人快步冲进房间，重肌人立即蜂拥而上。邵子安将房门从里面锁死。只是一瞬间，重肌人便聚集到了储藏间的门口，疯狂地撞击着房门。

大伙儿惊魂未定。

邵子安打量了一下面前的房间，这是一间只有不到十平方米的小屋，堆放着各种杂物。房间的一角有一个通风管道，入口处被一块巨大的铁栅栏挡着。

邵子安说道：“这道门挡不了多久，我们从通风管爬出去。”

欧阳上前拉开了通风口管道的栅栏，邵子安和岳澜一起托起桑雪，几人快速爬进了通风管。

就在最后一个人进入通风管的一刻，储藏间的房门被撞碎，大量重肌人扑进房间。

几人沿通风管道向前爬行了几十米，尽头处是一个设备间。邵子安从出口处跳下来，迅速来到窗口向楼外望去。果不其然，视线所及之处，数以万计的重肌人正从院子的大门处、围墙上不停地拥进来，他们已经被彻底堵死了。

欧阳垂头丧气地说道："看来——"

欧阳的话还没说完，猛听得身后一声巨响。回头望去，只见设备间大门上的尘土簌簌落下，重肌人的号叫声在门外响成一片。

欧阳愣道："他们怎么知道我们逃到这儿来了？"

邵子安喊道："快，把门堵死！"

几人赶忙找来各种东西将门顶住。门外的重肌人显然越聚越多，撞击的力度也越来越大。欧阳死命抵住房门，喊道："撑不了多长时间了，子安，快想办法。"

岳澜突然喊道："你们听，什么声音？"

就在这时，猛听得空气中传来一阵震耳的"嗡嗡"声。

欧阳喊道："好像是直升机！"

几人奔到窗前，只见一架海鹰 R760 重型武装直升机从不远处的一座建筑后腾起，正向他们的方向飞来。几乎就在同时，耳麦中传来了晓芸的声音："子安哥、欧阳，是你们吗？是你们在这里吗？"紧接着是 017 那特有的低沉声音："子安、欧阳，是你们吗？请回话。"

"是晓芸他们！"欧阳惊喜地喊道，他对着耳麦回应，"是我们，是我们。晓芸、017，你们怎么过来了？我们被重肌人包围在对面的楼房里，你们看到了吗？"欧阳一边喊话，一边拼命地向窗外挥手。

017 的声音响起："看到你们了，到哪里接应你们？"

邵子安观察了一下窗外的环境，说道："017、晓芸，你们看到北面那栋四层的主楼了吗？主楼的楼顶应该有个平台，你们在平台上等我们。"

017回复道："收到。"

邵子安几人现在的位置，是在镇政府大院的东配楼，而主楼是在正北方向，距离他们超过二百米。

欧阳看了看楼下数不清的重肌人，说道："怎么过去？"

邵子安说道："没有别的办法了，只能冲过去。"

欧阳"噌"的一下拔出了背后的砍刀，说道："跟这帮兔崽子拼了！"这把砍刀是出发前017交给他的，这一路上，欧阳一直背在身上。与重肌人近距离交战时，砍刀的作用远远大于枪。

欧阳看了看身边几人，说道："大家跟紧我！"说完，他一脚踹开窗户，率先跳了下去。其他几名队员紧随其后，邵子安和岳澜保护着桑雪，也跳了下去。

重肌人看到众人跳下楼房，立刻向这边扑了过来。欧阳挥舞着砍刀当先开路，邵子安几人在后，拼死冲杀，终于冲进了对面的大楼。

大家一口气爬到顶层，017和晓芸的直升机已经等在那里了。几人跳上直升机，017立即起飞。所有人此时都已是大汗淋漓、几近虚脱。向下望去，重肌人已经冲上了楼顶的天台，对着空中挥舞着双手，疯狂地号叫着。

晓芸向几人讲述了分别之后的情况。邵子安带领小分队离开基地后，雪岭聚居区一切正常。不过从公共频道传来的消息，却越来越不乐观。越来越多的重肌人开始向青藏高原沿线集结，明显有向高原进发的迹象。

晓芸和017几人非常担心，等了十几天，一直没有收到邵子安等人的消息，大伙儿商量之后，决定前来接应。

于是，017临时组建了一支接应小分队，一周前从雪岭聚居区出发。非常幸运的是，他们在来的路上发现了一座军用基地，在那里找到了飞机和大量武器装备。017留下一部分人看守基地，自己亲自选了一架直升机前来搜索。

几天以来，他和晓芸一直在邵子安他们有可能出现的几座小镇间往复搜索。幸亏他们及时赶到，否则邵子安、欧阳、岳澜几人这一次绝不可能轻易逃脱。

回到雪岭后，邵子安和欧阳第一时间对桑雪进行了询问。

桑雪的回答证实了他们此前的判断。整个巴彦克拉地区，确实是一个巨大的圈套。桑雪和苏战作为巴彦克拉最后的幸存者，亲眼目睹了邵子安此前派出的所有小队全军覆没的情景。至于操控重肌人的那股力量到底是什么，桑雪也不得而知。

询问结束后，邵子安久久不语。

现在已经可以确定，整个“重肌人”事件的爆发，是有一种力量在背后控制着。然而，确定了这一点之后，每个人的心里更糊涂了。

欧阳看着众人，说道：“你们说，监控室的那个人，到底是什么人？”

所有人都沉默不语，没有人知道该如何回答欧阳的问题。

岳澜突然抬起头来，说道：“我觉得，他不是人。”

欧阳一惊，说道：“你说什么？”

岳澜摇了摇头，说道：“我也说不清，就是一种感觉。”

沉吟了片刻，她说道：“你们看过一个叫作《画皮》的聊斋故事吗？”

邵子安心里猛然一震。他明白岳澜的意思，因为，他也有同样的感觉。

从进入那间监控室开始，他就有一种极度别扭的感觉。对面的那个中年人从样子来看，虽然是一个非常正常的人，但在整个过程中，邵子安感觉就像在和一个机器讲话，直到那人最后举枪自杀，其间没有任何逻辑，令人百思不得其解。

房间内是死一般的安静，一时间谁也不知道该说什么。邵子安挥了挥手，几名队员将桑雪带走。

欧阳说道：“子安，你觉得这到底是怎么回事？”

“我突然想起一件事，”邵子安看着面前的欧阳和017，说道，“你们还记得阿克莫拉的那座德军基地里，真空室门口的那个德文单词吗？”

欧阳一惊，说道：“你是说，‘蜂巢’？”

邵子安说道：“对。我记得，当时Lisa就是这么翻译的，和监控室那个人自杀前说的，一模一样。”

欧阳说道：“现在看来，所有线索都串联起来了。”

邵子安沉默片刻，说道：“欧阳、017、岳澜，立即将雪岭聚居区的安全防卫等级调到最高，并且做好一切应变准备。”

欧阳问道：“怎么了？”

邵子安摇了摇头，说道：“我说不清楚，但是我有一种极其不好的感觉，我们的时间，恐怕不多了。”

第二天一早，邵子安几人得知，桑雪在房间内自杀身亡。

她用那条缠裹手腕伤口的丝巾，结束了自己的生命。所有人知道这个消息后，都异常伤感。不过大伙儿也都明白，这或许是桑雪这个女孩儿的最好归宿，她终于可以和自己最心爱的人在一起了。

整件事情的谜底似乎开始变得清晰。现在可以得出确定的结论：这一次“重肌人”事件的爆发，后面一定有一个非常神秘而庞大的力量在操控着。

然而那种力量究竟是什么，现在还不得而知。不过，他们终于找到了一条清晰的线索，可以追查下去了。这条线索，就是遍布全球各个城市的天网系统。

自一九九四年美国的贝尔实验室发明了电脑监控系统以来，这三十几年的时间里，全球各个城市从最重要的区域开始逐级覆盖，逐渐形成了一套庞大的、全天候无死角的监控系统，俗称“天网系统”。

根据邵子安几人的判断，巴彦克拉地区的重肌人，就是根据“天网系统”的指挥，来判断、追踪小分队的位置。

如果这个判断是准确的，那么全球其他城市也有这种可能。所以只要彻查全球各个城市的天网系统，一定可以找到他们所要的答案。

几人说干就干，欧阳立刻通过卫星连接到了全球各个城市的天网系统。果然如他们所料，几乎所有城市的天网系统都已经连在了一起，并且被加密了。

这是一个极为重大的发现，所有人都很兴奋。大伙儿都明白，只要能够成功破解这个庞大的天网系统，追踪到总控中心的位置，就一定可以找到他们所要的答案，也就是操控“重肌人”病毒爆发的背后力量。

然而，这是一项极为庞大而烦琐的工作，需要大量的时间来筛选、搜寻和破译。岳澜和晓芸也加入到他们的工作中来，大伙儿夜以继日地工作着，试图以最快的速度破解这套系统。

第五十六章　种群灭绝

邵子安的判断是错误的，留给他们的时间不是不多了，而是根本没有了。

三天以后，公共通信频道传来信息，大量重肌人进入青藏高原。

重肌人似乎找到了抵抗高海拔和极度寒冷的方法，前后不到一周的时间，十几个海拔相对较低的人类聚居区相继被攻陷。按照这个速度推算，用不了多久，重肌人就将抵达邵子安等人所在的雪岭聚居区。

所有人都感到了前所未有的危机和恐惧。虽然这几个月以来，邵子安带领居民加固了小镇的围墙，训练了大量战斗人员，并且囤积了大量的武器弹药和补给，但每一个人都知道，如果固守在雪岭，他们的命运迟早和之前那些聚居区一样，被重肌人攻陷。唯一的方法，就是离开这里，向海拔更高的地区转移。

仔细商讨之后，邵子安决定，将撤离的目的地定在坎德巴里冰原，也就是远山训练营新生一百天集训时，最后“打狼”考核的地方。那里的平均海拔超过五千五百米，众人希望这种超高的海拔和冰原上的极度寒冷，能够帮助他们阻挡住重肌人前进的脚步。

向小镇居民宣布了这个决定后，所有人都没有异议。

居民们立即开始紧锣密鼓地准备，打点行装，预备车辆和御寒的衣物，储藏食品，准备进行长途转移。

所有工作都在有条不紊地进行着，撤离的时间定在了一周以后。

就在距离出发时间不到七十二小时的这天清晨，雪岭聚居区病毒实验室的专家组长突然叫人找到了邵子安。邵子安几人赶到实验室的时候，全部专家都已经聚集在了实验室内。看得出来，实验室的气氛十分紧张。

邵子安问道："发生了什么事？"

专家组的组长名叫 Taylor，是一位来自美国普林斯顿大学的病毒基因学博士。

Taylor 面色凝重，对邵子安说道："我们刚刚取得了一个重大的发现，必须马上告诉你。"

欧阳说道："几位大哥，这都什么时候了，有什么发现不能等咱们搬完以后再说吗？"

Taylor 说道："这件事非常重要，你们必须马上知道。"

邵子安说道："Taylor 博士，请讲。"

Taylor 说道："大家要做好思想准备。昨天夜里，我们对'重肌人'病毒的感染体进行了基因检测，发现了一个令人震惊的情况。我们通过基因检测，发现在这些重肌人的 DNA 基因链条里，没有任何属于我们人类的基因信息。用简单的话来说，这些重肌人的基因，并不是属于我们人类的基因。"

欧阳愣道："什么意思？不属于我们人类，那属于什么？"

Taylor 说道："属于地球上早已消失的一种人类——尼安德特人。"

就在昨天夜里，实验室的专家们对重肌人的病毒感染体进行了基因检测，试图找到可以对抗病毒感染的方法。

谁也没有想到的是，他们在这些重肌人的基因链条里，居然并没有发现任何属于人类，也就是属于我们智人的基因。

这是一个令人极为震惊的发现。

也就是说，病毒的感染，在正常人类的基因链条里，引发了突变。

用非专业人士听得懂的语言来解释：正常人类被"重肌人"病毒感染后，并不是变成了"被感染的人类"或者"生病的人类"，而是从根本上变成了另一种人，一种地球上早已消失了的人类——尼安德特人。

尼安德特人是曾经与人类在地球上共同生存过的，并且与人类有生殖隔离的另一个人种。

要了解什么是尼安德特人，必须了解一些简单的生物学分类以及生殖隔离的概念。自然界中的所有生物，在生物学属性上是按照严格的界、门、纲、目、科、属、种来分类的。生殖隔离，是指生物学中同一“属”之下的不同“种”的生物之间，可以进行交配，但交配产生的后代，将不再具备生殖和繁衍能力，这样的情况，在生物学领域被称为“生殖隔离”。

例如“马”属之下的驴和马两种生物，进行交配之后，可以产生出下一代——骡子，但骡子是没有生殖能力的。也就是说，骡子与骡子之间是不能经过交配产生下一代骡子的。

因此，在生物学领域，判断两种生物是否为同一“种”生物，是通过彼此之间是否具有生殖隔离来区分的。

在自然界中，有很多种马，也就是在“马”属之下，有很多具有生殖隔离的、不同种的动物，例如上面提到的驴和马，都是“马”属动物。“犬”属之下，也有很多具有生殖隔离的、不同种的动物，如狗、狼、狐狸，均属于“犬”属动物，它们之间具有生殖隔离。然而只有人类例外，全世界如今只有一“种”人类。

无论黑人、白人还是黄种人，在生物学分类上其实是同一种人，因为他们之间是没有生殖隔离的。

地球上现存的人类，在生物学分类上，统称为智人。

智人在生物学分类上属于动物界，脊索动物门，哺乳纲，真兽亚纲，灵长目，类人猿亚目，人科，人属之下的智人人种。

那么，在自然界中，是否存在过在“人”属之下，与智人平行的种呢？也就是说，是否有与智人存在生殖隔离的、不同“种”的人类呢？

答案是肯定的。

根据生物学研究，地球上曾经存在过的在“人”属之下，与智人平行的人类包括卢多尔夫人、格鲁吉亚人、匠人、蓝田人、元谋人、海德堡人、丹尼索瓦人、尼安德特人等几十种人类。

这些人类在生物学分类中都属于“人”属，是与智人平行，并且存在生殖隔离的不同“种”的人类。

不过这些人类，现今都灭绝了。

三万年前，当智人走出非洲的时候，遇到的最大敌人就是尼安德特人。尼安德特人曾经广泛生存在地球上，是当时地球的统治者。我们的祖先走出非洲时灭绝了尼安德特人，这才统治了世界。同时，尼安德特人的一部分基因，也被融合在了智人的体内。

生物学所讲的生殖隔离，并不是绝对概念。

具有生殖隔离的两个种群之间，产生的绝大部分后代是没有生殖能力的，但也存在极少部分后代可以繁衍。因此在智人的基因中，有部分尼安德特人的基因被融合进来。目前已知的一些疾病，例如上瘾、二型糖尿病，就是尼安德特人的基因引起的，这两种基因特性是智人的基因里原本没有的。

虽然 Taylor 用了尽量简单的语言来解释整个发现的情况，但邵子安几人还是听得云里雾里。欧阳问道：“你说的这些，到底……到底说明了什么问题？”

Taylor 说道：“我们的结论是：这种特殊的病毒改变了人类的基因结构。病毒引起的基因突变使我们身体里的全部智人基因都沉默了，而使尼安德特人的基因呈显性状态，也就是说，这些被感染的人类，全部变成了加强版的尼安德特人。”

邵子安问道：“是什么原因造成的这种基因突变？”

Taylor 摇了摇头，说道：“目前还不清楚，病毒感染者基因中的增强子被甲基化，尼安德特人的基因呈显性状态，这可能是通过改变蛋白完成的，当然，还有一种最大的可能，就是被人工操控的。”

邵子安心里一紧，问道：“你的结论是什么？”

Taylor 说道：“目前还没有确定的结论。不过我现在终于明白，这几个月来，这些重肌人疯狂地攻击人类，究竟是在对我们做什么了。”

欧阳问道：“对我们做什么？”

Taylor 一字一句地说道：“种群灭绝！”

欧阳愣道："种群灭绝？"

Taylor说道："对，种群灭绝。在动物界，只有人类和黑猩猩两种动物具有大规模屠杀和灭绝同类的特性。三万年前，当智人走出非洲的时候，对尼安德特人进行了种群灭绝……"说到这里，Taylor顿了顿，说道："今天，他们回来了。"

邵子安几人你看看我、我看看你，所有人都目瞪口呆。

欧阳说道："你是说，他们……他们要……"

"不把人类彻底灭绝，他们绝不会停止，"Taylor沉吟了片刻，说道，"这是一场基因的复仇，三万年前，我们灭绝了尼安德特人，灭绝了他们的基因。今天，他们卷土重来了，要彻底灭绝我们的基因！"

欧阳张大了嘴巴。就在这时，猛听得"砰"的一声门响，房门被推开，一名队员冲进房间，喊道："邵Sir，大批重肌人抵达雪岭附近。"

欧阳说道："怎么可能？"

那名队员说道："最近的重肌人队伍，距离这里不到十公里了。"

谁也没想到，这些重肌人的移动速度竟然这么快。从公共通信频道得到的消息，这支向青藏高原赶来的重肌人队伍，人数超过了两千万，所过之处寸草不生。十公里的距离对于那些重肌人来说，最多只需要两个小时就可以赶到了。

欧阳问道："怎么办？"

邵子安说道："没有时间讨论了，马上撤离。"

欧阳说道："现在最困难的是，我们有大量老弱妇孺，就算马上撤离，也根本不可能摆脱重肌人的追击。"

邵子安说道："所有战斗人员分成两部分，一部分吸引重肌人，将他们引向别处，另一部分负责保护居民转移。"

邵子安立即集合所有队员，宣布了自己的决定。望着面前的队员，邵子安沉声说道："大家都很清楚，前去负责吸引重肌人的人员，将会面临极大的危险，甚至是九死一生。这一次由我亲自带队，谁和我一起去？"

谁也没想到，岳澜第一个走出队列，说道："我去。"

所有人都是一怔。

欧阳说道："岳澜，你就别凑热闹了，女孩儿应该留在这里，负责照顾大家。"

岳澜神色坚定，说道："欧阳、邵子安，虽然我是女人，但我不想在这种时刻缩在后面，被大家保护。另外，最重要的一点，我是医生。这次行动会非常危险，不可能避免伤亡，所以我必须和你们一起去。"

望着岳澜的眼神，邵子安知道，面前的这个女孩儿，性格极为坚定，况且岳澜说的也有道理，于是他说道："好，我同意。还有谁？"

欧阳和 017 大步走出队列，紧接着陆续又有几十名队员走出队列。

邵子安点了点头，说道："好，晓芸和剩下的队员留下带领大家撤离。其他人员携带武器弹药，马上出发。"

第五十七章　掩护

雪岭小镇位于两山之间的一块平原地区。小镇的东侧五公里，在进入山区的山口位置，有一处高坡，是抵达小镇的必经之路。

半小时后，邵子安带领欧阳、岳澜、017 以及其他队员在高坡坡顶的两侧隐蔽好。没过多久，他们就看到了那批抵达雪岭的重肌人队伍。

虽然事先已经得知这一批重肌人数量极大，但亲眼看到面前的情景时，所有人还是不由得被震撼住了。他们面前的这支重肌人队伍，漫山遍野，铺天盖地。只见那些重肌人梗着脖子，发出一阵阵低沉而瘆人的嘶吼，黑压压如乌云一般向他们所在的方向压来。

欧阳张大了嘴巴，叫道："怎么会……怎么会有这么多？"

望着面前遮天蔽日的重肌人队伍，邵子安回忆起刚刚 Taylor 的一番话。看来Taylor是对的，重肌人要做的，就是种群灭绝。人类与重肌人之间，必将是一场你死我活的战争。

邵子安也终于明白，这些重肌人为什么会肌肉如此发达，体力如此好，因为他们的身体内，不是智人的基因，而是尼安德特人的基因。

尼安德特人，是三万年前曾在地球上生存过的一种数量极其庞大的人类。这种人类力量巨大，肌肉异常发达，体能和攻击力惊人，甚至连棕熊都无法和他们单挑。难怪灾难爆发以后，这么短的时间内，人类几乎灭绝。如果没有热兵器，人类和尼安德特人相比，几乎是蚂蚁和大象的区别。

邵子安沉声命令道："大家听清楚，没有我的命令，谁也不要开枪。记住我们的任务，一定要尽量节省子弹，注意互相保护。"

队员们齐声答道："明白。"

此时邵子安等人处于下风口位置，那些重肌人暂时还没有发现他们。

邵子安在心里默默计算着，五百米、四百米、三百米、二百米……等到重肌人距离他们接近一百米的时候，邵子安举起了步枪，用瞄准镜套住了走在最前面的那个身材壮硕的重肌人的头部。

邵子安深吸一口气，扣动了扳机。

周围队员的枪声也响了，走在最前面的重肌人瞬间倒了一片。

重肌人被这一阵巨大的枪声吸引，立即改变了行进方向，向邵子安他们所在的高坡奔来。邵子安站起身来，大声喊道："撤！"

队员们迅速起身，一边开枪一边向事先设定好的方向撤离。重肌人被大家不断放出的枪声吸引，一路追赶过来。

这些重肌人的移动速度极快，不大一会儿就撵上了他们，跑得最慢的几名队员瞬间被他们扑倒。邵子安大声喊道："加快速度，前面就进山了。"

所有队员拼命奔跑着，不断有人被重肌人追上，在临死之前拉响了手雷，爆炸声此起彼伏。

狂奔了十几分钟后，大家终于冲进了山区。

邵子安的计划是，将这些重肌人引向十公里外的一处绝壁。017 已经在那里事先安排了人员，并且准备好了绳索，到时候只要他们攀下绝壁，那些重肌人就不可能再追上他们了。

狂奔了一个多小时后，队员们终于到达了绝壁位置。

先行赶到这里的队员已经在绝壁上安装好了绳索。队员们顺着绳索攀下绝壁后，又蹚过一条冰河，重肌人终于被甩脱了。

所有队员都已累得筋疲力尽。邵子安清点了一下人数。刚刚这一轮与重肌人的遭遇，一共损失了二十几名队员，剩下的弹药也不多了。

邵子安说道："大家坚持一下，这里还不安全，我们必须马上离开。"

队员们听到命令后，纷纷起身。

就在这时，017 突然脸色一变，大声喊道："小心！"话音未落，一旁山壁上猛然跳下数百个重肌人，十几名队员瞬间被扑到。

欧阳大声喊道："我杀了你们！"他抬枪扫射。

邵子安抬头望去，只见两旁的山壁上，此时已经聚集了数以万计的重肌人，正不断地往下跳着。而他们的正后方，河对岸的位置，也出现了大量重肌人，正蹚着河水向这边猛扑而来。众人已经被重肌人包围。

邵子安大声喊道："不要恋战，赶快撤！"

017 抽出背后的砍刀，迎着重肌人扑了上去。队员们不停地开着枪，左突右杀，但始终无法突破重肌人的包围。

就在这时，一个身材健硕的重肌人从高处跃下，将岳澜扑倒。邵子安上前一脚将那重肌人踹翻，伸手把岳澜拉了起来。

岳澜喊道："小心！"

邵子安回头，一个重肌人如闪电般从他身后扑来。他本能地侧身避过后脑的要害，抬起胳膊一挡，只觉得手臂一痛，那个重肌人已经狠狠地咬在了他的胳膊上。

时间在这一刻仿佛停止了。岳澜扑上前，一枪托将重肌人打倒，拉起邵子安。邵子安脸色惨白，已经疼得说不出话。欧阳飞跑过来，喊道："子安，你怎么了？"看到邵子安手臂上的伤口，欧阳一下子呆住了。

岳澜一把撕开邵子安的衣袖，只见他的手臂上，一个血肉模糊的伤口触目惊心，流出来的血已成黑色。邵子安咬着牙，对岳澜说道：“快……带大家撤！”

岳澜撕下衣襟将邵子安的胳膊扎紧，和欧阳一起扶起了他。

欧阳回身对众人喊道：“所有人员向这边靠拢，017，我们撤！”

仅存的队员立刻向这边会合，017 在前方开道，众人拼死突围。绕过一座山口后，又穿过了一片密林，终于暂时将重肌人甩脱。

欧阳上前检查邵子安的伤口，只见一条黑线从伤口处向上，穿过了岳澜刚刚绑缚住的地方，径直向心脏而去。

邵子安强忍住疼痛，对欧阳说道：“欧阳，你知道该怎么做！”

欧阳喊道：“你要干什么？”

邵子安拔出手枪递给欧阳，说道：“打死我！”

欧阳喊道：“不！”

邵子安凝视着欧阳，猛然想起若干年前，自己在那段濒死体验的经历中，与路凡分别时的情景。邵子安深吸了一口气，对欧阳说道：“欧阳，你是我最好的朋友，答应我。”

欧阳拼命地摇头，喊道：“不！”

邵子安大声喝道：“你要理智一点！”

欧阳摇着头，满脸是泪。整片树林在这一瞬间是死一般的沉寂。

良久，欧阳擦干眼泪，说道：“好，子安，我……答应你。”

邵子安说道：“记住，照顾好大家，还有，替我找到那个真相。”欧阳使劲点了点头，接过邵子安的手枪。

邵子安闭上眼睛，笑了。生亦何欢，死亦何苦，这未尝不是一个很好的归宿。Nissa，我终于可以见到你了。

欧阳将枪顶在了邵子安的头上，所有人都转过头去，不忍再看。欧阳含着泪，深吸了一口气，将手指扣在了扳机上。

突然，岳澜扑上前来，一把抓住欧阳的手，喊道：“欧阳，你不能这么做！”

欧阳咬了咬牙，喊道：“017，把她拉开！”

017上前拉住了岳澜，岳澜拼命挣脱017，再次扑上前来，喊道："欧阳，我们不能这么对他！"

欧阳喊道："岳澜，你要理智一点！"

岳澜摇头说道："你听我说，他不是别人，他是邵子安。只要他还没有变异，我们就不能这样对待他。"

欧阳神情悲痛，对岳澜说道："你看看他，已经没得救了。我不想看着我最好的朋友在我面前变成怪物。"

欧阳转头对周围几名队员喊道："你们还愣着干什么？把她拖走！"

几名队员上前就要将岳澜拖走。岳澜突然拔出手枪，指住了众人。

欧阳愣道："你要干什么？"

岳澜说道："欧阳，还记得你以前对我说过的话吗？所有的事情，从头到尾，好像都是冲着邵子安来的。所以我觉得，邵子安绝不会这么轻易就死的，他一定能挺过这一关！"

欧阳说道："岳澜，你要理智一点，这不是在拍电影……"

岳澜打断欧阳的话，说道："那你还记得苏战吗？"

欧阳一下子愣住了。

岳澜说道："子安说过，很多年前，他注射过一种特殊的药物，之后才有了那段濒死体验经历带来的幻觉。所有的事情就是从那时候开始的。你想一想，有没有这种可能，他注射的那种药物和'重肌人'病毒有一定的关系？'重肌人'病毒，不就是一种可以使人不死的病毒吗？而邵子安，不也是注射过那种药物之后，才从濒死状态下被救活的吗？"

欧阳和017交换了一个眼神，似乎明白了什么，欧阳说道："你是说，子安他……他很可能和苏战一样，可以挺过这一关？"

岳澜说道："既然苏战可以在被重肌人咬伤后，几个月都没有变异，邵子安为什么没有可能？我们一定可以找到方法救活他。"

所有人的目光全都望向了欧阳，欧阳踌躇不语。就在这时，一名队员飞跑过来，对欧阳几人说道："那群重肌人又撵上来了，距离不到一公里。"

欧阳知道，做决定的时候到了。他咬了咬牙，大声说道："岳澜，子安就交给你了。所有人听我命令，我们把那群重肌人引到别的地方去！”

众人齐声答道：“明白！”

欧阳一挥手，所有队员举起手里的枪，向重肌人追来的方向迎了上去。

岳澜上前将邵子安扶起来。邵子安望着岳澜，虚弱地说道：“岳澜，你不应该这么做……”

岳澜说道：“相信我，我一定可以救活你。”

邵子安摇了摇头，突然眼前一黑，倒在了岳澜的怀里。岳澜擦了擦眼泪，俯身将邵子安背起。

两人的身后，枪声大作。

第五十八章　逃亡

岳澜背着邵子安，一口气跑出了十几公里。

这里是平均海拔超过了四千米的高原，虽然岳澜成长在军人家庭，从小就受过严格的体能训练，但还是累得几乎虚脱。

一块山石将她绊倒，两人滚倒在雪地上。

岳澜爬起身将邵子安扶起。猛听得不远处的山坡后方，传来了一阵阵低沉的嘶吼声。岳澜放下邵子安，快速爬上了坡顶。只见山坡下面，数以万计的重肌人正沿着山坡向他们的方向缓缓而来。

岳澜飞奔回来，背起邵子安，咬了咬牙，继续向前奔去。她知道，现在还远没有甩脱那些重肌人，自己还不能休息。

整整一天，岳澜滴水未进，背着邵子安在深山中跑了几十公里。走到最后，她已经没有力气再将邵子安背起来，只能用树枝和布条做了一副简单的担架，将邵子安绑在上面，拖着担架前行。

此后的十几天，岳澜凭着一股强大的精神力量的支持，拖着担架上昏迷不醒的邵子安，一路躲避着重肌人，在深山中艰难前行，向着坎德巴里冰原——他们原定的目的地方向前进。

岳澜的体力已经严重透支，每到一处陡坡，她只能将邵子安缚在自己的背上，手脚并用向上爬行。她的双手、膝盖和手肘全部被尖利的山石磨得血肉模糊。

两周以后，岳澜感觉自己已经到达了极限。

所幸的是，邵子安虽然一直昏迷不醒，持续高烧不退，但是他的身体，一直没有发生任何变异。

这天下午，两人到达了一处两山之间的山谷。四周白雪皑皑，一道冰泉从山顶落下，汇入下方的一个水潭中。

已经很多天没有吃东西了，岳澜用手捧着泉水给邵子安喂了几口，又用雪给他擦了擦脸，邵子安终于醒了过来。

邵子安看了看周围的环境，问道："我们这是在哪儿？"

岳澜说道："我们是在去坎德巴里冰原的路上，应该已经不远了。"

邵子安问道："我还没有发作吗？"

岳澜说道："没有，你会没事的。"

邵子安沉默了片刻，说道："谢谢你，谢谢你这些天来对我的照顾。"

岳澜的脸上突然一红，说道："你别客气，其实你受伤，也是因为我。"

邵子安不再说什么。忽听得山谷入口的方向传来一阵低沉的吼叫声。

岳澜神色一变，对邵子安说道："你在这儿等我。"她拔出手枪，快步向山谷入口的方向奔去。

岳澜奔出山谷，爬上一块巨石。只见山谷外面，上千个重肌人正缓缓向这个方向移动。

岳澜快速奔回。邵子安问道："什么情况？"

岳澜说道："他们又追过来了。"

邵子安问道："有多少？"

岳澜说道："至少有……几百个。"

邵子安说道："把我放在这儿吧。你快走，留下一支枪，我来拖住他们。"

岳澜说道："我不会抛下你的。"

邵子安说道："岳澜！"

岳澜坚决地说道："不行！"她不由分说，上前将邵子安背了起来。

岳澜知道，自己已经没有体力带着邵子安逃离这些重肌人的追踪了。她观察了一下周围的环境，发现不远处的山坡上有一个不太显眼的山洞，她对邵子安说道："我们到那个山洞里躲一躲，或许他们不会发现我们。"

岳澜背着邵子安快步进了山洞。山洞内的面积并不大，进深只有不到十米。

岳澜将邵子安放下，回到山洞的入口处。那些重肌人已经翻过山梁进入了山谷，正四下漫无目的地游荡着，看样子并没有发现他们，岳澜松了口气。

突然，她注意到一个重肌人停了下来，似乎闻到了什么。

只见那重肌人耸着鼻子，四下嗅着，突然发出了一声惊天动地的号叫，所有重肌人一下子转过身来。

岳澜心里一沉。重肌人已经闻到他们的气味了。

这十几天里，他们也曾数次遭遇过少量的重肌人，但岳澜的枪法奇准，那些重肌人全部被她打死了。然而现在他们面对的，是上千个重肌人，岳澜已经没有任何办法。他们所在的山洞没有出口，重肌人一旦发现这里，两人绝无逃生的可能。

岳澜退了回来。邵子安问道："怎么样？"

岳澜说道："他们已经发现了我们。"

邵子安说道："你快走！"

岳澜说道："来不及了。"

邵子安叹了口气，说道："对不起，是我连累了你。"

岳澜摇了摇头，说道："你不要这么说。"

此时，已经可以听到洞外重肌人杂沓的脚步声和嘶吼声。两个人都知道，这是他们最后的时间了。

邵子安说道："还有子弹吗？"

岳澜退下弹匣，不由得一呆。

邵子安问道："怎么了？"

岳澜说道："只有一发子弹了。"

邵子安说道："给我吧。"

岳澜将手枪递给邵子安，邵子安将子弹上膛，说道："来吧。"

岳澜明白邵子安的意思，犹豫了一下，上前抱住了邵子安。

邵子安将岳澜揽进怀中，两人的头紧紧靠在了一起。邵子安将手枪顶在了自己的头上。重肌人进来的那一刻，他将扣动扳机，子弹将洞穿两个人的头颅，两人同时毕命。

岳澜说道："我没想到，有一天，我们两个会死在一起。"

邵子安说道："我也没想到。"

沉默了片刻，邵子安说道："岳澜，谢谢你这几个月以来对我的照顾，还有这一次。这辈子，我没有机会还了，如果有下辈子，我一定会报答你。"

岳澜笑了，说道："好，我会记住你这句话的，下辈子，我来找你要。"

震耳欲聋的号叫声从洞口传来，重肌人已经冲进山洞。

邵子安说道："准备好了吗？"

岳澜紧紧抱住邵子安，使劲点了点头。

邵子安拨开手枪的保险，将手指扣在了扳机上。

猛听得外面枪声大作。邵子安抬头望去，一个高大的身影冲进了山洞，向这边喊道："里面有人吗？什么人在里面？"

岳澜惊喜道："是欧阳！"

欧阳已经看到了两人，扑上前来，一把抓住了邵子安，喜极而泣，喊道："子安，你……你还没死呢？"

邵子安虚弱地笑了，眼前一黑，就什么也不知道了。

原来在十几天前，欧阳、017与岳澜、邵子安分手后，带领剩下的队员与追上来的重肌人进行了殊死血拼。激战了几乎一整天，牺牲了十几名战友后，终于成功将那群重肌人引向了深山，大伙儿侥幸逃生。

和大部队会合后，他们才发现，岳澜、邵子安两人都没有回来。

于是欧阳和017立即带上所有还可以战斗的人员，按照事先约定好的撤退路线分头寻找，所幸在最后时刻及时赶到了这里。

好在这一批冲进山谷的重肌人数量不算太多，欧阳派出一部分队员将那群重肌人引走，又临时制作了一副简易担架，将邵子安救回了营地。

这一役，雪岭聚居区损失惨重，牺牲了很多队员，不过绝大部分居民还是安全地撤离到了新居住地，重肌人也没有再追过来。

邵子安的身体一直没有产生任何变异，但持续高烧不退，体温一度接近四十二摄氏度。所有人都可以感觉到，他的身体正在与病毒进行着殊死的搏斗。

所有能想到的办法都想过了，邵子安的高烧始终不退。最后，岳澜瞒着欧阳和晓芸几人，独自一人驱车前往距坎德巴里冰原超过两千公里的一座早已被重肌人攻占的城市，在那里找到了大量抗生素。

注射了整整一个月的大剂量抗生素后，邵子安的体温终于被控制住了。

三个月后，邵子安终于醒了过来。

睁开眼睛的一刻，他有一种恍如隔世的感觉。房间内只有欧阳一个人，看到他醒过来，欧阳激动地说道："你……你醒了？"

邵子安打量了一下周围的环境，虚弱地问道："我们在哪里？"

欧阳说道："我们安全了，这里是坎德巴里冰原，就是当年咱们打狼的那座城堡。子安，你……你可吓死我们了，你知道你躺了多久吗？整整五个月啊。"

邵子安问道："岳澜呢？"

欧阳说道："岳澜没事，她正给新招上来的队员们上课呢。"

邵子安又问道："其他人员怎么样？"

听到邵子安的问题，欧阳神色一黯，说道："损失很大。失踪的、掉队的、伤亡的居民，超过了总数的三分之一。战斗人员损失超过了一百人，我们辛苦培训出来的那些队员，基本上……都不在了。"

邵子安沉默了，回想起那一张张熟悉的面孔，心中不由得一阵酸楚。

欧阳安慰道："子安，你别难过，这是我们必须付出的代价。"

“我知道……”邵子安沉默了片刻，说道，“欧阳，有吃的吗？我饿了。”

旁边的炉火上坐着一锅刚刚煮好的白米粥，欧阳给邵子安盛了一大碗，服侍邵子安喝完。邵子安放下粥碗，长出了一口气，说道：“扶我起来吧，躺了这么久，我想出去走走了。”欧阳看了看邵子安，担心地问道：“你身体行吗？”

邵子安说道：“放心吧，我没事。”

欧阳小心翼翼地扶着邵子安从床上下来，帮他穿好衣服。

原本身高一米八五，体重超过一百六十斤的邵子安，此时体重只剩下不到九十斤，皮带系到最后一个眼儿，还是不能将裤子勒住。

看着邵子安骨瘦如柴的身躯，欧阳鼻子一酸，眼泪掉了下来。

邵子安说道：“你哭什么？”

欧阳哽咽着，没有回答。邵子安伸手替欧阳抹了抹眼泪，说道：“你不是大家的开心果吗？说个笑话吧，我醒了你不高兴吗？”

欧阳哽咽着说道：“高兴，当然高兴。我就是想问问你，你是怎么减肥的？有机会，一定得传授传授我……”

邵子安笑了。欧阳也“扑哧”一声破涕为笑，找了一根布条替邵子安系好裤子，扶着他走出房间。

六月的青藏高原，冰雪已经消融，到处是一片郁郁葱葱、春意盎然的景色。此时正是黄昏，远处夕阳西下。城堡内的居民们看到欧阳扶着邵子安出来，都停下手里的动作。

居民们默默地注视着两人，向邵子安行注目礼。每个人的眼神中都充满了感激。大伙儿都知道，如果没有邵子安，他们不可能平安撤到这里。

岳澜正带着新招收的队员进行培训，小伙子们看到邵子安，也纷纷站起身来，朝他敬礼，喊道：“邵队长！”

岳澜转过身来，看到邵子安，一下子愣住了。

此时的邵子安，形销骨立，大袖飘飘，人已经瘦得快飞起来了。

邵子安望着岳澜，笑了。

岳澜凝视着面前的邵子安，突然眼前浮现出一个个过往的画面：

两人在大学第一次相识的场景，邵子安冒险去沃尔玛救她，邵子安退学那天两人在学校湖边道别，邵子安回到学校被自己拒绝，再想起此后邵子安遭遇的种种经历，Nissa 的离开……

这一瞬间，岳澜的眼泪，“唰”的流了下来。

第五十九章　蜂巢病毒

这一次大逃亡，雪岭聚居区牺牲极大，失去了超过三分之一的居民。此外，邵子安他们辛苦培训出来的战斗人员，几乎也损失殆尽。

安顿下来后，欧阳和 017 带人将附近的狼群悉数肃清，又到周边的深山里砍伐林木，建造了大量房舍，在这座冰原上建成了一座临时聚居基地。重肌人没有再追过来，看来，是冰原超高的海拔和极度的寒冷在一定程度上阻挡了他们前进的脚步。

邵子安恢复期间，岳澜几人一直在旁边悉心照料。

由于注射了超大剂量的抗生素，邵子安的身体开始出现严重的副作用，肺部功能严重紊乱，每天咳嗽不止，甚至开始出现咳血的现象。

所有西医的治疗方法都已经不再起任何作用。

岳澜带着欧阳几人，冒着危险驱车几千公里，从喜马拉雅山脉东侧楚布河上游的一座寺庙请来了一位有名的藏医。又经过了很长一段时间的调理，邵子安的病情有所缓解。

藏医告诉大家，邵子安的情况并不乐观，即便症状完全消退，也必须长期服用一种特殊的藏族草药，才有根治的可能。

于是从这天起，岳澜每周亲自进山为邵子安采药。

这段时间，周边的形势异常严峻。邵子安所在的新聚居区位于青藏高原西部，平均海拔超过五千五百米，重肌人确实没有再攻过来。

但周边海拔相对较低的人类聚居区不时传来被重肌人攻陷的消息。看来海拔和温度的影响，只能减缓重肌人的移动，并没有停止他们对人类的入侵。

邵子安受伤后，欧阳与017、岳澜、晓芸几人承担起了基地的全部防卫工作。

为了防止重肌人突然攻入，他们每天派出大量侦察小队，随时监控周边地区重肌人的移动规律。

这天下午，欧阳带队从外面搜索归来，来到邵子安的住处。邵子安经过这一段时间的悉心调养，每天服用岳澜为他采来的草药，身体状况明显好转。

欧阳进屋，将手里的一个大包放到桌上，说道："看看我给你带什么来了。"他从大包里一件件往外拿，有各种生活用品、食品罐头，最后拎出两瓶酒。

欧阳说道："你猜怎么着？我们这回出去，发现了一个奇大无比的仓库，哥儿几个把东西全搬回来了。看看，二十年的茅台。"

欧阳晃了晃手里的酒瓶，说道："怎么样，陪我喝两杯吧，我看你身体也恢复得差不多了，咱们得庆祝一下。"欧阳心宽体胖，一向最好喝酒。在远山训练营的时候，每到周末，他都会叫上大家一起到Nissa家喝几杯。

想到Nissa，邵子安心里不由得一痛，他说道："好，就陪你喝点。"

欧阳把酒倒上，一口气干了两杯，赞道："好酒！"

邵子安陪欧阳喝了一杯，问道："外面情况怎么样？"

欧阳摇了摇头，说道："不乐观。高海拔和低气温确实让重肌人的移动速度变慢了，但并没有彻底阻挡住他们。就在你养伤的这段日子，他们又往前推进了好几百公里。看来，他们到达这里，是迟早的事情。"

说到这里，欧阳放下酒杯，说道："最近这些天，我一直在想Taylor在我们出发前说的那番话——种群灭绝。你说，如果有一天他们真的来了，咱们还有什么地方可去？"

邵子安喃喃说道："是啊，种群灭绝……"

邵子安沉吟了片刻，说道："我这几天一直在想一件事，为什么这一次我被重肌人咬伤，身体上没有产生任何变异？"

欧阳说道："这件事我和岳澜、017分析过。你觉得有没有这种可能？"

邵子安说道："什么可能？"

欧阳说道："我们这些在远山训练营受过严格训练的人，身体素质本身就异于常人。而且你被咬伤的时候，包括后来岳澜带你逃亡的过程中，气温极度寒冷，病毒会不会在这种低温环境下减弱了活性？还有，岳澜后来给你注射了超大剂量的抗生素，是不是因为这样你才挺了过来？"

邵子安说道："这应该是一部分原因，但我认为不是最重要的原因。"

欧阳问道："那你觉得是什么原因？"

邵子安摇了摇头，说道："我也没有最后的答案。这件事，一直让我百思不得其解。从现在掌握的情况看，从'重肌人'病毒爆发到今天，除了我，还没有人能够逃过这种病毒的感染。"

欧阳说道："你说得对。"

邵子安说道："所以我一直在想，我和普通人之间，到底有什么差别？"

说到这里，邵子安顿了顿，说道："后来我想到了，我和普通人唯一的差别就是，若干年前，我在濒死状态下注射过一种特殊的药物。"

欧阳说道："你是说，你当初注射的那种药物，和'重肌人'病毒有关？"

邵子安说道："我当时的情况，在医学上已经被宣布死亡，注射过那种特殊的药物之后，我才活了过来。而'重肌人'病毒，不就是让人永远不会死的病毒吗？"

欧阳连连点头，说道："对对，你分析得有道理，其实岳澜也想到过这件事。我还记得，Nissa曾经说过，所有注射过那种特殊药物的人，无一例外全部产生了幻觉，有关重肌人爆发的幻觉。看来这种药物与重肌人之间，恐怕真有什么联系。"

邵子安说道："这一切，应该都不是偶然。至于我的那段濒死体验经历，也绝不是幻觉，很可能和那种特殊的药物有关。”

欧阳说道：“有道理。你被咬伤后之所以没有变异，很可能就是这个原因。”

说到这里，欧阳突然想起了什么，说道：“对了，你并不是唯一的一个，你忘了，还有一个人——苏战！”

邵子安说道：“我们想到一块儿去了。按照桑雪的描述，苏战被重肌人咬伤之后，很长时间没有变异，就是因为喝了她的血。所以我怀疑，桑雪很可能和我有着相同的经历，也就是注射过那种特殊的药物。”

欧阳说道：“你是说，注射过那种特殊药物之后，会产生抗体？”

邵子安说道：“这种可能性非常大。我们就从这一点查起，从我的血液样本查起。如果真的如我们所想，那么不仅有可能研发出对抗‘重肌人’病毒的抗体，还有可能因此找到这种病毒的源头。”

欧阳兴奋极了，说道：“没错，你说得对。另外还有一个，就是天网！”

邵子安说道：“对，天网，这也是一个重大的突破口。从明天开始，我们要双管齐下。”

从第二天开始，重伤初愈的邵子安带领欧阳、017几人展开了新一轮的调查。

他们找到实验室的病毒和病理学专家Taylor，抽取了邵子安身上的血液，让专家们对邵子安的血液进行全面的化验和分析。

两周以后，专家们得出结论，邵子安身上的“重肌人”病毒，确实已经完全消失。并且专家们确认，邵子安的体内确实存在着一种疑似可以与“重肌人”病毒进行对抗的抗体。这是一个让人振奋的消息，如果这个发现是真的，相信假以时日，他们一定可以研制出能够与“重肌人”病毒对抗的普适性疫苗。

同一时间，Taylor对“重肌人”病毒特性的研究又取得了重大进展。

除了上一次发现的，病毒具有可以引起正常人类基因突变的特性，Taylor又在重肌人的肌体上发现了一个显著的特性——在他们提取的不同重肌人身上的病毒之间，也就是“重肌人”病毒的个体之间，存在着千丝万缕的联系。更准确地说，在不同的“重肌人”病毒的个体之间，存在着一种细微的通信关系。

这又是一个突破性的发现。Taylor 大胆地推测，“重肌人”病毒的上一层，应该存在着一种母体病毒。而“重肌人”病毒与母体病毒之间的关系，就类似于蜂巢组织中工蜂与蜂王之间的关系。换句话说，如果每个重肌人身体上携带的病毒相当于一个工蜂，那么母体病毒则相当于蜂王。

在蜜蜂的组织结构中，工蜂是服务于蜂王的。蜂王与工蜂之间通过一种细微的信号来进行通信联络与控制，使工蜂为蜂王服务。如果 Taylor 的推测成立，这正好可以解释此前重肌人极有规律地行动，以及疑似被有组织地指挥的情况。

鉴于这种病毒的特性类似蜂王与工蜂之间的关系，Taylor 给这种“重肌人”病毒取名为——“蜂巢病毒”。

蜂巢病毒！

邵子安、欧阳和 017 听到 Taylor 对“重肌人”病毒的命名时，不约而同全都呆住了。三个人一下子想起，阿克莫拉德军基地真空室的那扇铁门上，写的就是这两个字；巴彦克拉天网监控室里遇到的那个神秘人物，自杀前所说的，也是这两个字——“蜂巢”。

这是巧合吗？

Taylor 提醒邵子安，鉴于目前的发现，所有对于“重肌人”病毒的抗体研究，都只是暂时性的，只有想办法找到上一层的母体病毒，才有可能解决根本问题。因为在某种意义上讲，母体病毒可以无限地复制下层病毒。不找到母体病毒，只对下层病毒下手，根本无法彻底消除这场灾难。

除此以外，针对这种病毒，Taylor 还提出了一个迄今无法证实的假设，那就是在这种病毒的 DNA 链条上，很可能储存有记忆信息。

邵子安听到专家的这一推测时，不由得一下子愣住了，他隐隐约约感觉到了什么，却又无法抓住。

不管怎么样，这一切，都是好消息。

邵子安几人的工作也进展神速。三个月后，有关天网的调查工作取得了决定性的突破。众人历尽千难万苦，终于初步破解了天网系统，并且成功定位到了全球天网系统的总控中心。谁也没想到的是，全球天网总控中心的位置，就在他们最熟悉的地方——玖川市。

此后，虽然又经过了数轮极其艰苦的努力，可是总控中心的确切地点，始终无法确定。邵子安知道，他们必须亲自去一趟玖川市了，为了那个最后的谜底，为了找到蜂巢病毒的母体病毒，更为了彻底消除这场灾难。

这将是一次最为关键的行动。

为此，邵子安几人做了大量、充足的准备工作。他们认真筛选了每一名参与行动的人员，并针对这次行动进行了严格的专门训练。

由于玖川市距离基地的位置超过了两千公里，从陆路走很难保证安全，邵子安组织人员用了整整三个月的时间，在基地附近修建了一条简易的跑道。之后，他又派欧阳带人前往上次 017 和晓芸发现的那座军用基地，开回两架大型运输机和数架直升机，并运回了大量燃料、武器装备及补给。

又过了两个月，所有参与行动人员的准备工作，包括飞机驾驶、跳伞等培训全部结束。最后，就是决定这一次前往玖川市的小队由谁带队了。经过缜密思索，邵子安最后决定，由晓芸留守在基地，欧阳负责护送和接应，他与 017、岳澜带领小分队前往玖川市。

第六十章　我不是木头

一切准备完毕，行期定在了六月三十日。

这天晚上，欧阳拎了一瓶酒，来到邵子安的住处。经过几个月的不停忙碌，邵子安的病情又出现了反复，每天咳嗽不止。

欧阳说道："你这身体行吗？实在不行，就由我带队，你负责接应。"

邵子安止住咳嗽，摇了摇头，说道："我没事，这件事，我必须亲自去。"

欧阳不再说什么，为邵子安倒上酒，两人闷头喝了几杯。

欧阳问道："你说，我们这一次，究竟会查到什么？"

邵子安摇了摇头，说道："其实这些天以来，我也一直在思考这个问题，但是，没有任何答案。"

欧阳说道："我想过很多可能，说实话，这件事，实在是太邪门了。就说咱们上次在巴彦克拉遇到的那个人吧，简直没有任何逻辑，说了那些没头没脑的话之后，就自杀了，这到底是怎么回事？"

邵子安说道："我相信，明天我们就会知道了。"

欧阳点了点头。敲门声响起，欧阳上前打开房门，岳澜手里拎了一壶草药，走进房间，说道："你们都在呢？"

欧阳说道："我来找子安闲聊聊，来吧，一块儿坐坐。"

"我是来给子安送药的，"随后，岳澜对邵子安说道，"吃药吧。"

邵子安说道："谢谢，放在这儿吧。"

岳澜将药壶放在桌上。欧阳热情地说道："来吧岳澜，一块儿聊聊天，明天就要出发了，这儿有酒，还有菜。"

岳澜还没回答，邵子安说道："不用了，她有自己的事情要忙，让她先走吧。”

欧阳一怔。岳澜向两人笑了笑，说道：“你们聊吧，我走了。”

岳澜转身离开了房间。

欧阳摇了摇头，说道：“子安，有句话，我不知道该不该和你说。你有没有觉得，你对岳澜实在是……有些冷漠？”

邵子安没有回答欧阳，拿起酒杯，说道：“喝酒吧。”

欧阳说道：“你不要逃避我的问题。”

邵子安抬头望向欧阳。

欧阳说道：“你知道吗？其实今天我来找你，也是想跟你聊聊这件事。”

欧阳看着邵子安的眼睛，说道：“为什么，为什么你一直拒绝谈这件事？”

邵子安说道：“什么事？”

欧阳凝视着邵子安，一字一句地说道：“岳澜！”

邵子安放下酒杯，说道：“我知道你要说什么，但是，我不想谈。”

欧阳说道：“我一定要谈，你不能再逃避这件事。”

邵子安说道：“这是我的事，不用你管。”

“邵子安，你……你就是个浑蛋，”欧阳指着邵子安，吼道，“岳澜喜欢你，你看不出来吗？”

邵子安沉默了。

欧阳说道：“我不知道你心里七弯八绕，拐了多少道弯，我也不知道你是怎么想的。但是这几年，岳澜是怎么对你的，我们每一个人都看到了，难道你看不到吗？一个不喜欢你的女孩儿，会为你做这么多事吗？我知道，岳澜以前确实有不理解你，甚至是对不起你的地方，但是都过去这么长时间了，你为什么还……为什么还……”说到这里，欧阳停住了话头。

邵子安说道：“不是你想的那样……”

欧阳说道：“不是我想的那样，那是什么样？”

邵子安摇了摇头，没有回答。

欧阳说道：“你很清楚，我们所有人都很清楚，如果没有岳澜，你不可能活到今天。可以说，岳澜几次救了你的命，尤其是这一次，你伤愈以后，肺部功能严重受损，如果不是岳澜每天进山为你采药，你能恢复成现在这个样子吗？你知道岳澜为了给你弄这些药，她，她……”欧阳说到这里，说不下去了。

邵子安问道：“她怎么了？”

欧阳拉起邵子安，说道：“你跟我走。”

欧阳拽着邵子安离开房间，径直来到岳澜的住处。他松开邵子安，说道：“你自己进去看看，就全知道了。”

邵子安愣了愣，犹豫了片刻，走上前去，轻轻敲了敲房门。门内并没有人回答，他推了推门，门没有锁。

邵子安推开房门，只见岳澜坐在桌前，正聚精会神地往手上涂抹着什么。岳澜紧咬着牙关，满脸都是汗水，连邵子安进屋都没有察觉。

邵子安走上前去，问道：“你在做什么？”

岳澜看到邵子安进来，一下子愣住了，下意识地把手藏到身后，说道：“你……你怎么来了？”

邵子安问道：“你在做什么？”

岳澜再次将手往后藏了藏，说道：“没，没什么……”

邵子安说道：“你的手怎么了？给我看看。”

岳澜说道：“没什么，真的没什么……”

邵子安上前拉过岳澜的手，只见岳澜的手指上，布满血泡和伤口，望之触目惊心。邵子安一愣之下，立刻明白了，这几个月来自己服用的草药，是岳澜从深山里为他采来的。岳澜为了给他采这些药，原本纤细雪白的手指，已经被山石和蔓藤磨成了这样。

邵子安说道：“你的手怎么，怎么……变成了这样？”

岳澜说道：“我没事，没事的……”

邵子安心中五味杂陈，他拿起桌上的药膏，替岳澜涂抹在手上。

岳澜连连说道：“不用，我自己来就行。”

岳澜挣扎着试图抽出自己的手。邵子安说道：“你别动。”

岳澜不动了。邵子安一点点地、轻轻地、小心地为岳澜涂抹着药膏，动作轻柔得像抚摸一个婴儿。岳澜凝视着眼前的邵子安，眼眶一下子湿润了。

良久，邵子安为岳澜涂完药膏，在原地站立了片刻，放下岳澜的手，什么也没有说，转身离开了房间。

欧阳依旧静静地站在门口。邵子安沉默了片刻，说道："陪我走走吧。"

两人走出城堡，在冰原上缓缓地走着，一时间谁也没有说话。来到欧阳曾经打狼的那堵断墙边，邵子安坐了下来。

欧阳在邵子安的旁边坐下，说道："你都看到了？"

邵子安点了点头，说道："你刚刚问我，这么多年来，岳澜为我做的这些，我到底有没有看到？"

欧阳说道："是。"

邵子安说道："我只能告诉你，我不是木头。"

"那，那你为什么还……"欧阳顿了顿，说道，"说句不该说的话，Nissa 已经走了那么久了，尸骨已寒，岳澜对你这么好，你也应该……"

邵子安打断欧阳的话，伸手按住自己的胸口，说道："可是我这里，放不下。"

欧阳叹了口气，抬起头来，只见远处的天边，一轮圆月正缓缓升上天空。他猛然想起，三天后，正是 Nissa 的忌日。

三天后，邵子安、岳澜、017 带领小分队离开基地，前往玖川市。

第六十一章　重回玖川市

二〇三四年七月一日十四时整，邵子安率领小分队空降到玖川市。

几年的时间过去了，眼前的玖川市，早已破败不堪。街道上长满了蒿草，四周到处是残破的建筑、倒塌的桥梁。一切都笼罩在灰蒙蒙的雾气中，天空也是雾蒙蒙的，看不清究竟是白天还是黑夜。空中有零星的东西飘落下来，伸手接住，是雪花，黑灰色的雪花。

一切都是如此熟悉，让人感到可怕。

邵子安努力让自己平静下来，命令道："警戒，检查各自装备，五分钟后行动。"队员们立即散开，各自开始整理装备。

邵子安刚打开自己的背包，忽然听到空气中传来了一阵低沉而有节奏的"嗷嗷"声。

岳澜说道："什么声音？"

邵子安凝神细听，扭头向队员们喊道："赶快撤！"话音未落，就见旁边的一条巷子内，一瞬间蹿出来上千个重肌人。邵子安喊道："快走！"

队员们立即开火，同时向后撤退。越来越多的重肌人从两旁的街道冲出来。跑出几条街区，重肌人们已经把四面围死了。

邵子安四下打量了一圈，斜前方的路边有一栋老式的四层砖楼，他喊道："先进楼房！"

邵子安率领大伙儿冲进大楼，后面的重肌人紧跟着追了进来。几人一口气冲到大楼顶层，只见通往楼顶天台的铁栅栏门上拴了一条巨大的铁链，上面挂着一把铁锁，017 抬枪将铁锁击碎。冲出铁门后，邵子安反手用铁链将门拴住。

只是片刻，跟得最近的重肌人已经爬上楼冲到门前，更多的重肌人从后面拥上来。只见那群重肌人挤在一起，疯狂地撞击着铁门，有重肌人将手从铁栅栏的缝隙伸过来，拼命地向前挥舞着，似乎要把几人抓住。

望着眼前熟悉的情景，邵子安一时间蒙住了。

他想起来了，这个地方，就是十五年前，他在那段濒死体验经历中和路凡、丁峥、梁靖几人来过的地方。这里，也是他与岳澜第一次相遇的地方。

回头四望，眼前的情景是如此熟悉，连身边的岳澜也是一样，她正怔怔地望着他。

017 飞跑回来，说道："子安，没有地方可以下去。"

邵子安定了定神，说道："跟我来。"

和记忆中一样，小楼的西侧是一栋四层的砖楼，两座楼之间距离不到十米。队员们用弹射器将飞爪抛出，准确地抓住了对面的墙垛。不大会儿工夫，所有队员安全攀到了对面的楼顶。

刚松了一口气，就听得一声巨响，对面楼顶的那扇铁门在这一刻轰然撞塌，大量重肌人蜂拥着冲了出来。

只见这些重肌人的移动速度飞快，瞬间已经扑到了楼边。大部分重肌人根本没有减速，直接扑下了楼。只是片刻工夫，对面楼顶已经聚集了上千个重肌人。他们拥挤着、号叫着，面目狰狞。不断有重肌人被挤落楼下，但更多的重肌人拥上来，对着这边龇牙咧嘴，瘆人地咆哮着。

俯身向下望去，四面八方的重肌人正源源不断向这个方向聚拢。刚刚从楼顶掉落的那些重肌人，虽然摔得骨断筋折，依旧顽强地向他们所在的这座楼爬了过来。

邵子安带领众队员快步下到小楼的地下室，搬开地上的井盖，进入热力管线。半小时后，众人来到了那座巨大的沃尔玛超市中。

邵子安喘了几口气，对众人说道："所有队员原地休息。017，带人清理一下我们过来的道路，再到附近检查一下，确认安全。"

017 立即点了几个人离开了仓库。

邵子安定了定神，找了个地方坐下来。面前这座沃尔玛超市，早已破败不堪，货架东倒西歪，各处积满了尘土。凝视着眼前熟悉的场景，多年前发生过的事情如过电影一般，一幕幕在眼前浮现出来。邵子安心中几乎无法自已。他转头望向岳澜，发现岳澜也正静静地看着自己。两人什么也没有说，心中都是思绪万千。

不大会儿工夫，017 带领队员回来，对邵子安说道："来路已经清理完毕，附近也检查过了，有件事，非常奇怪。"

邵子安问道："什么情况？"

017 说道："距离这里三百米左右有一座仓库。那里有大量重肌人，他们好像是在……"

017 说到这里，停顿了一下，似乎在找寻一个合适的词语来描述，他说道："他们好像是在……是在那里把守。"

邵子安愣道："把守？"

017 说道："对，你最好过去看一看。"

几分钟后，邵子安几人在 017 的带领下出了仓库。

沿走廊转过几个转角，又过了一扇安全门后，前方出现了一处岔路口。017 示意大家停下，说道："就是前面那座仓库。"

邵子安顺着 017 的手指方向望去，正前方不远处，是一座巨大无比的仓库。仓库门口站着数百个重肌人，如泥塑木雕一般，一动不动。

017 说道："不仅是这里，这座仓库一共有四个门，我们刚刚检查过，每个门的门口都是这样，尤其是正面最大的那个门。"

邵子安说道："走，我们过去看看。"

十分钟后，邵子安几人检查完这座仓库的所有大门。

和 017 描述的一样，整座仓库的所有出入口，不仅仅是大门，甚至每一个窗口都聚集着大量重肌人。少的地方有几十个，多的地方甚至有几百上千个。

所有重肌人都静静地站在原地，犹如在站岗警戒一般。

017 说道："我觉得，这里面恐怕有东西。"

邵子安说道："看来我们得进去看一看了。"

017说道："恐怕不容易，我们得先想办法把门口的重肌人引走。"

邵子安思索了片刻，说道："这样吧，让扎西带上几个人，想办法用枪声把他们吸引走，其他人跟我进去看一看。"

扎西是队员中的一名藏族小伙子，是邵子安在雪岭聚居区训练过并幸存下来的老队员之一，非常机灵，各种战术技能也十分过硬。

邵子安宣布完命令后，扎西一挥手，带领几名队员出发了。

几分钟后，远处传来了一阵密集的枪声。仓库门口的重肌人听到枪响，骤然清醒过来，号叫着向枪响的方向奔去。

邵子安一挥手，说道："快！"几人上前打开大门，进入了仓库。

大门内并不是大家想象中的超市仓库，而是一间足有上千平米的实验室。

实验室内摆放着一排排整齐的实验台，上面码放着各种电子设备以及试管、烧杯、蒸馏瓶等实验器具。

眼前的情景，几乎与多年前邵子安几人在阿克莫拉地下基地看到的那间真空室一模一样。邵子安说道："我们的时间不多，分头检查。"

所有人员立刻散开。

不大会儿工夫，只听岳澜喊道："你们快过来！"

几人迅速与岳澜会合。岳澜指着面前的一排冰柜说道："你们看，这是什么？"

众人的面前，是一排透明的冰柜，足足有二十个。

邵子安伸手拉开第一个冰柜，顿觉一股冷气扑面而来。冰柜内是满满一柜子装满试剂的试管，所有试管上都标记着不同的编号。

几人一个个拉开冰柜，检查到最后一个冰柜时，里面只有一支小试管，上面贴着一个标签——TN-418。

邵子安的声音几乎已经颤抖了，他喊道："找到了！"

邵子安拿起那支试管，说道："就是这个，TN-418，这就是我们要找的，病毒母体血清。"

017看了看旁边的岳澜，两人的脸上都露出了难以置信的神色。

岳澜说道："怎么会……这么容易？"

邵子安说道："我记得很清楚，在我看过的那段视频中，那种病毒的名字，就是TN-418。快，冰袋。"

017迅速取出冰袋，邵子安将试管封好，小心地放入冰袋。

出了仓库，扎西几人已经回来，正在门口警戒。

邵子安说道："东西已经拿到，立即撤离。"

邵子安带领队员刚进入超市，就听外面传来了一阵潮水般的重肌人的号叫声。邵子安说道："他们应该发现我们了。快撤。"

队员们发足向前狂奔。

超市外面，重肌人的号叫声越发剧烈，显然已经有重肌人冲到了超市大门外。剧烈的撞门声从四处响起，夹杂着重肌人的嘶吼声，令人毛骨悚然。

众队员跟着邵子安快步向前跑去。刚刚跑过超市的售货区，就听一声巨响，旁边的大门轰然倒下。大量重肌人扑进超市，瞬间就将队伍冲散，跑在邵子安后面的扎西几人一下子被重肌人围在了中间。

邵子安大喊一声："小心！"话音未落，数名队员已经被重肌人扑倒。邵子安、017、岳澜三人端着枪冲了回去，子弹打在重肌人身上，根本没有丝毫作用。更多的重肌人绕过被扑倒的队员，向邵子安三人猛扑过来。

邵子安喊道："你们坚持住，我来救你们！"

猛听到一名队员喊道："邵Sir，别管我们了，快走。扎西，拉手雷！"

邵子安一下子明白了他们要做什么，大声喊道："不要！"

只见扎西已经拔下了胸前的手雷，喊道："邵Sir，多保重，一定要活着出去！"只听一声巨响，面前的重肌人被炸得血肉横飞。

邵子安悲愤交加。一个重肌人向他飞扑而来，岳澜冲上前一枪托将重肌人打倒，另一个重肌人几乎同时扑了上来，017冲上前一个抱摔将重肌人摔倒在地，那重肌人在落地的一刹那，张嘴向他的小腿咬去，017抬腿将那重肌人踹到了一旁。

岳澜拉起邵子安，喊道："快走！"

邵子安强忍心中的悲痛，带着岳澜和017冲进超市最后面的仓库。重肌人尾随而至，邵子安打开地上的一个井盖，喊道："从这儿走！"三人迅速跳进井中。邵子安取出高爆炸药扔出井口，一声剧烈的爆炸，洞口处被炸塌。

沿下水道快速穿行了十几分钟后，几人终于从超市外的出口攀上了地面。

回头望去，只见他们身后几百米处，数以万计的重肌人正从四面八方奔来，扑进那座巨大的沃尔玛超市中。三人相顾骇然。

邵子安说道："看来周围所有的重肌人都过来了，我们快离开这儿。"

三人拎起枪，快步向远方奔去。

第六十二章 轮回

一小时后，邵子安三人终于冲出市区，来到了位于玖川市西北的一处别墅群。

邵子安带岳澜和017走进一栋别墅，说道："这里位置偏僻，我们今晚就在这儿休息……"

017突然一个踉跄，邵子安一把扶住他，问道："你怎么了？"

017苦笑了一下，说道："我被他们咬了。"

邵子安一惊，低头望去，只见017的小腿上早已鲜血淋漓，一个瘆人的咬痕位于他的小腿外侧，流出的血已成黑色。

邵子安一把撕开017的裤角，只见一条黑线从伤口处沿小腿向上而去。邵子安向岳澜喊道："快，刀子！"

017说道："来不及了，刚刚跑了太长的路，病毒已经扩散了。"

邵子安吼道："你闭嘴！"他撕下衣襟，将017的小腿紧紧扎住，取过岳澜递过来的刀子，在伤口上划了一个深深的十字，用力将里面的黑血挤出。

017按住邵子安的手，说道："没用的。你听我说，你必须把我处理掉！"

邵子安喊道："你别胡说！"

017喘了几口气，说道："你应该知道，只要被重肌人咬伤，就绝不可能再救回来。子安，你理智一点！"

大滴的汗珠从017的额头落下，病毒入侵的速度显然非常迅猛。

017极力抑制住身体内部的反应，声音已经颤抖，说道："你听我说，我们已经拿到了最重要的东西。你要保护好岳澜，把病毒母体血清安全送回去，你明白吗？"

邵子安绝望地摇头，泪水已经涌上了眼眶。

017凝视着邵子安，说道："答应我一件事，一定要查到那个真相，动手吧。"

邵子安颤抖地拔出手枪。

017笑了，抓住邵子安的手，将枪口顶在自己额头，说道："子安、岳澜，你们多保重。"

017闭上双眼，说道："来吧。"

邵子安转过头去，大滴的泪珠从他的眼眶落下。邵子安猛一咬牙，扣动了扳机。

在别墅外一处山清水秀的地方，邵子安和岳澜将017埋葬了。

天空依旧阴霾，再次下起了雪，黑灰色的雪花从天空飘下。两人静静地站在017的坟前，任由雪花飘在自己的头上、肩上。

回到别墅，邵子安一个人静静地坐在壁炉前，心情无比沉重。

他不知道为什么一切会如此发生，更不知道接下来会发生什么。此时，他心中充满了悲痛，同时，他一直不愿意想象的那种极度恐怖的预感，慢慢袭上了他的心头，用力撕扯着他。邵子安感到了一种从未有过的无力和绝望。

就这么静静地坐着，也不知道过了多久，一股刺骨的寒意袭来，邵子安不由得打了个冷战。忽觉一只手放在他的肩头，回过头来，是岳澜。

岳澜轻声说道："别难过了，我做了晚饭，来吃点东西吧。"

邵子安抬起头来，这才发现，天色不知道什么时候暗了下来。

窗外，已是暮色四合。

走进饭厅，没想到这么短的时间，岳澜竟然已经准备好了一桌丰盛的晚餐。虽然都是随身携带的罐头食品和在别墅里找到的食材，但岳澜烹饪得极为精良。

岳澜为邵子安盛了一碗饭，说道："都是我妈妈教给我的，你尝一尝，不知道合不合胃口。"

邵子安回过神来，不由得一怔。岳澜的话是如此熟悉，在多年前那段濒死体验的经历中，在那个晚上，另一个岳澜也和他说过同样的话。

岳澜问道："怎么了？"

邵子安摇了摇头，勉强向岳澜笑了笑，拿起筷子。虽然没有任何胃口，但邵子安知道，这是岳澜的心意。他夹起一口菜，没想到，如此简单的罐头食品，竟被岳澜烹饪得极为可口。

岳澜为他殷勤地布菜，邵子安吃着，心里很是感动。

吃过晚饭，天已经全黑下来。两人将所有门窗封死，又在壁炉内生了一堆火，屋内的寒气一下子被驱散开来。

仔细分析过后，两人都感觉到，他们这次回到玖川市的行动，似乎过于顺利了，但究竟是哪里出了问题，却无从得知。

不过邵子安可以确定，他们拿到的血清，确实是 TN-418 病毒的母体血清。

目前，他们的所有通信设备都已经损失了，没办法与欧阳联络。两人决定在这里休息一晚，待第二天天亮，重肌人的活动没有那么频繁的时候，再离开这里，到预定地点与欧阳会合。两人再次检查了所有门窗和出口，又在壁炉里加了柴。

为安全起见，两人当晚没有分开，就在客厅地板上打了两个地铺，将背包和武器放在枕边，以防突发情况，和衣而睡。

躺在床上，邵子安久久无法入眠。回忆着这一天发生的事情，他心中思潮起伏。

算上 017，他们这一次一共牺牲了整整十名队员。自从在远山训练营与 017 相识，他们已经认识了整整七年。017 虽然话不多，但他是邵子安在远山训练营最好的朋友之一，然而现在 017 离开了自己，邵子安心中伤痛不已。

除此以外，他不明白，为什么这一次重回玖川市，他经历的所有事情，甚至每一处细节，都与十五年前那段濒死体验中的经历，几乎一模一样。

从他们空降遇到重肌人，楼顶逃生，从热力管线进入沃尔玛超市，到扎西等人拉手雷和重肌人同归于尽，017 牺牲，所有的情节都和十五年前在濒死体验中的经历完全相同！

这一切究竟是怎么回事？接下来还会发生什么？邵子安左思右想，如坠梦中。

邵子安的脑中思绪万千，不知过了多久才蒙蒙眬眬睡去。迷迷糊糊中，忽觉有人来到他身边。他睁开眼睛，是岳澜。

借着壁炉的微光，只见岳澜将手指放在嘴边，做了一个“嘘”的手势，轻轻说道：“子安，你……你可以抱抱我吗？”

邵子安一怔。但是这一次，他并没有拒绝岳澜。岳澜将头埋在邵子安胸前，低声说道：“谢谢你。”可以感觉到，岳澜的身体在微微地发抖。

良久，岳澜突然轻声说道：“子安，其实……我都知道了。”

邵子安说道：“你说什么？”

岳澜说道：“都是一样的，对吗？”

邵子安问道：“什么一样的？”

岳澜说道：“我们这一次回到玖川市，和你那一次的经历，全都是一模一样的，对吗？”

邵子安愣道：“你……你怎么会知道？”

有关那一段濒死体验中的经历，邵子安在上一次与岳澜讲述的过程中，并没有描述任何细节，包括他如何遇到岳澜，之后如何来到岳澜的家，以及他们两人最后在别墅的经历。岳澜对于那段故事的细节，可以说一无所知。

岳澜沉默了片刻，说道："我不知道为什么我会知道，但是……我就是知道。"

邵子安心中震撼至极，他点了点头，说道："是的，一模一样。每一个细节，甚至每一句对话，都是一模一样的。"

岳澜说道："对不起。"

邵子安问道："怎么了？"

岳澜说道："那一次你来找我，向我讲述这段经历，我不应该那么决绝地伤害你，我很后悔。"

邵子安说道："这不怪你，换作谁都不会一下子接受那么离奇的故事。"

岳澜摇了摇头，说道："不管怎样，我还是不能原谅自己。"

邵子安说道："都过去了，换作我，也会这样。"

"谢谢你，"岳澜笑了，笑得无比开心，"好了，我们不说这个了。我讲个故事给你听，好不好？"

邵子安点头。

岳澜说道："从前，有一只大兔子和一只小兔子，他们生活在一起。大兔子和小兔子一起吃饭，小兔子捧着饭碗对大兔子说：'想你。'大兔子说：'我不就在你身边吗？'小兔子说：'可我还是想你。'小兔子咂吧咂吧嘴巴，说：'我每吃一口饭都要想你一遍，所以，我的饭又香又甜，哪怕是我最不喜欢的卷心菜。'大兔子不说话，只是低着头继续吃饭。

"大兔子和小兔子该睡觉了。小兔子盖好被子，对大兔子说：'想你。'大兔子说：'我不就在你身边吗？'小兔子说：'可我还是想你。'小兔子闭上眼睛，说：'我每做一个梦都要想你一遍，所以，每个梦都是那么温暖，哪怕梦里出现妖怪我都不会害怕。'大兔子不说话，躺到床上。小兔子睡着了，大兔子轻轻吻了吻小兔子的额头，对她说：'每天每时、每分每秒，我都在想你，悄悄地想你。'"

再一次听到岳澜讲述着这些幼稚而可爱的小故事，邵子安一时间恍如隔世，不由得痴了。

第二天早上，邵子安醒过来的时候，恍惚中，竟有一种不知道自己身在何处的感觉。坐起身来，窗外已经天光大亮。房间被收拾得整整齐齐。岳澜笑吟吟地跑过来，说道："你醒啦？我去给你打洗脸水。"

洗漱完毕，两人坐到餐桌前。静静地吃过早餐，邵子安和岳澜商议了接下来的安排和行程。与欧阳事先约定的接应时间是三天后的下午三点，地点是位于玖川市西北的奎文广场。到时候，欧阳会带队在那里接应他们。谁也没想到的是，他们这一次的行动会如此顺利。

现在邵子安可以采取两种方案：按原方案在这里等待三天，之后赶到奎文广场；或者现在就动身，直接到欧阳等人的临时营地会合，虽然距离会比预定的接应地点远很多。

仔细斟酌之后，邵子安决定采取第二种方案。因为，如果在这里等待三天，这三天的时间里谁也不清楚会发生什么。更重要的是，TN-418病毒母体血清的保存时间不能太长。

邵子安将自己的想法讲给岳澜，岳澜没有异议。

邵子安说道："好，那我们收拾一下，马上就出发。"

岳澜突然说道："我有个提议。"

邵子安说道："你说。"

岳澜抬起头来，望向邵子安，说道："我想说，如果我们这一次能够平安回去，就重新开始做朋友，好不好？"

邵子安一愣之下，猛然回忆起，在巴彦克拉的时候，在桑雪的别墅里，岳澜曾经问过他同样的问题，他当时没有回答。

邵子安望向岳澜，岳澜也静静地凝视着他。邵子安说道："好，我答应你，如果我们能活着离开这里，我们重新开始做朋友。"

岳澜笑了，笑得无比开心，她说道："好，那我们就说定了，咱们走。"

两人起身，岳澜蹦蹦跳跳地开始收拾行李。刚刚整理好背包，猛听得"轰"的一声巨响，别墅的房门和四面的窗子几乎同时被撞破了。

邵子安还没来得及做出任何反应，就已经被重肌人扑倒，大量重肌人顷刻间冲进了房间。邵子安用力格挡住扑在他身上的重肌人，另一个重肌人张开血盆大口，径直向他的脖颈处咬来。

千钧一发之际，岳澜大喊了一声：“子安！”她扑上前来，挡在了邵子安与那个重肌人之间。那个重肌人狠狠一口咬在了岳澜的肩头。

时间在这一刻仿佛停止了。邵子安大喊了一声：“不！”他用尽全力推开身边的那个重肌人，抄起一旁的步枪，将那重肌人打得脑浆迸裂。

邵子安拉起岳澜，喊道：“你……你怎么样？”

岳澜用手捂着肩头，脸色惨白，已经疼得说不出话来。

房间内到处都是重肌人，更多的重肌人不断地冲进来。邵子安抡起步枪，疯了一般地左突右杀，终于杀开一条血路，拉着岳澜冲出了别墅。

四面的公路上，数以十万计的重肌人如潮水一般向别墅涌来。邵子安拉着岳澜，向别墅一旁的山坡跑去。

翻上山顶，只见四面群山耸立，山坡下正前方是一条湍急的大江，上面架着一座桥。邵子安喊道：“我们到桥那边去！”

两人跑上大桥，身后，潮水一般的重肌人蜂拥而上。刚刚跑到大桥一半的位置，邵子安停住了。只见大桥的对面，数不清的重肌人正从四面攀上桥头，沿大桥向他们奔来。回头望去，身后的重肌人也越来越近，他们已经被彻底堵死了。

邵子安拉着岳澜奔到桥边，桥下是湍急的江水，他对岳澜喊道：“我们跳下去！”

岳澜没有回答。

邵子安喊道：“没事的，我们从这里跳下去，一定没事的！”

岳澜说道：“对不起，我……不能和你一起走了。”

邵子安喊道：“岳澜，没事的，我可以把你救活，我一定可以把你救活，相信我，我们一起走！”

岳澜没有回答，只是缓缓地摇了摇头。

邵子安抬起头，两边的重肌人正在迅速接近。邵子安抓住岳澜，喊道：“我不能抛下你，我们必须一起走！”

岳澜静静地凝视着邵子安，突然说道：“子安，你能……能吻我吗？”

邵子安愣住了。岳澜脸色潮红，静静地望着他。邵子安这一次没有拒绝，俯下身去，在岳澜的唇上轻轻一吻。

邵子安抬起头来，只见岳澜神色温柔，但已满眼是泪，她对邵子安说道：“其实我早就应该告诉你了……”

邵子安问道：“告诉我什么？”

岳澜说道：“我想起来了，我全都想起来了，我想起我是谁了。”

邵子安愣道：“你说什么？”

岳澜凝视着邵子安，眼中满是柔情，说道：“我就是你的岳澜，对不起，我想起得太晚了。答应我，好好活下去，我……一定会回来找你。”

岳澜说完，用尽全身力气，将邵子安推落桥下。

邵子安从空中坠下，只见岳澜取下身上的手雷，平静地看着他，嘴角泛起一个微笑。邵子安竭尽全力喊道：“岳澜！”

只见岳澜拉开手雷的保险，两旁的重肌人蜂拥着扑上去，随后是剧烈的爆炸，冲天的火光。

“扑”一声巨响，邵子安掉落水中……

第六十三章　苏醒

剧烈的冲击使邵子安骤然苏醒过来。他抬头望去，眼前是一间巨石垒成的房屋，四周都是破旧的、黑黢黢的家具。猛听得有人喊道：“子安，你……你醒啦？”是欧阳的声音。邵子安转头望去，只见欧阳站在床边，嘴巴已经张成了“O”形。

欧阳说道：“你……你总算是醒了。”他的声音已经有些颤抖。

邵子安看了看欧阳，又看了看窗外，看出这里是坎德巴里冰原的基地。他问道：“发生了什么事，我怎么会在这里？”

欧阳说道：“你都不记得了？”

按照欧阳的叙述，那一次重回玖川之行，欧阳带领小分队按原计划到指定地点接应他们，左等右等，都没有等到邵子安几人的任何消息。

邵子安的命令是，如果他们没有按时到达，欧阳率领的接应小队绝不能进入玖川市寻找。但是欧阳管不了那么多了，他让小分队原地待命，孤身一人趁着夜色偷偷潜回了玖川市。

欧阳很快找到了邵子安曾经去过的那座超市。超市早已被重肌人占领，重肌人数量之庞大，令人瞠目。已经不是几百上千个，而是几十万甚至上百万个。

欧阳敏锐地感觉到，这里肯定出过事，邵子安他们一定到过这里。然而，他们现在去了哪里呢？

回想起邵子安曾经给他讲过的那段濒死体验的经历，欧阳凭借记忆，很快找到了位于玖川市西北方向的那片别墅区。在那里，他看到了 017 的墓碑。

欧阳心中异常悲痛。他来到了邵子安与岳澜最后休息的那栋别墅，房间内一片狼藉，显然在很多天前，这里发生过剧烈的打斗。

欧阳最后找到的，是那座大桥。大桥的正中有剧烈爆炸过的痕迹，桥的栏杆已经全部被炸塌，桥面上横躺着大片重肌人的尸体。

欧阳沿河而下，终于在十几天后，在下游几十公里的地方找到了奄奄一息的邵子安，将他带回基地。

听了欧阳的叙述，邵子安的大脑中一片混乱。凝神回忆，一个个片段逐渐在他的脑中浮现出来：空降到玖川市，遇到重肌人，逃到楼顶，从地下管线穿越到那座巨大的沃尔玛超市，神秘的仓库，TN-418 病毒母体血清，逃亡，017 牺牲，在别墅的最后一夜，与岳澜的诀别……

邵子安呆坐良久，说道：“017 和岳澜，都不在了……”

欧阳黯然说道：“我已经知道了，我找过你们去过的所有地方，我都……都看到了。”

邵子安心头一阵酸楚。

欧阳叹了口气，说道：“子安，想开一点吧，所有事情都已经发生了。其实最开始的时候，大伙儿都很难过，但是这几年下来……”

邵子安一怔，打断欧阳的话，说道：“你说什么？什么这几年？”

欧阳凝视着邵子安，缓缓点了点头，说道：“对了，你还不知道，你和岳澜、017 重回玖川市，是三年前的事情。你躺在这里，已经整整三年了。”

邵子安看着欧阳，一时间完全呆住了。

三年了，岳澜和 017 尸骨已寒。

这三年里发生了太多的事情。邵子安被救回基地的时候，大家在他身上发现了 TN-418 病毒母体血清。这三年的时间，Taylor 率领专家组对这种病毒进行了夜以继日的研究，就在邵子安苏醒的前几天，研究取得了突破性进展。

专家们最终确认，这种 TN-418 病毒，也就是蜂巢病毒的母体病毒，确系一种在母体与个体之间存在控制结构的病毒。

母体病毒通过一种尚未查明的通信链接，控制着每一个个体病毒，就像蜂巢中蜂王与工蜂之间那种奇妙的通信和控制关系。

专家们最重要的发现是，蜂巢病毒的母体病毒确实是携带记忆的，这证实了 Taylor 之前的假设。专家们已经确认，病毒在入侵人体后会与人体的脑细胞神经元结合，获得宿主的部分记忆。这部分记忆会随着病毒的扩散，完整地传播到下一任宿主脑中。至于母体病毒所携带的记忆究竟是什么，至今还未能解析出来。

这是一个极为可怕的结论。邵子安一瞬间明白了，数年前他们在巴彦克拉天网中心监控室看到的那个人究竟是谁了。

这是一个极难解释清楚的答案。

他们在巴彦克拉见到的那个人，可以说并不是人，他只是蜂巢病毒的某一任宿主而已。所以，他可以控制巴彦克拉地区所有的重肌人。

一切都已经明朗了。

只要研发出蜂巢母体病毒的抗体，并找到蜂巢母体病毒的宿主，一切都将结束。

三个月后，Taylor 率领专家组，根据邵子安体内的血清，彻底分析了蜂巢母体病毒的 DNA 结构链条，研发出母体病毒的抗体血清。

他们最后的任务就是，找到宿主，彻底消灭蜂巢病毒。

一切变得非常简单。专家们已经破解了母体病毒与下一层病毒之间的通信关系，并很快定位到母体病毒宿主的位置信息。蜂巢病毒母体病毒宿主的位置，就在玖川市天网系统的总控中心内。

这将是最后的战斗，也是一场殊死的搏斗。

或者，蜂巢病毒被彻底消灭；或者，人类被彻底消灭！

邵子安通过加密频道向全世界最后幸存的所有人类发出了邀请。很快，各方面的部队开始向邵子安所在的坎德巴里冰原集结。

没想到的是，第一支到达的部队，是乌云带领的自由赤军。

多年不见，乌云变得更加妩媚动人。乌云身边的助理，竟是他们在阿克莫拉救出的那个蒙古族小女孩儿——琪琪格。

琪琪格已经出落成一个沉着冷静的女战士，背着步枪，英姿飒爽。

在阿克莫拉 C-41 区的临时基地被重肌人攻陷以后，乌云打开了牢房，救出了和她关在一起的琪琪格。

两人抢了一辆军车，一路杀出基地，逃回了自由赤军的大本营。

重肌人很快杀到，乌云带领手下杀出重围后，想起了邵子安曾经说过的话——高海拔和极度的寒冷，可以抵挡住重肌人的脚步。于是她带领自由赤军剩下的战士，长途跋涉，来到了青藏高原。

和邵子安再次相见，两人都是感慨万千，得知邵子安最亲近的朋友和 017 都已牺牲，乌云很久没有说话。

部队全部集结完毕，总计三万五千名战士。

这是全人类最后的部队。所有人都知道，这一次战斗，他们只能胜，不能败。邵子安拟定了详细的作战方案，之后，又经过了整整三个月的战前集训。出发的日子，定在了二〇三八年七月一日，这一天，正是岳澜的四周年祭日。

这一天傍晚，邵子安与欧阳开完出发前的最后一次作战会议，两人走出营帐。六月的坎德巴里冰原，依旧寒冷刺骨。

走在满是冰雪的山路上，一时间谁也没有说话。两人来到一处断崖坐下，欧阳掏出酒壶，说道：“来，整两口。”

邵子安接过酒壶喝了一口，把酒壶递还给欧阳。欧阳也喝了一口，突然笑了。邵子安问道：“你笑什么？”

欧阳放下酒壶，望着下面皑皑的冰原，说道：“我笑的是，人生真是奇妙。我以前从来没有想过，咱们两个有一天会坐在这么一个鸟不拉屎的地方喝酒。”

欧阳转头望向邵子安，说道：“你还记得吗？咱们上学那会儿，数你胆子最小。我们几个里最屃的就是你。我真没想到，有一天你会变成现在这个样子。我一直觉得，有一天你会接你爸爸的班，成为一个大财团的大老板。”

邵子安说道：“是啊，我也没想到……”

两人沉默了片刻，各自回想起这些年的经历，都不由得感慨万千。

良久，欧阳说道：“你在想什么？”

邵子安说道：“我突然想起岳澜了。”

欧阳一怔，手里的酒壶一颤，酒洒在了地上。

邵子安抬起头来，说道：“走吧，陪我去看看岳澜。”

邵子安说完，站起身，向远处走去。欧阳愣了一下，追了上去。

基地北侧的山坡上，埋葬着他们迁移到这里以来，牺牲的二百一十七位战友，其中包括扎西、重新安葬的017，还有岳澜。

邵子安来到岳澜的坟前站定，伸出手，拂去墓碑上的残雪，久久地凝视。

欧阳站在远处，远远地望着岳澜的墓碑，又望了望寒风中邵子安孤独的身影，不知道为什么突然鼻子一酸，眼泪就掉了下来。

第六十四章　都结束了

七天以后，部队集结出发，目标：玖川市。

所有人都知道，这将是一场殊死的战斗，每一名战士都抱定了必死的决心。

然而谁也没想到的是，部队抵达玖川市的时候，整个玖川市竟然完全没有设防。偌大的城市中，竟没有发现一个重肌人的踪迹。

邵子安带队冲入位于玖川市中心的天网总控中心时，巨大的监控室内除了上万台监视器，只有一个谁也没有见过的、行将就木的耄耋老人。

欧阳愣道：“不会吧？”

那老人看了看面前的众人，说道：“你们让我等了好久。不过，总算是来了。”

邵子安喝道：“抓起来！”

欧阳说道：“等一等，我们不会是……搞错了吧？”

邵子安，说道：“就是他，抓起来！”

几名队员立即上前。老人未做任何抵抗，就被队员们带走了。

回到基地，欧阳说道：“子安，这到底……这到底是怎么一回事？”

邵子安说道：“没有时间解释了，立即通知实验室，马上开始实验。”

“砰”的一声，房门被撞开，一名队员冲进房间，说道：“欧阳、邵 Sir，突然发现大批重肌人，数量极大，正集群化向坎德巴里冰原附近移动。”

欧阳问道：“有多少？”

那名队员说道："至少有……至少有……"

欧阳说道："到底有多少？"

那名队员说道："至少有几千万，甚至……甚至可能上亿……"

欧阳愣道："你说什么？"

那名队员说道："他们的移动速度极快，最近的一批，距离这里已经不足十公里了……"

邵子安说道："看来我担心的事情，终于发生了。"

邵子安抓起手枪，沉声命令道："所有人员听我的命令，立即启动特一级战备。所有能战斗的人员立即赶到阻击线就位，想办法阻止这批重肌人。记住，要不惜一切代价，至少坚守两个小时。欧阳，我们马上去实验室。"

所有队员齐声答道："明白。"

邵子安几人迅速来到实验室。那个从玖川市带回的老人已经被固定在了实验台上，看到邵子安几人的神情，老人突然笑了。

欧阳问道："你笑什么？"

老人说道："看来，你们已经都知道了。"

欧阳说道："你说什么？"

老人说道："如果我没有猜错，此时此刻，已经有超过一亿的重肌人，正在奔向你们的基地，一小时以后，这里将成为重肌人的天堂。"

欧阳说道："你怎么会知道？"

老人凝视着邵子安几人，说道："你们将是这个星球上存在的最后的人类，在灭绝之前，你们有权利知道答案。"

老人看了看邵子安几人，说道："你们知道为什么会这么容易就找到我吗？告诉你们，我是故意的。"

欧阳喊道："什么？你……你是故意让我们抓到你的？"

老人说道："没错。我一直不清楚你们智人最后的大本营在什么地方。现在，我知道了你们的位置，所以，你们即将灭绝。"

欧阳说道："可现在你在我们手里。"

老人笑道："我？我是谁？你是指我的皮囊吗？这只不过是一个宿

主而已，你们消灭不了我的。按照你们的叫法，蜂巢病毒，它的母体病毒是永远不会被消灭的，就算我死了，它还会主动寻找下一任宿主，继续存活，而你们……”

邵子安突然打断老人的话，说道：“可是你忘了一件事。”

老人说道：“什么事？”

邵子安说道：“我！”

老人说道：“你？什么意思？”

邵子安说道：“你忘了，我是当年注射过那种特殊药物后，唯一存活下来的人。我之所以能够存活下来，就是因为在我的身体里，产生了病毒抗体血清。”

老人摇头叫道：“不，不可能。”

邵子安从旁边一位病理学家手中拿过一管血清，说道：“你看看这是什么，就是这个，ANTI-418。”

老人双目圆睁，叫道：“不可能，绝对不可能，你们不可能有这个东西！”

邵子安将血清交还给病理学家，下令道：“注射！”

几名专家上前按住了那个老人，老人拼命地挣扎着，喊道：“不，不可能，绝对不可能，你们放开我……”

此时，他的脸上呈现出一种濒死的惊恐。

突然之间，那个老人不知道哪里来的力气，一下子挣脱了束缚，一把抢过旁边一名士兵腰间的手枪。

欧阳一瞬间突然明白了，大声喊道：“抓住他，绝对不能让他自杀。”

欧阳说的是对的，眼前的这个老人，只是蜂巢母体病毒的一任宿主。宿主一旦死去，病毒就会立刻离开他的身体，寻找下一任宿主。

几名队员扑了上去，但是已经晚了。只见那个老人“嗖”的一下将手枪顶在了自己头上。欧阳大声喊道：“不要！”老人已经扣动了扳机。

只听“咔”的一声轻响，枪并没有响。

老人愣住了，欧阳也愣住了。

邵子安神色平静，上前拿下老人手中的手枪。

老人说道：“这……这是怎么回事？”

邵子安说道："巴彦克拉的事情，不会再发生了。我们已经知道了蜂巢母体病毒的特性，所以这里所有的士兵，都已经退掉了配枪里的子弹。"

邵子安转过身来，对身后几名士兵说道："按住他！"

众人上前将那个老人死死按住。老人拼命地挣扎着，喊道："不要，不要，你们不能杀死我，你们不可以杀死我的……"

邵子安接过病毒专家递过来的蜂巢母体病毒的抗体血清，翻开老人的衣袖，将抗体血清缓缓注射进老人的手臂里。

老人兀自拼命地挣扎着，大声地喊叫着，十几秒后，他的挣扎减弱了，取而代之的是剧烈抽搐。又过了十几秒，突然，老人不动了。

邵子安放下针管，说道："可以了，放开他吧。"

队员们都没有动。邵子安说道："放心吧，他已经没有任何危险了。"

几名队员这才放开了那个老人。

邵子安拉过一把椅子，在老人面前坐下。所有人都在静静地等待着，感觉像是过了一个世纪那么久，老人缓缓睁开了眼睛。

看到邵子安，老人明显一怔，说道："子安，是你？"

邵子安平静地说道："是我，龙叔叔。"

欧阳愣道："你说什么？"

邵子安说道："我来介绍一下，他就是Nissa的父亲，龙启轩，龙叔叔。"

欧阳惊道："这……这怎么可能？"

老人说道："是的，欧阳，邵子安说得没错，我就是蜂巢母体病毒的第一任宿主。"

欧阳目瞪口呆，看了看邵子安，又看了看面前的"龙启轩"。一瞬间，他全都明白了。他怎么没有想到呢？蜂巢母体病毒的第一任宿主，就是Nissa的父亲龙启轩。

龙启轩问道："我现在在什么地方？"

邵子安说道："坎德巴里冰原，我们的基地里。"

龙启轩又问道："Nissa呢？Nissa在什么地方？"

邵子安平静地回答道："Nissa已经不在了。"

龙启轩闭上眼睛，两行热泪从眼眶流了下来，他喃喃说道："报应，都是报应，是我害了 Nissa。"

邵子安问道："龙叔叔，这一切，到底是怎么回事？"

良久，龙启轩缓缓睁开眼睛，说道："一切都是我的原因。你父亲曾经提醒过我，对医学的过度痴迷，必然会导致走火入魔、害人害己，但是我没有听他的。所有的事情，都是我一手造成的。"

龙启轩长叹一声，将整件事情的来龙去脉，讲给了邵子安等人。

整个事情的起因，源于德军在二战期间的一项秘密研究。

纳粹德国在二战期间曾经花费巨额的财力和物力，在多个地区建立了数量庞大的秘密实验基地，专门进行各方面的尖端科学研究，其中有记载的就包括位于德国柏林的默尔多夫实验基地、位于波兰波里地区的图尔库实验基地，甚至在南极大陆，德军也曾经建立过一个名为"新士瓦本 211"的秘密实验基地。

当然，在这些秘密实验基地中，也包括邵子安在蒙俄边境阿克莫拉地区发现的那座德军基地，它的正式名称为：东亚波德赛尔秘密实验基地。

"波德赛尔"在德文中的意思是：潜能。

在整个二十世纪前半段，德国人一直致力于人类潜能的研究。

一九三九年末，组成 DNA 的二十种氨基酸全部被发现，这大大加快了德军的研究工作。很快，纳粹科学家发现了人类 DNA 具有双螺旋结构，并确认，只要改变 DNA 的结构，就可以改变人体的潜能。

这是一项极为重大的突破。以当时的科学条件，唯一能够改变 DNA 结构的方式，就是病毒入侵。纳粹科学家花费了大量人力物力，致力于病毒学研究。一九四二年初，一种从弹状病毒科狂犬病毒中分离出的新型病毒被研制出来。

这种新型病毒的特点是，通过吸附注入宿主的遗传物质后，宿主将会死亡。之后病毒通过逆转录整合到死亡宿主的 DNA 中，再利用宿主的细胞转录 RNA，同时翻译蛋白质进行再组装，最后进行释放，宿主的死亡细胞被重新激活。经过这一过程，病毒成功入侵宿主，宿主的DNA结构被改变，基因结构中第八生长分化因子GDF-8发生突变，致使病毒宿主的肌肉变得极其发达，力量大幅超越普通人类，成为所谓的超能战士。

一九四三年，德军联合日军在蒙俄边境的阿克莫拉地区建立了东亚波德赛尔秘密实验基地，专门进行这种新型病毒的人体试验。一年后，纳粹科学家成功将蜜蜂DNA中的通信结构注入了这种新型病毒中，使得宿主之间存在了通信连接。

鉴于病毒的这一特点，这种新型病毒被命名为“霍耐克姆病毒”，翻译成中文就是——蜂巢病毒。

德军和日军利用大量平民和士兵进行人体试验，到一九四五年，病毒的研究日臻成熟。但就在这时，德国战败。在苏军攻克柏林前两周，德军征调了数万名士兵，押运着二战期间从各占领区掠夺来的全部黄金抵达阿克莫拉。这些士兵被注射蜂巢病毒后，和那些黄金一起被密封在了阿克莫拉那十三座秘密基地中，以图日后东山再起。这就是邵子安几人在汉斯·鲁道夫的日记中看到的“帝国重生计划”。

一位名叫鲍尔的纳粹科学家在基地关闭前携带部分资料和病毒血清逃出，之后在非洲藏匿起来，继续进行研究。一九七六年，非洲刚果地区爆发的埃博拉病毒就是鲍尔释放出来的。埃博拉病毒，实际上就是蜂巢病毒的雏形。由于鲍尔从基地中携带出来的只是部分资料，所以他的研究，一切都要重头开始。

二〇一五年，鲍尔去世后，他的研究资料和病毒原始血清在暗网上以极高的价格拍卖。龙启轩得知这个消息后，不惜花重金买下。

龙启轩是一个典型的科学狂人，其实他购买这些资料的初衷纯粹是为了科学研究，因为蜂巢病毒有一个显著特性，就是可以使死亡的细胞恢复活性。

龙启轩在这一项研究中取得了重大突破，并用这个方法成功救活了很多人，其中第一个实验对象就是邵子安。实验成功后，龙启轩异常兴奋。

在其后的研究中，龙启轩发现这种病毒并没有想象中那么简单。首先，这种病毒是携带记忆的。就在这时，此前救治的患者开始出现严重的副作用，大量患者产生幻觉后，精神分裂或自杀。

龙启轩研究之后发现，病毒的记忆和患者的记忆混和在一起，形成了极为真实而可怕的幻觉，龙启轩为了研究出解决方法，不惜以身试药。

龙启轩亲自注射过病毒后，一切变得不可控了。

病毒的记忆很快控制了他，根据病毒中携带的记忆，他找到了阿克莫拉，并雇用乌云的赤军打开了基地。其后，他又在邵子安打开那座最大的基地后取走了“帝国重生计划”的全部资料，并留下了那盘钢丝录音带。

龙启轩拿到全部资料后——当然，这时他已经不再是龙启轩了，他完全被病毒的记忆控制了——完成了蜂巢病毒的最后研制，并在阿克莫拉释放了第一批蜂巢病毒，人类的灾难正式开始了。

龙启轩讲述完毕，房间内是长久的沉默。所有人都被龙启轩讲述的事情震撼了。谁也没想到，整件事情的来龙去脉，竟然会是这样。

良久，欧阳叹了口气，说道：“看来，所有的谜底都揭晓了，包括子安那段濒死体验的经历，咱们在阿克莫拉遇到的事情，还有017……”

欧阳抬头望向邵子安，说道：“你还记得吗？我们在阿克莫拉的时候，那个叫作巴图的老人曾经说过，017很可能是阿克莫拉的族人。017之所以会有那样的梦境，应该也是因为病毒记忆的遗传。巴图老人说过，他们部族里当年有很多人被德国人抓去做实验，017的上辈很可能就是从德军基地里逃出来的人之一。”

邵子安说道：“看来是这样的。”

龙启轩抬起头来，说道：“好了，我要说的事情，都说完了，你们也得到了想要的答案，现在，可不可以让我和邵子安单独聊一聊？”

众人望向邵子安，邵子安点了点头。欧阳带领众人离开房间，带上了房门。

龙启轩沉默良久，抬头望向邵子安，说道：“我看着你从小长大，一直拿你当作半个儿子。你能不能满足龙叔叔最后一个要求？”

邵子安说道：“龙叔叔，你说。”

龙启轩说道：“我做了这么多恶事，已经无法弥补。我现在唯一想做的，就是能够有尊严地、平静地去和Nissa见面，你……能满足我吗？”

邵子安一怔，随即明白了龙启轩的意思。沉默良久，邵子安掏出自己的手枪，将子弹上膛，缓缓推到了龙启轩的面前。

龙启轩拿起手枪，笑了，他说道："子安，谢谢你，Nissa没有爱错人。"

邵子安站起身来，看了Nissa的父亲，也就是他的龙叔叔最后一眼，转身走出了房间。

关上房门的一刻，房间内响起了清脆的枪声。

邵子安抬起头来，远处的天空，夕阳正红。

欧阳正坐在不远处的一块大青石上抽着烟。邵子安走上前去，在欧阳的旁边坐下，拿过欧阳的烟，深深地吸了一口。

欧阳看了看邵子安，说道：“你不是不抽烟吗？”

邵子安说道：“突然想抽一根。”

欧阳说道：“都结束了？”

邵子安点了点头，说道：“结束了。”

他突然一顿，说道：“不，还有最后一件事。”

两人来到实验室，取出有关蜂巢病毒的所有研究资料，又从冰柜中拿出全部病毒血清，一股脑扔进了实验室巨大的壁炉内。

望着面前熊熊燃烧的烈火，邵子安知道，一切都结束了。

第六十五章　尾声，终点起点……

真的结束了吗？真的结束了。

被命名为 TN-418 的蜂巢母体病毒被彻底消灭之后，重肌人不再具备任何团体攻击能力，成了一盘散沙。即便如此，邵子安还是集合了全世界所有的部队，用了整整三年的时间，才将所有重肌人全部清除。

各个聚居区的幸存者们回到了自己原来的城市，开始重建工作。

又经过了整整两年的时间，所有城市终于恢复了正常的生产和生活，被破坏的建筑和公共设施也恢复了原貌。

人们的生活回到了正轨。

邵子安辞去了军队的工作，和父亲公司的几位叔叔，重新组建了邵氏财团。他要接父亲的班，去完成父亲未竟的事业。

幸存者们在玖川市周边修建了大片的陵园，以纪念在这场旷世灾难中逝去的亲人、爱人、朋友。

这一年，邵子安四十岁。

清明节这天，邵子安和欧阳来到了位于玖川市西北角的一片陵园拜祭。这片陵园，埋葬着他们曾经最好的朋友：路凡、小胖、丁峥、梁靖、Nissa、017，还有……岳澜。

走出陵园，邵子安显得有些郁郁寡欢。

欧阳说道："其实有个问题，我一直想问你。"

邵子安抬起头来。

欧阳说道："我一直想知道，这么多年了，你为什么一直一个人，也不找个伴儿？”

邵子安沉默了。此时，欧阳早已成家，找了一个和他一样胖胖的、如开心果一般的阳光女孩儿。两人生了一对双胞胎，孩子刚刚满周岁。

良久，邵子安摇了摇头，说道：“我不知道，或许……我在等一个人。”

欧阳说道：“等一个人，等谁？”

邵子安说道：“有一件事，我一直没有告诉你。你知道岳澜临死之前，跟我说过什么话吗？”

欧阳问道：“什么话？”

邵子安说道：“她对我说，有一天，她会回来找我。”

欧阳呆了片刻，说道：“我觉得这件事，太虚无缥缈了……”

邵子安说道：“我知道，但我还是希望这是真的。”

欧阳问道：“你为什么会这么想？”

邵子安沉默良久，说道：“我这一生，错过了太多的东西。这一次，我不想再错过了。所以无论这件事究竟是真的还是假的，我想，我都会一直等下去。”

“我明白了，”欧阳拍了拍邵子安的肩膀，说道，“好了，我们不说这些了。走，跟我接媳妇去，一会儿一块儿回我们家，让我媳妇给你做顿好吃的，咱俩好好喝两杯。”

邵子安笑了，被欧阳拖着上了汽车。

欧阳的太太是邵子安的母校仁华大学的一名讲师，教授文学课程。

邵子安和欧阳走进校园的时候，只见整座校园内人山人海。今天这里有一个由仁华大学主办，各高校联合发起的，针对灾难遗孤举办的大型慈善捐款活动。

校园中心广场一角的捐款台吸引了邵子安的注意。

邵子安和欧阳走上前去，一个看起来文文静静的小男生迎上前来，说道：“两位先生，是要捐款吗？”邵子安点了点头。

小男生说道：“谢谢你们的爱心。请两位先在这里填好编号、姓名、联系方式和捐款数额，我找专人来接待你们。”

小男生指了指桌上的一份表格，又递过一支签字笔，向两人笑了笑，说道："两位请稍等。"说完，他快步离开。

欧阳拿起笔，大笔一挥，填好表格，将签字笔递给邵子安。

邵子安拿过表格，开始认真地填写。忽听一个清脆的女孩儿的声音说道："你们好，你们是来捐款的吗？我来负责接待你们。"

女孩儿的声音十分耳熟，邵子安抬起头来，一下子怔住了。他转头望向欧阳，只见欧阳张大了嘴巴，一瞬间也是目瞪口呆。

只见他们的面前，站着一个长发垂肩、明眸皓齿的女孩儿，正是邵子安这些年来朝思暮想的那个人——岳澜。

女孩儿看到邵子安，愣了一下，显得十分欣喜，说道："你……你是邵子安？"

邵子安的声音有些嘶哑，说道："你认识我？"

女孩儿说道："是啊，我认识你。你是大英雄，我在十岁那年就认识你了，'重肌人'刚刚爆发的那一年，我在CNN的一段采访视频里看到过你，从那一天我就认识你了。后来我一直关注你的消息，我一直觉得，有一天我一定会见到你。真没想到，今天能在这里见到你。"

女孩儿伸出手来，说道："你好邵子安，我叫岳澜，很高兴认识你。"

欧阳愣道："你……你也叫岳澜？"

女孩点头，说道："对啊，我叫岳澜。"

在他们两人面前的，是一个刚满二十岁、青春阳光的岳澜，和二十二年前邵子安在那段濒死体验的经历中遇到的，十八年前在仁华大学开学典礼上遇到的，一模一样的，年轻的岳澜。

欧阳已经完全呆住了。他拉了拉邵子安，说道："子安，你还记得刚刚跟我说的事情吗？岳澜最后跟你说的……说的那句话……"

邵子安听到欧阳的话，瞬间如遭雷击。他看了看身边的欧阳，又望向面前这个二十岁的岳澜，一时间恍如隔世，不知是真是幻。他的心中百感交集，手一颤，一支笔掉在了桌上。

（全书完）

2016年5月15日动笔。

2018年12月11日初稿。

2019年2月15日终稿。

后记

“基因三部曲”的第一部《基因的复仇》，到这里就结束了。

我从二〇〇三年开始写作，第一本小说是《天眼》，之后改编成了电视剧《国家宝藏之觐天宝匣》。小说《天眼》的坑还没有填完，之后就一直写电视剧，《雪豹》《青盲》《五号特工组》《激战》等……从未间断写作。

到二〇一五年，我觉得电视剧写得差不多了，该回来写写小说了，于是写了“基因三部曲”的第一个故事。当时小说名起了好几个，《蜂巢病毒》《量子纠缠》，诸如此类，最后决定叫《基因的复仇》。这本书整整写了三年，费了不少心血，是我非常喜欢的一个故事，可以说，比《天眼》的故事还要喜欢。

自二〇〇三年动笔至今整整十九个年头了。

要写好东西，先要学不少东西。所谓“作家的肚，必须得是杂货铺”，这些年除了写作，我学了不少。我系统学习过心理学、时尚穿搭、身体管理等。心理学，是写作人必须要学的，因为写故事就是和读者的心理做沟通。没想到无心插柳的是，在研究写作、学习心理学的过程中，我无意间找到了一套系统的心态训练方法，于是这些年除了写作以外，业余时间里，我教了很多由于先天成长环境造成自卑人格的朋友进行系统专业的心态训练，帮助很多人走上了自信的道路，这让我很开心。二〇二一年十月，我在抖音上开设了名为“自卑终结者－老景”的账号，专门讲述这些知识，没想到很受欢迎，感兴趣的读者可以去看看。

至于小说《天眼》的坑，可能要很久以后才能填上。当时的写作功力还比较稚嫩，结局一直没有想好。这些年也一直在想，希望能给这个故事一个完美的结尾，善始善终。等我想好了，一定给大家填上。

景旭枫